스파링

스파링

도선우
장편소설

제 22 회 문학동네소설상 수상작

문학동네

차례

—

스파링
007

0

나는 이물異物이었다. 어렸을 때부터 그랬다. 남과 달랐다. 어렸을 때 남과 다른 게 뭔지 잘 몰랐지만 지나고 보니 나는 시작부터 남과 달랐다. 나는 화장실에서 태어났다. 멍청한 나의 엄마는 화장실에서 똥을 누다가 나를 낳았다. 똥을 누다가 낳았다고 말한 적은 없지만 그게 아니라면 화장실엔 왜 들어갔겠는가. 애초부터 나를 낳을 생각이었다면 화장실보다 더 나은 공간이 이 세계에 없을 리 없었다. 엄마는 공중화장실 변기에 기대어 똥 대신 나를 낳았고 나는 피로 범벅된 타일 위에 누워 이 황당한 현실을 개탄하며 울었다. 아마도 그랬을 것이다.

그렇게 따지고 보면 결국 엄마를 살린 것도 나였다. 나의 울음 덕분에 그 후미진 공원 화장실까지 사람들이 찾아올 수 있었다. 좁은 칸막이 사이로 흘러나오는 붉은 핏물과 자지러지게 울려퍼지는 갓난아이의 울음소리가, 그해 봄 이제 막 열일곱 살이 된 여자아이의 목숨을 살린 셈이었다. 이후 나는 입양을 주관하는 시설로 보내졌고 엄마도 엄마의 삶에 어울리는 시설로 보내졌다. 우리 둘의 인연은 어쩌면 그때, 그렇게 끝났어야 했던 것인지도 몰랐다. 그러면 지금과는 전혀 다른 삶을 살고 있었을 텐데.

나는 어딘가 저 먼 나라로 보내졌을 테고 그랬다면 분명 고대광실에서 말이 통하지 않으므로 굳이 말하지 않아도 되는 서양인 부모와 함께 행복한 삶을 살았을 것이다. 그런 삶 속에선 나를 가지고 노는 인간들도 없었을 테고 그러면 내가 그들과 싸울 일도 없었겠지. 혹여 다른 인종이라고 차별을 받을 수도 있었겠지만 어차피 받을 차별이라면 도리어 그편이 더 나을 수도 있었다. 같은 인종임에도 받는 차별보다는 차라리 다르니 다르다고 받는 차별이 오히려 더 공정하지 않은가. 어쨌거나 뭐가 됐든 이곳에서의 삶보다는 훨씬 나은 인생을 살게되었을 것이다.

아님 마는 거고. 빌어먹을.

우주에서 가장 불길한 기운을 타고난 내가 행복 운운하는 것 자체가 웃긴 일일 수도 있었다. 그러기에 우주에서 가장 알 수 없는 기운을 가진 나의 엄마가 나를 찾아왔던 것이다. 왜 그랬을까. 어차피 끝까지 책임지지도 못할 거였으면서 왜 그렇게 기를 쓰고 나를 다시 찾겠다고 지랄을 했던 것일까.

그랬다. 엄마가 그랬다고 한다. 나를 직접 기르겠다고 온갖 지랄을, 이를테면 두 번의 인상적인 자해와 한 번의 자살 시도 같은 병신 같은 짓거리를 쉬지 않고 감행했다고 한다. 도대체 왜. 엄마는 연고도 없었고 살 집도 없었다. 집은 고사하고 방 한 칸도 얻을 형편이 되지 못하여 시설에 몸을 위탁하고 있는 주제에 누가 누굴 키운다고. 내가 시설 사람이라도 그건 말이 안 되는 소리라고 일축했을 것이다. 공중화장실에서 자기 아이를 분만하는 인간에겐 애 아니라 개 한 마리도 맡길 수가 없는 법이니까.

게다가 엄마는 아이의 아버지도 몰랐다. 그러니까 당연히 나도 내 아버지가 누구인지 알 수 없었다. 알면서 말하지 않는 것이 아니었다. 정말 몰랐다. 원조교제나 하는 멍청한 계집아이는 피임에 대한 상식도 없었으므로, 내 아버지는 말하자면 십대 고삐리이거나 이십대 병신이거나 삼십대 또라이 아니면 사십대 변태 새끼일 확률이 높았다. 뭐가 됐든 제대로 된 인간은 아닐 것이었다. 정신 제대로 박힌 인간이 십대 여자아이와 원조교제나 하고 있지는 않을 테니 말이다.

그리하여 어렸을 때부터 나는 아버지란 단어가 내 주변에서 오르내릴 때마다 도대체 그건 무엇에 쓰는 물건인지 곰곰이 생각하곤 했었고, 그 물건의 유무가 내 인생에 어떤 영향을 미쳤는지 간간이 되짚어보기도 했었다. 굳이 뭐 어떤 의미를 찾으려는 것은 아니었고 달리 떠오르는 게 없을 때, 그럴 때 그냥 동네 하늘에 걸린 달을 바라보듯 멍하게 생각하는 정도였다. 가령 내가 인간인 걸로 봐서 그가 개새끼이거나 쥐새끼이지는 않을 것 같다거나 보름달이 떠도 변하지 않는 걸 보면 늑대인간이라든가 뱀파이어 같은 종류도 아닐 거라는 수준이었다. 성기능에 문제가 있는 그냥 어떤 찌질이에 불과했겠지. 그러니 내게 아버지란 개새끼이거나 쥐새끼이거나 별 차이가 없었을 뿐더러 그 생물은 과연, 자신에게 인간 아들이 있다는 사실을 알고는 있을까?

모르겠지. 세상 편하게 모르고 있을 터였다. 모르는 건 죄가 아니라고 떠벌리는 족속들이 있다는 걸 나는 아는데, 인간이 언젠가 죗값을 치러야 한다면 그놈들부터 차례로 줄을 세워 목을 날려버려야 한다. 모르는 놈과 모르는 건 죄가 아니라고 말하는 놈들이 힘을 합쳐 이 세계를 망가뜨리고 있기 때문이다.

세상천지엔 그렇게 몰라서 모르는 아비가 있는 반면, 알면서 모르는 인간들도 존재했다. 내 엄마의 부모가 그랬다. 내 엄마의 아버지는 주민등록조차 말소되어 있었고 어머니란 존재 또한 죽었는지 살았는지 알 길이 없었다. 고 엄마를 데리고 있던 시설 관리자가 내게 말했다. 그녀는 그 말을 하면서 마치 웃음을 참고 있는 것처럼 보였다. 내가 만약 그러지 말고 편하게 얘길 해보라고 말했더라면 그녀는 아마도 깔깔깔 웃으며 이렇게 말했을지도 몰랐다.

웃기지 않니? 너와 네 엄마는 마치 누가 더 불행한지를 겨루며 사는 것 같아.

그래, 그렇게 말했어도 괜찮았을 거다. 나는 그런 일로 함부로 주먹을 휘두르지는 않는다. 나는 내가 기분이 나쁘다고 해서 주먹을 휘두르는 사람이 아니다. 사람들은 그렇게 알고 있지만 그것은 사실이 아니었다. 나의 폭력은 나의 감정보다 상대의 태도에 따라 결정되는 순간이 더 많았다. 나의 분노는 대체로 타자의 이중성에 자극받아 폭발적으로 터져나오고, 그들이 감추고 있는 교활한 본성을 꺼내고 싶을 때 폭력적으로 표현되었다. 이를테면 껍데기를 깨부수어야 알맹이를 끄집어낼 수 있는 호두처럼.

그러나 불행한 인간의 불쌍한 인생을 바라보며 아무 색깔도 입혀지지 않은 표정을 짓는 것은, 그리하여 보는 사람에 따라 그 표정이 제각각으로 느껴지는 상황은 사실 표현하는 자의 절제된 표정을 받아들이는 자의 마음이 그려내는 형상이었으므로, 그 순간에 분노가 치솟는다면 그것은 상대로부터 전달받은 느낌 때문이 아니라 이전부터 내 안에 축적되어 있던 화일 확률이 높았다.

그러니 나는 그럴 때마다 상대와 똑같이 표정을 지우고 눈동자의 빛을 끈 다음, 골똘하게 내 속을 들여다보게 되는 것이다. 거기 뭐가 있는지 잠시라도 생각하지 않으면 불필요한 감정들에 휩쓸려 나 자신을 놓쳐버릴 수 있었기 때문이다. 그러면 그 순간의 기억들이 모두 소멸해버리고, 나는 내가 알지 못하는 나의 모습으로 타자의 평가 속에서 굴러다니게 되겠지.

남들이 나보다 먼저 나를 발견하거나 만들어내도록 방치하는 것은 종종 그 자체로 위험이 될 수 있었다. 그런 식으로 자꾸만 내가 모르던 내가 누군가에 의해 발견되고 만들어지고 또하나의 나로 자리잡히게 되면 결국, 길을 잃는 것은 나 자신이기 때문이다. 너무 많은 내가 타자에 의해 규정되고 나도 모르는 사이 그것을 받아들이는 과정이 반복되다보면 급기야 나조차 내가 누구인지 헷갈릴 수 있었다. 인정하고 싶지 않은 나의 모습이 서서히 나를 잠식하고, 그러다보면 기어이 정체를 알 수 없는 내가, 정작 내 모습이기를 바랐던 나를 온전히 삼켜버릴 수도 있는 것이다. 나는 마치 우주에 버려진 미아처럼 텅 빈 공간을 떠다니게 될 수도 있었다.

그러므로 생각해야 했다. 뜻하지 않은 분노가 나를 발견하기 전에 몸을 숨기듯이 재빠르게 눈동자의 빛을 끄고 어둡고 적막한 내 안으로 침잠해서 분노의 원인을 찬찬히 되짚어보며, 내가 그리는 나의 모습이 적확하게 손아귀에 잡힐 때까지 나는 나를 철저히 숨기고 있어야 했다.

심연의 계곡을 가로지르는 것처럼 오래 걸릴 것 같은 이 과정은 그러나 모두가 공유하는 시간 속에서는 불과 몇 초 혹은 몇 분 사이에 끝날 수도 있었다. 상대적인 체감이었다. 내가 느끼는 시간의 흐름을 누군가 같은 공간에 있다고 해서 같은 속도로 느끼는 것은 아니었다. 나에겐 끝나지 않을 것처럼 긴 시간이라도 상대에겐 찰나에 지나지 않을 수 있었다.

많은 이들이 돌발적이라고 생각하는 나의 행동들은 그러므로 그들의 생각과 달리 일련의 심사숙고를 거친 결과일 때가 많았다. 심사숙고를 거친 행동이 그렇게 비상식적으로 표출될 리 없다는 생각은 그들의 집단 편견일 뿐, 조금만 더 주의깊게 살펴보면 알 수 있었을 다른 의도가 나의 행동에는 있었다. 그러나 그들은 오로지 내 행동의 기이함에만 정신이 팔려 그 이면에 존재하는 진실에는 접근조차 못했다. 나의 진의와 그들의 해석은 서로 다른 은하계에 존재하는 행성만큼이나 먼 거리에 있었다.

내가 의도적으로 그런 행동을 취하는 건 대개 그들의 위선에 신물이 넘어와서일 때가 많았다. 그런 순간들이 있었다. 역겨울 만큼 위선적인 자들이 이 세상에 자신이 이바지하는 바가 얼마나 큰지 아느냐는 듯이 사람들을 대할 때가 그랬고, 그런 자들에게 동조하는 인간들을 볼 때가 그랬다. 하지만 그건, 한편으론 인간의 본성이라 여길 수도 있었으므로 그냥 그 물에 섞이지 않고 외면해버리면 그만이었다. 그러나 이따금 그런 식으로는 도저히 참아줄 수 없는 순간이 찾아올 때가 있었고 그럴 때 나는 그들에게 똥물을 퍼붓는 심정으로 그들이 말하는 소위 돌발적인 행동 혹은 기이한 행위를 서슴지 않았다.

어, 그래. 경우가 좀 다르지만 나한테 안수기도인지 개지랄인지 알 수 없는 짓을 하겠다고 나섰다가 금니 하나가 날아간 목사 놈도 그런 부류 중의 하나였다. 사람들은 그가 세상을 구원하는 사랑의 메신저인 줄 알지만 그 새끼는 그저 보육원 여자아이나 성추행하는 대머리 인간 버러지에 불과했다. 그런 인간이 내 몸에 손을 대려 했는데 날아간 게 금니 하나뿐이라는 사실이 오히려 하나님의 축복인 거지.

그러나 그런 내막을 전혀 알지 못하는 사람들에겐 그저 나의 행동만이 문제가 되는 것이다. 그러니까 그들이 나를 무턱대고 정신병원에 처넣어야 한다 주장하거나 사이코패스로 몰아붙인다고 해서 딱히 그때의 일을 후회하거나 억울해하지 않았다. 왜냐하면 또다시 그 자리에 데려다 놔도 나는 똑같이 행동할 테니까.

다른 방법? 물론 그보다 훨씬 나은 다른 방법이 있기는 할 터였다. 그러나 나는 그런 사람이 아니었다. 내게는 더 나은 방법을 찾는다는 것이 그 일 자체를 뒤로 미루는 빌미가 될 따름이었다. 그러고 싶지 않았다. 해야 할 가치가 충분하다고 판단되면 나는 그 자리에서 일을 마무리지어야 하는 사람이었다. 나는 망설이면 길을 잃었다. 더 나은 방법을 찾는 건 더 나은 사람들이나 할 수 있는 일이었다. 나는 내가 할 수 있을 때 해야 했다.

그러나 정작 목사를 폭행한 이유에 관해서는 함구했다. 딱히 하고 싶은 말도 없었다. 나는 그냥 너희가 뭘 알겠냐는 생각만 했던 것 같다. 사람들이 모른다면 알려주면 될 텐데 내가 그러지 않는 이유는 간단했다. 그들을 신뢰하지 않기 때문이었다.

목사 일만 봐도 그랬다. 아무 이유도 없이 내가 주먹을 휘둘렀고, 그래서 목사의 잘난 금니가 티브이 화면 밖으로 튀어나갈 정도였으면 적어도 그 장면을 본 사람 중 한 명은 도대체 내가 왜 그런 짓을 저질렀는지 근원적인 의문을 가졌을 법도 한데 그런 인간은 존재하지 않았다. 그들은 그저 내 행동을 피상적으로 파악하고 그 현상 자체에만 호기심을 드러냈을 뿐, 더 깊은 곳에 있는 원인을 궁금해하는 것은 아니었다.

그들은 결국 내가 입을 꾹 다물고 있다는 이유만으로 이유 없는 미친 행동이라 치부하고 말았다. 웃겼지만 바로잡고 싶은 마음은 없었다. 구구절절 말을 해야 알아 처먹는 인간들이라면 이미 그 자체가 소용없는 행동이었다. 그들은 처음부터 내가 무슨 말을 했어도 고명한 사회 인사를 옹호하기 바빴을 터였다. 그렇게 작정하고 있는 인간들한테 뭔가를 해명한다는 건 두꺼비한테 고기반찬을 주는 것만큼이나 멍청한 짓이었다. 내가 그런 꼴을 본 게 한두 번이 아니잖아.

눈뜬장님이 대부분인 세상에서 나 혼자 무슨 진실을 알리겠다고 나서는 것도 웃기는 일이었고 그래봐야 얻을 건 사람들의 오해뿐이었는데, 머저리들에게 제대로 된 일로 오해를 받는다는 건 수치스러운 일이었다. 그들에겐 진실을 분별할 기회조차 제공하지 않을 생각이었다. 머저리들은 끝까지 머저리들답게 뭐가 똥이고 된장인지 구별하지 못하도록 놔두는 게 나의 복수였고 내가 그들을 조롱하는 방식이었다. 진짜 똥물을 가져와서 퍼부을 수는 없는 노릇이니까.

사실 그들이 나를 이해하지 못하는 것만큼이나 나도 그들을 이해할 수 없었다. 그러니 각자 그렇게 생각하는 인간들끼리 서로 신뢰한다고 하면 그게 오히려 더 이상한 일이 아닌가. 그래서 나는 사람들에게 이야기하지 않았다. 내가 보기엔 그들이 더 정신 나간 인간들이었고 그런 이들에게 진실은, 어울리지 않는 장식이었다.

그들은 머저리들답게 나의 위악도 이해하지 못했다. 그게 자신들을 조롱하는 태도라는 것을 전혀 알지 못했다. 그러나 그게 내가 바라는 바였다. 나만 알면 되는 거였다. 나는 그들이 각성하여 바뀌길 원치 않았다. 끝까지 모르다가 죽기 직전에 깨닫기를 바랐다.

그런 그들이 내게 사이코패스라고 했던 이유는 사실 내가 명망 있는 목사에게 주먹질을 했기 때문만은 아니었다. 주먹을 휘두른 뒤 내가 카메라를 보고 씩, 그야말로 씩, 하고 해맑게 웃었기 때문이다. 나도 그 장면을 봤는데 그래, 그걸 본 사람들의 반응을 나도 이해는 하겠어. 그건 확실히 제정신이라고 볼 수 없는 행동이었으니까.

하지만 그 웃음은 오직 단 한 사람, 아라를 위한 미소였다. 인간 버러지의 얼굴을 다른 사람은 몰라도 아라는 모를 수 없었다. 나도 기억하는 그 면상을 어떻게 잊을 수가 있겠어. 그러니 내가 그 인간의 금니를 날려버린 이유를 아라 또한 알 수는 없겠지만, 그래도 무언가 대단한 기쁨이 될 수는 있을 터였다. 언제라도 아라가 그 방송을 본다면, 두 주먹을 불끈 쥐기를 나는 바랐다. 아라에게 주는 나의 작은 선물이었다.

단지 내가 자신이 후원하던 보육원 출신이라는 이유만으로 느닷없이 안수기도를 해주겠다며 나타났던 정신병자는 그러고도 내가 바라지도 않았던 합의를 먼저 해줄 것이며, 한때 자기네 원생이었던 내가 처벌받는 것은 절대로 원치 않는다며 방송에서 설레발을 쳐댔다. 나는 이미 그 시점에 교도소를 내 집처럼 편안하게 생각하고 있었으므로 개자식의 아량 따위 눈곱만큼도 필요 없었지만, 굳이 해주겠다는 걸 싫다고 우겨대기도 우스운 상황이라 그냥 혀나 한번 차고 말았다. 그리고 그 인간은 과연 명망 있고 아량 넓은 인사라는 사회적 평가를 얻긴 했지만 글쎄, 그런 평판과 진실 가운데 어느 것이 더 중요할까.

그러고 보면 내 엄마의 삶 또한 멍청한 인생의 끝판이라고 무작정 치부해버릴 일이 아닐는지도 몰랐다. 아무도 이해할 수 없는 방식으로 살아간다는 건 그 사람의 마음속에 무언가 다른 관점의 생각들이 존재한다는 말이 될 수도 있는 거니까. 나처럼.

지향하는 삶의 방향을 가늠하기 어려운 것 또한 그렇게 보면 당연한 일이었다. 그러나 알 수 없는 것은 역시 알 수 없는 것이었다. 행적이 없는 인생을 산다는 건 도대체 어떤 느낌일지 가끔 궁금할 때가 있었다.

엄마는 기록이 없었다. 부모 손에 자란 흔적도 없었고 보육원에서 자란 것도 아니었다. 학교를 다닌 기록도 없었고 다른 형태의 어떤 사회적 보살핌을 받으며 성장한 것도 아니었다. 어디서 어떻게 살았는지에 관한 흔적이, 마치 피어오르는 연기처럼 허공 어디쯤에서 끊어졌다가 저멀리 창공에서 어렴풋이 나타났으나 그것 또한 과연 그녀의 삶이기는 한지조차 알 수 없을 만큼 불투명하고 불분명했다. 유령 같은 삶을 살다가 처음으로 모습을 드러낸 게 그러니까 똥 대신 나를 낳고 실려간 시설에서의 기록이었던 것이다.

그러니 과연 누군가의 눈에는 엄마와 내가 서로 불행을 경쟁하며 사는 것처럼 보일 수도 있었다. 얼마든지 그렇게 생각할 수 있었다. 그래서 나는 가끔 생각한다. 정말 그럴까? 정말 이 핏줄의 내림 속엔 오로지 불행만이 존재하는 걸까?

나는 때로 이 세계에서 지워지고 싶을 때가 있었다. 하지만 그때의 순간이 지극히 불행하므로 차라리 없어지는 게 나을 것 같다는 생각에서 비롯된 소망은 아니었다. 그것은 무언가 목적 없이 질질 끌려가듯 살아가는 삶에 대한 회의에 더 가까웠다. 알게 모르게 남과 같기를 바라면서도 정작 그들의 삶에 깊이 개입되면 전혀 어울리고 싶지 않은 기분에 휩싸이고, 그러면서도 막상 떠나지는 못하는 나 자신에 대한 염증이 쌓이고 쌓여 결국 일상으로부터의 도피를 꿈꾸게 하는 것이었다. 아무도 모르는 곳에 혼자 조용히 나만의 세계를 구축하여 살고 싶은 충동은 그러므로 나와는 맞지 않는 세상의 모든 불안감 혹은 불안정으로부터 벗어나고 싶은 바람일 수 있었고, 한편으론 진짜 나만의 세상을 찾고자 하는 욕망의 발현일 수도 있었다.

타인의 시선으로부터 자유로워지고 누구에게도 기록되지 않는 삶을 산다는 것은 그러므로 어떤 면에서, 보통의 일상에선 경험할 수 없고 보통의 용기로는 실천하기 어려운 새로운 형태의 삶의 방식일 수 있는 것이다.

내 엄마의 삶이 그러니까 그런 게 아니었으리라는 법도 없었다.

누가 꼭 그런 방식을 가르쳐줘서라기보다 타고난 기질 자체가 그렇게 살도록 이끌었던 것일 수도 있었다. 지금의 나를 가만히 들여다보면―그리고 유전적인 형질의 대물림을 인정한다면―그런 성향도 충분히 짐작 가능했다. 그러나 그렇다고 해서, 체제가 정한 규칙을 따르지 않는다는 이유만으로 이탈자라 낙인찍히고 그로 인해 그들이 규정한 정상적인 삶의 영역에서 밀려나 살았다고 해서, 그것이 곧 불행한 인생이라고 단정지을 수는 없었다.

남과 같지 않다는 게 꼭 불행을 의미하는 것은 아니었다. 스스로 남과 같지 않으려 노력해서 얻은 세상에서 살아간다면 그게 도리어 더 가치 있는 삶일 수도 있었다. 어딘가에 남겨진 기록이 없으므로 그녀의 삶이 불행했을 거라고 단정짓는 것은 그러니까 행복이란 절대적으로 자신들이 속한 영역에서만 가능할 거라고 믿는 편견에 지나지 않을 수 있었다.

모두가 수직의 세상을 바라보고 살아갈 때 저멀리 보이는 수평의 세상으로 발걸음을 내딛는 행위는 결국, 해보지 않은 사람은 알 수 없는 용기의 영역이었다. 그리고 그렇게 도달한 세상이 이곳보다 훨씬 더 행복하고 좋은 곳이 아니라는 법도 없었다. 보려고 하지 않았으므로 볼 수 없었던 많은 사람들이, 그곳에서의 삶을 알음알음 자기들만의 방식으로 더 행복하게 꾸려나가고 있을는지도 알 수 없는 일이었다.

흔적이 없다는 걸 불행과 결부시키지 않는다면 그녀의 삶이 불행했을 거라는 증거는 어디에도 없었다. 심지어 엄마가 나를 낳고 발견된 최초의 순간조차도 그녀에게서 불행의 흔적은 찾아볼 수 없었다고 사람들은 말했다. 딱 그렇게 말을 하진 않았지만 그들이 말하는 내용 대부분이 그런 의미를 품고 있었다. 부티나는 뽀얀 피부에 고생이라곤 전혀 해보지 않았을 것 같은 얼굴과 표정과 행동과 말투였다는 묘사 따위가 그렇다는 사실을 방증해주었다. 그러니 아무것도 찾아낼 수 없는 내 엄마의 과거가 그들에겐 더없이 예상치 못한 상황일 수 있었겠지. 아무래도 가출 소녀라고는 보기 어려운 행색이었다는 점이 특히 더 강렬한 인상으로 남았던 탓인지, 생각보다 많은 사람이 엄마를 그런 모습으로 기억했다. 불행과는 전혀 어울릴 것 같지 않은 아이가 자신들의 세상에 들어와서 놀랐다는 식으로.

공중화장실에서 아이를 낳는 것보다 더한 불행이 도대체 어디에 또 있을 수 있는지 이해할 수 없는 말이었지만, 만약 그것이 결과만을 두고 하는 말이 아니라 동기나 원인까지 모두 포함해 하는 소리였다면 그래, 그렇게도 이야기될 수 있었다. 지난 사연을 알 수 없으니 눈앞에 보이는 불행 이전의 불행에 관한 흔적을 찾을 수 없었다는 의미로 해석한다면 충분히 이해 가능한 말이었다.

그러나 그렇게 해석하자면 다른 측면으로, 불행의 시점이라는 새로운 이야기가 전개된다는 점도 인정해야 했다. 즉, 엄마의 불행은 나와 더불어 시작된 비운일 수도 있다는 얘기였다. 관점을 달리하여 돌이켜보자면 그게 완전히 근거 없는 전개라고는 말할 수 없었다. 철없는 원조교제 생활이 불행한 삶으로부터 비롯되었을 거라고 넘겨짚기는 했지만 기실 그 이야기는 전제부터 엇나가 있었기 때문이다.

엄마가 원조교제를 했다는 근거는 사실 어디에도 없었다. 그 질문에 엄마는 그냥 침묵했다고 하는데 침묵이 꼭 시인을 의미하는 것은 아니었다. 그러나 정상적인 삶에서라면 고등학생이었을 여자아이가 임신할 경우의 수라는 게 그리 많지 않았고, 더구나 성폭행도 아니었 노라 스스로 극구 부정했다고 하니 집도 절도 확인되지 않는 아이의 침묵을 그냥 시인이라 판단한 것도 딱히 잘못된 결정이라 볼 수는 없 었다. 다만 확인된 사실이 아니었달 뿐.

그러니 그 속에 어떤 사연이 감추어져 있는지는 아무도 몰랐다. 엄 마는 누구에게도 말하지 않았고 왜 말하지 않는 건지도 말하지 않았 다. 나는 가끔 엄마조차 알지 못했던 것이 아닐까 하고 생각할 때가 있었다. 때로 어떤 일들은 스스로 뭘 생각하기도 전에 이미 벌어져, 그 중심에 자신이 놓여 있기도 하는 법이었으니까.

내가 굳이 엄마의 삶을 이해하려고 애쓸 필요는 없었지만 그래도 내 불행의 근원에는 어쩔 수 없이 엄마라는 존재가 버티고 있었으므 로 무작정 외면할 수만도 없었다. 불행의 근원을 왜 그렇게까지 깊이 파고들어야 하는지에 대한 질문 또한 나 스스로 수도 없이 해보았지 만, 불행은 마치 끊으려야 끊을 수 없는 불량식품처럼 내 주변에 늘 포진해 있었으므로 생각지 않을 도리가 없었다. 그리고 그렇게 시작 된 생각이 얽히고설켜 온통 꼬인 실 뭉텅이처럼 엉켜 있었고, 그것을 중간부터 풀 방법이란 존재하지 않았으므로 결국 엄마의 삶에까지 이 르게 되는 것이었다.

그러다보니 핏줄이란 게 또 묘한 관계러서 오롯이 미움으로만 감정 의 모든 칸을 채울 수는 없었다. 이해 따위 하고 싶은 생각이 전혀 없 었지만, 그것은 마치 사물이 포착되면 저절로 켜지는 동작 감지 센서 처럼 작동했으므로 방법이 없었다. 저도 모르게 그럴 수밖에 없었던 이유가 있었을지도 모른다는 생각 같은 걸, 하고 싶지 않아도 하게 되는 것이다.

그러니까 나를 갖기 전의 삶과 나를 가진 이후의 삶이 내 엄마의 두 갈래 인생이라고 본다면 전자야 어쨌든 그럴 만한 이유로 그럴듯하게 채워졌는지 아니면 그 반대일는지 내 알 바 아니었고 알 도리도 없었지만, 후자가 불행했다는 사실에 대해서만큼은 어떤 식으로든 부정할 수 없었다. 그러니까 전자의 삶을 배제한다면 엄마의 불행은 나와 더불어 시작되었고, 나의 불행은 그런 엄마가 나를 책임지기로 마음먹은 순간부터 시작된 것이었다.

여자가 아이를 낳고 나면 호르몬이라든가 기타 생체기관들이 그 변화에 적응하지 못해 여러 가지 말썽을 부린다는 얘길 들은 적이 있었는데, 내 엄마는 아마도 그것이 정신적인 영역에서 크게 작용했던 모양이다. 그래서 실려갔던 병원에서 퇴원한 뒤 시설에서 몸을 회복하는 동안 미친년처럼 날뛰어 내가 있는 곳을 찾아냈고, 그곳에서 아무런 절차도 없이 마치 도둑년처럼 나를 빼돌려 어디론가 사라져버린 것이다.

원소유자를 따지자면 그때의 내가 엄마의 것이기는 했어도 시설의 입장에서는 갑작스러운 일이 아닐 수 없었다. 양육에 관한 그 어떤 상의나 협의나 절차도 없이, 외국 어디리도 팔아넘기기 딱 좋은 신생아를 생모라는 여자가 느닷없이 나타나 도둑질해간 것이나 다름없었기 때문이다. 엄마는 그런 일이 처음이 아니라는 듯 능숙하게 그들로부터 완전히 자취를 감춰버렸고, 나의 기억도 그 자취 속에 묻혔다. 그 시기는 내게 있어 없는 삶이나 마찬가지였다.

불행이 지배하던 때라 그랬는지 그때의 기억이 내겐 하나도 남아 있지 않았다. 물론 너무 어렸을 때라 그럴 수도 있지만 조금씩 어떤 유년의 기억이란 게 남을 법한 시기조차 나는 아무것도 기억하는 게 없었다. 마치 오랜 기간 냉동되었다가 해동되어 눈을 뜬 사람처럼 생후 육 년가량의 기억이 전무했다.

딱 한 번, 그러니까 그게 사 년 차인지 오 년 차인지 불분명한 시점에 마치 냉동이 중간에 풀리기라도 한 것처럼, 아련한 영상으로 간직된 장면이 하나 남아 있기는 했다. 그것은 이를테면 전생을 떠올리는 것처럼 어슴푸레한 영상이었는데, 문제는 그 기억이 과연 사실인지를 알 수 없다는 점이었다. 아무튼 영상은 사실 여부와 관계없이 문득문득 내 머릿속에 떠올라 자신이 마치 나의 유년의 기억인 것처럼 행세했고, 그 배경에는 늘 마당과 마루가 있었다.

그곳 마루에서 나는 발가락 혹은 발등 어딘가를 다쳐 울고 있었고 엄마일 것으로 추정되는 여자가 내 발에 무언가를—아마도 빨간약을—발라주었다. 그러고는 나를 등에 업고 달래며 마당으로 내려왔는데, 그때의 하늘에는 둥근 달이 떠 있었다. 그랬으니 아마도 밤이었겠지. 회색 담벼락 앞으로는 밤이었는데도 초록임을 알 수 있었던 수목이 몇 그루 앙상하게 늘어서 있었고 그쯤 어딘가에서 어렴풋이 귀뚜라미 소리 비슷한 것도 들었던 듯하다. 그러니 밤이었다면 가을밤이었겠지. 그리고 나를 등에 업고 달래는 엄마를 마루에 앉아 물끄러미 바라보는 여자가 한 명 더 있었는데 그녀가 누구인지는 전혀 알 길이 없었다.

이 기억에 사실성이 떨어지는 이유는 일단 내가 울면서 엄마 등에 업혀 있는 주제에 하늘에 뜬 달을 보았다는 점이고 단순히 벌레 소리가 아니라 정확히 귀뚜라미라고 분별하여 기억한다는 사실이었다. 전체의 기억 중에 일부 사실인 부분이 있을 수야 있겠지만, 그래도 많은 영역이 왜곡되어 있음을 알 수 있는 대목이었다. 프리즘을 통과해 꺾인 빛처럼, 하나의 근원에서 출발하여 어떤 시기를 거치며 다른 각도와 색으로 바뀐 기억일 수도 있었고, 아예 완전히 새로운 세계를 나의 기억으로 착각하고 있는 것일 수도 있었다. 가령, 티브이 드라마라든가 남의 집 담벼락 너머로 훔쳐본 장면을 나의 체험으로 혼동하고 있는 건지도 모르는 것이다.

잠시 마취가 풀린 사이 각인된 것 같은 이 기억은 그러므로 어디서부터 어디까지가 진실인지 알 수 없었다. 그러고는 다시 깊은 잠에 빠져든 사람처럼 나는 기억을 잃었고, 이후 잠에서 깨어난 것은 일곱 살 무렵의 어느 놀이공원에서였다. 나는 짙은 남색에 금빛 단추가 달린 블레이저를 입고 있었다.

블레이저의 목깃과 소매 끝엔 흰 띠가 둘러져 있었는데 그런 이유로 이 기억 또한 왜곡되어 있을 가능성이 컸다. 단순히 슈트라든가 재킷이 아니라 정확히 블레이저로 기억하는 사실하며, 블레이저의 색이나 형태끼지 떠올릴 수 있다는 것 자체가 그랬다. 하지만 좋은 옷을 입고 있었다는 사실만은 분명했다. 왜냐하면 내가 누군가에게 최초로 소개되는 자리였기 때문이다. 그러나 그때의 나는 그런 사실을 전혀 알지 못했고 오로지 청룡열차를 탈 생각에만 빠져 몹시 흥분해 있었다. 그런데 정작 청룡열차를 탔는지에 대한 기억이 또 내겐 없었다.

마치 불안정한 전원을 공급받는 로봇처럼 나의 기억은 군데군데가 끊겨 있었다. 몹시 흥분해 열차를 올려다보던 나의 모습은 그렇게 잠시 전파방해를 받은 영상처럼 끊겼다가 이윽고 다른 장면과 연결되었는데, 엄마가 내 앞에 쭈그리고 앉아 블레이저 단추를 채워주는 모습이었다. 그리고 깃을 매만져주곤 내 볼을 두어 번 어루만졌던 것 같기도 하고 아닌 것 같기도 했다. 어쩌면 그 자체가 나의 기억이 아니었을 수도 있고.

그때의 엄마는 울고 있었던가? 알 수 없었다. 그러나 내 마음에 남은 엄마는 눈물도, 그리고 모성애도 없는 여자였다. 기억 속에서 나는 쭈그리고 앉은 엄마를 물끄러미 내려다보다가 어떤 인기척에 놀라 하늘을 쳐다보았고, 하늘과 땅 사이에 우뚝 서 있는 한 남자를 보았다. 커다란 키를 가진 남자의 얼굴은 그러나 전혀 보이지 않았다. 그의 머리가 해를 가리고 있었으므로 그의 얼굴은 자신이 만든 어둠 속에 감추어져 있었다. 곧 나의 기억 또한 그가 만든 어둠에 묻혀 사라졌고, 내가 엄마와 함께한 시간도 거기까지가 끝이었다.

그러니까 시설 관리자의 말대로라면 엄마가 그 난리를 쳐가며 나를 찾아 고작 한 일이라곤 칠 년간의 나의 삶 속에 불과 일 분도 채 되지 않는 기억만을, 그것도 어디서부터 어디까지가 진실인지 알 수 없는 영상만을 남겨놓은 채 사라진 것이 전부였다. 그러니 나는 지금도 가끔 그때의 일에 의문이 생길 수밖에 없는 것이다.

엄마는 왜 나를 찾아왔는가. 도대체 무엇 때문에 나를 찾아왔는가.

그런 얘기를 언젠가 아라에게 한 적이 있었다. 그러나 아라는 오히려 내가 좀 이상하다고 말했다.

"넌 좀 이상해. 뭔가 생각이 바뀐 것 같아. 나라면 왜 나를 떠났는지가 궁금하지, 애초에 나를 찾은 이유는 별로 궁금하지 않을 것 같은데? 엄마니까 자식을 찾는 건 당연한 일 아니야?"

하지만 나는 그렇게 생각하지 않았다. 버렸다는 사실보다 찾았다는 사실이 더 중요했다. 그래서 나는 오히려 엄마가 왜 나를 떠났는지는 별로 궁금하지 않았다. 떠난 이유를 만들고자 한다면 천 개도 만 개도 더 만들 수 있었다. 그러니 문제는 버린 게 아니라 찾은 거라고 나는 생각했다. 어차피 어떤 이유로든 그렇게 될 거였으면서 도대체 왜! 애초부터 나를 찾지 않았다면 다시 버릴 일도 없었을 테고 그러면 내가 몇 조각 되지도 않는 유년의 기억을 더듬거리며 알 수 없는 비감에 빠져드는 일도 없었을 터였다. 우리는 공중화장실에서 두 사람으로 나뉘었을 때, 그때 인연을 끝냈어야 옳았다. 차라리 그랬다면 나는 그 불가항력의 세계를 이해하든 못하든, 있는 그대로의 현실로 받아들였을 것이다.

1

그러므로 내 삶의 정확한 시작은 초등학교 운동장에서부터였다고
봐도 과언이 아니었다. 거의 일 년에 가까운 시간이 또 어디론가 사라
지고 없었으나 상관없었다. 육 년이 사라지나 칠 년이 사라지나 매한
가지였다.

어쨌거나 나의 기억은 초등학교 운동장에서부터 다시 시작되었으
므로 내 삶도 거기서부터 시작했다고 보는 게 옳았다. 이상한 일이었
지만 한편으론 이상한 일이 아닐 수도 있었다. 왜냐하면, 내 기억의
소멸에는 어쩌면 내가 의식하지 못하는 나의 의지가 담겨 있는지도
몰랐기 때문이다.

서너 살 정도의 어린 나이라면 모를까 여덟 살에 이르기까지 거의
모든 기억이 없다는 것은 아마도 내가 스스로 선택한 결과일 확률이
높았다. 어떤 외부적인 충격이나 사고가 있었던 것도 아닌데 이렇게
까지 아무것도 남아 있지 않다는 건 아무래도, 이해할 수 없는 일들이

내 속에 남아 있는 것을 내가 용납할 수 없었기 때문인지도 몰랐다. 마치 목에 걸린 가시처럼 끊임없이 나를 고통스럽게 하여, 지우지 않고서는 도저히 한 발짝도 앞으로 나아갈 수 없는 상황이었다면 그래, 지워야 했을 것이다.

그리하여 나는 그 공백의 시간들을 딛고, 운동장을 빼곡하게 메운 아이들 사이에 덩그러니 서 있었다. 초등학교 입학식이었다. 병정처럼 늘어선 아이들의 뒤편으로 그들의 부모이거나 혹은 보호자일 것으로 추정되는 어른들이 펜스처럼 줄지어 서 있었다. 나는 그 초등학교에서 불과 일 킬로미터도 떨어지지 않은 은혜보육원에 살았다. 어떻게 그 보육원에 맡겨졌는지는 기억에 없었다. 그러나 누구에게도 묻지 않은 걸로 봐서 나는 별로 알고 싶지 않았거나 혹은 아무래도 상관없었던 모양이다.

그해 은혜보육원에서는 모두 다섯 명의 아이가 같은 초등학교에 입학했다. 나와 동갑인 여자아이가 한 명 있었고 나머지는 모두 남자였는데 우리보다 한두 살 이상 나이가 많았다. 그럴 수밖에 없는 각자의 사연을 안고 있었을 테지만 스스로 말하지 않는 이상 무슨 사연인지 알 수 없었고, 스스로도 무슨 일이 벌어졌던 건지 알지 못하는 경우가 태반이었다. 우리는 모두 기묘하게 비틀어진 각도 안에서 알게 모르게 비슷한 짐을 가지고 있었다.

그러다보니 우리에겐 여느 아이들과 달리, 무언가를 기대하지 않는 인생에 관해 조금 더 일찍 깨달았다는 공통의 성질이 존재했다. 새로운 환경에 처할 때마다 무기력한 노예라도 된 양, 당면한 현실이 우리에게 아무런 피해도 주지 않는다는 것을 인지할 때까지 묵묵히, 동공

의 빛을 끄고 몸을 늘어뜨린 채 자신의 색을 자기도 모르게 지우는 것
또한 우리의 습관이었다. 우리는 익숙한 곳이 아니면 모습을 잘 드러
내지 않았다.

그러나 그러한 태도는 기이하리만큼 기복이 심해서 우리는 위협이
사라졌다는 생각이 드는 순간 돌변하곤 했다. 그럴 때면 망나니처럼
나뒹굴며 격앙된 감정을 주체하지 못했는데, 그것은 어쩌면 우리가 균
형을 유지하는 데 꼭 필요한 자구책일 수도 있었다. 마음속 어딘가가
늘 깊숙이 눌려 있었으므로, 어떻게든 어느 순간에는 그것을 풀어놓아
야만 했을 것이다. 하지만 어떤 이유에서든 우리가 다른 아이들에 비
해 스스로의 감정을 통제하는 데 미숙하다는 사실만은 분명했다.

우리 다섯은 모두 한 반이 되었다. 지금 생각해보면 다분히 의도된
배치였을 테지만 그때의 우리는 그런 것을 알 나이가 아니었다. 우리
는 그저 낯선 환경 속에 홀로 동떨어지지 않았다는 사실만으로도 크게
안도했다. 그러나 우리 반 아이들이 전반적으로 다른 반 아이들과 조
금 다르다는 사실을 깨닫기까지는 그리 오랜 시간이 걸리지 않았다.

우리는 달랐다. 보육원에 사는 아이들, 편모슬하, 편부슬하, 부모
없이 할머니 손에 키워지는 아이, 지극히 가난하여 자신이 가난한지
조차 알지 못하는 아이들, 어딘가 비틀어지고 뒤틀린 환경의 아이들
이 우리 반 구성원의 내다수라는 사실은, 시간이 흐르면 흐를수록 여
러 면에서 다양한 형태로 드러났다. 그래서 우리는 이 세상 아이들이
대부분 다 그런 환경에서 사는 줄 알았다. 하지만 그렇지 않다는 것을
깨닫기까지도 그리 오랜 시간이 걸리지 않았다.

특활이라든가 몇몇 반 구분 없이 모여 수업을 받아야 하는 경우, 그러한 특징은 자연스럽게 드러났다. 일단 옷차림이나 소지한 학용품 따위에 질적 차이가 있었지만, 기실 그런 것은 큰 문제가 될 게 없었다. 어떤 것이 더 좋고 누가 더 비싼 걸 가졌는지 정도는 우리도 알았지만 그런 것은 우리의 관심사가 아니었고, 우리만 빼고 모든 아이가 다 좋은 옷을 입고 좋은 것을 가진 것도 아니었으므로 그 자체로 어떤 열등의식이나 질투심이 유발되지는 않았다.

하지만 선생들은 달랐다. 선생들에게 그 차이는 아이를 대하는 자신의 태도를 결정짓는 데 적지 않은 영향을 미쳤다. 그리고 그 태도의 차이를 느끼며 우리도 우리가 갖지 못한 무엇이 우리에게 어떤 작용을 한다는 것을 눈치채기 시작했다. 그것은 마치 반려동물이 자신을 사랑하는 사람을 한눈에 알아보는 것처럼, 애정에 늘 목마른 생명체가 지니는 공통적인 직관이었다.

우리는 차츰 각자가 처한 환경에 관해 생각해보기 시작했다. 왜냐하면 그것이 남들과 동등할 수 없었던 근본적인 원인이라는 것을 서서히 깨달아가고 있었기 때문이다. 그러면서 그동안 왜, 우리가 그렇게까지 노력해왔음에도 똑같은 대우를 받을 수 없었던 것인지에 대해서도 마치 새벽녘에 동이 터오듯 어렴풋이 깨닫게 되었다.

문제는 우리에게 있었던 것이 아니었다 ……고 생각하던 우리는 그러나 우리가 사는 환경이 우리의 문제가 아니라면 도대체 누구의 문제란 말인가, 라는 난제에 봉착했다. 우리는 본능적으로 그 문제의 숨은 해답을 간절히 알고 싶어했지만 그런 것을 알 수 있는 나이가 아니었고, 그보다 먼저 무엇을 정확히 문제삼아야 하는지조차 구분해내지 못했다. 우리는 그저 눈알만 데굴데굴 굴리며 무언가 이상하지만 그래도 뭐든 해야 한다고만 생각하기에도 바빴다. 안 그러면 또 버려질지도 모른다는 두려움 같은 게, 움직임 없는 심해어의 동공처럼 우리 마음 어딘가에 깊숙이 박혀 있었기 때문이다.

물론 어떤 차별이 대놓고 이루어지는 것은 아니었다. 그것은 대체로 미세한 자기장처럼 살갗 아주 가까운 부분에서만 느낄 수 있는 미묘한 힘의 작용이었다. 그러나 언제나 그렇듯이 은밀하고 미묘한 것이 더 강력한 의문과 호기심을 남기기 마련이었다. 왜 그 조그맣고 불분명한 차이가 더 큰 상실감을 안겨주는지는 알 수 없었지만, 그 뒤에 무언가 더 큰 것이 존재한다는 것은 직관적으로 알 수 있었다. 그리고 그것은 때로 나를 앞에 두고 귓속말로 욕하는 것을 들은 것만큼이나 더러운 기분을 느끼게 했다.

대놓고 뭐라 할 수도 없고, 그렇다고 모른 척하기에도 께름칙한 감정. 부조리함을 느끼고는 있으나 부조리가 뭔지 몰라 말할 수 없고, 그렇다고 모른 척하기에는 그 존재가 너무 분명한 축의 기울기. 그러므로 부당함에 대한 억울함은 본능적인 감정으로 연결되었고, 그 본능적 미움이 동급생을 향하게 되는 건 어찌 보면 당연한 결과였다. 합리적으로 설명할 수 없는 폭력의 기원이 바로 그런 경로를 통해 생성된 것이다.

우리 반 아이들이 다른 반 아이들에 비해 폭력 성향이 강하다는 선생들의 평가는 그러므로, 본래부터 내재해 있던 성향이 일정한 시기 혹은 특별한 계기와 맞닥뜨리면서 발현된 것인지, 아니면 특정한 세력에 의해 지속적인 자극을 받아 새로운 기질이 만들어진 것인지 딱 부러지게 분별하기 어려웠지만, 나는 그것이 후자의 영향이라고 믿었다. 물론 선생들은 일고의 여지 없이 전자의 입장에서, 아니나 다를까 폭력 성향이 강하다는 식으로 표현했는데 그 아니나 다를까라는 관용구가 얼마나 큰 위력과 여진餘震을 가진 표현인지 그들은 잘 인식하지 못했다.

내가 후자라고 생각하는 이유는 일단 우리 반 아이들이 처음부터 그런 성향을 보인 것은 아니었기 때문이다. 나와 함께 생활하는 보육원 형들도 초등학교에 입학하기 전까지는 딱히 폭력이라 할 만한 전력이 없었다는 것을 우리는, 늘 우리와 함께 생활하는 보육원 선생님들을 통해 알 수 있었다. 그랬던 그들이 이른바 폭력적으로 변한 것은 여름방학이 지나고 나서부터였다. 학년 초에는 없었던 시비가 잦아졌고, 같은 반 내에서만 이루어지던 다툼이 서서히 다른 반 아이들과의 싸움으로 번졌다.

내가 이 시기를 잘 벼린 칼날처럼 명징하게 기억하고 있는 이유는 그때의 내가 먹이사슬의 최하층에 존재하는 군群이었기 때문이다. 나는 또래 아이들보다 덩치가 작고 소심했으며 숫기도 없었고 무엇보다 갈등이 빚어지는 상황들을 두려워했다. 늘 혼자 구석에 앉아 조용히 언제까지고 다른 사람의 눈에 띄지 않기를 바라며 책이나 숨죽여 읽는 것이 내가 할 수 있는 일의 전부였다. 더는 누구도 나를 보살펴줄 사람이 없다는 것을 한창 깨달아가던 시기이기도 했고 내가 살아남으려면 나 스스로 지키는 수밖에 없다는 걸 절실하게 자각하던 시기이기도 했다.

그러나 보육원 형들은 나와 달랐고, 달라도 너무 달라서 그들의 위상은 학년이 올라갈수록 높아졌다. 형들은 과연 형들인지라 같은 학년 아이들보다 힘이 셌고 혼자 안 되면 둘이 붙었고 둘이 안 되면 셋이 붙는 단합도 남달랐으므로, 많은 아이들의 두려움의 대상이 되기까지 그리 오랜 시간이 걸리지 않았다. 세 명은 마치 삼총사처럼 붙어다니며 오만 일에 참견하고 위세를 부리고 명령을 내렸는데 그 대상이 주로 선생들에게 총애받는 아이들이었다.

물론 한동안은 고자질이라는 수단을 통해 이 삼총사의 패악을 막아보려는 그들의 노력이 있긴 했지만 폭력은 언제나 모든 제도에 앞서는 도구로서, 그들이 그 힘 앞에 완전히 굴복하기까지도 별로 오랜 시간이 걸리지 않았다. 그 탓에 삼총사는 선생들에게 요주의 인물로 낙인찍히기는 했지만, 그렇다고 해서 별다른 제재가 가해졌던 것도 아니었으므로 어떤 실효가 있지는 않았다. 그러니까 선생들에게 총애받는 아이들이라는 위치도 실은 모호한 경계에 있는 것이었다.

그런데 이것을 만약 그 아이들과의 직접적인 관계보다 그 아이들의 부모와의 관계를 우선시하는 심리라고 가정해본다면, 앞으로는 총애하면서 뒤로는 방치하는 선생들의 이중적인 태도도 설명이 가능했다. 말하자면 특정한 아이들을 총애한다고는 하나 실질적으로 아이들 사이에서 일어나는 구체적인 일들에 관해서는 별로 관심이 없는 것이었다.

그런 까닭에 비슷한 아이들끼리 뭉쳐놓는다는, 명백히 잘못된 취지의 정책을 내내 지켜보면서도 선생들은 그냥 아이들끼리 알아서 하도록 내버려두었고 그것은 학년이 바뀌어도 달라지지 않았다.

다른 반 아이들은 학년이 올라갈 때마다 새로운 학급을 구성했는데 우리 반은 그렇지 않았다. 거의 그대로 유지되었다. 몇몇 아이가 빠져나가고 몇몇 아이가 새로 들어오기는 했으나 그것은 그저 구색에 불과했을 뿐, 우리 반에 남아 있으리라 여겨졌던 인원은 그대로 다 남아 있었다.

처음엔 거기에 무슨 차이가 있는 건지 잘 인식하지 못했던 아이들도 일 년이 지나고 이 년이 지나자 서서히 다른 반과의 차이를 깨닫기 시작했고, 하나의 깨달음은 이윽고 여러 면에서 연쇄적인 각성을 불러일으켰다. 그러면서 잔뜩 곪았던 데가 터지기 시작했고 급기야 우리 반은 더는 내버려둘 수 없는 문제적 학급으로—마치 처음부터 문제가 될 학급이라는 것을 예측해서 미리 분류해놓기라도 한 것처럼 자연스럽게—지정되었다. 그리고 그 중심에는 역시 폭력성에 대한 수많은 진정이 자리하고 있었다.

그러나 기실 우리 반의 폭력성은 선생들의 방치로부터 시작된 것이었다. 환경적인 요소 하나로 아이들을 분류해놓은 정책이 학급 간의 분쟁을 야기하는 주요 원인이었음에도, 선생들은 우리가 알아서들 하게끔 내버려두었고 각자 알아서 해야 하는 세계에서 질서를 잡아가는 과정엔 늘 힘의 논리가 지배하기 마련이었다.

그리고 그 시절의 힘의 논리란 곧 단순 폭력을 의미했다. 그러므로 제한되지 않은 무력이 그 나름의 질서를 형성하는 데 필요했던 시간을, 다름 아닌 선생들이 제공해준 셈이었다. 우리 반은 삼 년 동안 그대로 유지되었고 삼 년이란 적지 않은 시간이었다. 강자가 약자를 괴롭히는 힘의 구도가 완전히 자리잡히기에 충분한 시간이었고 구도가 자리잡힌다는 것은 곧, 괴롭히는 사람이나 괴롭힘을 당하는 사람 모두 그 일련의 과정 전체를 당연한 일상으로 받아들인다는 것을 의미했다. 비정상적인 일에 무뎌지면 부조리의 크기는 커질 수밖에 없었다.

결국 여러 가지 문제가 곪아터지고 나서야 선생들은 이제 막 겨울 잠에서 깨어난 곰처럼 느릿하게 어떤 대책이라고 내놓았는데, 그게 또 우스꽝스럽기 짝이 없었다. 새 학년부터 삼총사를 비롯한 우리 반 아이들 전체를 산개해놓는 방법이었다. 어차피 다른 반 아이들은 그 때까지 계속 그래왔으므로 그것을 만약 문제 해결의 방책이라고 내놓은 거였다면, 실로 직무 유기에 가까운 답습이라고밖에 볼 수 없었다. 왜냐하면 그것은 전혀 실질적인 대안이 되지 못했기 때문이다. 눈 가리고 아웅 하는 식의 허술하고 성의 없는 대책이었다.

나와 아라는 같은 반이 되었고 형들은 제각각 다른 반이 되었지만, 선생들이 기대한—무엇을 기대하기는 했던 건지 의문이 들 만큼 얼 빠진 대책에—효과는 당연히 없었다. 그들이 다른 반이라고 해서 뭉 치지 못할 이유란 없었기 때문이다.

그러나 나는 상황이 달랐다. 내게는 마치 수면 아래 도사리고 있던 상어떼가 나타나기라도 한 것처럼 극적인 변화가 일어났다. 삼총사가 알게 모르게 나의 보호막이 되어주었던 건지, 내가 그들과 같은 반이 었을 때는 생각지 못했던 일들이 벌어지기 시작했다. 삼총사에게 괴 롭힘을 당하던 아이들이 나와 같은 반이 되면서 내가 그 아이들의 표 적이 된 것이다.

처음엔 그저 슬금슬금, 이를테면 너도 그 보육원에 산다며? 라는 정도의 비아냥거림으로 시작되었다. 그것은 아마도 그 보육원에 전해

내려오는 비기라도 있어 내가 삼총사와 같은 힘을 가졌는지 알아보려는 차원이었을 텐데, 덩치를 보아하니 그런 것 같지는 않고 하는 꼴 또한 비리비리하니 눈도 못 마주치는 얼간이임이 분명한데, 그렇다면 무슨 일이 벌어졌을 때 삼총사에게 쪼르르 달려가는 성품인지를 확인하는 데 필요한 접근이었을 터였다.

그러나 불행인지 다행인지 나는 그런 성품이 아니었다. 힘이 없다 뿐이었지 명예를 모르는 성정은 아니었으므로 나의 일을 누군가에게 일러바쳐 해결하는 식의 태도는 기질 자체에 포함되어 있지 않았다. 그리고 그렇다는 사실이 그들에게 밝혀지는 것과 동시에 나는 한 학년 내내 괴롭힘을 당해야 했다.

그들의 괴롭힘은 지독히도 졸렬하기 짝이 없었다. 하지만 그것이 내게 큰 고통인 것만은 분명했으므로 매일 학교에 가는 일이 어느덧 하루를 견뎌야 하는 일과가 되었다. 그나마 아라라도 없었다면 나는 아마도 어디론가 도망쳐버렸을지도 몰랐다.

아라는 나와 같은 보육원에 사는 처지였음에도 예쁘장한 외모와 분명한 태도를 가지고 있었으므로 아이들 사이에서 나와는 다른 위치에 존재했다. 아라는 무엇보다 자신의 매력이 하나의 권력으로 작용할 수 있다는 걸—지금 생각해보면—분명히 아는 아이였고 본능적으로 그 힘을 잘 이용할 줄도 알았다.

그러나 그런 아라가 나를 감싸주는 것에도 한계는 있었으므로 나는 점차 정서 불안 상태에 접어들었다. 늘 알 수 없는 두려움에 가득차 가뜩이나 웅크린 몸을 더 웅크리고 있었고, 누가 나를 살짝 건들기만 해도 화들짝 놀라기 일쑤였다. 어딘가에서 내 이름이 불리기만 해도 심장이 내려앉았고, 수업중에 발표라도 해야 하는 상황이면 다리가 떨려 제대로 서 있지도 못했다.

선생도 그런 내가 보기에 딱했던지 어느 날 나를 교무실로 부르더니 느닷없이 새와 토끼를 길러보라고 말했다. 우리 학교는 건물 뒤편에 마련된 조그만 뜰에서 몇 가지 동물을 사육했는데 새와 토끼가 거기 있었다. 나는 가끔 그곳에서 물끄러미 나를 바라보는 동물들을 마주보며 멍하니 서 있을 때가 있었는데, 선생이 아마도 그 모습을 본 모양이었다. 거기 서서 막연히 얘들을 누가 기르나 생각했었는데 그렇게 어떤 식으로든 길러지는 것이었다.

나는 지금도 그때 선생이 내린 느닷없는 처방에 관해 곰곰이 생각해보곤 한다. 선생은 두 가지 중의 하나를 선택했던 것일까? 가해자를 제재하는 것과 피해자가 스스로 자신의 문제를 해결하게 하는 것 중에서? 만약 후자라면 내가 가진 심리적 불안이 동물을 기르는 것으로 충분히 치유될 거라고 믿었나? 당하는 일은 어쩔 수 없으니 사고 후유증이나마 스스로 치유하라고?

선생은 알고 있었다. 그때의 내게 무슨 문제가 있었는지. 내가 아이들에 둘러싸여 괴롭힘 당하는 장면을 선생도 본 적이 있었다. 복도 창문을 통해 나와 눈이 마주친 적도 있었다. 나는 아마도 그때 간절한 눈빛으로 선생을 보았을 것임에도 선생은 그냥 돌아서, 가던 길로 사라졌다.

왜 그랬을까. 지금이라도 다시 만난다면 그때 왜 그랬는지 꼭 물어보고 싶은 일 중의 하나였다. 그러나 선생은 그런 일이 있었는지조차도 기억하지 못하겠지. 정당하지 않은 기억일 테고 불리한 기억을 간직해야 할 이유란 전혀 없을 테니까.

내가 밤새워 한 숙제라든가 노트라든가 교과서 따위를 가지고 있지 못할 때, 옷이 찢어졌거나 점심을 거르거나 머리에서 김치 냄새를 지독하게 풍길 때, 내게 무슨 일이 있었던 건지 우리 반 아이들은 모두다 알았다. 하도 그같은 일이 지독하게 반복되다보니 그나마 양심 있는 아이들이―물론 아라의 주도하에 동의하는 정도이긴 했어도―그런 일의 부당함을 선생에게 증언한 일도 있었다. 그러나 선생은 그 일에 합당한 그 어떤 조치도 즉각적으로 취하지 않았다. 왜 그랬는지 나는 지금까지도 도무지 이해하지 못하고 있고.

그러나 아이들의 공식적인 고발이 있었음에도 계속 묵인으로 일관할 수만은 없었다. 무언가 어떤 형태로든 조치가 필요했는데 그 처방이 바로 새와 토끼를 기르게 하는 일이었다. 새와 토끼.

새와 토끼를 기르는 것과 내가 괴롭힘을 당하는 문제의 상관관계를 전혀 이해할 수 없었지만 그러거나 말거나 선생의 지시였으므로 나는 조용히 따를 수밖에 없었는데, 그렇다고 해서 아이들의 괴롭힘이 줄어든 것도 아니었으므로 나는 이후, 그 지시가 내게 무엇을 의미하는지 골똘하게 생각해볼 수밖에 없었다.

그것은 어떤 의미였을까. 극복할 수 없는 관계에선 그냥 스스로 해결법을 찾으라는 의미였을까? 속세의 일에 짓눌리지 말고 새와 토끼와 더불어 목탁이나 두들기라는 의미로? 알 수 없었다. 나보다 더 약한 존재를 돌보면서 스스로를 위로하라는 의도였을까? 아니면 한없이 연약한 새와 토끼를 보면서 나 자신의 존재를 명확히 깨달으라고? 그것도 아니면 나와 마찬가지로 찍소리도 못하는 동물들이므로 기르는 척하면서 마음껏 괴롭혀보라는 얘기였나? 그러다가 사고가 생겨도 뒤뜰에서 벌어진 일이니 묵인해주겠다는 배려로?

여하튼 나는 그렇게 느닷없이 새와 토끼를 기르게 되었고 다행스럽게도 그 일은 내게 아주 잘 맞았다. 무엇보다 놀라운 것은 내가 동물을 무척이나 사랑한다는 점이었다. 이전까지는 그럴 기회가 없어 깨닫지 못했던 사실이었고, 내가 종종 뒤뜰에 가 그들을 바라보았던 이유도 그러니 자연스럽게 설명되었다. 나는 선천적으로 동물을 좋아했던 것이다. 그러니까 선생의 처방은 나름대로 괴상한 방식으로 효과를 보인 셈이었다.

고통의 근원을 해결해준 것이 아니라 그것을 잠시라도 잊는 방법에 대해 알려준 것이었다.

아이들에게 괴롭힘을 당하는 고통은 전혀 줄지 않았지만 매일같이 지옥 같기만 했던 학교생활이 그나마 내가 기르는 동물들로 인해 버틸 만해진 걸 보면 과연, 그것이 이상하긴 했어도 처방은 처방인 셈이었다. 살아가는 재미는 없었어도 살아야 할 이유만은 분명하게 만들어주었다고나 할까. 나는 내가 기르는 새와 토끼들을 잘 키우기 위해서라도 어떻게든 학교생활을 꾹 참고 버텨야 했다.

이 세상에 존재하는 이유가 마치 새와 토끼를 기르기 위해서이기라도 한 양 나는 그 일에 온 정성을 쏟았다. 아침에 눈을 떠서 밤에 잠이 들 때까지의 시간 대부분을 새와 토끼를 잘 기르는 생각에 할애했다. 새와 토끼에 관련된 지식이라면 어떤 책이라도 다 읽었고 티브이 다큐멘터리 또한 보고 또 보고 다 외운 후에도 다시 보았다.

이학기 초부터 시작된 나의 동물 사육은 점차 기술이 발전했고 애정이 더해져 급기야 겨울방학에는 선생의 허락을 받아 보육원에 가져와서 기르기도 했다. 학교 아이들과는 다르게 보육원 아이들은 나만큼이나 새와 토끼를 사랑했다.

나는 그때 처음으로 내가 무엇인가에 지극정성을 쏟으면 그 결과로 다른 사람까지 행복해질 수 있다는 사실에 감격해서 가슴이 벅차올랐다. 늘 텅 비었던 가슴 한구석까지 빈틈없이 꽉 차 부풀어오르는 느낌을 그때 처음으로 받았다. 사랑은 사랑을 낳고 그 사랑이 또다른 사랑을 낳는다는 낙락한 생각에 빠져 있는 동안 한 해가 지났고 나는 오학년이 되었다.

새와 토끼들을 향한 나의 지극정성이 선생들 사이에도 알려졌던지 새 학년의 선생도 내게 같은 일을 맡겼다. 그리고 얼마 지나지 않아 나는 새와 토끼들에게 어떤 일들이 벌어지고 있다는 사실을 알았다.

그것을 처음 알게 된 것은 복도에 울리는 알리―알리는 내가 기르던 호금조의 이름이었다―의 비명 때문이었다. 봄을 맞아 뒤뜰 사육장을 보수하는 사이 잠깐 이동식 새장에 옮겨 복도에 놓아두었던 알리가 비명을 지르는 걸 듣고 내가 달려갔을 때, 알리는 공포에 떨며 새장 안을 이리저리 날아다니고 있었다. 나를 괴롭히던 녀석 중의 한 명이 기다란 나무 꼬챙이로 새장 속을 쿡쿡 쑤시고 있었던 것이다.

"하지 마! 하지 마!"

내가 소리를 지르며 달려들자 녀석은 깜짝 놀라 움찔하며 본능적으로 꼬챙이를 뒤춤에 숨겼는데, 이윽고 고함의 주인공이 나라는 사실을 확인하고는 다시 험악한 표정을 지으며 내게 꼬챙이를, 마치 칼처럼 들이대며 을렀다.

"지금 네가 나한테 소리를 질렀어?"

그제야 나도 내가 고함을 질렀다는 사실을 깨닫고 쭈뼛쭈뼛 할말을 잃었으나 그래도 눈으로는 계속 새장 속을 살폈다. 알리의 두 눈 속에 공포가 가득 차올라 동공이 있는 대로 팽창해 있었다. 몸도 경기를 일으켜 벌벌 떨었다. 알리가 느꼈을 공포가 내 손에 잡히는 듯해서 나 또한 몸이 떨렸다.

그러는 사이 녀석은 나무 꼬챙이로 나를 쿡쿡 찌르며 계속 뭐라 뭐라 욕을 해댔다. 처음엔 알리에게 정신이 팔려 들리지 않았는데 조금씩 안정되어가는 알리를 보자 서서히 그가 떠들어대는 욕지거리가 귀에 들어왔다. 나는 우물쭈물 말했다.

"얘는 그렇게 하면 죽는단 말이야."

그러자 녀석은 급격하게 풀이 죽은 나의 태도에 갑자기 기세가 올랐는지 들고 있던 나무 꼬챙이로 내 머리를 한번 후려치고는 나를 발로 차서 쓰러뜨렸다.

"죽긴 뭐가 죽어 이 새끼야. 잘만 살아 있더만. 엉?"

그러고는 재차 꼬챙이를 들어 사정없이 새장을 쑤시기 시작했고 알리의 비명과 파닥거리는 날갯짓 소리가 온 복도를 다시 울렸다. 나는 귀를 틀어막고 싶은 심정이었다. 녀석의 눈동자가 창을 통해 들어오는 빛을 받아 기이하게 번들거렸고, 입가는 양끝을 실로 잡아 끌어당긴 것처럼 어색하게 휘어올라가 있었다. 그것은 미소였을까?

녀석은 이히히, 이히히, 하는 괴상한 소리를 내며 벌어진 입술 사이로 허연 치아를 드러냈는데, 그것은 마치 사람의 이가 아닌 것처럼 보였다. 그는 입가에 기괴한 미소를 띠고 미친 사람처럼 새장을 쑤시는 틈틈이 나를 내려다보며 "하지 마? 하지 마?" 하고 씨익 웃어 보이고는 더욱 세차게 새장을 쑤셔댔다.

녀석이 결국 알리를 죽이고 말 거라는 생각이 소름처럼 등골을 타고 올랐다. 나는 나도 모르게 벌떡 일어나 녀석에게 달려들었다. 그러나 마음만 너무 다급했고, 해서 다리가 꼬여 넘어지는 바람에 녀석의 바지춤을 잡고 쓰러지는 꼴이 되고 말았다.

그래도 효과는 있어서 녀석도 같이 엉거주춤 넘어지는 통에 그 순간이나마 녀석의 광기를 중단시킬 수 있었다. 그런데 또 느닷없었던 것은 녀석이 갑자기 울기 시작했다는 점이었다. 바로 직전까지 기이한 미소를 띤 채 열광적으로 새장을 쑤셔대던 녀석이, 맞아서 넘어진 것도 아니고 밀어서 자빠진 것도 아닌데 내가 쓰러지는 와중에 바지춤을 붙들려 주저앉다시피 한 것이 뭐 그리 아프다고 울음을 터뜨렸고, 나는 잠시 어리둥절했으나 이내 왜 그랬는지 알 수 있었다. 이상한 느낌이 들어 뒤를 돌아보니 그곳에 선생이 서 있었던 것이다. 선생은 미간에 깊은 주름을 파고 입술을 앙다문 채 나를 내려다보고 있었다.

"너는 싸움은 안 하는 줄 알았는데 왜 그랬니?"

나와 녀석을 교무실로 데려간 선생이 내게 물었다. 그 말이 신호라도 되는 양 녀석이 다시 울음을 터뜨렸고 선생이 녀석을 보고 재호는 뚝, 하고 말하자 녀석은 정말로 뚝, 하고 그쳤다. 선생이 다시 내게 물었다.

"왜 싸웠니?"

그것은 싸움이 아니었다. 싸움이 아니라고 나는 말하고 싶었지만 입을 뗄 수 없었다. 교무실이라는 공간이 주는 압박감과 다른 선생들이 쳐다보고 있다는 긴장감 때문에 나는 말은 고사하고 제대로 서 있기조차 힘들었다. 선생이 다시 물었다.

"말하기 싫어?"

나는 아니요, 하고 대답했지만 순간 그 대답이 내 머릿속에서만 울렸는지 아니면 소리가 되어 밖으로 나갔는지가 헷갈렸다. 입술이 움직인 것은 분명히 느껴졌는데 소리가 만들어졌는지가 분명치 않았다. 들린 것도 같았고 아닌 것도 같았다. 선생이 들었는지 얼굴을 확인하고 싶었지만 고개를 들 수 없었다.

나는 아니라는 말을 다시 해야 할지 아니면 싸움이 아니었다는 말을 이어 해야 할지 몰라 우물쭈물했다. 선생은 말이 없었고 말이 없는 시간은 내게 형벌처럼 느껴졌다. 교무실 천장과 사방 벽이 나를 향해 조여오는 것 같았다. 어서 말하지 않으면 그 벽들이 끝내 나를 짓눌러버리고 말 거라는 두려움이 솟구쳤지만 말은 만들어지지 않았다. 숨도 제대로 쉬기가 어려웠다. 그때 선생의 목소리가 마치 저 먼 우주에서 울려오는 소리처럼 다시 들렸다.

"계속 그러고 있을 거야?"

나는 그 목소리에서 억눌린 분노를 느낄 수 있었다. 빨리 무슨 말이라도 하지 않으면 그 분노가 곧 나를 향해 해일처럼 덮칠 거라는 사실도 알았다. 나는 다급한 마음에 두어 번 입술을 움찔거리다 마침내 "새장" 하고 말을 꺼냈는데 그때 뒤쪽 어딘가에서 "쟤, 은혜보육원 아이 아니야?" 하는 소리가 들렸다. 그곳에 은혜보육원 아이라고는 나밖에 없었으므로 나는 순간 얼어붙었다.

"새장 뭐?" 하고 선생이 되물었지만 나는 대답할 수 없었다. 나를 은혜보육원 아이라고 지목했던 사람이 그다음에 무슨 말을 하려는 건지 마음이 쓰여 나도 모르게 온 신경이 그곳으로 향했기 때문이다.

거기에는 내가 미처 느끼지 못했던 여러 가지 소리가 존재했고 그 소리는 모두 나에 관한 이야기였다. 나에 관한 이야기처럼 들렸다. 마치 이제까지 줄곧 나에 대해 말하고 있었는데 이제야 내가 알아채기라도 한 것처럼 그 공간은 온통 내 이야기로 가득차 있었다. 실제로 들린 소리인지 환청인지 알 수 없는 음향이 나의 머릿속을 둥둥 울렸다.

아아, 보육원 아이였어? 어쩐지. 소곤소곤. 아니나 다를까 보육원 아이로구먼? 수군수군. 거기 보육원 애들 문제가 좀 많잖아. 재잘재잘. 노상 싸움질이나 해대고. 골칫거리야 쟤네. 쑥덕쑥덕. 그래도 쟤는 좀 얌전한 줄 알았더니 아닌가보네. 쏙삭쏙삭. 아이고, 그럼 보육원 애들이 다 그렇지 뭐 다를 줄 알았어? 웅성웅성. 왜 그 여자애 하나는 똘똘하더구먼, 3반에. 와글와글. 아유, 뚜껑 열어보면 다 똑같아. 시끌시끌.

나는 머리가 어질어질하기 시작했다. 피가, 피가 안 통하는 느낌이었고 머릿속과 등짝과 사타구니와 발바닥이 온통 땀에 젖는 느낌이 분명하게 들었다. 깊은 늪 속에 빠져드는 기분이었다. 숨이 잘 쉬어지지 않아 나도 모르게 가슴을 탁 치자 그곳에서 선생의 목소리가 툭 튀어나왔다.

"어, 너 왜 그래?"

그때 처음으로 고개를 들어 선생을 쳐다보았고 선생의 커다란 눈이 잠시 보이는가 싶더니 이내 눈앞이 흔들렸다. 그 순간 무엇인가가 나의 뒷깃을 잡아챘고 그곳에서 훅, 하고 나의 영혼을 빼내어가는 것이 느껴졌다. 순간 몸이 가뿐해지는 기분이 들었다.

눈을 뜨자 허연 천장이 나를 내려다보고 있었다. 그 하얀색 때문에 순간 이곳이 천국인가 하는 생각이 들었지만 이내 천장 가운데 길게 파인 홈이 눈에 들어왔고 그것이 형광등이라는 사실을 인지하는 순간 번뜩, 제정신이 돌아왔다.

나는 침대에 누워 있었고 그곳은 양호실이었다. 나는 침대에서 일어나 앉았다. 양호실엔 아무도 없었다. 몸이 무겁다는 생각이 들었다. 영혼이 돌아왔구나. 영혼은 생각했던 것보다 훨씬 무거웠다. 이 무거운 영혼을 몸속에 넣고 사는 거였어. 나는 생각했다. 그래서 그렇게 사는 일이 고단했던 거였다. 힘들고 지치고 하루하루가 무거웠던 거였다.

어차피 예고도 없이 떠난 거였으면서 왜 다시 돌아왔을까. 굳이 애써 돌아올 필요 없었는데. 나는 문득 죽는 게 별거 아니라는 생각이 들었다. 어느 날 느닷없이 떠나버린 영혼이 다시 돌아오지 않으면 그게 바로 죽음이었다. 고통도 없었고 따로 준비해야 할 것도 없었다. 그냥 무작정 떠나면 그만이었다.

무작정. 지금 사는 것처럼 무작정. 그렇다면 지금처럼 무작정 사는 것과 무작정 죽는 것은 뭐가 다를까. 창밖으로 햇빛이 꺾어지는 오후 늦은 시각 나는 처음으로 삶과 죽음에 대해 골똘하게 생각했다. 그때까지 단 한 번도 생각해보지 않았던 죽음이 아주 가까이에 다가와 있는 느낌이었다. 생각보다 차갑지도 않았고 귀신처럼 무섭지도 않았다. 죽음이 고통스러울 거라는 건 그저 어른들이 만들어낸 허상일 뿐이었노라고 나는 마치 죽음을 체험하기라도 한 사람처럼 결론 내렸는데, 그런 내게 죽음이 무엇인지 알려주기라도 하겠다는 듯 그날 오후 진짜 죽음이 나에게 왔다.

알리의 죽음이었다. 알리가 죽었다. 알리가 죽었고, 알리가 죽었다. 내가 죽었다고 생각했을 땐 그 죽음이, 그리 억울하다거나 불공평하다고 느껴지지 않았는데 알리의 죽음은 달랐다. 나의 죽음은 이 생에서의 삶처럼 지극히 현실적으로 느껴졌는데 알리의 죽음은 꿈속에서 들은 이야기처럼 무언가 비현실적이고 왜곡된 것처럼 느껴졌다. 알리의 죽음은 잘 이해가 되지 않았다. 그러나 내가 이해하거나 말거나 알리가 있던 새장은 텅 비어 있었다.

알리는 내 영혼이 어딘가 알 수 없는 곳을 떠도는 사이 조용히 나를 떠났다. 마치 일부러 비보를 알리지 않으려고 때를 기다렸던 것처럼. 아니면 알리의 영혼이 내 영혼을 대신해서 떠난 것일 수도 있었다. 그러지 말라는 법도 없었다. 알리와 나는 누구보다 서로를 잘 이해하고 있었으므로. 내가 떠나는 걸 용납할 수 없어 알리가 대신 떠난 것인지도 몰랐다.

내기 쓰러진 이후 복도에 있었던 몇몇 아이들이 선생에게 불려갔지만, 그들은 모두 나의 잘못만을 얘기했을 뿐 아무도 그 녀석, 오재호의 잘못은 말하지 않은 모양이었다. 내게 알리의 죽음을 알려준 아이가 그렇다고 말했다. 잘못은 전적으로 내게 있었고 알리가 죽은 것도 그 때문이라고.

도대체 왜? 그건 사실이 아니었다. 이해할 수 없었지만 이해할 수 없는 걸로 치자면 알리의 죽음부터였으니, 나는 멍하니 아이의 말을 듣고만 있었다. 복도에서 빈 새장을 멀거니 들여다보고 있는 내게 아이는 이어 말했다.

"죽은 새는 휴지에 싸서 쓰레기통에 버렸어."

"뭐?"

"담임이 그러랬어."

"누구한테?"

"재호한테."

"어디에 버렸는데?"

"쓰레기통이라니까?"

"그러니까 어디……"

나는 말을 하다 말고 재빠르게 교실 뒷문 쪽에 놓인 쓰레기통으로 달려갔다. 마지막 수업이 끝난 직후라 아이들은 제각각 소지품을 정리하며 수다를 떨기 바빴고 오재호와 몇몇 아이들은 칠판 앞에서 캐치볼을 하는 중이었다. 쓰레기통은 비어 있었다. 나는 가까운 곳에 앉은 아이에게 물었다.

"쓰레기통, 누가 비웠어?"

"모르겠는데?"

쓰레기통엔 휴지 몇 조각만이 들어 있을 따름이었다. 나는 한동안 빈 쓰레기통을 내려다보다가 오재호에게 다가갔다.

"알리를 어떻게 했어?"

"알리?" 하고 그게 뭐냐는 듯이 고개를 갸우뚱한 오재호는 받은 공을 다시 상대에게 던지고는 "아아, 그 새새끼?"라고 말했다.

"버렸지, 쓰레기통에. 담임이 그러래서. 왜? 찾아서 튀겨 먹기라도 하려고? 그게 치킨 같은 맛이 나려나. 작아서. 한입 거리도 안 되겠던 데."

각자 부산스럽던 아이들의 시선이 마치 약속이라도 한 듯 우리가 선 곳으로 집중되기 시작했다. 나는 숨을 한번 고르고 쓰레기통을 가리키며 말했다.

"저긴 없어. 어디다 버렸는데."

그러자 오재호가 갑자기 캐치볼을 중단하고는 내 앞으로 바싹 다가왔다. 오재호가 성큼 다가오자 오재호 곁에 있던 아이 한 명과 건너편에서 공을 받던 아이 두 명도 함께 내게로 왔다. 모두 좋은 옷을 입고 넉넉한 용돈에 좋은 학용품을 들고 다니는 아이들이었다. 오재호가 말했다.

"그걸 내가 너한테 일일이 보고해야 돼?"

"보고하라는 게 아니라 어디다 버렸는지를 묻는 거잖아."

"이 새끼 봐라."

오재호는 같이 보라는 듯 곁에 있는 아이들을 돌아보았다. 함께 선 아이들이 피식, 하고 웃었다. 오재호가 다시 나를 보며 들고 있던 공으로 내 가슴을 한 대 픽, 하고 때렸다.

"그렇게 쳐다보다 한 대 치겠다. 어?"

그러고는 얼굴 한쪽을 내 앞으로 바투 들이밀더니 으르댔다.

"쳐봐, 이 새끼야. 쳐봐!"

나는 침을 삼키고 숨을 골랐다.

"쳐보라니까, 이 개새끼야!"

오재호는 다시 내 가슴을 주먹으로 때렸고 나는 뒤로 밀리기는 했으나 넘어지지는 않았다. 나는 말했다.

"그냥 어디다 버렸는지만 알려달라고."

"이 새끼가 그래도 나불거리네. 그래, 나를 한 대 치면 알려줄게. 쳐봐. 아무 짓도 안 할 테니까 한 대 쳐봐."

그러고는 더 바짝 얼굴을 들이밀었다. 턱을 한껏 내밀고 기이하게 입술을 비틀어 올리고는 마치 물고기처럼 눈알을 옆으로 돌려 나를 노려보던 오재호는, 내가 아무 행동도 하지 않고 가만히 서 있기만 하자 다시 말했다.

"병신 새끼. 못 치지? 내가 너 같은 새끼들을 잘 알아. 너 같은 새끼들은 겁이 많아서 치래도 못 쳐. 차라리 맞는 게 낫지, 때리는 건 무서워서 못해. 그렇지? 병신들. 돈을, 백만원을 거저 줘도 너 같은 것들은 쓰지도 못해. 쓰다가 무슨 큰일이라도 날까봐. 아니야? 아우 무서워."

그러고는 양손을 얼굴 옆에 대고 우어우어 괴상한 소리를 내더니 이윽고 상체를 뒤로 젖혀가며 깔깔깔깔 과장되게 웃었다. 교실 앞쪽에서 우리를 바라보던 몇몇 아이가 오재호를 따라 웃었고, 그러자 오재호가 그 아이들을 돌아보며 말했다.

"야, 너희도 이 새끼 몸에서 냄새나는 거 느끼지. 느끼잖아? 보육원엔 물도 잘 안 나오는지 씻지도 않나봐. 이러다가 우리까지 무슨 병이라도 옮는 거 아닌가 몰라. 안 그래?"

나는 말했다.

"냄새 안 나. 보육원이라고 해서 물 안 나오는 거 아니고 나도 매일 씻어. 그리고 나한테도 무슨 병 없어."

"지랄하네. 병신, 네가 그걸 어떻게 알아? 바이러스는 본래 잠복 기간이라는 게 있는 거야."

오재호가 이죽거렸다. 나는 잠시 그런 오재호를 물끄러미 바라보다가 물었다.

"네가 괴롭히려던 게 나냐, 알리냐."

오재호는 느닷없는 나의 질문에 잠시 멍한 표정으로 그 말의 의미를 되새겨보는 듯하더니, 이윽고 무언가를 비웃는 듯한 표정으로 입을 열었다.

"진짜 알고 싶어? 너도 싫고 새도 싫어. 나는 약한 것들은 다 싫어. 알아? 약한 것들은 뭐든 자기 손으로 할 줄 아는 게 없어. 전부 우리한테 빌붙어서 우리가 이룬 것들을 좀먹기만 한다고 우리 엄마가 그랬어. 자기 손으로 뭘 할 생각은 안 하고 늘 남이 해주기만을 바란다고 엄마가 그랬는데 너희 보육원 새끼들을 보면 엄마 말이 딱 맞아. 너희 보육원 것들이 나한테서 빼앗아간 돈이랑 학용품이 얼마나 되는지 알아? 그래, 너희는 그걸 나한테서 빼앗아갔다고 생각하겠지만 천만에. 엄마가 그냥 주랬어. 너희는 어차피 다 거지들이니까 괜히 그따위 돈 몇 푼, 사소한 물건들 때문에 너희하고 섞이지 말고 앞에서 거치적거리면 그냥 던져주랬어. 너희는 천생 우리가 던져주는 걸 받아먹고 사는 애들이고 또 앞으로도 계속 그렇게 살 애들이니까."

오재호는 내가 아닌 삼총사 형들과의 기억에 관해 말하는 듯싶었지만 나는 아무 말 하지 않았다. 어차피 우린 다 같은 보육원 식구였고 오재호가 말하는 대상에는 분명히 나도 포함되어 있었다. 그러나 그의 말처럼 우리가 거지는 아니었다. 그 말은 해야 할 것 같았다. 그래서 나는 말했다.

"우리는 거지가 아니야."

오재호가 피식, 웃더니 고개를 돌려 반 아이들을 차례로 훑어보았다. 아이들은 누구도, 아무 말도 하지 않았다. 나는 그들의 침묵에서 형언할 수 없는 배신감을 느꼈다. 그들이 무슨 말을 할 수 있는 상황이 아니었음에도 그랬다. 그것은 기묘한 감정이었다. 그들과 나 사이에 배신을 운운할 만한 그 어떤 관계도 형성된 바 없었음에도 그들로부터 느껴지는 배신감이란, 실로 알 수 없는 기분이었다. 세상 모든게 싫어진다는 감정이 이런 건가 하는 생각이 들 무렵 오재호가 말을 이었다.

"나중엔 어차피 너희 같은 것들은 우리 얼굴도 제대로 쳐다보지 못할 날이 오니까 지금 사소한 거 챙기려다가 괜히 험한 꼴 당하지 말고, 너희가 가까이 오면 그냥 원하는 걸 던져주고 말랬어. 우리야 얼마든지 또 사면 되지만 너희는 우리가 주지 않으면 영영 만져볼 수도 없는 애들이니까 그냥 적선하는 셈 치라고 말이야. 하지만 왜? 내가 왜 그래야 해? 나는 싫어. 너희가 갖고 싶은 게 있으면 너희가 노력해서 가져야 하는 거 아니야? 그걸 왜 내가 해줘야 하는 건데? 어? 내가 너희 부모야?"

오재호는 그 사실이 정말 어처구니가 없다는 듯 코웃음을 크게 쳤다. 그러고는 혀를 한번 세게 차더니 다시 말을 이었다.

"게다가 너희 보육원은 국가에서 보조금을 받고 그 보조금도 부족해서 우리 부모님 같은 사람들한테서 후원금도 받아. 재미있는 게 뭔지 알아? 국가보조금이라는 게 세금이고 그 세금을 낸 사람이 또 우리 부모님이야. 알아? 너희는 머리부터 발끝까지 우리 부모님이 번 돈으로 먹고 자고 입고 사는 거라고. 알아? 무슨 말인지 하나도 모르겠지? 국가보조금이 뭔지 세금이 뭔지 들어나 봤냐? 너 같은 새끼들은 늘 그렇게 주는 거나 받아 처먹고 남이 다 알아서 챙겨주니까 그런 단어가 있는지조차도 몰랐을 거야. 그렇지? 너희하고는 아무 상관도 없는 거니까. 어? 누구는 밤새워서 공부하고 노력해서 성공하고 그렇게 해서 번 돈으로 꼬박꼬박 세금 내가며 떳떳하게 사는가 하면, 너 같은 것들은 세상 편하게 우리가 주는 혜택이나 받아먹으면서 고마운 줄도 모르고 살아. 난 진짜 이해가 안 돼. 솔직히 너희는 우리 엄마 아빠 같은 사람들한테 존나 고마워해야 하는 거 아니야?"

오재호는 정말 그래야 하는 게 아니냐는 듯 눈을 부라리고는 손가락을 세워 내 가슴을 두어 차례 쿡쿡 찔렀다.

"그런데 네가 지금 나한테 하는 꼴을 봐. 새새끼 한 마리 죽은 걸 가지고 도끼눈을 뜨고 째려보고 있잖아. 너는 그게 이해가 돼? 이 양심도 없는 새끼야? 자기 몸뚱이 하나도 제대로 못 기르면서 새고 나발이고 누가 뭘 기른다는 거야? 어? 지가 토끼를 기른대. 나 참 어이가 없어서, 새니 토끼니 그 사료들은 또 어디서 나냐? 학교에서 다 사주는 거 아니야? 그건 세금 아닐 거 같아? 그것도 우리 부모님 돈에서 나가는 거라고. 알아?"

오재호는 정말 이해가 안 된다는 듯 고개를 절레절레 흔들고는 다시 말했다.

"그러니 넌 도대체 뭐야? 그런 주제에 새랑 토끼가 무슨 지 거라도 되는 양 뻔뻔하게 구는 그 정신 상태는 도대체 어디 가면 배울 수 있는 거야? 나도 너처럼 좀 뻔뻔하게 살아봤으면 소원이 없겠다. 나 학원에서 코피 터지게 공부하는 동안 네가 하는 일이라는 게 뭐야. 고작 새나 토끼 그딴 잡것들하고 노닥거리는 게 전부 아니야? 나도 씨발 너처럼 좀 편하게 살아보고 싶거든? 그런데 왜 내가 그렇게 노력해서 얻는 걸 너 같은 것들한테까지 나눠줘야 하는 건데. 어? 너는 그게 이해가 돼?"

나는 아무 말도 할 수 없었다. 아라였다면 무슨 말이든 할 수 있었을 텐데. 나는 그럴 수 없었다. 오재호의 말이 모두 옳아서가 아니라 그가 누르고 있는 나의 약점이 교묘하게도 상처가 깊은 곳이라 이성적으로 생각을 정리할 수 없었고, 그럴 수 있다 해도 말주변이 없었다. 시간이 지나면 분명 무슨 말이든 반박할 내용이 정리되겠지만 그땐 또 기회가 없을 터였다. 내게 있어 논쟁이란 늘 그런 식이었다. 교묘한 상대를 만날 때마다 나는 늘 할말을 잃었고 할말이 모두 정리되고 나면 상대가 없었다. 말을 정리하고 나서 시간을 되돌리고 싶을 때가 한두 번이 아니었다.

그리고 오재호가 헤집어놓은 상처는 그 정도로도 충분히 쓰라렸다. 오재호가 거기서 말을 끝냈더라면 어땠을까. 그랬다면 나의 미래가 바뀌었을까? 나는 지금도 가끔 그때의 순간을 되짚어보곤 한다. 오재호의 말이 거기서 끝났더라면 나는 정말로 오재호 같은 아이들에게 빌붙어 사는 인생이 되고 말았을까?

오재호가 반 아이들을 향해 완전히 몸을 돌리고는 손가락으로 나를 가리키며 말했다.

"야, 너희 그거 알아? 이 새끼가 자기 거처럼 지랄하는 새가 호관조라는 건데, 그 새는 말이야, 알은 낳아도 품질 않는대. 우리 엄마가 그랬어. 자기 알인데 낳기만 하고 신경을 안 쓴다는 거야. 그래서 그 알을 다른 새한테 품게 한대. 그게 제정신이야? 낳기만 하고 책임은 안 지고 다른 새한테 민폐만 존나 끼치는 주제에, 그것들은 자라면 또 똑같은 짓을 반복한다는 거야. 그런데 그게 다 유전자 때문이라고 우리 엄마가 그랬어. 그것들은 애초부터 생겨먹길 그렇게 생겨먹어서 대대로 시간이 흘러도 변하지 않는다는 거야. 종 자체가 그런 거래. 그러니 그런 것들은 씨를 말려버리는 게 맞지 않아? 그런 새들이 다른 새하고 섞여 있으면 안 그런 새들까지 나쁜 영향을 받을지 모른다고 우리 엄마가 그랬어. 그래서 그런 잡것들은 잡것들끼리 모여 살게 하는 게 맞는 거라고."

오재호가 잠시 말을 멈추고 나를 노려보았다. 나는, 그 순간에 내가 할 수 있는 말을 했다.

"알리는 호관조가 아니라 호금조야."

"뭐든 이 새끼야" 하고 말을 갈아 뱉은 오재호가 다시 아이들을 향해 소리쳤다.

"그리고 또 있잖아, 알을 품은 바퀴벌레는 밟아 숙여도 죽인 게 아니래. 그래도 알은 그대로 살아 있기 때문에 꼭 태워서 죽여야 한다고 그랬어. 알도 불에 타서 다 터질 때까지. 알까지 씨를 말려버리지 않으니까 그런 것들이 그렇게 번식하는 거거든."

몇몇 여자아이가 어우, 하고 몸서리를 쳤다. 오재호가 다시 나를 보고 말했다.

"그래서 내가 그 새도 태워버리라고 시켰다. 왜? 불만 있어?"

그러자 옆에 있던 아이가 "담배도 있어" 하고 말했다. 둘은 미친듯이 깔깔대고 웃었고 몇몇 아이도 같이 웃으면서 우우, 하고 두 사람에게 야유를 보냈다. 그리고 나는 그 순간 미지의 공간으로부터 전해오는 어떤 기운을 절제하느라 온 힘을 다하고 있었다.

어금니를 할 수 있는 만큼 세게 깨물고 입술이 하얗게 변할 만큼 앙다문 채 숨을 크게 들이마셨다가 내쉬었다. 숨결에서 대나무처럼 잘게 나뉜 마디가 느껴졌다. 가슴이 턱밑까지 부풀어올랐다가 서서히 내려앉았다. 눈물이 동공 아래로 고였지만 흐르지는 않았다. 눈알이 열기에 휩싸여 홧홧한 느낌이 들었다. 오재호가 그런 나를 돌아보고 흠칫 놀라는가 싶더니 이내 손가락을 들어 허공에서 까딱거리며 말했다.

"이 새끼 이거 나 처다보는 거 좀 봐. 오오, 무서운데? 그러니까 자신 있으면 한 대 쳐보라고 새끼야. 그렇게 병신처럼 노려보지만 말고. 네가 그렇게 노려보면 누가 무서워할 줄 알아?"

나는 한 발 뒤로 물러섰다. 그때까지만 해도 딱히 오재호를 때려야겠다는 의식이 있었던 것도 아니었다. 오히려 오재호가 나를 또 칠 기세였기 때문에 나도 모르게 한 발 뒤로 물러섰던 거였다. 그러나 돌이켜보면 그 한 발이 체중을 실어 가격하기에 가장 알맞은 거리였다.

그리고 나는 아마도 기다렸던가? 그것은 잘 기억나지 않았다. 어쨌거나 내가 알맞은 거리로 물러난 후 오재호의 음성이 먼 곳에서 들리는가 싶더니 곧이어 그의 주먹이 내 얼굴로 날아들었고 나는 본능적으로 고개를 숙였다. 그때까지 단 한 번도 취해보지 않은 동작이었고 생각조차 해보지 않은 움직임이었다.

나는 고개를 숙여 날아오는 주먹을 피하고 그와 동시에 오른쪽 어깨를 뒤로 뺀 뒤 허리를 중심으로 회전하듯 몸을 틀었다. 사선으로 휘어져 있던 상반신이 튕겨나가듯 회전했고 그 맨 앞쪽에 나의 주먹이 놓여 있었다. 그 주먹이 오재호의 얼굴에 맞기까지 필요했던 시간은 찰나도 되지 않았다.

뼈와 뼈가 부딪쳐 작렬하는 느낌을 나는 그때, 내 생애 처음으로 받았고 그 최초의 느낌이 너무 강렬해서 아주 오랫동안—마치 표식처럼—내 주먹에 남아 있었으며, 이후에도 바로 그 위치에 상대의 얼굴이나 몸이 와 닿을 때마다 그들은 모두 나동그라졌다. 그리고 쉬이 일어서지 못했다.

그날의 오재호도 마찬가지였다. 그대로 나자빠진 오재호는 일어나지 못했고 일어나지 못한 이유는 정신을 잃었기 때문이었다. 아이들은 모두 일시 정지라도 된 듯 꼼짝하지 않았다. 나는 쓰러져 기척도 없는 오재호를 말없이 내려다보았다.

죽었나.

그때의 나는 정말로 오재호가 죽었을지도 모른다고 생각했다. 왜냐하면 내기 기진 분노가 그를 죽일 수도 있을 거라는 생각이 들었기 때문이다. 하지만 나는 담담했다. 이상하게 담담했다. 오재호가 만약 죽었다면, 그래서 내가 그를 죽인 대가를 치러야 한다면 그게 뭐든 나는 담담히 받아들이리라고 생각했다.

나는 시체처럼 널브러진 오재호를 물끄러미 내려다보다가 조용히 몸을 움직여 발길을 돌렸다. 아이들의 운집이 물결처럼 갈렸다. 내가 그들의 시선에서 멀어지자 부산스럽게 움직이는 소리가 들렸다. 어디론가 달려가는 아이가 있는 것도 같았다. 나는 발걸음을 재촉해 소운동장으로 향했다.

알리를 찾아야 했다. 알리를 찾아서 묻어줘야 했다. 나는 소운동장에 있는 소각장을 샅샅이 뒤졌다. 학교에서 무언가를 태울 수 있는 장소는 그곳밖에 없었고 그곳이 아니었다 해도 나는 소각장을 떠날 수가 없었다. 그곳이 내가 당도할 수 있는 마지막 공간이었기 때문이다.

불길이 치솟아 모든 것을 태우고 남은 자리엔 검은 그을음과 잿빛 더미만이 가득했다. 내 마음의 한구석도 아마 그와 같은 풍경일 거란 생각이 들었다. 나는 소매가 찢기고 팔뚝이 긁혀 피가 나는 것도 모른 채 정신없이 소각장을 뒤지다가 문득, 그곳에서 내가 찾고 있는 게 무엇인지 몰라 흠칫 놀라기도 했다. 분명히 나는 알리를 찾으러 그곳에 들어왔건만 내가 찾고 있는 것이 어느 순간 알리가 아닌 것도 같았기 때문이다.

불현듯 길을 잃었다는 생각이 들었다. 나는 그 자리에 털썩 주저앉아 먼 하늘을 바라보았다. 해가 기울었고 소각장에 있어야 할 불길이 하늘에서 일었다. 나는 알리를 찾을 수 없을 거란 직감이 들었다. 아무리 뒤져도 눈에 띄지 않았다. 나는 멍하니 붉은 깃털처럼 흐트러진 하늘을 바라보았다.

이제까지 내가 보았던 하늘이 거기 있었으나 하늘은, 같지 않았다. 이제까지 내가 알던 세상이 거기 있었으나 세상은, 달라져 있었다. 내가 느낄 수 없는 어떤 축의 변화가 일어났고, 내가 보지 못했던 세계가 느닷없이 내 앞으로 밭게 다가와 있었다. 그리고 거기엔 분명 무언가 잘못된 부분이 있었는데 그게 뭔지 알 수 없었다. 어떻게든 바로잡고 싶었지만 뭐가 뭔지 알 수 없었던 나는 그러므로, 할 수 있는 일도 없었다.

이제 그만하자. 나는 생각했다. 어차피 이 세계에서 내가 제대로 살아갈 수 없다면 그래, 그렇다면 제대로 살지 않으면 그만이다. 애쓰지 말자. 나는 생각했다. 애써도 달라질 게 없다면 차라리 모두가 나를 증오하게 만드는 게, 내게는 더 쉬운 일일 수도 있었다. 어차피 내겐 거의 모든 면에서, 악의惡意가 더 편한 길이었기 때문이다.

나는 검댕으로 뒤덮인 손바닥을 물끄러미 내려다보다가 팔을 들어 눈가를 문질렀다. 뿌연 시야 저 멀리서 위대한 선생의 종들이 내게로 달려오고 있었다. 나는 그냥 쉬운 것을 선택하기로 마음먹었다.

2

내가 교무실로 들어섰을 때 오재호의 엄마는 마치 미친 여자처럼, 누구랄 것도 없는 대상들을 싸잡아 욕설을 쏟아내고 있었다. 선생이 나를 교무실로 부른 이유를 나는 처음엔 알지 못했지만, 길길이 날뛴다는 표현 외엔 딱히 묘사할 길이 없는 오재호의 엄마에게 세차게 머리를 한 대 얻어맞고 나니 어렴풋이 그 이유를 알 것도 같았다.

오재호의 엄마는 나를 발견하고는 들소처럼 달려와 내 뺨을 후려치려 했으나 내가 살짝 고개를 트는 바람에 손은 머리통에 떨어졌고, 내 머리가 떵한 만큼이나 그 아줌마의 손도 아팠을 거라고 나는 짐작했다. 한 대 아니라 백 대라도 때릴 기세로 달려온 아줌마는 아니나 다를까 손으로는 더 안 되겠는지 발을 들어 나를 찼고, 나는 때린 사람이 조금이나마 시원함을 느낄 수 있도록 장렬하게 나자빠졌다. 그제야 선생들이 나서서 말렸다. 나는 웅크리고 누워 그대로 있을까 아니면 일어날까를 잠시 고민했다. 신기했다. 나는 다른 사람이 되어 있었다. 소각장에 들어갔다 나올 때 마치 다른 세계로 통하는 차원의 문을 통과한 것 같았다. 들어가기 전의 나와 나온 후의 내가 달랐다. 느낌이 아니라 실제로 무언가가 달라져 있었다.

일단 시력이 달라졌다. 오재호의 엄마가 내게 다가올 때 이미 달라졌음을 느꼈다. 눈가로 불길을 내뿜으며 앞으로 쏟아질 듯 걸어오는 아줌마가 몇 걸음 후면 내게 다가와 있을지 순간 계산이 가능했다. 마치 이전과 똑같이 주어진 시간을 내가 좀더 세밀하게 쪼개어 관찰할 수 있는 능력이라도 생긴 것처럼, 아줌마가 취하고자 하는 동작의 의도가 읽혔다. 당연히 아줌마의 팔이 높이 올라갔을 때도 이후 떨어질 손의 궤적이 한눈에 보였고 발이 올라갔을 때도 어떤 각도로 날아와 어느 부위를 가격하게 될지 감이 잡혔다. 그러므로 충분히 피할 수 있지만 굳이 피하지 않아도 별문제가 없을 타격이라는 판단을, 각도와 궤적에 따라 내릴 수 있을 만큼 내겐 넉넉한 시간이 주어졌다. 아니, 어쩌면 같은 시간 속에서 나는 이전과는 다른 공감각을 지니게 되었는지도 몰랐다. 그런 능력이 갑자기 생긴 것인지 아니면 본래 있던 능력이 어떤 계기로 발현한 것인지는 알 수 없었다. 중요한 것은 그런 가시적인 변화가 나의 내면 또한 바꾸었다는 사실이었다. 나는 두려움이 없어졌다. 원한다면 피할 수 있었고 피하지 않더라도 맞을 부위를 예상하고 맞는 것은 그리 아프지 않았기 때문이다.

오재호의 엄마는 자신이 발로 차 쓰러뜨린 나를 내려다보며 이런 폭력배를 학교에 그냥 두어서는 안 된다고 소리쳤다. 나는 벌떡 일어나 지금 나를 때린 것은 어떤 종류의 행위였던 건지 묻고 싶었지만 참았다. 나는 차가운 시멘트 바닥에 웅크리고 누워 언제쯤 일어나면 적당할지 생각했다. 왜냐하면 아무도 나를 일으켜세워주지 않았기 때문이다. 선생들은 모두 오재호의 엄마를 달래기에 여념이 없었다. 아줌마에게 맞아 쓰러진 나를 신경쓰는 선생은 아무도 없었다. 그들은 마치 내가 쓰러져 있는 것조차 모르는 사람들 같았다. 아니면 내가 쓰러져 있는 게 그들로서는 정당한 상황인 건지도 몰랐다. 하지만 왜? 이제까지 오재호에게 셀 수 없는 매를 맞고도 참아왔던 내가 단 한 번 놈을 때렸다는 이유만으로?

나는 늘 맞아도 되고 오재호는 한 대도 맞으면 안 되는 인간인가?

나는 스스로 일어났고, 바지를 탁탁 털었다. 오재호의 엄마가 그런 나를 가리키며 저놈이 일어나 바지를 턴다고 또 고래고래 소리를 질렀다. 선생들은 도대체 왜 바지를 털었느냐는 듯한 눈빛으로 나를 쳐다보았다. 아니, 어쩌면 내가 일어난 일 자체가 문제가 되는 것인지도 몰랐다. 나는 일어나면 안 되는 거였나. 바지도 털면 안 되는 거였나. 차가운 시멘트 바닥 위에 그대로 누워 있어야 하는 거였나.

그런데 놀랍게도 그곳에는 내가 생각했던 것보다 훨씬 많은 선생이 있었다. 나는 그저 우리 반 선생과 교감과 그곳 가까이 선 두엇의 선생만이 전부인 줄 알았다. 그러나 선생들은 마치 숨어 있다 고개를 내민 두더지들처럼 많았다. 그들 너머에도 있었고 내가 미처 둘러보지 못한 쪽에도 많았다. 하지만 그들 대부분은 마치 약속이라도 한 듯 오재호의 엄마만 쳐다보았다. 개중 몇몇 안쓰러운 눈빛으로 나를 바라보는 선생도 물론 있었다. 그러나 그들조차 내게 다가와 괜찮은지 묻거나 나를 일으켜세워주지 않았다. 그들은 그저 자기 자리에 서서 이 상황을 바라보고만 있을 따름이었다.

내게 다가와 말 한마디조차 건네지 않은 선생들이 그 자리에 그렇게 많이 있을 거라고는 짐작조차 하지 못했다. 저들은 왜 저리도 오재호의 엄마에게 꼼짝도 못하는 걸까. 나는 생각했다. 단지 소리를 지르는 것만으로 그러는 거였다면 나도 저 아줌마 못지않게 지랄발광을 할 수 있었다. 하지만 단지 그 때문만은 아닐 것이었다. 나도 그 정도는 알았다. 내가 궁금했던 것은 그러니까, 저 말라빠지고 표독스럽게 생긴 아줌마가 가진 힘의 정체였다. 내가 휘두르면 폭력이고 저 아줌마가 휘두르면 징벌이 되게 하는 힘. 아무도—심지어 교감조차도—저 아줌마의 폭력에 관해서는 거론하지 못하게 하는 힘.

그때 문득 오재호가 내게 거지새끼라고 욕을 퍼부었던 순간이 떠올랐다. 그 교실의 어느 층위를 무겁게 차지하고 있던 아이들의 침묵이 거기 그대로 고여 있었다. 그제야 나는 그때의 기분이 어떤 것이었는지 불현듯 깨닫게 되었다. 내 편을 들었어야 할 이유란 전혀 없는 반 아이들에게 왜 그렇게까지 말할 수 없는 서운함을 느꼈던 건지, 나는 그제야 그 까닭을 알 것 같았다.

그것은 정의에 대한 바람이었다. 내가 책을 읽으며 가슴 깊숙이 감동받았던 몇 가지 이야기들에 대한 현실적인 검증이었다. 나는 내 편을 들어달라는 게 아니었다. 오로지 올바름에 관한 분별이 그곳에 있는지가 궁금했을 따름이었다. 그 분별이 비록 다수의 침묵 속에 감추어져 있었다고 해도 그들에게 그런 의지가 있었다면 나는 아마도 느낄 수 있었을 것이다. 의지의 소리 없는 응집은 어떤 식으로든 기운을 발산하기 마련이었고 그것은 누구라도 어떤 형태로든 감지할 수 있었기 때문이다. 그리고 그 기운은 누군가의 용기로 더해졌을 게 분명했다. 단 한 명만 그 용기를 보여주었더라도 그들을 주저케 했던 침묵의 벽은 여지없이 무너졌을 터였다. 그후에 남겨지는 것이 비록 모두가 바라는 형태의 정의는 아니라고 해도, 개인의 분별이 그처럼 다수의 침묵 속에서 스러져버리는 일은 없었을 것이다.

그러니 그 교실에 있던 아이들에겐 그런 의지 자체가 없는 것이었다. 그 공간에 정의란 없었다. 그것은 교무실이라고 해서 다르지 않았다. 교실에 있던 아이 중 누구라도 오재호의 말이 너무 심했다는 사실을 지적했거나 교무실에 있는 선생 중 누구라도 아줌마의 행동이 과했다는 사실을 일깨웠다면, 나는 그들에게서 내가 바라던 세계를 보았을지도 몰랐다. 그러나 그런 아이는 없었고, 그런 어른도 없었다. 어느 곳에도 선생은 존재하지 않았다. 그저 나보다 먼저 인생을 산 성인만 있을 따름이었다. 그리고 그들은 누구를 가르치기는커녕 자기 앞가림도 하기 버거워 보였다.

어쩌면 이 세계에 정의란 존재하지 않는지도 몰랐다. 책에서 읽었던 것들은 그러니까 모두 인간이 만들어낸 허상에 불과한 것일 수도 있었다. 그때의 내가 느꼈던 감정의 적확한 실체는 그러므로 상실감이었다. 책을 읽으며 늘 정의를 꿈꿔왔던 내게 그것은 적지 않은 상실이었고 그 상실감을 교무실에서마저 다시 느끼게 된 나는, 그들이 말해왔던 모든 가치에 회의를 품을 수밖에 없었다.

나는 본능적으로 그 모든 부조리를 인지했다. 부조리라는 용어를 모른다고 해서 부조리를 느낄 수 없는 것은 아니었고, 그게 뭔지 말로 설명할 수 없다고 해서 알지 못하는 것도 아니었다. 나는 그들이 말하는 도리의 이중성과 책에서 말하는 정의의 무용함을 더없이 분명하게 통감했다.

정의가 존재하지 않는 세계에서, 그 단어는 가면으로 이용되기 십상이었다. 나는 그들이 말하는 정의가 일종의 가면에 불과하다는 것을 그즈음에 이미 깨달았고, 살아오는 내내 그 가면을 어떤 인간들이 어떤 상황에서 어떻게 활용하는지를 줄곧 봐왔다. 그것은 실로 역겨운 인간들의 전유물이었다. 아니면 정의를 그렇게 이용함으로써 더없이 역겨워지는 것인지도 몰랐다. 어느 쪽이든 이 땅에서의 정의는 오히려 정의롭지 못한 인간들이 자신의 악행을 감추고자 할 때 사용하는 가면 혹은 이중 잣대로서의 역할이 더 컸으므로. 그것을 구별할 혜안을 갖출 수 없었던 때의 내가 과감하게 정의를 포기하기로 마음먹은 것은 그러니까 그때였으므로 가능한 선택이었다.

좀더 현명할 수 있는 나이였다면 나는 아마도 핀셋으로 얇은 비닐을 벗겨내듯, 역겨운 그들의 가면 위에서 정의의 외피만을 살짝 벗겨낼 수 있었을 것이다. 그러나 그때의 나는 아직 미숙했고 싫은 것은 온통 다 싫을 수밖에 없는 나이였으므로, 나는 정의를 악용하는 자들과 더불어 그 정의 자체도 몽땅 다 내던져버렸다. 나는 훗날, 아무도 지키지 않는 정의의 가치를 왜 나만 믿어야 하는가의 문제를 넘어서 오히려 정의는 사라져야 할 허울인지도 모른다는 의구심을 품게 되었는데, 그것과도 맥락을 같이하는 선택이었다. 차라리 정의라는 개념 자체가 없었다면 수많은 비겁자가 그 뒤에 숨어 자신이 가진 이중성의 수치스러움을 모른 척하고 있지는 못했을 것이기 때문이다.

그러니 정의는 오히려 정의를 바라는 사람보다 그렇지 않은 세계를 살아가기 더 편한 인간들에게 훨씬 유용한 가치이자 신념이라는 것을, 그때부터 나는 천천히 깨달아온 셈이었다. 그것은 시간의 겹 사이로 차곡차곡 쌓이면서 반복해서 나를 일깨워주었고, 그 깨우침이 퇴적되어 마침내 나의 시각 어느 부분에 화석처럼 남은 진실이 되었다.

정의를 지키지 않는 자들은 언제나 자신의 영역을 지키기 위해 타인에게 정의를 지킬 것을 강력하게 요구해야 했으므로, 마치 가방 속의 껌처럼 필요할 때면 쉽게 꺼내 씹을 수 있는 위치에 정의를 넣어두는 식이었다. 그리고 그들이 사유私有하고자 하는 공간에 어떤 이방인이라도 다가와 어슬렁거릴 때면 곧바로 그 껌을 꺼내 딱딱 씹으면서 경계를 늦추지 않았다. 그들이 소리를 내가며 씹는 정의는 그러므로 그들이 감추고자 하는 세계의 경보음이자 누구도 그곳에는 단 한 발짝도 들여놓지 않겠다는 의지의 표현 혹은 위협의 신호인 셈이었다.

그러나 정의에 대한 불신이 시작되었던 그 순간부터 어차피 내게는 정의라는 개념 자체가 더는 가치 없는 이상일 뿐이었으므로, 그들이 말하는 규칙도 나와는 이제 상관없는 세계의 질서라는 것을 나는 본능적으로 각성했다. 만약 살아가는 일 자체가 하나의 패턴이므로 어떤 식으로든 규칙이 만들어질 수밖에 없다고 한다면 그 규칙도 앞으로 내가 직접 세우면 될 일이라는 사실을, 그때의 나는 몰랐지만 후일의 나는 알았다. 몸이 앞서 행했고 생각이 뒤이어 깨우쳤기 때문이다. 나는 도무지 무슨 말인지 알아들을 수 없는 소릴 질러대는 오재호의 엄마를 물끄러미 바라보며 도대체 언제쯤 이 소란스러운 세계에서 벗어날 수 있을지 생각했다. 머리가 지끈거렸다.

그리고 오재호는 죽지 않았다. 기절했던 시간도 길지 않았다. 단지 어금니 일부가 부서졌고 턱관절 일부에 이상이 생겼다는 것 정도가 내가 들은 소식 전부였다. 그때 내가 가장 먼저 주의를 기울였던 것은 내가 가진 힘의 세기였다. 오재호의 어금니나 턱관절 따위 아무려나 관심 없었지만 내가 호기심을 품은 건 그의 턱과 이가 내 주먹이 아니라 다른 무엇과 부딪쳤어도 그렇게 쉽게 부서졌을까 하는 점이었다. 나는 그것을 시험해보기로 마음먹었고 또 실제로 그런 생각을 일고의 망설임 없이 실행에 옮겼던 것을 보면, 그 시기 나의 변화는 실로 극적인 것이었다.

　오재호의 엄마는 나를 강제 전학시키는 일로 발바닥에 불이 났고 목젖이 화재경보기만큼이나 부산을 떨었지만 황금의 손은 아니었던지 나를 다른 학교로 보내지는 못했다. 그런 결정엔 어찌되었든 나의 의견이 가장 중요했다던데 나는 어디로든 전학 갈 생각이 전혀 없었으므로 보낼 수 없었다. 이제 막 나의 세상이 펼쳐지려는 마당에 내가 도대체 어딜 가고 싶겠는가. 나는 이전과 다르게 나의 의사를 분명하게 표현했다.

　보육원 선생님이 여러 차례 학교를 다녀가며 그간 보육원에서의 나의 행실에 관해 이야기했고, 그것은 다른 선생들의 의견과도 큰 차이가 없었으므로—시종 구석에 박혀 책만 보던 아이에 대해 별다른 이견이랄 게 있을 리 만무했다—더는 폭력의 기질을 확대하기에도 어려움이 있었다. 오히려 몇몇 선생은 내가 주로 괴롭힘을 당하는 쪽이었다는 사실을 부인할 수 없었고 아이들의 거짓말에도 한계는 있었으므로, 내가 희대의 폭력배라는 오재호 엄마의 주장은 그리 큰 설득력을 갖추지 못했다. 오재호의 엄마는 마치 증거 불충분으로 범인을 잡아넣지 못한 형사라도 되는 양 원통해하며 자리에서 물러났다. 자기 뜻대로 모든 것을 이룰 수 있는 세계에서 온 아줌마는, 물러나는 순간까지도 자신이 별 성과 없이 물러나고 있다는 사실을 믿을 수 없다는 표정이었다. 지금 생각해보면 그래도 그곳이 학교는 학교였던지, 기관으로서 최소한의 기능은 했던 모양이다. 그러나 그것은 그야말로 최소한의 역할이었으므로 그 이상의 공정성을 기대하기는 어려웠다.

선생은 일단 내게, 남은 학년 내내 우리 교실이 있는 층의 화장실 청소를 책임지도록 했다. 화장실 청결에 그 어떤 문제가 생겨도 모두 내 책임이라는 것을 강조했는데, 만약 이후 내 삶의 세력 변화가 없었다면 그것이야말로 시도 때도 없이 트집을 잡을 수 있을 만한 징계 가운데 하나였다. 물론 오재호에게는 아무런 책임도 지워지지 않았다.

선생은 또한 내게 사육장 관리에서 손을 떼게 했다. 어쨌든 이 모든 일이 내가 사육장에 관여하면서 벌어진 사태이니 내가 그 일을 계속하는 것은 온당치 않다는 판결이었다. 괴상하기 짝이 없는 이유였지만 나는 어떤 토도 달지 않았다. 괴상하기 짝이 없는 분별이 한두 번도 아니었고—그들은 아마도 아이는 아무것도 모를 거라고 생각하는 모양이었다—어차피 나는 이미 새나 토끼에게 더는 정을 주지 않기로 마음먹었기 때문이다.

대신 나는 아이들을 길들여볼 생각이었다. 오라면 오고 가라면 가는 개처럼. 그때까지만 해도 그것은 매우 실험적인 상상이었지만 얼마 지나지 않아 그게 가능한 일임이 현실로 드러나자, 나는 본격적으로 그래야 할 아이 혹은 그래도 될 아이들을 구분하기 시작했다. 거기에 무슨 정의가 있어서가 아니라 그냥 막연히 거기서부터 시작하면 되리라는 기분으로 했다. 그리고 그런 아이들을 솎아내는 것은 내게 일도 아니었다. 왜냐하면 내가 늘 당해왔던 사람이었기 때문이다. 내게 직접 피해를 준 아이가 아니라도 나는 상대를 바라보는 눈빛과 말투와 몸짓만 보면 그 아이가 남을 괴롭히는 부류인지 아닌지를 단박에 알아낼 수 있었다.

그 일련의 행동 계획을 머릿속으로 정리하고 있을 즈음에 나는 학교 전체를 호령할 수 있는 실력자가 되어 있었다. 그 일은 단 두 번의 싸움으로 이루어졌고 시간도 얼마 걸리지 않았다. 그야말로 잠에서 깨어나니 다른 세계가 나를 맞이하고 있는 형국이었다. 또래 집단에서 우두머리가 되는 일은 생각보다 간단했다. 그 집단에서 가장 강한 놈을 쓰러뜨리면 되는 것이었다. 재야에 숨은 고수 따위 존재하지 않았다. 그때는 보이는 게 전부였던 시절이었으므로 오히려 실제보다 부풀려졌으면 부풀려졌지 예상치 못한 실력자가 등장하는 경우는 없었고, 있었다면 내가 처음이자 마지막이었다.

나의 명성이 우리 학교를 넘어 그 지역 전체로까지 확대되는 과정도 실은 어떤 계획에 따라 이루어진 일이 아니었다. 일정 기간 타의에 의해 이끌려가듯 만들어진 계기가 더해지고 겹쳐지면서 오븐 속의 빵처럼 부풀어오른 결과였다

오재호의 일이 있은 후 그 일련의 사건들이 내 속에서 여러 가지 변화를 일으키는 동안, 가장 먼저 내게 접근해온 사람은 이른바 우리 학년의 짱이었다. 실력만을 놓고 보자면 삼총사 형들과도 대등하게 대

치되는 구도였으나 삼총사 형들이 셋이었던 것에 반해, 그는 혼자였으므로 당연히 그가 우리 학년의 짱이었다.

듣기로 그는 오재호보다 더 나쁜 놈이었다. 비겁한 걸로만 치자면 오재호를 능가하기 어려웠으나 특별한 대상 없이 무규칙으로 아무나 마구 괴롭힌다는 점에서는 삼총사 형들조차 그 녀석을 따라가지 못했다. 같은 반이었던 적이 한 번도 없었으므로 눈으로 직접 보진 못했지만, 그가 저지르는 여러 가지 악행들이 마치 전설처럼 아이들 입에 오르내렸으므로 모를 수가 없었다. 반대로 녀석은 오재호와는 다르게 실질적인 힘을 가진 놈이었으므로, 변방의 이름 모를 보육원 아이 따위 신경쓸 일이 전혀 없었고, 그러므로 그는 나를 당연히 알지 못했다. 그러나 오재호에게 일어난 일 때문에 그는 나를 알게 되었고 그것은 놈의 관심을 끌기에 충분한 사건이었다. 우리 또래에서 누군가에게 얻어맞고 기절한다는 것이 쉬이 벌어지는 일은 아니었기 때문이다. 그래서 그가 나를 찾아왔다.

나는 일시적이나마 두려움을 느꼈지만, 느려터지고 유아적인 몸동작으로 나를 제압하려는 녀석을 보고 이내 이전의 자신감을 회복했다. 말하자면 녀석의 어설픈 몸동작들이 내가 몸소 체험했음에도 아직은 분명치 않아 스스로 확신하지 못하고 있었던 나의 신체 기능에 관해, 거듭 확인해볼 기회를 제공해준 셈이었다. 덕분에 나는 내가 가진 재능을 다시 한번 명확히 깨달을 수 있었다.

욕이야 내뱉는 기세이니 그렇다 치고, 눈앞의 공기를 쓸어 담으려는 듯 무작정 휘두르는 녀석의 주먹을 피하는 것은 고작 두어 번의 뒷걸음질로도 충분했다. 그때 내가 확실하게 느꼈던 나의 능력은 움직이는 사물과의 거리를 가늠하는 기능이었다. 다가오는 상대의 움직임을 보며, 어느 정도 뒤로 물러섰다가 어느 정도를 다시 전진해야 상대를 가격하기 알맞은 거리를 형성할 수 있는지 나는 본능적으로 알았다. 그것이 하늘이 내려준 재능이라는 것을 그때의 나는 아직 몰랐음에도 몸이 알아서 반응했다.

거리의 가늠이 중요한 이유는 체중을 실은 주먹이 뻗어나갔을 때, 충격이 정점에 이르는 지점에서 타격 대상과 부딪칠 수 있느냐를 결정하기 때문이었다. 너무 멀면 아예 닿지 않는 것은 물론이요 몸의 중심까지 잃어버릴 확률이 높았고, 닿을 거리라고 해도 힘의 정점을 지난 지점에서 부딪치면 그만큼 강도가 약해질뿐더러, 힘이 줄어드는 만큼 역으로 가해지는 충격을 상쇄시키지 못하므로 손목 혹은 어깨 부상으로 이어질 수 있었다. 반대로 너무 가까우면 힘이 미처 형성되기도 전에 부딪치게 되므로 마치 중간에 제지라도 당한 것처럼 맥없는 타격이 될 가능성이 컸다. 그러니 상대에게 가장 큰 타격을 입힐 수 있는 거리를 본능적으로 가늠할 수 있다는 것은 가령, 백에 한 명만 풀 수 있다는 수학 문제를 단 일 분 만에 풀어버린다거나 스치듯이 한 번 들은 오케스트라의 선율을 백여 개의 악기 구성 그대로 재현해내는 것만큼이나 압도적인 재능이었다.

그러니 거리고 뭐고 자기 팔 하나 휘두르기노 바쁜 아이들에게 타점을 형성하는 공격이 들어간다는 것은, 어른과 아이의 싸움이라고 해도 과언이 아닐 만큼 차원이 다른 수준이었다. 그리고 그러한 사실을 증명이라도 하듯 나의 싸움 대부분은 주먹을 채 두 번 휘두르기도 전에 끝났다. 대개는 첫번째 타격에서 쓰러지는 지경이었고, 이어지는 두번째는 안 쓰러질 경우를 대비해서 미리 나간 주먹이었으므로, 또다시 적중한다고 해봐야 이미 반쯤 정신이 나간 상태에서 쓰러지는 상대에게 새로운 고통을 주거나 승부를 결정짓는 타격이 되지는 않았다. 그러므로 최초의 일격이 곧 승패를 가름하는 경우가 대부분이었다고 해도 큰 무리가 없었다.

이런 식의 싸움이 유독 다양한 형태로 부풀려질 수밖에 없었던 이유가 바로 그 과정에 있었다. 워낙 짧게 끝나는 싸움이다보니 말이 전달되는 과정에서 보다 극적인 장치가 더해지기 십상이었고, 실제로 보고도 못 본 것처럼 느끼는 아이도 많았기 때문에 그 짧은 시간의 틈 사이를 자신의 상상력으로 채워넣는 경우가 적지 않았다. 내가 장풍을 쏜다는 소문이 나돌았던 이유도 다 그런 배경 때문이었다.

그때에도 건들건들 힘 좀 쓴다는 아이들은 크게 두 부류로 나뉘었다. 힘이 있으므로 그 나름의 위치는 확보하고 있었지만 굳이 앞에 나서서 자신의 힘을 과시하려 하지 않는 아이들과, 힘이 있는데도 불구하고 더 큰 세력과 결탁해 있는 아이들이었다. 성향이 그래서인지 전자는 대개 남을 괴롭히는 데 자신의 힘을 사용하지는 않았다. 스스로 몸을 방어하거나 특별히 화나는 일이 있지 않은 이상 평화롭고 조화로운 일상을 선호하는 아이들이었다. 그러나 후자는 달랐다. 혼자서도 충분히 훌륭한 힘을 가지고 있으면서도 그들은 늘 자신보다 더 큰 힘을 가진 사람 밑에 머물기를 원했다. 그러면서 더 많은 아이를 더 다각적으로 괴롭히고, 그런 행위들을 통해 자신의 세와 명성을 확인하는 게 그들의 낙인 것처럼 보였다.

왜 어떤 부류의 인간들은 자신이 가진 세계만으로도 얼마든지 훌륭하고 행복한 삶을 살 수 있음에도 무작정 더 큰 세계만을 욕망하는 건지, 그때의 나는 알지 못했지만 내가 알거나 모르거나 그들은 그랬고 그들 역시도 자신을 따르는 아이들을 거느렸으며, 그러면서 눈앞에서 거치적거리는 건 다 치고 다녔다. 세상 모든 게 자기 물건이고 자기 돈이었으며 자기 옷과 신발이었다. 우리 학년의 짱이 바로 그 후자에 해당했고 자신의 명성을 위협하는 나를 용납할 수 없었던 그는 내게 가열하게 주먹을 휘둘러대다가 딱 한 방, 옆구리를 정통으로 얻어맞고는 새 신부처럼 얌전하게 옆으로 고꾸라져 숨을 쉬지 못해 헐떡거렸다. 얼마의 시간이 흐르고 다시 일어나긴 했지만 첫번째 충격에서 벗어나지 못한 듯 우물쭈물 몸을 사렸고, 온몸이 경직된 사람을 쳐서 쓰러뜨리는 건 허술하게 쌓은 볏단을 무너뜨리는 일만큼이나 수월했다. 그래서 나는 그에게 그냥 돌아가라고 말했고 그도 잠시 머뭇거리다가 그냥 돌아가는 것을 선택했다. 그리고 그의 처참한 패배는 곧 그 계보의 상급자를 끌어들이는 일로 직결되었다.

예상했던 바대로 그가 쓰러지고 바로 이튿날, 마치 고구마 줄기처럼 육학년 우두머리가 내 앞으로 딸려나왔고, 육학년의 우두머리인 만큼 그는 우리 학교 전체의 우두머리라고도 할 수 있었다. 그런데 그가 여느 힘 쓰는 아이들과 조금 달랐던 것은 민간인과 깡패의 어느 경계선에 서 있었다는 점이었다. 누구는 그가 학생이라기보다 깡패에 더 가깝다고 여겼고 실제로 사거리 성인 당구장이나 동네 깡패들 사이에서 담배 피우는 모습을 본 목격자도 있었다. 그래서인지 그는 풍기는 이미지에서부터 어린아이 같은 면이 느껴지지 않았다. 중학생이라고 해도 믿을 것 같았고 고등학생이라고 해도 믿지 못할 정도는 아니었다. 덩치도 덩치였지만 불량 청소년 특유의 분위기가 온몸을 휘 감고 있었다.

게다가 그는 태권도 유단자라고 했는데 실제로 그의 발차기는 화려하기 이를 데 없었다. 무작정 보지도 않고 주먹부터 휘둘러대는 또래 아이들과는 다르게 아주 폼나는 발차기 실력을 갖추고 있었으나, 그럼에도 그 무시무시한 팔다리를 이용해 정확히 맞히는 일에는 별로 재주가 없었다. 그리고 나는 그가 한 번이라도 제대로 맞힐 때까지 기다려줄 생각이 없었으므로 최종의 승부 또한, 별반 다르지 않은 결과로 막을 내렸다. 딱 한 대 맞았을 뿐인데 코피가 얼굴의 반을 뒤덮을 정도였으므로 보는 아이들도, 코피로 뒤덮인 당사자도 겁에 질려 더는 자리를 지키지 못했다. 어른인 척 잔뜩 거들먹거리던 기세는 다 어디로 사라졌는지 그 순간엔 더할 수 없이 어린아이 같은 모습으로 울음을 터뜨렸기 때문에, 실은 내게 패배했다는 사실보다 이제까지 고수해온 자신의 이미지가 완전히 추락했다는 사실에 더 슬퍼해야 할 지경이었다.

그 두 번의 싸움으로 나는 범접할 수 없는 영역에 이르렀다. 그러나 상대가 없다고 해서 싸움을 멈추기에는 새로 각성한 나의 재능이 너무나도 아까웠기 때문에, 나는 일부러라도 힘 좀 쓴다는 아이들을 찾아가 싸움을 걸었다. 대개 다 피하려고 했지만 피하면 더 맞는다는 엄포 또한 피할 수 없는 협박이었으므로 어쩔 수 없이 싸워야 했고 그들 모두 다 한 방에 경련을 일으켰다. 상대의 나이에서 오는 고만고만함을 벗어나볼 기회는 없었다. 나는 이 목적 없는 싸움에 시시함을 느꼈지만 그래도 한계를 시험해보고 싶은 마음을 접을 수는 없었던 터라,

그뒤부터 나는 때리지 않는 조건으로 싸움을 걸기도—정확히 말하자면 지시—했다. 오로지 상대의 공격을 피하는 것만으로 나의 시각적 재능을 시험해보고 싶었던 것이다. 그리고 그런 재능은 과연 발군인면이 있어 모든 주먹 혹은 발을 피하지는 못했어도 보는 아이들의 경이로워하는 눈빛을 자아낼 만큼은 되었다.

그러나 능력을 시험해보는 나날 또한 한계가 있었다. 몇몇 아이는 내게 원정 경기를 뛰어보라고 권유했으나 그렇게까지 열심히 할 일은 아니라고 생각했다. 대신 나는 학교에서 아이들을 괴롭히는 일로 대개의 시간을 보냈다. 이를테면 일주일에 한 번, 주먹이 세다는 아이들을 돌아가며 한 명씩 불러 오재호의 턱을 가격하게 시킨다든지 하는 터무니없는 짓을 즐겼다. 오재호의 턱과 이는 그리 쉬이 부서지지 않았다.

오재호에게 일주일 중 어느 하루는 마치 지옥과도 같은 날이었을 텐데, 그게 무슨 요일인지 알 수 없어 아마도 등교하는 모든 날이 공포였을 것이다. 내가 그런 날들을 보내봤으므로 누구보다 그의 심정을 잘 알았다. 그러나 나는 오재호에게 새나 토끼를 길러보라고 권유하지 않았다. 견디다 못한 오재호가 온갖 물질적 공세를 펼쳐왔는데 나는 받을 건 다 받고 하던 짓은 계속 이어 했다. 말하자면 그것은 오재호의 패착이었다. 그러나 한번 시작된 상납은 중단될 수 없었다.

애초에 내가 요구한 것도 아니었고 자기가 먼저 시작한 일이었지만, 내가 몰랐으면 모를까 이미 그런 짓이 가능하다는 걸 알고 난 후에 원하는 것을 들어주지 않는다고 해서 자기 멋대로 중단할 수는 없었다. 그랬다간 아이들이 아니라 나한테 직접 얻어맞게 될 수도 있었다. 물론 그런 것들을 받으면 괴롭히던 일을 멈추는 부류도 있을지 몰랐다. 오재호의 경우 자기가 학습한 해결책을 반복한 것인지 아니면 어디서 따로 보고 배워서 알게 된 것인지 나는 알지 못했고 알 까닭도 없었지만, 분명한 건 나는 그런 유형이 아니라는 사실이었다.

그렇다는 사실을 오재호도 나도 그런 일이 벌어지기 전까지는 전혀 알 수 없었지만, 어쨌거나 나는 주는 건 다 받으면서 하던 일은 또 계속하는 유형이었던 것이다. 나는 그렇게 꾸준히 놈을 괴롭혔고 엄마한테 이르면 그 대가로 두 배는 더 괴롭혀줄 거고 만약 전학이라도 간다면 찾아가서 네 배는 더 괴롭혀줄 거라고 협박했다. 그러니 이 모든 재앙이 그저 자연스럽게 지나가기만을 기다리라고. 어차피 때가 되면 나는 네 얼굴도 못 쳐다볼뿐더러 지금처럼 네가 던져주는 거나 받아먹고 살아야 할 날이 올지도 모르니까 조용히 그때가 오기만을 간절히 기도하라고.

당연히 오재호만 괴롭힌 것은 아니었다. 그간 자신이 가진 지위나 환경이나 기타 여건들로 남을 괴롭히는 일을 밥먹듯이 해오던 아이들을 골라, 나는 마치 수업 시간표를 따르듯 돌아가며 괴롭혔다. 그리고 그들도 오재호가 시작한 일 때문에 한둘씩 무언가를 들고 오기 시작했다. 내가 먼저 가져오라고 한 적은 단 한 번도 없었다. 뭐라도 가져오는 쪽이 낫다고 판단한 것은 그들 자신이었다. 나는 그들의 선택을 존중했다.

삼총사 형들과 내가 달랐던 점은, 그들이 선생에게 총애받는 아이들만 추려 괴롭혔다면 나는 총애를 받거나 말거나 남을 괴롭히는 아이는 죄다 괴롭혔다는 것이었다. 그리고 그것은 나의 악행에 꽤 괜찮은 명분이 되었고 내게 마음껏 더 괴롭혀도 된다는 일종의 면죄부를 주었다. 정의니 나발이니 하는 따위는 거기에 존재하지 않았다. 나는 그냥 내 양심에 덜 걸리는 아이들을 골라 괴롭혔을 따름이다.

개중에는 남을 괴롭히는 아이들만 괴롭히는 나의 행동을 정의로 착각하곤 그 의지를 날로 등에 업으려는 아이가 간혹 나타나곤 했는데, 단지 자신이 정의를 구현한다는 이유만으로 무임승차가 당연하다고 생각하는 그들도 나는 가차없이 뭉개버렸으므로, 아이들의 내면에는 서서히 내가 피아 식별이 잘 되지 않는 괴물로 인식되는 듯 보였다. 그들이 날 보는 경계의 눈빛에서 나는 그 사실을 느낄 수 있었다.

훗날 가만히 돌이켜보니 폭력 의지가 전혀 없던 사람에게서 발현되는 폭력의 진화라는 게 흔히 그런 식으로 전개되었다. 응징의 단계를 거치면서 점차 그 범위가 넓어지는 형식으로. 그러다가 힘의 기세가 점점 더 확대되어 응징과 상관없는 폭력에까지 관여하게 되고, 종국에는 폭력 그 자체에서 오는 쾌락을 추구하게 되는 것이다.

그 지점에 이르면 결국 태생적으로 타인의 존엄을 무시하는 환경에서 자란 사람들과의 경계가 아예 사라지고 없었다. 아무 거리낌 없이 행하는 악과 떠밀려 만들어진 악의 차이가 불분명해지고 마는 것이다. 전자는 어떠한 환경에서도 변하기 어려운 악인 것에 비해, 후자는 보듬으면 곧 풀이길 악이었다.

두 종류의 악이 실은 질적으로 다름에도 구분하지 않는다면, 징벌해야 할 부분과 품어 돌아오게 할 부분의 경계가 불분명해지고 그러면 결국 좀더 빨리 시작된 악과 뒤늦게 각성한 악의 시간 순서만이 존재할 뿐, 그 자리엔 항상 나쁜 놈이면 그냥 다 나쁜 놈인 거지 거기에서 무슨 원인 과정 내용 따위를 따질 필요가 있느냐고 주장하는 극단적 견해만이 득세하기 마련이었다.

스스로 원했든 떠밀렸든 어쨌거나 결국에는 개인이 선택한 결과가 아니냐고 책임 소재를 결정짓는 태도가 바로 그러한 생각으로부터 비롯되었다. 그것은 마치 대나무숲을 초토화한 판다를 보면서, 그 판다를 대나무숲 속에 집어넣은 사육사의 잘못은 거론치 않고 오로지 판다에게만 왜 대나무를 다 먹어치웠느냐고 책임을 추궁하는 것과 별다를 바 없는 행동이었다.

애초부터 판다를 대나무숲 속에 집어넣은 것 자체가 문제였다는 관점은 교묘하게 배제된 것이다.

그런데 이 사육사의 존재가 눈에 보이지 않는다는 이유로, 그의 행위를 짚어낼 수 없는 자에게 책임의 경계를 분별하라고 하는 일은 이를테면 앞이 보이지 않는 사람에게 빨간색과 파란색을 구분하라고 하는 것만큼이나 답답한 주문이었다. 이것은 두 악의 구분 없는 합집합이 뭐든, 제 뜻과 일치하지 않는 것은 모조리 쓸어버리는 게 옳다고 믿는 세력에게 최상의 조건을 제공하는 셈이었다. 디테일이 존재하지 않는 세계에선 오로지 오 엑스 외에 다른 선택의 여지가 없었고, 세상이 점차 모 아니면 도로 변해가는 과정 가운데 폭력의 진화도 그런 식으로 이바지하는 것이었다.

흥미로운 것은 자기가 누굴 괴롭힘으로써 나에게 괴롭힘을 당하면 그 고통을 깨달아 더는 남을 괴롭히지 않을 것 같지만, 실상은 그렇지가 않다는 사실이었다. 보이지 않는 곳에서 오히려 더 잔혹하게 그들은 남을 괴롭혔다. 그때의 나로선 알 수 없는 심리였는데 그런 모습을 돌이켜보며 내가 궁금했던 건, 그렇다면 그같은 응징이 정의의 이름으로 수행되었다고 한들 그들의 태도가 달라졌을까 하는 점이었다.

만약 그렇지 않다면 정의를 실현하기 위해 행한 응징이 더 큰 피해를 양산할 뿐만 아니라 오히려 그것들을 더한 음지로 밀어넣는 꼴밖에 되지 않는 것이었다. 그러니 이 정의라는 것은 도대체 어디서부터 시작하여 어디까지를 책임져야 그 본연의 임무를 완수했다고 볼 수 있는 것인가. 정의란 그저 눈앞에 보이는 부조리만 해결하면 그뒤로 무슨 일이 벌어지든 상관없는 행위인가?

하루아침에 돌변해버린 나를 아이들은 잘 감당하지 못했으나 그들이 감당하거나 말거나 나와는 상관없는 일이었다. 사실 나 자신도 처음에는 잘 적응되지 않았고 스스로도 알 수 없을 만큼 다른 사람이 된 기분이었지만, 그런 기분은 그리 오래가지 않았다. 곧 익숙해졌다. 그러므로 당연히 화장실 청소 따위 내가 직접 손댈 일이 없었다. 선생으로부터 조금이라도 지적이 나온 날이면 심적으로 비상인 건 내가 아니라 내가 괴롭히는 아이들이었다.

"혀로 핥게 할 거야. 알아들어?"

변기를 가리키며 내가 아이들에게 자주 했던 말이었다. 그런 일들을 꽤 오랫동안 지속하다보니 서서히 선생들에게까지 나의 악행이 알려지기 시작했다. 그간 나를 알아왔던 선생들은 그 소문을 좀체 믿지 못하는 눈치였으나 사람이 가진 분위기라는 게 참으로 묘한 구석이 있어서, 그들은 곧 달라진 나의 태도를 알아채기 시작했다.

굼벵이 같은 선생들은 그러나 내가 육학년이 되어서야 그런 나를 통제해보려 했는데 그때의 나는 이미 그들의 손에서 벗어나 있었다. 다수의 아이로부터 내 행동에 관한 진술을 받아 무슨 조처라도 해보겠다고 잠시 엉덩이를 떼긴 했지만, 아이들에겐 선생의 심문보다 나의 폭력이 더 가까이에 있었으므로 별 효력이 없었다.

내가 휘두르는 폭력에 아이들이 대항할 수 있는 유일한 힘은 자기들끼리 연대하여 나한테 한꺼번에 덤벼드는 방법으로 얻어질 것이었는데, 그때의 아이들에겐 그런 지력도, 배짱도 없었고 있었어도 자기밖에 모르는 것들의 연대란 그저, 각자의 바람을 관철하고자 하는 소동에 불과할 따름이었다. 어른도 그러한데 애새끼들이야 논할 계제도 못 되었다.

그러므로 아이들은 물론이요, 선생들조차 나를 막을 수단이 없었다. 있다면 단 하나, 나를 학교에서 내보내는 방법밖에 없었는데 그럴 도리가 전무했으니 속수무책이었다. 그들은 지나가는 비처럼 내가 졸업하기만을 기다리는 수밖에 없었다. 혹여 다른 수가 있었어도 선생들은 굳이 그 이상 애쓰지 않았을 것이다. 내가 선생들을 괴롭히는 것은 아니었으니까.

아이들의 하소연이 집으로 들어가고 부모가 그 사실을 알아 선생들을 괴롭히는 일이 발생하지 않는 한, 선생들은 움직이지 않을 것이었다. 그게 그들의 습성이었다. 언젠가 내가 아이들에게 괴롭힘 당하는 모습을 보고도 못 본 척 지나갔던 일이나 내가 교무실에서 학부모에게 폭행당하는 모습을 보고도 아무 말 하지 않았던 것처럼, 그들은 자기들에게 직접적인 피해가 오지 않는 이상 움직이는 법이 없었다. 교과서에 쓰인 내용을 앵무새처럼 떠들어대는 것과 방관, 이 두 가지가 그들이 가장 잘하는 일이었고, 심지어 어떤 선생은 졸면서 교과서를 읽는 재주까지 있었음에도 그런 일 외에는 좀체 관여하지 않았다.

개중에는 자신들의 그런 행태가 아이들에게 자율성을 부여하기 위한 하나의 정책이라고 믿는 자도 있었다.

아주 드물게 이제 막 학교란 곳에 부임해 세상이 온통 자기 것처럼 느껴지는 선생들 중에 종종, 자신들이 평소 꿈꿔왔던 교육철학 혹은 정의에 관한 신념을 관철해보려고 노력하는 예가 있긴 했는데, 그 자체가 하나의 객기로 인식되기까지도 그리 오랜 시간이 걸리지 않았다. 방관이 특기인 선임들이 그런 객기에 관심을 둘 리 없었고 그 조직 자체가 그런 일에는 원체 비협조적인데다가, 혼자 무엇을 변화시킨다는 것은 잔 다르크조차 하기 어려운 일일뿐더러 그 노력의 기간이 생각했던 것보다 좀더 길어지기라도 할라치면 오히려 분란을 일으키지 말라며 경고나 받기 딱 좋았다.

그들은 누군가 혼자만 올바른 것을 용납하지 않았다. 이미 자신들은 놓아버린 신념을 누군가가 혼자 지키려고 하는 꼴을 도저히 그대로 봐줄 수는 없는 것이다. 그것만큼은 방관하지 않았다. 그것마저 방관하면 자신들에게 묻은 똥이 너무 적나라하게 드러날 수 있으므로 같은 조직의 일원으로 몸담은 이상 다 같은 똥이 묻어 있어야 한다고 그들은, 스스로 인지하기도 전에 이미 그렇게 믿고 행동했나.

오랫동안 이 직업에 몸담고 싶으면 조용히 남들 하는 대로 시키는 일이나 잘하다가 호봉이나 올리면 그만이라는 게 선임들의 뜻이었고, 그 뜻은 대체로 일정한 틀에 부은 석고처럼 굳어지다가 종국엔 하나의 형태로 자리잡히기 마련이었다. 자신이 어렵게 진입한 생태계를 잃지 않기 위해 혹은 어지럽히지 않기 위해 대부분 그 뜻을 잘 따랐기 때문이다. 선배들이 가리키는 방향이 아무래도 편한 것은 사실이었고 그 길을 따르는 것이 모든 면에서 쉬웠으므로 그들은 곧—현실을 파악할 약간의 시간만 지나고 나면—큰 거부감 없이 쉬운 길을 선택했다. 그럼에도 끝까지 받아들일 수 없는 사람은 결국 떠나는 것만이 할 수 있는 일의 전부였고.

그러니 오재호처럼 애초부터 말이 집으로 들어갈 창구가 존재하지 않는 상황에서 부모로부터의 민원은 있을 수 없었고 간혹 눈에 띄는 나의 행실과 그로 말미암은 아이들의 탄원은 그냥 알았다는 말 하나로 모두 해결 가능했으므로, 늘 그래왔듯 그저 모른 척하는 것이 그들에겐 그리 어려운 일이 아니었다. 그리고 그들은 실제로 그렇게 했다.

어느 날인가부터 선생들은 나를 투명인간 취급했다. 그런다고 해서 내가 아이들을 괴롭히는 방법이 달라진다거나 횟수가 줄어드는 것도 아니었는데 그들은 그렇게 했고 내가 무슨 짓을 하든 어떤 선생도 더는 관여하지 않았다. 심지어 주번도 시키지 않았고 출석마저 건너뛸 때도 있었다. 나란 사람이 그곳에 아예 존재하지 않기라도 하는 것처럼 그들은 행동했다. 마치 약속이라도 한 듯 모든 선생이 다 똑같이 행동했는데 지금 생각해보면 그것은 참, 선생이란 직업을 가진 인간들의 태도라고 보기에는 정말, 너무 너절하고 유치하기 이를 데 없는 짓거리였음에도 그들은 그랬고, 그때의 나는 그래도 괜찮았다.

나는 아무려나 괜찮았다. 어차피 그들은 내가 그 학교에 입학했을 때부터 나를 없는 사람 취급할 때가 더 많았다는 걸 그들만 기억하지 못하고 있는 거였으니까. 그들은 아마도 그렇게 내가 졸업하기만을 기다렸겠지. 그리고 그들의 판단은 어떤 면에서 문제를 해결한 것처럼 보이게 하는 효과도 있었다. 훗날 수많은 모리배를 통해 내가 알게 된 권모술수가, 돌이켜보니 선생들의 협잡에서도 공통으로 드러나는 형태였던 것이다.

그것은 문제를 문제로 보고 해결하는 방식이 아니라 문제는 문제로 두고, 그 문제를 바라보는 시각 자체를 바꾸어버리는 술책이었다. 애초부터 그것이 문제였던 적은 단 한 번도 없었던 것처럼.

힘의 균형을 조절해야 할 감시자가 불균등을 묵인하는 부조리를 지속하면 그 그룹 구성원들의 의식 자체가 변화될 수 있었다. 잘못된 점을 분명하게 지적하고 징벌하지 않음으로써 그것이 잘못된 일이라는 공통된 인식을 약화하는 것이다. 감시자의 묵인은 대개 피해자의 자포자기 혹은 침묵으로 이어지기 마련이었고, 감시자와 피해자가 모두 침묵하는 공간에서 부조리는 더이상 부조리가 아닌 것으로 취급될 수 있었다.

이 과정은 부조리가 아니라 하나의 관행으로 자리잡힐 확률이 높았다. 그리고 관행으로 자리잡힌 일들은 우리의 일상과 동등한 평가를 받으며 더는 불공평하거나 문제가 있는 상황으로 인식되지 않았고, 다소 불편할 때가 있더라도 그 또한 삶의 과정이니 전적으로 개인이 감당하고 살아야 히는 문제로 치부되기 십상이었다. 전체의 문제였던 일들이 그야말로 쥐도 새도 모르게 증발했다가 부지불식간에 개인의 문제로 뒤바뀌어 나타나게 되는 것이다.

모두의 문제가 개인의 문제로 인식되기 시작하면 그것은 더이상 사회의 문제로 취급되지 않았다. 기묘한 방식으로 사회문제가 사라져버리는 셈이었다.

이전까지는 분명히 문제였던 일들이 아무것도 달라진 게 없는 조건에서 더는 문제가 아닌 상황으로 탈바꿈하는 이 과정이야말로, 정말이지 마술과도 같은 기이한 변형의 술수라고 하지 않을 수 없었다. 선생들의 이러한 태도가 협잡꾼들의 권모술수처럼 치밀한 계획하에 이루어지는 일은 아닐지라도 결과는 별반 다르지 않았고, 어떤 부정들은 행위자 자신도 인지하지 못한 채 벌어지는 경우도 많았으므로 의도하지 않았으니 혐의가 없다고 부인하는 것 또한 무책임한 방관이될 수 있었다. 적어도 자신들이 벌인 행위가 어떤 결과를 낳는지 정도는 알아야 했다.

그러나 학교에서의 최상위층이 다름 아닌 선생들이었으므로 그들을 일깨울 수 있는 무리는 그 공간에 존재하지 않았다. 쉬운 길을 선택하는 일에 익숙해진 그들에게 변화란, 연쇄살인마가 교사로 임용되지 않는 이상 벌어지지 않을 일이었다. 외부적인 자극이 가해지지 않는 이상 철옹성처럼 굳게 닫힌 그들의 세계를 펼쳐 들여다보기 어려웠고, 교육의 공간이라는 이유로 아무도 쉬이 그들의 공간을 침범할수 없었다. 게다가 그들이 어깨에 걸친 교육이란 권위가 워낙 강력한 갑옷과도 같았으므로 누구도 그들에게 함부로 훈수하기 어려웠다.

그런데 스스로 무엇이 잘못되었다는 사실을 각성하기란 개구리가하늘을 날 수 없다는 사실을 깨닫는 것만큼이나 어려운 일이었고 간혹 깨달았다고 해도 바꿀 의지가 없으면 깨닫지 못한 것이나 다를 바없을뿐더러, 그나마도 모두가 합의하지 않으면 바뀔 수 없는 문제였으므로 이 폐쇄성 짙은 세계에서의 변화란 결국 제국의 흥망성쇠를 지켜보는 것만큼이나 오랜 세월이 흘러야 가능한 일인지도 몰랐다.

그러므로 둘둘 감긴 호스 속의 물처럼, 시스템은 여전히 그대로인 채 그 속을 흘러가는 물의 형태만 계속해서 바뀌듯이 나 또한 그렇게 느슨한 질서 속에서 어느 선까지의 공갈과 협박과 폭력과 갈취가 문제 아닌 관행으로 취급될 수 있는지를 확인하는 기묘한 성과만을 남긴 채, 모두의 바람대로 무사히 졸업하는 경로를 밟았다.

3

은혜보육원 인근에는 모두 여덟 개의 중학교가 있었는데 나와 동기 네 명은 각자 다른 중학교로 배정되었다. 그중에서도 아라가 같은 학교로 배정되지 않은 것이 내게는 가장 좋은 일이었다. 왜냐하면 그녀는 내가 학교에서 풀어가는 삶의 방식을 좋아하지 않았고 아라가 좋아하지 않는 것은 나도 왠지 떳떳하지 않았기 때문이다. 어차피 내가 선택한 삶의 방식이었으므로 어떻게 살든 아무 거리낄 게 없어야 맞는 거겠지만, 그 나이 때의 생각이라는 게 사실 어떤 논리적인 체계를 갖춘 신념 같은 게 아니었으므로 무언가 마음이 쓰이는 사람으로부터의 영향을 무시할 순 없었다. 그땐 아라가 내게 그런 사람이었고, 어쩌면 유일한 사람일는지도 몰랐다.

그런 아라가 내가 사는 방식을 불편하게 바라보았으므로 나도 불편했으나 그렇다고 예전으로 돌아갈 수는 없었다. 딱히 돌아가고 싶은 마음도 없었지만 있었다손 치더라도 돌아가기엔 너무 늦은 상황이었다. 그때의 나는 이미 어느 중학교를 입학했더라도 우리 또래의 알 사람은 다 알 만한 인물이 되어 있었기 때문이다. 조용히 살고 싶다고 해서 조용히 살 수 있는 환경이 이미 아니었다.

만약 내가 마음의 여유라는 게 있는 사람이었다면 아마도 조용히 혼자 숨어 지내다시피 했던 시절과 하루가 멀다고 말썽이 일어나던 시절의 어느 절충 지대를 찾아 안착하려고 노력했겠지만, 예나 지금 이나 나에겐 왜인지 그런 여유가 없었다. 아무것도 하는 게 없는 순간 조차도 나는 늘 무언가에 쫓기는 것 같은 기분일 때가 많았고 마음이 텅 비었다는 느낌이 들 때도 그 속을 여유로 채우지 못했다. 그리고 내가 그렇다는 것도 어느 정도의 나이에 이르고서야 깨달았다. 나는 말썽 이전의 시절에도 많은 책을 읽었고 말썽이 많았던 시절조차 조 용한 순간엔 항상 책을 손에 들고 있었으므로, 내가 그런 사람일 거라 고는 생각도 해본 일이 없었다. 그러나 내겐 마음의 여유가 없었다.

그런 사람이 대개 그렇듯 나 또한 뭐든 허겁지겁 하기에 바빴다. 지 금 하지 않으면 내 것이 되지 않을지도 모른다는 불안감이 있었던 건 지, 나는 뭐가 됐든 대체로 한번 손에 잡으면 쉬이 내려놓는 편이 아 니었다. 그게 얼핏 보면 매우 열심히 하는 것처럼 보일 수도 있었으나 실은 그 자체가 마음의 공허를 메우기 위해 허둥대는 모습이라는 걸 알기까지 꽤 오랜 시간이 걸렸다. 생각해보면 나는 책도 그렇게 허겁 지겁 어떤 상황들로부터 도피하려고 읽었던 순간들이 더 많았다.

폭력이 일상인 놈이 책을 많이 읽는다는 게 언뜻 보아서는 잘 매치 가 되지 않을 수 있었지만, 지난날의 내 경험에 비추어 보면 이른바 지 식인이라 불리는 자들의 폭력성도 만만치 않았다. 그들은 대체로 자신의 폭력 의지를 글과 지식 속에 숨겨두는 때가 많았는데, 그것은 아무리 어둠 속에 감추려고 해도 힘의 논리를 아는 자에겐 어차피 같은 영역의 형상이므로 마치 적외선카메라를 들이댄 것처럼 눈에 보일 수밖에 없었다. 나는 그런 자들의 글을 읽을 때마다 이들이 소위 실질적인 권력이라는 것을 손에 쥐게 되면 얼마나 무시무시한 폭군의 본성을 드러내게 될지 눈에 선히 보이는 듯해 소름이 끼칠 때가 많았다.

그들은 정말 양의 탈을 쓴 늑대들처럼, 자신의 폭력성을 세상에서 가장 매끄럽고 세련된 언어로 감추기 위해 지식과 문장을 다루는 업을 선택한 사람들처럼 보일 때가 있었다. 행간에서 드러나는 그들의 그런 본성을 볼 때마다 나는 마치 고결한 명사의 탐욕스러운 금니를 우연히 발견한 것처럼 가슴이 뛰곤 했는데, 그것은 이를테면 싸움에 임하기 전에 겪는 심장박동과 비슷한 반응이었다. 폭력의 동질성이 보이지 않는 끈으로 연결되어 있는 것 같은 느낌이었다.

소위 식자들 사이에 자연스럽게 끼어 있는 그런 자들을 발견할 때마다 나도 모르게 불끈불끈 주먹에 힘이 들어갔는데, 그 때문인지 나는 항상 그들이 내 앞에서 알짱거릴 때마다 망설임 없이 주먹을 휘둘렀다. 사람들은 그런 나를 전혀 이해하지 못했지만 어떤 놈이 가짜인지 구별도 못하는 인간들의 이해 따윈 필요 없었다. 혹여 내가 그랬던 이유를 이해했다손 치더라도 의도는 알겠지만 방법이 틀렸다는 식의 말이나 지껄이는 인간들도 나는 별로 좋아하지 않았다. 강 건너 불구경하듯이 점잖게 짖어대는 건 지나가는 개도 할 수 있는 일이었다.

나는 빌미만 제공해주면 언제라도 달려가 하이드 같은 인간들의 어금니를 날려줄 만반의 준비가 되어 있었다. 사람들 앞에서 정의롭고 공정한 척은 있는 대로 다 하면서 뒤에서는 오만 꼼수나 부리고 다니는 인간들을 나는 세상에서 가장 혐오했으니까. 폭력성 가운데서도 가장 찌질한 폭력성을 지닌 인간들. 책과 폭력은 그러니까 우리가 흔히 생각하는 것과는 다르게 아주 밀접한 관계일 수 있었고 오히려 활자화된 폭력이 때론 더 잔인할 수 있었다. 글과 지식은 사용자의 인성에 따라 좋은 인품을 갖추는 도구가 될 수도 있었지만 직접적인 폭력의 도구도 될 수 있었고, 도리어 폭력성을 감추는 가면이 되기도 하는 것이다.

그러니 항상 책을 들고 있었던 나도 그 책이라는 서광에 가려 내가 마음의 여유가 없는 인간일 거라고는 생각조차 해보지 않았을뿐더러, 으레 책을 많이 읽는 사람들이 갖게 되는 양식 또한 저절로 얻게 될 거라고 여겼던 모양이다. 그러나 나는 정작 내게 주어진 시간 대부분을 내가 어떤 사람인지조차도 모르고 살았다. 하물며 막 중학교에 입학했을 당시엔 도대체 무슨 생각으로 나날을 보냈는지 지금으로선 솔직히 기억나는 게 없다.

어떤 생각을 하기는 했겠지. 가령 나는 나대로 살 수밖에 없는데 아라가 그 모습을 보는 것은 불편하므로 차라리 아라가 내 학교생활을 보지 않는 것이 내게는 더 좋은 일이다, 와 같은 생각들. 그녀가 내게 조금이라도 관심이 있어 나의 생활을 묻는다면 나는 아마도 대연하게 거짓말을 할 테지만, 그래도 자주 물어봐주었으면 좋겠다, 와 같은 바람들.

스스로 끊임없이 고립을 선택하면서도 고립되는 것을 두려워하고 누군가의 눈에서 멀어지는 상황을 자꾸 선택하면서도 정작 그 대상에게서 잊힐까봐 마음이 조급해지고 공허해지고 무기력해지는 이상한 현실의 연속.

어쨌거나 나는 우리 보육원 아이들이 아무도 다니지 않는 중학교에 혼자 덩그러니 배정되었고 내가 말하지 않는 이상 누구도 나의 생활을 알 수 없는 공간에서의 삶을 시작했다. 그리고 나는 그런 것을 시시콜콜 말하는 사람이 아니었으므로 말하자면, 학교에서의 태도를 좀더 명확히 할 수 있었다. 초등학교 시절엔 아무래도 동기들이나 보육원에 피해가 가지 않을까 싶어 망설였던 일들도 없진 않았기 때문이다.

예상했던 바대로 나는 입학하자마자 같은 반 아이들의 얼굴도 익히기 전에 들이닥치는 부류들을 맞이해야 했다. 그런데 문제는 중학교에서의 서열이란 게 초등학교 때와는 약간 다르다는 점이었다. 초등학교 때도 물론 비슷한 짓거리를 하고 사는 놈끼리의 계보라는 게 있긴 했지만 중학교처럼 본격적으로 조직화돼 있지는 않았다. 중학교는 삼학년부터 일학년에 이르기까지 자기들이 무슨 진짜 범죄 조직이라도 되는 양, 그 나름의 체계를 구축하고 있었다.

다시 말해 그 단계에서의 싸움은 단순히 개인의 호승심만으로 이루어지는 것이 아니라는 얘기였다. 무언가 조직의 논리라는 것이 어느 정도는 생성되어 있었고, 그들과 정식으로 대면하여 깊은 내막을 듣기 전까지 내가 알고 있었던 내용은 거기까지였다. 이제 막 삼학년이 된 일진들은 자기들이 무슨 유서 깊은 전통의 노련한 계승자라도 되는 것처럼 새로 입학한 일학년들의 권좌 쟁탈전을 한동안 지켜보기만 했다. 일단 신입생 중에 실력자가 누군지 자기들도 주시하겠다는 심산이었을 테고, 여러 지역에서 싸움깨나 한다는 놈들이 한곳으로 모여들었으니 부산하기도 했기 때문이다.

그러나 토너먼트도 아닌 것이 마치 토너먼트처럼 치러지는 이 서열 싸움에서의 순위는 그리 오래 걸리지 않아 정해졌다. 일단 절반 이상의 아이들이 직접 싸워보기도 전에 다른 아이가 싸우는 모습을 보고 지레 포기했고, 그나마 강단이 있어 직접 붙어보고 나서야 승복하는 아이들 또한 뭐 그리 대단한 실력이라 보기 어려웠기 때문이다. 고만고만한 아이들끼리 프라이팬 위에 올라간 콩처럼 한동안 소란스레 볶이다가 대체적인 윤곽이 드러나기까지 걸린 시간은 채 한 달도 되지 않았고 언제나 원투로 승부를 결정냈던 내가 과연 듣던 대로 가장 큰 콩임이 밝혀질 즈음에 이르러서도, 아직 피지 않은 봄꽃이 많았을 정도로 신입생 간의 서열은 이른 시일에 모두 정리되었다.

그러나 나는 정작 그런 서열에는 별로 관심이 없었다. 누가 믿거나 말거나 분명히 그랬다. 나 자신도 한때 그게 사실일지 궁금해서 지난 날을 돌이켜보았지만 아무리 생각해봐도 그건 사실이었다. 살아오며 단 한 번도 내가 먼저 어떤 서열에서의 우위를 점하기 위해 나선 적이 없었다. 타의에 의해 이끌려가듯 참여하게 된 경우가 많았고, 하지 않을 수 없어 하게 되었던 경우가 대부분이었다. 물론 그런 상황 자체가 전부 자기 생각이 없어 벌어지는 멍청한 사태이긴 햿이도 중학생 따위에게 자기 생각이라는 게 있을 리 만무했고, 자기 생각이란 게 생긴 이후에도 줄곧 주변의 영향을 잘 받았던 걸 보면 나는 아무래도 주도적인 인간이라고 보기는 어려웠다.

예상치 못했던 순간에 나도 몰랐던 재능을 발견하고, 그 놀라운 재능을 사용해보지 않을 수 없었으므로 무람없이 마구 휘두르다보니 어느 순간 망나니가 되어 있었지만, 그렇다고 해서 내가 그런 쪽의 실력자가 되고 싶었거나 폭력 자체가 너무 즐거워 멈출 수가 없었던 적은 단 한 번도 없었다. 누군가 내게 그동안 저지른 일이 있는데 인제 와서 무슨 개소리냐고 해도 딱히 할말은 없지만, 그렇다고 내가 몹시 즐거워 미친듯이 날뛰면서 저질렀던 일들도 아니었으므로 아닌 걸 굳이 맞다고 해야 할 까닭도 없으니까 솔직하게 말해보자면, 믿기지 않는 재능에 취해 얼마의 시간을 보내다가 문득 정신을 차려보니 급류에 휘말린 보트처럼 어느 소용돌이 속에서 돌고 있었을 뿐, 나는 서열이라든가 경쟁 자체를 즐기는 성격은 확실하게 아니었다.

그러니 나는 상황이 나를 우두머리로 만들어 우두머리가 되었지 그 자리 자체에는 별로 관심이 없었다. 시비를 붙여오는데 굳이 피할 까닭이 없으니 승부를 가려주고 일부러 져줄 이유가 없으니 할 수 있는 만큼 해서 결과가 나왔을 따름, 그들이 나를 무엇으로 부르든 나는 아무려나 상관없었다. 초등학교 때는 그런 상황을 겪는 게 처음이라 잠시 기뻤던 적이 있었을지 몰라도 이 년 가까이 비슷한 환경 속에서 반복된 생활을 하다보면 누구라도 그런 패턴에 무뎌지기 마련이었고 무뎌지는 과정에는 악행도 포함되었다.

무뎌진 패턴에서의 악행은 전혀 다른 양상으로 드러날 수 있었는데 나쁜 짓을 해도 그게 나쁜 짓인지 자각하지 못하거나 혹은 반대로, 그런 행위들 자체에 물려버리는 식이었다. 나는 후자에 속했다. 원체 나쁜 짓 자체를 좋아하는 성품도 아니었고 내가 선택한 악행은 대개 위악적인 행위로서, 내 나름의 응징이나 숨은 비열함을 폭로하려는 충동에서 비롯된 경우가 많았으므로 특별한 사건이 벌어지지 않는 이상 나는 그저 조용히 혼자 있는 것을 선호하는 타입이었다.

중학교에 입학한 나는 그래서 한동안 공갈이니 협박이니—서열 다툼 때문에 벌어지는 싸움을 제외하고는—갈취도 하지 않았다. 그땐 왜 그랬는지 모르겠지만 여하튼 모든 게 다 귀찮았고 전반적으로 무기력했다. 서열 다툼이 끝난 후에도 나의 그런 무력감은 별반 달라지지 않았다. 그러나 얼마 지나지 않아 내 삶에 일진이 개입하면서 일정했던 패턴에 약간의 변화가 찾아왔다.

입학하기 전부터 이미 일진이라는 게 있다는 걸 들어 알고는 있었고 일학년의 세력 다툼이 어느 정도 정리되면 당연히 모습을 드러낼 거라고도 생각했지만, 그들이 정작 내게 나타났을 땐 좀 예상치 못했던 방식이어서 놀랐다. 우르르 몰려와서 같잖은 공갈 협박이나 해대며 학교 강당 뒤편이라든가 별관 화장실처럼 어디 후미진 공간으로 나를 끌고 갈 줄 알았는데 그들은 그렇게 하지 않았다. 그들이 나를 데려간 곳은 학교 인근 패밀리 레스토랑이었다.

우르르, 라고까지 할 순 없었지만 몰려온 인원 또한 전혀 예상치 못한 구성이었다. 여학생만 세 명이었던 것이다. 마지막 수업이 끝나고 모두 하교 준비를 하며 부산스러울 때 뒷문이 띨어셔라 벌컥 열리더니 "아이 씨발, 냄새" 하는 소리가 들렸는데, 그것이 여자 목소리였다는 점에서 반 아이들 모두가 같은 생각을 했는지 마치 동시에 코드가 뽑힌 로봇들처럼 일제히 동작을 멈추었다.

움직이는 것은 오로지 아이들의 동공과 머리통뿐이었는데, 그마저도 정해진 궤도를 따라 작동되는 것처럼 모두 한 방향으로만 이동하는 형편이었다. 남녀공학이긴 했으나 합반은 아니었으므로 여학생의 방문이 일상적인 일은 아니었던데다가, 이제까지 보았던 여학생들의 교복과 사뭇 다른 형태의—팬티가 보일 정도로 짧은 치마에 상체의 선을 따라 재단이라도 한 것처럼 딱 달라붙는 블라우스—차림이 아이들의 시선을 단번에 사로잡았다.

문을 연 여학생은 불쾌한 눈빛으로 교실을 한번 휘둘러보고는 이윽고 다 적응되었다는 듯이 표정을 바꾸고, 흡사 흥미로운 동물들을 구경하는 것처럼 두리번거리며 교실로 들어왔다. 뒤이어 두 명의 여학생이 더 따라 들어왔는데, 그중 한 명이 티브이에서나 나올 법하게 생겼던 터라 모두 놀랐다. 개중에는 저도 모르게 탄성을 내뱉는 녀석들까지 있었다. 그러나 기세 좋게 문을 열어젖히고 들어온 여학생이 이내 "뭘 봐, 이 썹새끼들아!" 하고 소리를 지르자 다들 웅성웅성 이 예상치 못한 반전에 어찌할 바를 모르다가 이윽고 "고개 안 돌려?" 하고 새로운 지령을 하달받자 모두 고개를 돌렸다.

예외가 한 명 있었다면 그게 바로 나였는데 나도 실은 저도 모르게 고개를 돌렸다가 아차, 이건 아니지 싶어 다시 그녀를 쳐다보았던 형편이었다. 그때 그 여학생과 눈이 딱 마주쳤다. 그녀는 미간을 좁히고 잠시 나를 쳐다보더니 이윽고 정말 티브이에 나오는 인물이 아닐까 싶은 여자를 돌아보며 손가락으로 나를 가리켰다. 그러자 그 예쁜 여자가 성큼 내 앞으로 다가와서 물었다.

"네가 장태주야?"

그렇게 예쁜 여자가 내 이름을 물을 일이란 게 살아생전 없던지라 나는 순간 내가 정말 장태주인지를 의심해야 할 정도였다. 그래서 대답 또한 시원스럽게 하지 못하고 "그럴걸?" 하고 나도 모르게 얼버무렸다. 여자가 다시 물었다.

"그러면 그런 거고 아니면 아닌 거지 그럴걸은 뭐야, 그럴걸은. 너 바보야?"

나는 본래 바보가 아니었지만 그 순간만큼은 뭐에 홀렸는지 응, 하고 대답을 할 뻔했다. 비현실적으로 예쁜 여자를 보면 정신이 나갈 수 있다는 말을 어디서 들었는지 잘 모르겠는데, 그때의 나는 정신이 거의 반 이상은 나가 있었고 이후에도 예쁜 여자는 많이 봤지만 그 경험이 워낙 강렬했던지, 그렇게 넋을 놓고 있었던 건 아마도 그때가 처음이자 마지막이었을 것이다. 나는 의식적으로 턱을 들고 다시 대답했다.

"내가 장태주다. 왜?"

그러자 그때까지 아무 말 없이 뒤에 서 있던 다른 여학생이 내 말이 떨어지기가 무섭게 대꾸했다.

"야, 우리 이학년 선배니까 말 까지 마라. 죽는다."

나는 그제야 지금 무슨 일이 벌어지고 있는지를—끊어졌던 전원이 퍼뜩 들어오기라도 한 것처럼—화들짝 깨달았다. 누군가 내게 죽는다, 라고 말할 수 있는 환경이 너무나도 오랜만이었으므로 그 신선함 때문이었는지, 아니면 여학생들로부터 그런 소리를 들었다는 게 몹시 신기해서였는지 이유는 알 수 없었지만 그들이 뭔가 남다르다는 것을 그제야 눈치챈 것이다. 예쁘고 아니고를 떠나 꾸민 외모도 그렇고 말투나 행동거지가 보통의 여학생과는 전혀 달랐다. 다소 어리둥절한 느낌으로 내가 그들을 바라보고 있자 예쁜 여자가 말했다.

"우리랑 어디 좀 같이 가자."

그 말이 무슨 뜻인지 알아듣지 못한 것은 아니었으나 상황 자체가 전부 낯설었던 터라 나는 계속해서 멀뚱멀뚱 서 있기만 했다. 예쁜 여자가 맨 처음 문을 열고 들어온 여학생을 돌아보며 말했다.

"얘가 짱 맞아? 짱은커녕 얘가 좀 꺼벙한데?"

그러자 문 연 여학생이 박장대소했고 그 뒤에 서 있던 여학생이 시니컬하게 피식 웃었다. 예쁜 여자가 다시 나를 보고 말했다.

"어쨌든 따라 나와."

나는 두어 번 눈을 끔벅거리고 대답했다.

"어딜 가는데요?"

"가보면 알아. 안 잡아먹을 테니까 쫄지 말고."

그러고는 그 말이 재미있었던지 두 사람이 다시 까르르 웃었고 남은 한 명은 여전히 입가를 한쪽으로 비틀어 올리고는 피식, 콧바람을 한 번 내뿜었다. 앞서 교실을 나가는 세 명을 보며 나는 여전히 어리둥절한 기분으로, 그러나 안 따라나설 이유도 없었으므로 어기적거리며 그들의 뒤를 따랐고, 그렇게 해서 도착한 곳이 패밀리 레스토랑이었다.

나는 패밀리 레스토랑이란 곳을 그때 처음으로 가보았다. 그래서인지 마치 자기 집 안방처럼 쉬이 들어가는 그녀들과 달리 나는 입구에서부터 발길이 잘 떨어지지 않았다. 최대한 티를 내지 않으려고 노력했지만 심적으로 부담이 큰 건 어쩔 수 없었다. 한 발 한 발 내디디면서도 어느 지점에서 갑자기 늪이 시작될지 알 수 없어 초조해하는 인디언처럼, 나는 끊임없이 두리번거리면서 복도를 걸었다. 그때 누군가 우어! 하고 소리라도 질렀다면 나는 아마 뒤도 안 돌아보고 내뺐을 공산이 컸다.

물론 처음이어서 그랬을 수도 있었지만 어쩌면 내 수중에 돈이 한 푼도 없어서일지도 몰랐다. 한 번도 가본 적은 없었지만 그곳은 돈이 있어야 갈 수 있는 장소라는 것을 나는 알았다. 세상엔 돈이 없으면 불안한 공간들이 있었는데 그때의 그곳도 내게는 그런 장소 중의 하나였다. 나는 예나 지금이나 돈이 없으면 불안해해야 하는 곳을 싫어했다. 돈 때문에 마음의 불안을 느껴야 하는 장소라면 그곳이 어디든 좋지 않은 곳일 확률이 높다고 나는 그때도, 그리고 지금도 여전히 그렇게 믿었다.

오로지 학교와 보육원만 오가던 내게 그곳은 미지의 공간임이 분명했고 그런 곳에 최초로 발을 내딛는 기분이라는 게 대략 그런 느낌이었다. 무언가 어색했고 낯설었고 불편했다. 하지만 곧 적응하리라는 것도 알았다. 나는 어떤 식으로든 새로운 환경에 금방 적응하는 사람이었으니까.

패밀리 레스토랑으로 가는 도중 어딘가에 들러 옷과 신발과 화장까지 싹 새로 고친 세 명은 이미 중학생으로 보이지 않았다. 최소 고등학생 이상으로 보였고 긴거리에서 기울을 꺼내 앞머리를 빗는 행동 따위만 하지 않는다면 얼마든지 대학생으로도 볼 수 있었다.

그런 그들을 반갑게 맞이한 입구 직원이 몇 마디를 간략히 물어보더니 이윽고, 그들을 이끌고 하트 여왕이 살 것 같은 내부로 들어갔다. 나도 대성당으로 끌려들어가는 뱀파이어라도 된 것 같은 기분을 느끼며, 쭈뼛쭈뼛 그들을 따랐다. 화려한 실내장식과 여유로운 사람들의 분위기에 압도되어 나는 살짝 기가 죽는 느낌이었다. 그것은 말하자면 싸움을 잘해서 얻을 수 있었던 자신감의 세계와는 또다른 공간이었기 때문이다. 그때까지 내가 살아온 세상과도 당연히 달랐고 평소 내가 생각해보지도 않았던 세계가, 그런데 좀 이상스레 인위적인 느낌으로 그곳에 존재했다.

신기하다기보다 의아함이 먼저 앞섰다. 사람들의 시선에 의해 가공된 행복이 잘 정리된 구획 속에 알맞게 재단되어 있는 것 같았다. 왜 그렇게 어색한 기분이 들었는지 그땐 몰랐지만 이후 비슷한 공간에 갈 때마다 유사한 느낌이 들었던 걸 보면, 그 기분의 정체가 바로 그런 것일 터였다.

각자의 생활로부터 비롯된 자신들만의 행복이 아니라 어디선가 사입은 기성복처럼 일률적이고 의식적인 느낌의 행복. 내가 진심으로 행복을 느낀 게 아니라 어떤 시책에 의해 형태가 이미 결정된 행복을 받아들인 느낌.

그것은 마치 자신의 의사와 상관없이 하사받은 논과 밭을 정확히 규격화된 구획 안에서, 당연히 그래야 할 것으로 알고 경작하여 그 대가로 받은 듯한 느낌의 함박웃음들이었다. 존재하는 차이는 오로지 가격에 따른 등급의 구분뿐, 각자 다른 구획에 존재하는 행복임에도 그 빛과 색이 유사하고 질감마저도 동일하게 느껴지는 공산품 같은 분위기가 그곳에는 있었다.

그렇게 같은 매장에서 사들인 것 같은 획일적인 분위기가 나는 사뭇 어색했는데, 그것은 어쩌면 내가 그런 공간에 어울리는 사람이 아

니라서 그랬을 수도 있었다. 인위적이든 뭐든 행복은 어쨌거나 나와
는 먼 곳에 존재하는 개념이었으니까.

우리가 안내된 장소는 반투명 유리블록들이 쌓인 곳이었다. 그것이
하나의 벽을 이루어 독립된 공간을 만들었다. 가까이 다가가는 동안
그 속에서 움직이는 물체와 색깔들이 언뜻언뜻 보였는데, 그곳은 마
치 두껍게 언 호수 아래에서 올려다본 얼음 위의 세상 같았다. 기분이
참 묘했다. 구획이 잘 정리되어 규격화된 이곳과는 또다른 세계의 경
계 같았다. 차별화된 그곳에도 누군가가 있었다.

안으로 들어서자 소파가 말발굽 모양으로 둘러져 있었고 좌석엔 세
명의 남자가 앉아 있었다. 그들 앞에는 이름 모를 음식들이 놓여 있었
다. 여자들이 호들갑을 떨며 알은체했다. 곧이어 제집에 찾아드는 제
비들처럼 세 남자 옆을 각각 메웠다. 마치 애초부터 그곳이 지정된 좌
석이었던 것처럼 그렇게, 자리를 고르는 망설임이 전혀 없었다. 나는
입구에 멀뚱멀뚱 서서 그들의 부산스러움을 가만히 지켜보았다. 중앙
에 앉은 남자가 말했다.

"앉아라."

남자는 미남이었다. 언뜻 봐도 부티가 흘렀고 중학생처럼도 보이지
않았다. 예쁜 여자가 그 남자 옆에 앉았다. 그가 세 남자 중 리더임은
누가 봐도 알 수 있었다. 평소 다른 사람의 눈치를 진히 보지 않고 살
았을 것 같은 눈빛이 그랬다. 곧고 단단했고 대상을 바라보는 초점이
정확했다. 나는 잠시 그와 눈을 맞추다 말발굽의 양쪽 좌석을 한 번씩
쳐다보았다. 두 좌석 모두 여자들이 앉아 있었으므로 어떻게 해야 할
지 몰라 망설이는 사이 다른 남자가 말했다.

"아무 쪽이나 앉아."

그도 중학생처럼 보이지 않았다. 나는 입구 쪽 자리로 엉덩이를 붙였다. 거울을 꺼내 앞머리 한 올 한 올을, 마치 출석이라도 부르는 듯 집중해 만지고 있는 여자에게서 두 칸쯤 떨어진 좌석이었다. 맞은편의 여자는 이미 충분해 보이는 음식을 앞에 두고도 메뉴판을 뒤적였다. 중앙에 앉은 예쁜 여자와 남자 셋만이 나를 주시했다. 나는 그들의 시선을 느끼며 생전 처음 구경하는 음식들을 찬찬히 훑어보았다. 중앙의 남자가 말했다.

"아이 노우 후 유 아. 네 얘기 많이 들었다. 네가 청운에 입학하기 전부터."

청운. 그는 청운중학교를 우리 학교라고 말하지 않았다. 나는 잠시 눈을 들어 그를 바라보았는데 눈높이를 맞춰서 보니 더더욱 중학생으로 보이지 않았다. 그가 지껄이는 영어에 대해서는 신경쓰지 않았다. 말투와 표정에서 무언가 잔뜩 어른스러운 분위기가 배어나왔다. 그가 한마디 더 덧붙였다.

"생각보다 작네."

그러자 내 쪽에 앉은 남자가 기다렸다는 듯이 고개를 빼고 말했다.

"테이블 위에 손 좀 올려봐."

나는 어리둥절한 표정으로 그를 쳐다보았다. 말을 못 알아들어서가 아니라 그것은 나의 습관이었다. 무언가 납득이 잘 되지 않는 상황에서 나는 곧잘 멀뚱멀뚱 있곤 했다. 특별히 위협을 느끼지 않는 상황에서는 거의 그랬다. 굳이 그 상황을 이해하기 위해서라기보다 그냥 버릇 같은 것이었다. 예쁜 여자가 말했다.

"애가 말귀를 좀 못 알아듣더라고."

메뉴판을 뒤적이던 여자가 박장대소했다. 욕도 잘하고 웃음도 많은 여자였다. 남자가 약간 언성을 높여 다시 말했다.

"손 올려보라고, 이 새끼야."

그제야 나는 무릎 위에 가지런히 놓인 손을 잠시 내려다보다가 천천히 테이블 위에 올려놓았다. 남자가 내 손을 보고 고개를 갸웃하더니 말했다.

"뭐야, 손도 좆만한데? 야 인마, 주먹 쥐어봐."

나는 이번에는 뜸들이는 시간 없이 그가 시키는 대로 했다. 좆만한 손이 주먹을 쥐니 더 좆만해졌다. 남자는 무언가 믿기지 않는다는 듯이 고개를 절레절레 저으며 중얼거렸다.

"야, 저 주먹에 맞아서 뻗는다고? 개구라 같은데?"

그러자 맞은편의 남자가 말했다.

"빨라요. 정확하고."

내 쪽의 남자가 다시 물었다.

"확실해?"

"제가 봤다니까요. 두 번이나. 소문대로예요. 잠깐 한눈팔면 뭐가 어떻게 된 건지도 몰라요."

욕 잘하고 웃음 많은 여자가 거들었다.

"맞아, 오빠. 같이 봤어. 보고도 좀 안 믿기기는 하는데, 사실이야. 한 대 맞으니까 하나같이 약 먹은 놈들처럼 맥을 못 추더라고. 이상한데 사실이야."

"영 안 믿기네."

그때 중앙에 앉은 남자가 "됐고" 하고 말하고는 나를 보며 내가 싸우는 걸 봤다고 하는 남자를 가리켰다.

"얘가 너희 학교 일대다. 정식으로 인사해."

일대. 우리 학교의 우두머리라는 말이었다. 그런 그가 두 사람에게 존댓말을 쓰고 있었다. 일대가 말했다.

"나 강충식이다. 삼학년."

삼학년이라는 말에 내가 고개를 꾸벅하자 일대가 다시 말했다.

"고개만 까딱해?"

그러자 중앙의 남자가 "아, 됐고. 그런 건 나중에 너희끼리 따지고."라며 왼편에 앉은 남자를 가리켰다.

"얘는 우리 학교 부대다. 땡칠이."

부대란 부대장의 줄임말로 이인자를 지칭했다. 땡칠이라는 말에 부대가 반사적으로 "에이 씨" 하고 반응하자 욕 잘하고 웃음 많은 여자가 또 웃었고 땡칠이가 말했다.

"나는 경칠이고 땡칠이란 말은 전 세계에서 얘만 쓸 수 있는 거야. 알간?"

나는 전반적으로 여전히 이해가 안 되는 상황이었지만 일단 고개를 끄덕여 보였다. 부대가 중앙에 앉은 남자를 보고 말했다.

"이 새끼 벙어리 같은데?"

이번에는 세 여자가 동시에 웃음을 터뜨렸고 그러는 동안에도 나는 멀뚱멀뚱 앉아 있었다. 앞머리의 출석을 부르던 여자가 그런 나를 돌아보며 배려하듯이 말했다.

"상운고 오빠들이야. 재훈 오빠가 거기 일대, 우리 오빠가 거기 부대. 오케이?"

여자는 중앙의 남자를 가리켰다가 다시 자기 옆에 앉은 남자의 팔짱을 꼈다. 나한테 말 까면 죽는다고 으르렁댈 때는 꼭 동네 양아치 같더니 남자를 소개할 때는 마치 발바닥이 가려운 기생처럼 굴었다. 나는 그녀의 말에 일단 고개를 끄덕였지만 여전히 그들이, 그러니까 상운고 학생들이 왜 그 자리에 나와 있는 건지는 알 수 없었다. 그런 생각이 표정으로 드러났던지 상운고의 일대가 말했다.

"우리가 널 왜 불렀는지 궁금하겠지만 일단 먹어. 먹고 나서 얘기하자. 그리고…… 대답할 땐 말로 해. 고개만 까딱거리지 말고. 알겠지?"

나는 의식하지 못하고 있었을 뿐 대답이 어려운 일은 아니었으므로 그 즉시 "네" 하고 대답했다. 부대가 "벙어리는 아니네"라고 당연한 소릴 지껄이는 사이 나는 잠시 눈치를 보다가 이윽고 음식을 먹기 시작했다.

상운고 일대의 얘기는 자기가 날 왜 불렀는지 먹으면서 생각해보라는 말처럼 들렸지만 생전 처음 보는 음식을 먹으면서 다른 생각을 하기란 어려웠다. 나는 요란한 색깔의 풀들이 뒤범벅된 음식부터 이상한 밀가루 반대기에 싸 먹는 음식과 검고 붉고 번들거리는 고기와 휘어지지 않으려고 버티는 듯한 면빨과 조개와 새우와 그 밖에 알 수 없는 물질들이 마구 뒤엉킨 잡탕 음식에 이르기까지 대중없이 손에 잡히는 대로 마구 먹었다. 딱히 배가 고팠던 것은 아니었지만 이 신기한 음식들을 지금 먹어두지 않으면 영영 먹을 일이 없을지도 모른다는 생각을 했던 건지도 몰랐다. 욕 잘하는 여자가 말했다.

"어머, 얘 봐. 보육원에선 밥을 안 주나봐."

나는 그 말에 잠시 멈칫했지만 이내 못 들은 척 더 열성적으로 음식들을 먹어치웠다. 그러는 사이 부대가 "이 새끼 엄청 먹네. 힘이 남아도는 이유가 따로 있었구만" 하고 말했다. 뒤이어 상운고 일대의 목소리가 들렸다. "이것저것 더 시켜." 그러자 욕 잘하는 여자가 메뉴판을 무슨 핸드백이라도 되는 양옆에 끼고 있다가 펼쳐들고는, 직원을 불러 생전 듣도 보도 못한 이름들을 나열했다.

이후에도 계속 물감을 뿌린 듯 화려하고 기기묘묘한 음식들이 줄지어 나왔지만 욕심만으로 그 많은 음식을 다 먹을 순 없었으므로 나는 서서히 전의를 상실했다. 상운고 일대가 중얼거렸다.

"기본적으로 배짱이 좋은 놈이네."

우리 학교 일대와 상운고 부대가 그게 무슨 말이냐는 듯 중앙의 남자를 쳐다보았다. 그러나 나는 그의 말을 단박에 알아들었다. 왜냐하면 그건 내가 직접 겪었던 변화였기 때문이다. 예전의 나 같았으면 아마도 이처럼 먹지 못했을 터였다. 제아무리 신기한 음식이 앞에 놓였더라도 나는 차후에 나올 얘기를 신경쓰느라 현재에 집중할 수 없었을 것이다. 배짱이 생긴 이후의 가장 큰 변화가 바로 그런 점이었다. 뒷일을 걱정하지 않는 것이다. 신체적인 위협을 예감할 수 있는 상황일수록 더욱 그랬다. 앞으로 무슨 일이 벌어지든 그런 건 벌어지고 나서 생각하면 된다는, 일종의 경험칙 같은 감각이 생겼다.

나도 모르는 내 몸의 어떤 기능이 스스로 능력을 발휘해서 문제를 해결해줄 거라는 막연한 믿음 같은 게 생긴 것도 같았다. 그것은 마치 아직 사용법을 다 익히지 못한 신체 속에 들어가 있는 것처럼 낯선 일이었지만, 실제로 그런 일들은 일어났다. 나는 내가 해내고서도 어떻게 그걸 할 수 있었던 건지 믿기지 않는 경우가 종종 있었다. 내가 했으나 마치 내가 하지 않은 것처럼. 그래서 나는 정체 모를 긴장감이 전류처럼 살갗을 타고 흐를 때면, 똑같이 나도 모르는 나 자신에게 맡겨버렸다. 잘 모를 때면 나도 알지 못하는 나를 무작정 믿었다. 본능이 반응하는 대로 내버려두었다. 잘 대처하든 아니든 스스로 알아서 하리라고 마치 남의 일인 양 생각을 놓아버렸다.

배짱과 두려움은 수평 저울의 두 선반처럼, 한쪽이 올라가면 다른 한쪽은 반드시 내려가게 되어 있었다. 사람에게 두려움이 없을 수는 없었으므로 그 자체를 무시하기는 어려웠지만, 두려움이 감정을 지배하는 시기는 통제할 수 있었다. 조금이라도 미룰 수 있으면 미루는 게 좋았다. 미루어지는 시간만큼 현재에 더 충실할 수 있기 때문이었다.

배짱은 뭐든 잘할 수 있을 거라는 자신감까지는 아니더라도, 염려 때문에 현재의 감각이 마비되게 하지는 않았다. 잘되든 못되든 뒷일은 뒷일이었으므로 적어도 현재의 자신과, 거기 속한 영혼이 불안에 갉아먹히도록 내버려두지는 않았다. 배짱이란 앞일을 잘 헤쳐나가기 위해서도 필요하겠지만 그렇게, 현재를 감각하기 위해서도 필요한 것이었다. 그리고 현재를 오롯이 감각한다는 건 생각보다 중요한 문제일 수 있었다. 그 현재의 느낌이 쌓여 미래의 자신을 만들 수도 있기 때문이다.

그러나 아쉽게도 나의 배짱은 여유로부터 비롯된 용기는 아니었다. 올바른 환경에서 분명한 잣대를 기준으로 하나하나의 가치를 배우며 익힌 용기와, 내가 가진 배짱은 말하자면 성분 자체가 달랐다. 좋은 용기에는 오랫동안 퇴적되어온 기개의 층이 존재했다. 올바르게 자란 양갓집 도련님 같은 풍모가 있었고 콧날이 오뚝한 사람의 똘망똘망한 눈망울을 보는 것처럼 시원스런 멋이 있었다. 여유로운 사람의 푸근한 미소같이 하늘하늘한 봄이 있었고 곧은 기개 사이로 꽃과 빛과 부드러운 질감의 공기가 공존했다.

내가 가진 배짱은 그러나 그런 용기와는 달랐다. 그것은 이를테면 험한 동네를 구르며 생긴 오기와 더 비슷했다. 봄도 없었고 꽃도 없었고 빛도 없었다. 차가운 공기 속에서 거친 호흡만이 탁한 질감으로 이따금씩 정체를 드러낼 따름이었다. 손을 대면 언제라도 이를 드러낼 수 있었다. 해볼 테면 해보라는 식의 공격적인 심리가 바탕이 된 배짱이었다. 그리고 또 반쯤은, 뭐가 됐든 아무래도 상관없다는 심정이 차지했다. 마치 제대로 된 용기의 절름발이 버전처럼, 가장 중요한 감각이 배제된 것이었다. 담담하게 현재를 감당할 수는 있었으나 세상을 오롯하게 느끼지는 못하는 절반뿐인 용기가, 내가 가진 배짱의 실체였다. 상운고의 일대가 다시 중얼거렸다.

"우리가 누군지 알고서도 저렇게 먹어대는 걸 보니 그런 생각이 드네."

나는 그들이 누군지 알면서도 그렇게 먹어댄 것이 아니었다. 그들이 누군지 신경쓰지 않는 쪽에 더 가까웠다. 처음엔 그들이 누군지, 또 나를 왜 이곳으로 데려왔는지 궁금했지만 일대니 부대니 하는 소리를 들으니 서서히 관심이 줄어들었다.

어쩌면 우리 학교 일대가 자신의 능력만으로는 좀처럼 해결이 안 되겠다 싶으니까 그 계보의 고등학생들을 데려온 것인지도 몰랐다.

평온한 형태의 위협일 수도 있었다. 하지만 왜. 나는 가만히 내버려두면 아무런 문제가 없는 사람인데. 나는 소처럼 묵묵하게 풀을 씹으며 만에 하나 이들과 시비가 붙는다면 승산이 있을지 생각해보았다. 상운고 일대가 물었다.

"맛있나?"

나는 풀을 꿀꺽 삼켰다. 맛있나? 그제야 나는 그 질문을 나 자신에게도 해보았다. 이름 모를 음식들이 비싸고 좋아 보여서 허겁지겁 먹긴 했는데, 먹는 동안 맛있는지는 생각해보지 않았다. 그러자 문득, 무슨 맛인지도 모르는 음식들을 왜 그렇게 성급히 입속에 집어넣기 바빴던 건지 의문이 들었다.

아. 그래. 신기해서 그랬지. 그러나 생각해보니 단지 신기했기 때문만은 아니었다. 일단 보기에 좋았고 딱히 거절할 이유도 없었으므로 그냥 손이 가는 대로 내버려두었던 거다. 하지만 무엇보다 가장 큰 이유는 역시 좋은 음식처럼 보였기 때문이다. 그게 진실이었다. 그 좋아보이는 음식을 다들 그렇게 먹었으므로 나도 먹어야만 할 것 같았다.

지금 아니면 또 언제 먹게 될지 알 수 없다는 생각 때문에 다짜고짜 먹긴 했지만, 그러나 생각했던 것만큼 맛이 있지는 않았다. 내 입맛에는 잘 맞지 않았다. 정확히는 맛있는 것도 있었고 그렇지 않은 것도 있었으나 전반적으로 다 느끼했다. 어쨌거나 종류별로 쇠 한 번씩은 집어먹어놓고 인제 와서 느끼했다고 말하는 건 도리가 아닌 것 같아 나는 맛있다고 대답했다. 상운고 일대가 말했다.

"앞으로도 자주 먹을 수 있어."

나는 딱히 자주 먹고 싶다는 생각까진 들지 않았지만 그냥 고개를 끄덕였다. 나중에 또 먹고 싶어질는지 알 수 없는 일이었다.

"지금 여기 깔린 음식 값이 모두 삼십만원도 넘어." 상운고 일대가 다시 말했다. "네 또래는 물론 우리 또래도 부모가 사주지 않는 이상 먹기 어려운 음식들이야. 그래서 우리가 이 공간도 쓸 수 있는 거고."

그는 마치 그곳이 자기 집 안방이라도 되는 양, 손을 들어 한번 둘러보라는 제스처를 취했다. 나는 그의 손길을 무심코 따라가다가 한쪽 벽면에 걸린 그림을 한 점 발견했다. 매우 인상적인 그림이었다. 왜냐하면 그때의 내가 느끼기에도 그 그림은 그곳에 전혀 어울리지 않았기 때문이다.

훗날 알게 된 사실이지만 그 그림은 피카소의 작품이었다. 다른 곳에서 그 그림에 관한 설명을 들을 기회가 있었다. 재미있는 건 그 작품이 그런 밥집에 걸려 있을 만한 내용이 아니라는 점이었다. 전쟁의 참혹성을 다룬 그림이었다. 수많은 민간인이 학살된 데 대한 분노를, 피카소가 빛과 색을 죽여 화폭에 담은 그림이었다. 실제로는 엄청난 크기였다. 커다란 슬픔이 세상을 뒤덮고 있는 듯한 작품이었다.

무엇보다 대학살의 비명이 금장 프레임 안에 들어가 있었다는 사실이—이후에도 오랫동안 나의 뇌리에 남아 있었던 걸 보면—그런 내용의 그림인지 몰랐을 때조차 본능적으로 나를 자극했던 것인지도 몰랐다. 골똘하게 그림을 보고 있는 나의 눈을 따라 상운고 일대도 힐끗, 동네 개를 한번 쳐다보듯 그림을 보고 나서는 금장 프레임이 매우 비싼 거라며 한마디했다. 그러고는 차분한 목소리로 다시 말을 이었다.

"애니웨이, 너는 이제 원할 때마다 언제든지 이곳에서 먹을 수 있어. 그뿐만 아니라 좋은 옷과 좋은 신발 그리고 네가 갖고 싶은 다른 물건들도 다 가질 수 있고."

나는 그 말의 의미가 퍼뜩 이해되지 않아 멀뚱멀뚱 눈만 끔벅거렸다. 무언가 내가 짐작했던 것과는 상황이 좀 다르게 전개되는 것 같았다. 상운고 일대가 그런 나를 지긋이 바라보다가 물었다.

"너 여자랑 자봤어?"

나는 대중없는 그 질문에 순간적으로 아라가 떠올랐지만 번뜩 정신을 차리고는 고개를 흔들었다. 부대가 말했다.

"대답으로 하라니까, 이 새끼야. 고개만 처흔들지 말고."

나는 아니라는 의미로 고개를 흔든 것은 아니었으나 결과는 같았으므로 곧바로 대답했다.

"아니요."

순간 상운고 일대가 예쁜 여자의 등허리로 팔을 두르고는 손을 올려 가슴을 움켜쥐었다. 여자는 깜짝 놀라며 아이 왜 이래, 라고 작게 말했지만 그 이상의 어떤 제스처를 보이지는 않았다. 상운고 일대도 여자의 가슴을 움켜쥔 채 움직이지 않았다. 잠시 후 말했다.

"만져볼래?"

"네?"

"만져보고 싶으면 만져봐도 돼."

나는 만져보고 싶기는커녕 알 수 없는 불쾌감을 느꼈다. 내가 그런 기분을 느낄 이유가 전혀 없었음에도 이상하게 모욕감 비슷한 기분이 들었고, 순간 자리를 박차고 나가고 싶은 충동을 느꼈지만 먹은 게 있으니 참았다. 나는 예쁜 여자의 얼굴을 쳐다보았다. 여자는 내 눈을 피했다. 제 것도 아닌 것을 마치 제 것인 양 멋대로 만져봐도 된다고 지껄이는 상황의 부당함을 여자도 충분히 아는 듯했다. 그러나 여자는 가만히 있었다. 왜 가만히 있는 걸까.

후환이 두려워서 그러는 것 같지는 않았다. 남자의 오만함에 어떤 대응을 보이지 않는 것이, 두려움을 견디는 모양새는 분명 아니었다. 수치스러움은 충분히 느끼지만 오히려 그 이상의 무언가를 위해 납득하고 있는 사람처럼 보였다. 그 이상의 무언가가 무엇일지 문득 궁금해졌다.

남자가 내게 말한 이곳의 음식과 좋은 옷과 좋은 신발 그리고 그 외에 갖고 싶은 모든 것들이 그녀에게도 주어질 수 있고 그녀 또한 그따위 것들 때문에 수모를 참고 있는 건가? 아니, 어쩌면 그보다는 남자의 힘이 필요했는지도 몰랐다. 남자의 힘을 등에 업고 어딘가에서 세력을 과시하는 유형의 여자인지도 몰랐다. 그러고 보니 세 명의 여자 모두 마찬가지였다. 지금 자신들의 곁을 지키는 남자들이 없었다면 그들 중 누구도 아이들에게 욕을 한다거나 내게 죽는다는 말을 함부로 내뱉지 못했을 터였다.

나는 그들이 처음 우리 교실에 등장했을 때를 떠올려보았다. 욕 잘하는 여자가 행동대장처럼 나타나서 예쁜 여자를 내게 안내했다. 그리고 그 뒤에 앞머리 여자가 마치 보디가드처럼 서 있었다. 그제야 나는 신묘하게도 그녀들의 역할과 그 옆에 앉은 남자들의 위치가 꼭 같다는 사실을 알아차렸다. 갑자기 그녀들의 존재가 더없이 하찮게 보였고 그렇게 예뻤던 여자의 얼굴도 말할 수 없이 추하게 느껴졌다. 상운고 일대가 말했다.

"이리로 와서 만져봐."

나는 대답했다.

"아니요, 그러고 싶지 않습니다."

내 목소리의 톤이 달라져 있었다. 그렇다는 걸 나도 직접 듣고서야 알았다. 목소리에 날이 서 있었다. 그리고 그런 변화는 그들에게도 곧바로 전달된 모양이었다. 그들이 풍기는 기운에서도 약간의 긴장이 묻어나왔다. 나는 무엇 때문인지는 알 수 없었으나 몸에 어느 정도 열이 올라 있었던 터라, 만약 그들 중 누구라도 내게 시비를 걸어온다면 기꺼이 대응해줄 생각이었다. 뒷일은 뒷일이었고 승산도 뒷일이었다. 그러나 그 나름의 긴장을 해제한 것은 상운고 일대였다. 그가 화제를 돌리듯이 다른 주제의 이야기를 꺼냈다.

"너 왜 남자들이 좆 빠지게 공부해서 명문대 들어가고 의사 검사 변호사, 사짜 달려고 그 지랄들을 하는 줄 알아?"

나는 아무 말 없이 가만히 앉아 있었다. 나는 이제 그만 자리에서 일어나고 싶었다. 상운고 일대가 말을 이었다.

"우리 아버지 밑에 그런 인간들이 자갈처럼 깔려 있어서 내가 좀 아는데, 그게 다 여자 때문이야. 조금이라도 더 예쁜 여자랑 떡을 치려고 그러는 거라고. 유 노우? 성공한다는 게 그런 거거든. 떡으로 시작해서 떡으로 끝나는 거야. 떡이 포상이고 그게 대가라고. 아킬레스와 아가멤논이 그랬고 메넬라오스와 파리스도 그랬어. 남자한텐 돈과 여자가 전부야. 그게 힘이고 그게 권력이야. 그 모든 권력을 얻으려는 이유가 다 여자 때문이라고. 뫼비우스의 띠처럼 그것들은 늘 시작과 끝의 구분 없이 그 자체가 시작과 끝이고 알파와 오메가야. 네가 아직 어리고 좆도 몰라서 그러는 건데 너도 결국 거기 올라가서 같은 자리를 빙빙 돌며 살게 될 거라고. 알아들어?"

알아들을 리 없었고 알아듣고 싶지도 않았고 파리고 모기고 나는 개소리 그만 지껄이고 그 가슴이나 놓고 말하라고 얘기하고 싶었지만, 다시 꾹 참았다. 상대가 상대라서가 아니라 이곳이 공공장소라는 생각이 문득 들었기 때문이다. 상운고 일대가 다시 지껄였다.

"그런 기회를 내가 지금부터 너한테 주겠다 그 말이야. 알겠어? 네가 살면서 어디 가서 그런 기회를 얻을 수 있을 것 같아. 너는 네가 사는 그 거지같은 동네에서 평생 그러고 살 거야? 아무리 몰라도 그 정도는 알지 않아? 한번 그러고 살면 영원히 그렇게 살게 된다는 거? 너 있잖아, 인생에서 나 같은 사람 못 만나면 평생 가야 타고난 팔자 못 고쳐. 유 노우 왓 암 세잉? 네가 지금부터라도 미쳐서 좆 빠지게 공부해봐야 그 끝에 있는 건 의사고 변호사고 그딴 게 고작이야. 그거 되면 그다음엔 뭘 한다? 예쁜 여자랑 떡 한번 쳐보려고 여기저기 하이에나처럼 기웃거린다. 그러면서 나 같은 사람한테 빌붙어서 알랑방귀나 뀌고 뭐 하나 주워먹을 거 없나 두리번거리면서 사는 거야. 왜, 아닐 거 같아? 내가 다 보고 하는 얘기거든?

너 같은 새끼들이 미쳐서 날뛰어봤자 올라갈 수 있는 제일 높은 자리가 그 정도라고. 그걸 내가 지금 새끼야, 너한테, 그따위 멍청한 짓 하지 않고도 단박에 갈 수 있는 방법을 알려주고 있잖아. 네가 힘 좀 쓰니까 앞뒤 똥오줌 못 가리고 사리 분별이 안 되나본데, 유 노우 왓? 네 인생엔 지금 내가 엄청난 기회라고. 나중에는 인마, 너는 나 같은 사람은 만나고 싶어도 못 만나."

나는 그게 무슨 듣도 보도 못한 희대의 개소리냐는 생각을 하다가 문득, 그 소리가 듣도 보도 못한 소리가 아니라는 사실을 깨달았다. 야릇한 기시감이 안개처럼 스멀스멀 발밑을 서성이다가, 이윽고 토할 것처럼 역한 기분으로 온몸을 타고 올랐다. 나는 물었다.

"그래서 나한테 무슨 기회를 주겠다는 건데요."

상운고 일대가 대답했다.

"그냥 내 밑에 잘 있으면 되는 거야. 내가 시키는 일이나 잘하면서. 그러면 길이 저절로 뚫린다고. 남들은 인마, 하고 싶어도 못하는 거야."

나는 대답했다.

"나는 별로 하고 싶지 않은데요."

"뭐?"

"나는 내가 사는 그 거지같은 동네가 좋은데요."

상운고 일대의 눈빛이 달라졌다. 상운고 부대가 내 말을 손바닥으로 쳐서 떨어뜨리듯 곧바로 대꾸했다.

"병신 지랄하네. 보육원 것들은 무슨 보지에 금테라도 둘렀냐?"

나는 순간 내 몸밖으로 뛰쳐나가려는 자제력의 발목을 간신히 붙잡았다.

"말 함부로 하지 마시죠?"

"뭐?"

"에이, 씨발."

나는 더는 참지 못하고 자리에서 벌떡 일어나며 중얼거렸다.

"음식도 존나게 느끼하네, 씨발. 이런 걸 도대체 왜 처먹어?"

체한 것처럼 얹혀 있던 말을 테이블 위로 냅다 던지고 몸을 돌려 나가려는 찰나, 상운고 일대의 목소리가 바로 뒤통수를 때렸다.

"거기 안 서?"

나는 섰다.

하지만 서지 않았더라면 어땠을까. 지금도 가끔 그때를 떠올리면 드는 생각이었다. 그의 말 따위 무시하고 그냥 나가버렸더라면 어땠을까. 그러면 적어도 그 자리에서만큼은 아무 일도 없었을 텐데. 쫓아 나왔을까? 쫓아 나왔더라도 그 이상의 일은 벌어지지 않았을 터였다. 그들이 크리스털 룸이라고 부르는 그 영역을 나오는 순간 그곳은 더는 차별화된 공간이 아니었고, 은밀함으로부터도 보호를 받을 수 없었으며, 사람들의 눈과 귀가 한곳으로 모이는 지점에 직접 노출되었으므로, 그 모든 것을 감수하면서까지 자신의 본성을 드러내는 짓 따위는 하지 않았을 것이다. 상운고 일대 같은 부류는 아주 어려서부터 그런 일에 잘 훈련된 사람들이었으니까.

그렇다면 나는 왜 섰을까. 나는 정말 싸우고 싶은 생각이 전혀 없었다. 내가 섰던 이유는 아마도 어떤 바람, 그들에 대한 일말의 기대 때문인지도 몰랐다. 서라고 해서 섰으니 그다음엔 그냥 보내줄지도 모른다는 순진하고도 막연한 기대 때문에.

그러나 그런 일은 벌어지지 않았다. 내가 제자리에 서서 고개를 반쯤 돌렸을 때, 이미 내가 바라던 결과를 기대하기란 글렀다는 사실을 알았다. 상운고 부대가 자리에서 일어나 내게 주먹을 뻗고 있었기 때문이다. 그의 커다란 머리통에 겹쳐 날아오는 주먹이 한눈에 들어왔다. 그의 주먹은 제법 정확한 궤적을 그리고 있었다. 대체로 성질 급한 싸움꾼들이 흔히 저지르는 실수, 이를테면 반드시 상대를 맞혀 쓰러뜨리겠다는 의지 없이 일단 휘두르고 보는 주먹의 궤도와는 사뭇 달랐다.

게다가 공기를 가르며 날아오는 기세로 그 주먹에 실린 강도를 가늠할 수 있었다. 그도 나처럼 몇 차례 주먹을 휘두르지 않고도 단숨에 승부를 결정지어왔다는 걸 나는 본능적으로 알았다. 그의 궤적에는 그런 경험이 녹아 있었고 확신이 체화되어 있었다. 그리고 실제로도 그런 주먹을 제대로 맞는다면 누구라도 그 한 방에 마무리되었을 공산이 컸다.

그러나 결국 제아무리 센 주먹이라도 맞혀야 밥값을 하는 법이었다. 그리고 언제나 일격에 승부를 갈랐던 그의 습관이 나 같은 동류의 사람에겐 득으로, 그 자신에겐 독으로 작용할 수 있었다. 공격이 실패했을 때를 대비해 미리 준비하고 있었어야 할 방어가 전혀 없었던 것이다. 그에 관한 계산이 아무것도 되어 있지 않았다. 빗나가면 그는 즉각, 별로 경험해보지 않은 상황에 당황할 게 분명했다. 거기에 자신이 못 맞힌 게 아니라 상대가 피했다는 사실이 더 믿기지 않을 것이었다.

느린 주먹은 아니었으나 더 빨랐더라도 피하는 게 어렵지 않았을 내가 그러므로 그냥 맥없이 대주고 있을 리 만무했다. 무슨 생각을 하기도 전에 이미 몸은 반응했고, 나는 돌아서던 동선 그대로 몸을 낮췄다. 조금만 더 지나면 그의 주먹이 내가 섰던 위치를 지나 균형을 잃을 참이었고, 그 찰나에 나는 내 머리 위로 항모의 뱃머리처럼 함께 밀려오던 그의 턱을 보았다. 거기가 타점이었다. 나는 그곳을 향해 정확하게, 마치 땅의 기운을 공중으로 퍼올리듯 확고한 의지를 담아, 주먹을 끌어올렸다.

정확도에서만큼은 타의 추종을 불허하는 나도, 그러나 힘을 조절하는 능력만큼은 거의 제로에 가까웠다. 조절해야 한다는 생각조차 하지 못했던 시절이었다. 당연히 통제되지 않은 힘은 언제나 생각보다 더 큰 문제를 일으킨다는 사실에 관해서도 생각해본 일이 없었다. 그렇게까지 세게 부딪칠 줄 몰랐던 나는 그의 턱이 내 주먹에 맞닿는 순간, 찰나였으나 마치 그의 목이 뽑혀나가는 듯한 기분 나쁜 감촉을 느꼈다. 그의 입속에 들어 있던 음식물이 튀어나오면서 허공에 흩뿌려졌고 그는 마치 나무토막처럼 뒤로 넘어갔다.

앞머리 여자의 비명이 들렸다. 남자는 그녀를 덮쳐 쓰러뜨리고는 튕겨나가듯 소파로 바닥으로 연속해서 떨어져 널브러졌다. 마치 독을 삼킨 남자가 발작을 일으켰다가 이제 막 정신을 잃은 상황처럼 보였다. 나는 그때 처음으로 내가 가진 힘에 대해 두려움 비슷한 감정을 느꼈다. 나는 그러나 그런 감정을 애써 감추려고 어금니를 꽉 깨문 채 쓰러진 남자를 잠시 내려보다가, 고개를 들어 상운고 일대를 쳐다보았다. 그는 바닥에 쓰러진 부대에게는 관심도 없는 듯 독기 어린 눈빛으로 나를 쏘아보고 있었다.

그러나 그게 다였다. 그는 자신의 분노를 다른 방법으로 다시 표출할 것처럼 보이지는 않았다. 적어도 그 자리에서는 그랬다. 아마도 자신의 오른쪽 날개가 예상치도 못하게 꺾여버려서, 놀란 가슴을 추스르기에도 버거웠을 터였다. 여자 세 명은 모두 약속이라도 한 듯 눈을 동그랗게 뜨고 두 손으로 입을 가린 채 굳어 있었다. 나는 그의 왼쪽 날개인지 뭔지 알 수 없는 우리 학교 일대를 쳐다보았다. 그 역시 나를 보고는 있었으나 기묘했던 건, 그의 눈빛에서 별다른 적의가 느껴지지 않는다는 점이었다. 순간이었지만 무언가 다른 의미의 눈빛으로 나를 바라보고 있는 것 같았다. 나는 그게 무얼까 잠시 마주보다가 이윽고 몸을 돌려 그 자리를 나왔다. 서라는 말은 다시 들리지 않았다.

4

　어떤 식으로든 보복이 있을 거라고 생각한 나는 그러나 그 점에 관해 깊이 생각하지 않으려고 애썼다. 어차피 생각한다고 해서 무슨 답이 나올 문제도 아니었다. 다만 상운고 부대의 상태가 조금 궁금하기는 했다. 무언가 뽑혀나가는 것 같았던 기분 나쁜 감촉이 손에서 가시질 않았다. 보통 그런 일이 벌어지면 엄청나게 빠른 속도로 소문이 나기 마련이었는데 과연 장소가 장소였던지 이튿날이 되어도 세상은 아무 일도 없다는 듯 평화롭기만 했다. 그러다가 그날 오후 하굣길에서야 반응이 왔다.

　낯설지 않은 인물이, 그러나 우리 학교 앞에 진을 치고 있을 이유가 전혀 없는 인물이 하굣길 교문 앞에서 나를 기다리고 있었다. 내가 졸업한 초등학교의 한때 우두머리이자 태권도 유단자였던 울보였다. 본래도 학생인지 깡패인지 잘 구분이 가지 않았던 그는 한층 더 학생인지 깡패인지 알 수 없는 행색이었고, 그런 행색을 한 인간들이 지을 법한 표정으로 교문 앞을 지키고 서서 눈알을 부라리고 있었다. 내가 먼저 그를 발견했고 그 순간 텔레파시라도 받은 양 그도 나를 보았다.

그는 먼발치에서 내려오는 나를 발견하곤 내 이름을 크게 부르며 험상궂은 얼굴로 이리 오라고 손가락을 까딱까딱했는데, 그 모습이 마치 소싯적 코피가 터져 어린애처럼 엉엉 울었던 일 따윈 전혀 없었다는 듯이 당당했다. 그가 그토록 기세등등한 이유가 그간 소림사에서 별도의 수련이라도 마치고 돌아온 게 아니라면 아마도, 자기 주변으로 포진한 패거리들 때문일 거라는 사실을 나는 쉽게 알 수 있었다. 그들은 녀석만큼이나 껄렁거리며 서 있었는데 학생인지 깡패인지 잘 구분 안 되기는 매한가지였다. 몇 놈은 깡패 같았고 몇 놈은 학생 같았는데, 반은 학생이고 반은 깡패 같은 놈도 있었다. 아이들은 그들을 피해 모두 거북이처럼 목을 움츠리고는 종종걸음으로 교문을 지나가기 바빴다. 껄렁거리는 몇 놈이 그렇게 지나가는 학생들에게 대놓고 침을 뱉기도 했다.

나는 잠시 발걸음을 늦추며 재빠르게 판단해야 했다. 싸움의 촉각이 어느 정도 발달되면 사람에게서 풍기는 싸울 의지, 투기鬪氣를 느끼게 되는데 그곳에서 나를 기다리는 일당 모두가 그런 투기를 내뿜고 있었다. 그것은 일대일의 싸움이 아닐 수도 있다는 점을 시사했다. 나는 생애 처초로 일 대 디수의 싸움을 선택할 것이냐, 아니면 그 자리에선 일단 도망부터 가고 나중에 전략을 세운 뒤 다시 대면할 것이냐를 결정해야 했다.

그런데 무슨 전략을? 오만 생각이 머릿속을 어지럽혔다. 일단 부른다고 맥없이 그들 앞에 다가섰다간 그뒤의 풍경이 안 봐도 선했다. 놈들이 내가 하나씩 쓰러뜨려줄 때까지 얌전히 줄 서서 기다려줄 리도 만무하겠거니와, 몇몇 녀석에게선 무기가 보이기도 했으며, 한꺼번에 모두 덤벼들지 말라는 법도 없었으므로…… 나는 생각이 미처 다 정리되기도 전에 갑자기, 뒤꿈치에 난데없이 로켓이라도 달린 것처럼 미친듯이 그들을 향해 달려나갔다.

그 순간의 느낌이 너무 강렬하고 생생해서 오랜 시간이 지났음에도 나는 여전히 그때의 기분을 몸으로 기억했다. 마치 내 몸이 누군가에 의해 조종되는 것 같았다. 나는 뛸 생각은커녕 뛰는 순간조차도 내가 왜 뛰는지 몰랐다. 심란한 마음을 정리하기에도 벅찼을 그 순간에 도대체 누가 왜 느닷없이 그들에게 달려내려갈 것을 지시했는지 나는 여전히 몰랐지만, 결과적으로 그게 절묘한 위기 대처법이 되기는 했다.

이리 오라고는 했어도 갑자기 그렇게 전력질주로 내려올 줄은 그들도 나도 아무도 몰랐기에 우다다다 미친듯이 뛰어내려오는 나를 보고 그들은 모두 몸을 멈칫거리곤 저도 모르게 뒷걸음질을 쳤고, 내 기세가 너무 강렬하다고 느꼈는지 벌써 도망갈 채비를 하는 놈도 있었다.

내게 손가락을 까딱까딱했던 전직 우두머리도 예외는 아니었던 터라 놀란 눈을 동그랗게 뜨곤, 자기가 오라고 해놓고도 이게 도대체 무슨 상황인지 몰라 어리둥절한 모습이었다. 그러면서 폭주 기관차처럼 칙칙폭폭 달려오는 나를 보곤 그게 너무 예상치 못한 상황이라는 걸 온몸으로 표현하듯 꼼짝도 하지 않고 얼어붙어 있었는데, 내가 그를 향해 붕 하고 날아올랐을 때까지도 그는 여전히 아무것도 이해하지 못한 눈빛이었다. 그러나 울보가 이해하거나 말거나 내 몸은 관성의 법칙에 의해 녀석에게 똑바로 날아갔고 나는 본능적으로 다리를 뻗

었으며 거기에 체중까지 실려 녀석의 가슴께 어느 부분에 그대로 적
중했다. 뻑, 하고 어디 한 군데가 부러졌다고 해도 전혀 이상하지 않
을 소리와 함께 녀석은 사정없이 나동그라졌는데 그 모습에 워어어,
하는 탄성이 울렸고 사과가 쪼개지듯 녀석을 둘러싸고 있던 패거리가
우수수 갈라졌다. 그러곤 정말 죽었을지도 모른다는 불안감에 휩싸여
모두 녀석을 내려다보는 사이 나는 유유히 그들의 무리를 벗어나 가
장 가까운 골목으로 몸을 피했다.

　발걸음을 옮기는 내내 절대 뛰어서는 안 된다고, 절대 뒤를 돌아보
아서도 안 된다고 몇 번이나 다짐하며 입술을 깨물어야 했다. 그랬다
간 놈들을 지배하고 있는 공포의 벽이 무너질 테고 그 순간 모든 상황
은 원위치가 될 거라는 계산 따위를 그때의 내가 할 수 있었던 건 아
니었지만 그냥 느낌으로 알았다. 내가 조금이라도 떨거나 조급한 모
습을 보이면 그들 중 누군가는 그것을 느낄 테고 그럼 분명히 나를 부
를 거고 그와 동시에 그들은 자신들의 공포를 이기기 위해 우르르, 마
치 마녀사냥이라도 하듯 나에게 달려들 게 뻔했다. 그러므로 나는 그
들의 몸을 휘어감고 있는 공포의 시간을 최대한 활용해야 했고 다행
히 그때는 그것이 가능했다.

　나는 그들이 나를 볼 수 없는 골목으로 접어들자마자 있는 힘을 다
해 달렸다. 내가 사라지고 나서야 고함을 지르며 나를 잡으라고 소동
을 부렸든 아니든 내 알 바 아니었고 알 도리도 없었지만, 일단 그 자
리를 벗어나는 일에는 성공했다. 하지만 문제는 그다음이었다. 날이
그날만 있는 것은 아니었기 때문이다.

　아주 잠깐 그들이 왜 나를 찾아왔을까를 생각해보기도 했지만 이내

그것이 하등 쓸모없는 생각임을 알았다. 그들은 상운고 일대의 사주를 받은 놈들일 것이었다. 그렇지 않고서야 다른 학교 혹은 학교를 다니는지도 알 수 없는 놈들이 그렇게 우르르 몰려와 나를 기다리고 있을 일이 없었다. 단순히 태권도 울보의 개인적인 복수였다면 진즉에 벌어졌을 일이었고.

나는 잠들기 전까지 그 문제에 관해 골똘히 생각해보았다. 해법도 해법이었지만 무엇보다 상운고 일대가 생각하는 끝의 형태가 어떤 모습일지 궁금했다. 찾아가서 묻고 싶을 정도였다. 만약 어떤 식으로도 해법을 찾아내지 못한다면 정말 그런 식으로라도 해결하는 수밖에 없다고 나는 생각하며 잠이 들었다.

잠은 잘 왔다.

이튿날 점심때까지 별다른 일은 일어나지 않았다. 아무리 제멋대로 사는 놈들이라도 수업중인 학교에까지 쳐들어오지는 못할 터였으니 당연한 일이었다. 문제는 또 하교시간이겠지. 교실에 앉아 그런 하나마나 한 생각들을 늘어놓으며 꾸벅꾸벅 졸고 있을 때 강충식이 나를 찾아왔다. 그의 등장만으로도 우리 반 아이들은 햇볕에 널어놓은 무말랭이들처럼 쪼그라져 흩어졌다. 그가 내게 다가와 물었다.

"담배 피우냐?"

나는 피우지 않는다고 대답했다.

"나가서 담배 한 대 피우자."

그러고 돌아서 나가는 그를 나는 멀뚱멀뚱 바라만 보았다. 그가 나가다 말고 고개를 돌려 말했다.

"할 얘기가 있으니까 나와봐."

그의 말투에선 정말로 할 얘기가 있는 사람의 진정성 비슷한 무언가가 느껴졌고 거기에 어떤 적의라든가 협박성 곁기는 전혀 없었다. 그랬기에 나는 오히려 호기심이 일었다. 나는 그를 따라 나갔다.

강충식은 나를 데리고 소강당 뒤편 벤치로 갔다. 그곳은 건물에 가려 사각지대에 가까웠고 인근의 수풀이 왕성한 탓도 있어, 학생들이 담배를 피우거나 다른 아이들에게 린치를 가하려고 할 때 자주 찾는 장소였다. 선생들도 당연히 그런 장소가 있다는 걸 알고 있었지만, 무슨 계도 기간이 아닌 이상 거의 신경쓰지 않는다고 봐도 무방한 공간이었다. 우리 학교에는 그런 구역이 몇 군데 있었다. 그곳에서 무슨 일이 벌어지는지 모두 다 알지만 모두 다 알지는 않는 걸로 여기는. 다만 대놓고 뻔뻔하게 상용하는 것까지는 용납하지 않겠다고 생각하는 선생들이 몇몇 있기는 했다. 그러나 그들조차 기본적인 부정은 눈 감아줄 테니 최소한의 예의는 갖추라는 정도에서 말을 아꼈다. 그들이 말하는 최소한의 예의란 거기서 무슨 일을 벌이든 망보는 놈 하나 정도는 세워놓고, 그 근처에 자기들이 나타났을 때 숨거나 도망가는 시늉 정도는 해야 한다는 뜻이었다.

강충식은 벤치에 앉아 담배에 불을 붙였다. 라이터 불이 담배 끝을 지지고 뻘겋게 타들어가는 동안, 강충식은 마치 가까운 지인의 비보라도 전하려는 사람처럼 착잡한 표정이었다. 우리는 화해를 망설이는 친구처럼 나란히 벤치에 앉아 각자의 풍경을 바라보았다. 담배가 삼분의 일쯤 타들어갔을 때 비로소 강충식이 입을 열었다.

"어제 교문에서 있었던 일 들었다."

나는 아무 대꾸 하지 않고 묵묵히 앉아 있었다.

"충훈중학교 개돌이야. 거기 일대. 이학년인데 일찌감치 재훈이 형 눈에 들어 일대 자리를 꿰찬 놈이지. 개도 네가 나온 초등학교 출신일 텐데?"

태권도 울보의 별명이 개돌이인 모양이었다. 어울리는 별명이었다. 나는 대답했다.

"압니다."

강충식은 잠시 나를 쳐다보며 그와 나의 관계를 짐작해보는 듯하더니 이내 보지 않아도 알겠다는 듯 고개를 끄덕이고는 다시 입을 열었다.

"여긴 다 그래. 중학교는 말할 것도 없고 고등학교까지 전부 다. 한영고 정재덕이, 상명고 김재명이, 숭원고 홍종혁이까지 전부, 이 지역의 난다 긴다 하는 일진들은 전부 재훈이 형 밑에 있어. 봐서 알겠지만 그중에 경칠이 형이 재훈이 형하고 가장 가까운데 그 지경이 됐으니 아무 일이 없는 게 더 이상한 일이겠지. 그런데 너, 왜 하고많은 형들 놔두고 개돌이가 온 줄 알아?"

내가 알 리가 없었다.

"그 새끼가 말귀를 못 알아들어서 애들 몰고 야구 빠따까지 들고 나타났던 모양인데…… 병신. 하지만 너란 놈도 참…… 어디로 튈지 예상이 안 돼. 어쨌거나 어떤 식으로든 재훈이 형이 생각했던 결과가 나왔으니 결국 모든 건 재훈이 형 뜻대로 될 거야."

나는 무슨 소리인지 알 수 없었다. 오후 햇살이 풍성한 나뭇잎 사이로 반짝 나타났다가 이내 자취를 감추었다. 나는 사라진 빛의 흔적을 골똘하게 바라보았다. 뭐가 그 인간의 뜻대로 된다는 얘기인가. 강충식이 입을 열었다. 그가 뿜어낸 담배 연기가 내 뺨을 스쳐지나갔다.

"우리가 갔던 그 레스토랑이 재훈이 형네 거야."

나는 놀라지 않았다. 마치 자기 집 안방처럼 굴던 상운고 일대의 모습이 자연스럽게 떠올랐을 뿐, 그곳이 그의 집에서 하는 게 아니라 그가 직접 하는 곳이라고 해도 별로 놀랍지 않을 것 같았다.

"그런 매장이 전국에 백오십 개도 넘지."

나는 고개를 돌려 강충식을 쳐다보았다. 그 얘기에는 조금 놀랐다. 강충식이 그런 나를 보고 피식 웃고는 허공에 담뱃재를 툭 떨어뜨렸다.

"놀랍지. 그런데 더 놀라운 게 뭔지 알아? 백오십 개도 넘는 그 커다란 매장들이 그 형네가 하는 사업의 백분의 일도 안 된다는 거야."

나는 미간을 찌푸렸다. 그게 무슨 말인지 이해가 안 되어서라기보다 백분의 일이라는 크기가 전혀 감도 잡히지 않았기 때문이다. 강충식이 말을 이었다.

"그 집안에 아들이 셋 있는데 재훈이 형이 거기 막내야. 웃긴 건 망나니 같으면서도 실은 망나니가 아니라는 거야. 나도 어디서 들은 얘긴데, 재훈이 형 아버지가 세 아들 중에 재훈이 형을 제일 좋아한대. 똑똑하다고. 그런데, 내가 봐도 그 형은 진짜 똑똑해."

나는 물었다

"부자들은 보통 외국에서 학교를 다니지 않나요?"

강충식이 고개를 끄덕였다.

"그렇지. 재훈이 형도 그랬어. 고등학교에 올라가면서 다시 돌아온 거야. 좋대, 한국이. 형 말로는 그래. 세계 어딜 다녀봐도 우리나라만큼 살기 좋은 나라가 없대. 내가 봐도 그 형처럼 살면 우리나라가 제일 좋을 것 같아. 모두 자기 발아래 있지, 모두 다 알아서 상납하지. 부족한 게 없으니까."

"상납이요?"

강충식이 담배꽁초를 발밑에 떨어뜨리고 바로 그 위에 침을 뱉고는 잠시 그곳을 내려다보다가 말했다.

"나도 형한테 들은 얘기인데, 우리나라에 살면 돈이 많을수록 돈을 안 써도 된대. 그냥 돈이 많다는 것만 보여주면, 그 사람한테 잘 보이고 싶어하는 사람들이 알아서 자기 돈을 쓰기에도 바쁘대. 술도 사고 밥도 사고 선물도 사주고. 그래서 정작 돈 많은 사람은 쓰고 싶어도 쓸 일이 별로 없다는 거지. 자기보다 백배 돈이 많은 사람한테 자기 돈으로 뭔가를 자꾸 가져다 바친다는 게 생각해보면 이상한데, 이상해도 그게 그렇다니까. 모르지 뭐 나야, 씨발. 그런 세계에 안 살아봤으니까."

강충식은 그런 세계에 자신이 속하지 못한 것이 매우 분하다는 듯 신발 뒤꿈치로 꽁초 옆을 집요하게 파면서 말을 이었다.

"그런데 그 형이 하는 거 보면 그 얘기가 무슨 말인지 이해가 돼. 다들 알아서 길 뿐만 아니라 실제로 돈도 가져다 바치고 있으니까. 나도 다른 형들한테 들은 얘기인데, 본래 우리 지역 일진들이 이렇게 체계적이지 않았대. 다른 곳처럼 중구난방이었는데 재훈이 형이 나타나서 그걸 한 방에 싹 정리했다는 거지. 그 정리가 되는 시점에 나는 일학년이었고."

강충식이 나를 돌아보며 마치 중간점검을 하듯 물었다.

"무슨 말인지 알겠어?"

나는 무슨 말인지 몰랐다. 멀뚱멀뚱 쳐다보고만 있자 그럴 줄 알았다는 듯 강충식이 고개를 주억거리고는 말을 이었다.

"우리 지역은 일진이라고 해서 아무한테나 삥을 뜯거나 셔틀을 시키지 않아. 그랬다가 윗선한테 걸리면 아작 나니까 못 그래. 대신 학급비 명목으로 정기적인 상납을 받지. 이 지역에 있는 모든 학생은 매달 적게는 천원에서 많게는 이천원까지 학급비를 내. 그걸 그 반의 대가리들이 정해진 날 걷어서 그 학년의 일대한테 올려. 그러면 각 학년의 일대가 그 학교의 선도부장한테 그걸 다시 올리지. 그렇게 위로 위로 중학교 여덟 개, 고등학교 일곱 개, 모두 열다섯 개의 학교가 앞서거니 뒤서거니 비슷한 날 학급비를 올리고 그 과정의 끝에 재훈이 형이 있는 거야."

강충식이 나를 휙 쳐다보고는 물었다.

"그게 전부 얼마나 될 거 같아?"

나는 짐작조차 가지 않았으므로 이번에도 역시 멀뚱멀뚱 눈만 끔벅거렸다. 강충식은 그게 마치 자기만 아는 신묘한 비밀이라도 된다는 듯 싱글거리고는 말했다.

"상상이 안 가지? 중학교는 두당 천원, 고등학교는 두당 이천원. 나중에 심심할 때 계산기로 한번 두드려봐. 눈깔이 튀어나올 거다 아마."

그러고는 뒤꿈치로 파낸 땅 속으로 꽁초를 밀어넣었다. 파낸 흙을 발로 끌어모아 그곳을 꾹꾹 눌러 덮고는, 다진 흙 위에 다시 한번 침을 뱉었다.

"모으면 큰돈이지만 개인으로 보자면 한 달에 천원 이천원쯤이야 지나가는 개가 달래도 줄 수 있는 돈이잖아. 그래서 아이들 대부분은 군말 없이 내. 하지만 어딜 가나 사소한 거에 목숨을 거는 꼴통들이 있기 마련인데 그런 애들한테는 굳이 안 걷어. 내기 싫다는 애들한테까지 굳이 내라는 말 안 해. 그런 애들도 어차피 나중에는 몰아서 내게 되니까. 오히려 내고 싶다고 애원들을 하지. 그래도 안 받을 놈은 안 받아. 그러니까 처음에 잘 판단해야 하는 거야. 괜히 잘난 척 한번 해보려고 했다가 인생이 좆 되는 수가 있으니까. 어차피 선도연합회로서는 많지도 않은 꼴통들 돈 굳이 안 받아도 아무런 문제가 없거든."

"선도연합회요?"

"그래. 선도연합회. 너도 이제 곧 알게 될 거야. 우리 지역에선 공식적으로 일진이란 말 안 써. 우리끼리야 내막을 아니까 자연스럽게 사용하고 재훈이 형도 회장님 뭐 그런 소리 듣는 거 웃긴다고 싫어하니까 일대 부대 그러지만, 공식적으로는 회장 부회장 부장 그렇게 다 따로 간부 직급이 있어. 재훈이 형이 선도연합회 회장이야. 내가 우리 학교 자율선도부 부장이고. 자율선도부가 뭔지 모르지?"

"선도부 아닌가요?"

강충식이 고개를 저었다.

"선도부는 따로 있고. 우린 자율선도부 소속이야. 아침에 등교할 때 교문 앞에 서 있는 애들이 선도부고 우린 그런 건 안 해. 우린 야간에 애들 시내 단속 같은 걸 하지. 공식적으로는. 학원 폭력 근절 뭐 그런 활동도 하고."

시내 단속? 무언가 앞뒤가 바뀌어 있는 것 같았다. 일진이 학원 폭력 근절 활동을 한다고?

"그러니까 그게 다 재훈이 형이 상운고에 입학하면서 벌어진 일들이야. 정확히는 형이 다 만든 일인 거지. 형이 다니는 상운고를 필두로 일진들의 서열을 제일 먼저 정리하고 나머지 고등학교도 차례로 정리한 다음에, 중학교까지 내려온 거야. 불과 이 년 전의 일인데도 우린 그때를 떠올리면 묘한 향수를 느껴."

강충식은 마치 화려했던 과거 어느 한때를 그리워하는 늙은 장수라도 되는 양, 눈을 가늘게 뜨고 고개를 들어 맞은편 건물 꼭대기 어디쯤을 바라보다가 말을 이었다.

"말하자면 춘추전국시대 같았던 학원가를 재훈이 형이 싹 다 정리하고 일진이란 명칭을 없애버린 거야. 대신 그 자리에 자율선도부라는 말을 집어넣었지. 그렇게 학교마다 하나씩 자율선도부라는 단체가 만들어졌고, 열다섯 개 학교의 자율선도부를 규합하기 위해 만든 모임이 선도연합회야. 학교마다 자율선도부를 이끄는 선도부장이 한 명씩 있고 고등학교 선도부장 일곱 명이 각각 선도연합회 간부를 맡고 있어. 나도 내년이면 이변이 없는 한 연합회 간부가 되겠지."

나는 이미 일진처럼 몰려다니는 부류를 알고 있었으므로 그의 말은 다소 이해가 되지 않았다.

"그런데 그거…… 그럼 일진이 없어졌다는 얘기인 건가요?"

강충식이 나를 돌아보고는 정답을 맞힌 내가 기특하다는 듯 빙그레 웃고 말했다.

"그게 바로 신기하다는 거야. 재훈이 형이 뭔가 우리와는 다른 사람이라는 걸 잘 알 수 있는 대목이지. 일진인데 일진이 아닌 거. 실제로 우리 지역의 일진은 우리지만 일진은 없어졌어. 이름만 바뀌었을 뿐 사실 우리가 하는 일은 비슷한데, 무언가 마술이 일어난 것 같아. 왜냐하면 그전 일진들보다 우리 때가 훨씬 좋아졌거든. 형들 말로는 그래. 옛날 일진들은 개찌질했는데 우린 다르다고. 선도연합회에서 매달 각 학교 자율선도부마다 활동비라는 걸 지급해주는데, 그게 적은 금액이 아니거든. 말이 활동비지 실은 우리가 놀고먹는 데 쓰는 돈인데."

강충식이 담배를 한 대 더 피우려는 듯 호주머니에 손을 넣었다가 잠시 무슨 생각을 하더니 손을 뺐다. 그러고는 이윽고 생각이 바뀌었는지 다시 호주머니에 손을 넣어 담배를 꺼내고는, 필터를 손등에 탁탁 치면서 뭐가 웃긴지 혼자 한차례 낄낄거리고는 말을 이었다.

"그런데 재미있는 게 뭔 줄 알아? 우리 자율선도부를 보통 아이들이 더 지지한다는 거야. 존나게 무서워하면서도 좋아해. 이상하지 않아? 우리만 뜨면 슬슬 피해 다니면서도 우리가 아예 없는 게 낫냐고 물으면 또 그건 아니래. 웃기지? 세상엔 진짜 알 수 없는 일들이 많다니까."

그 말은 아이들이 일진을 좋아한다는 얘기였는데 나로선 이해할 수 없는 말이었다. 자기 삶을 힘들게 하는 인간들을 미워하는 게 아니라 오히려 더 지지한다고?

하지만 강충식이 무슨 근거로 그렇게 말하는지가 궁금하기는 했다. 만에 하나라도 그의 말에 사실인 부분이 있다면 그건 정말 이상한 일이었기 때문이다. 설마 이름이 바뀌었기 때문이라고 말하지는 않겠지. 그런 내 생각을 읽기라도 한 듯 강충식이 말했다.

"하지만 잘 생각해보면 걔들이 그러는 게 전혀 이해가 안 가는 것도 아니야. 실제로 자잘한 폭력이 다 없어졌거든. 셔틀 같은 거 아무나 함부로 시키다가 우리한테 걸리면 뼈도 못 추려. 길 가다가 삥 뜯길 일도 없어졌고, 타지에서 우리 지역으로 들어와 꼴통 짓을 하던 놈들도 싹 없어졌어. 말하자면 우리가 이 지역 아이들의 수호신처럼 된 거지. 그런데 그 모든 혜택을 누리면서 걔들이 지불하는 대가는 고작 한 달에 천원, 이천원이니까 누가 싫다고 하겠어. 길거리 고양이라도 회비를 낼 수만 있다면 내려고 들 판국인데. 안 그래?"

나는 그 말이 잘 이해되지 않았다. 그렇다면 내가 본 것들은 뭐란 말인가.

"하지만 여기서 형들이 애들 까는 거 몇 번 본 적이 있는데요. 그것도 폭력이지 않나요?"

강충식이 피식, 콧방귀를 한번 뀌고는 대답했다.

"그건 말이야, 폭력이 아니라 징계야. 아까도 말했던 것처럼 우리가 하지 말라는 일을 굳이 해야 직성이 풀리는 새끼들이 어딜 가나 꼭 하나씩은 있으니까. 그런 정도의 징계는 당연히 있어야 해. 정신을 차리도록. 안 그러면 이제까지 잘 만들어놓은 질서가 무너지니까. 그런 놈들 하나씩 다 봐주다보면 누군들 할말이 없겠어? 그러니까 그건 전체를 위해 꼭 필요한 규율인 기야."

알 수 없는 말을 강충식이 너무 확신에 차서 얘기하니까 나는 뭔가 그런가 싶으면서도 한편으론 여전히 이해할 수 없는 게 사실이었다.

"그렇게 따지면 너희들 학년 초에 그 지랄들 하는 건 폭력이 아니겠냐? 그것도 폭력이지. 하지만 주먹을 휘두른다고 다 폭력이 아닌

게, 그것도 말하자면 자율선도부를 선출하기 위한 일종의 통과의례 같은 거라고. 그 시기에 한차례 그러고 나면 그뒤로 그런 일들이 전혀 없잖아. 안 그래? 오히려 그게 더 깔끔한 거라고. 그러니까 자기가 뭘 좀 피해를 봤다고 그걸 죄다 폭력이라고 할 거 같으면 이 세상에 폭력 아닌 게 어디 있겠냐. 지나가는 개가 짖어도 무서웠으면 폭력인 거지."

자기가 뭘 좀 피해를 봤다고 그걸 죄다 폭력이라고 하면 이 세상에 폭력 아닌 게 없다. 그 말을 채 곱씹어보기도 전에 강충식의 말이 곧 바로 꼬리를 물었다.

"매년 초에 너희 신입생만 그러는 게 아니라 우리도 비슷하게 일대한테 도전 같은 게 들어와. 일대와 부대는 대우가 다르고 더구나 선도부장이냐 아니냐는 하늘과 땅 차이니까. 그간 실력을 좀 키운 놈이라면 한번 덤벼볼 만한 거지. 다만 너희하고는 다르게 우린 자율선도부 관할하에 경기가 치러지는 거고. 그러니까 그런 건 그냥 공정한 경쟁인 거야. 더 열심히 노력해서 실력을 갖춘 놈이 일대 자리를 차지하는 거라고. 그런 걸 다 폭력이라고 할 순 없어. 그냥 이 세계가 돌아가는 원리지."

이 세계가 돌아가는 원리.

"이 세계가 돌아가는 원리가 그렇다는 걸 애초부터 잘 모르는 새끼들이 그래서 앞에 나섰다가 정을 맞는 거야. 학급비라는 게 얼마가 됐든 그렇게 걷는 자체가 문제 있는 게 아니냐. 그렇게 걷은 학급비는 도대체 어디다 쓰는 거냐. 왜 사용 내역이 공개되지 않는 거냐. 자기네가 알면 안 되는 이유라도 있냐. 그렇게 하나는 알고 둘은 모르는 새끼들이 입바른 소리 한다고 잘난 척하다가 나중에 주제넘었다는 걸 깨닫고는 후회하는 경우가 가끔 있어. 다른 애들도 고작 천원 가지고 유별나게 구는 그런 새끼들을 별로 안 좋게 보고. 스스로 왕따를 자처한다고 해야 하나? 아무튼 그런 애들은 특히 질이 안 좋아서 나중에 회비를 내겠다고 애원을 해도 우리가 안 받아줘."

"그럼 그런 애들은 죄다 여기로 끌고 와서 징계를 하는 겁니까?"

"천만에. 그런 새끼들은 태생적으로 피곤한 놈들이라 몸에 손을 대면 그걸 가지고 또 학폭위니 교육청이니 들먹거리면서 지랄들을 해댈 수 있으니까 그런 새끼들한테는 손 안 대. 우리가 손을 안 대니까 처음엔 지들이 잘나서 그러는 줄 아는데, 선도위원회 몇 번 부쳐지고 엄마 아버지 자꾸 학교 불려오고 교내 봉사 삥삥이 몇 번 돌면 어지간한 멍청이 아니고는 다들 자기 주제 파악해."

"선도위원회요?"

"그래. 교내에서 애들 단속하는 선도부도 어차피 우리 자율선도부 눈치를 안 보고는 일이 안 되니까, 우리가 까라면 그냥 까는 거야. 애들 아침에 등교하면서부터 하루종일 학칙 위반으로 잡아내기 시작하면 그게 얼마나 될 거 같아? 지각하는 거, 교복, 두발, 소지품 검사, 욕하는 거, 침 뱉는 거, 스마트폰 쓰는 거, 제멋대로 음식물 처먹는 거, 되도 않는 장난질 하는 거, 미음먹고 집아내리면 한노 끝도 없고 안 걸릴 놈도 없어. 사소한 거라도 그런 게 자꾸 누적되면 선생들이 선도위원회 여는 거 허락하는 거고, 선도위원회 열리면 부모님 학교 와서 자기네 자식이 학교에서 얼마나 꼴통인지 확인하고 가는 거야. 그게 반복되면 걔가 자기 엄마 아버지한테 뭐라고 지껄이든 부모가 그 말을 믿어줄 거 같아? 학교 선도부랑 선생이랑 반 아이들이 모두 그 새끼가 문제라고 그러는 판국에?"

강충식은 손가락 사이에 끼워두었던 담배를 잠시 바라보다가 찜통 속에 든 가래떡을 찔러보는 것처럼 이리저리 눌러보더니 아직 안 익었다고 결론을 내린 듯 담배를 다시 귀에 꽂았다. 그러곤 한숨을 한 번 내쉬고 말을 이었다.

"그래, 백번 양보해서 성격이 더 지랄 같은 새끼라 그 모든 게 음모라고 주장하는 놈이 있다고 치자. 그 모든 게 자기가 학급비에 대해서 자꾸 언급하니까 벌어진 일이라고 존나게 우겨대는 새끼가 하나 있다고 쳐. 그 자체를 믿을 머저리도 없겠지만 믿는다고 해도 그게 뭐? 부모들은 신경도 안 써. 왜? 한 달에 돈 천원, 학급비 아니라 매달 길거리에서 잃어버리고 온다고 해도 다음날이면 잊어버릴 금액이야. 그걸 가지고 뭘 따지고 든다는 게 부모라고 안 쪽팔리겠냐? 그 사람들 대부분 학급비라는 게 있다는 걸 들어도 천원 따위 돈도 아니라고 생각하니까 돌아서면 까먹고, 기억해도 오히려 왜 그렇게 조금 내느냐고 묻고 말지 학급비 자체를 문제라고 생각하는 부모는 없어. 진짜, 진짜 자기 자식을 하느님보다 더 믿어서 같이 의심하는 부모가 진짜, 만에 하나라도 있다고 치자. 그런들 뭘 할 수 있는데. 돈 천원 행방 밝히려고 회사도 안 나가고 학교 와서 탐정 코스프레 해? 말도 안 되는 소리지."

자기가 든 예지만 진짜로 기가 막힌다는 듯 콧방귀를 한번 뀐 강충식이 다시 말을 이었다.

"게다가 실제로 학교 폭력이 없어진 상황에서 그 돈이 자율선도부

운영 회비로 나간다고 하면 그걸 누가 뭐라 그럴 거야. 오히려 돈 천원에 자기 자식들이 다른 지역에서는 누릴 수 없는 호사를 누리고 사는 마당인데, 도리어 고마워하면 고마워했지 그걸 가지고 트집잡을 꼴통 부모는 없어."

도대체 뭐가 자꾸 학교 폭력이 없어졌다는 건지 지네가 애들 패는 건 무슨 규정집이라도 있다는 얘기인지 나는 묻고 싶었지만 그보다 먼저, 그 지경에 몰린 아이들의 학교생활이 더 궁금했다.

"그러면 그런 아이들은 어떻게 되는 건가요? 잘못했으니까 회비를 내겠다고 해도 안 받아주면 그다음엔 어떻게 되는 건데요."

강충식이 한동안 나를 물끄러미 바라보더니 입을 열었다.

"낙인이 찍히는 거야. 다른 지역으로 전학 가지 않는 이상 이 지역 어느 고등학교에 진학해도 다 거기가 거기니까 한번 찍힌 낙인은 지워지지 않아."

이런 이야기 끝에는 결국 담배를 피울 수밖에 없다는 듯 강충식이 드디어 귀 뒤에서 담배를 빼냈다. 그러고는 담뱃불을 붙이는 장인이라도 되는 양 정성스럽게 라이터로 담배 끝을 달구었다. 불길이 한차례 일었다가 사그라지자 이윽고, 강충식은 깊게 연기를 한번 들이마셨다가 내쉬며 말했다.

"너, 사람한테 제일 무서운 게 뭔지 알아? 존재 자체를 무시당하는 거야. 그런 아이들은 결국 그렇게 돼. 길거리에 굴러다니는 돌멩이랑 하등 다를 바 없어져. 발에 걸리면 차이고, 차여 밀려난 곳에 가서 또 차이고, 안 차일 땐 그런 게 있는지도 몰라. 봐도 아무도 사람 취급을 안 하니까."

강충식은 잠시 말을 끊고 멍하니 어딘지 모를 곳을 바라보다가 다시 말을 이었다. 소리없이 곧게 솟구치던 담배 연기가 화들짝 놀란 듯 휘청거리고는 이내 흩어졌다.

"그렇게 사람이 한번 기가 죽으면 그다음엔 어디 가서 맞아도, 처맞았다고 말도 못해. 그냥 인생 포기한 놈처럼 그렇게 사는 거야. 때리면 맞고, 가라면 가고, 기라면 기고. 아무데서나 함부로 잘난 척하다간 인생 좆 되는 수가 있다고, 죽을 때까지 잊지 못할 교훈 하나 절실하게 깨닫겠지만 이미 때는 늦은 거지. 회생 불가야. 적어도 이 지역에서만큼은. 나중에 대학 가서나 사람 구실 할까 적어도 여기서는 못해."

나는 오래전의 기억이 떠올라 참으로 듣기 불편했지만 애써 꾹 참고, 무심한 척 중얼거렸다.

"그럼 전학을 가야겠네."

"그래, 그럴 수도 있겠지. 그런데 그게 또 쉽지가 않아. 단순히 뭐가 힘들다는 이유로 전학 가고 싶다고 해서 덜컥 그래 가자, 하고 허락해줄 부모도 잘 없거니와, 이유 자체를 아예 들으려고 하지 않는 경우도 많으니까. 말처럼 쉬운 게 아니야. 자기 자식이 무리 중에 도태돼서 다른 데로 도망가고 싶다는데 그걸 흔쾌히 받아들일 부모가 어디 있겠어. 게다가 당사자도 한번 무기력해지면 무슨 일이든 열성적으로 시도하려고 하지 않아. 수렁에서 빠져나갈 방법을 알았다고 해도 그냥 멍하니 바라보고만 있는달까, 그런 맥없는 경우가 더 많아. 그냥 되는대로 사는 거지. 시간이 흐르다보면 언젠간 달라지겠지, 그런 생각이나 막연하게 하면서. 아니어도 어쩔 수 없고."

"아니 그럼, 부모는 그렇다 쳐도 선생들까지 그런다는 건 도대체 이해가 안 되네. 다들 귀머거리고 장님이고 그런가?"

내 말투에서 뭔가 달라진 기색을 느꼈는지 강충식이 잠시 나를 돌아보았지만, 이내 모른 척 고개를 돌리고는 대답했다.

"거기에 바로 묘수가 있는 거야. 그래서 재훈이 형이 우리 같은 사람들하고는 다르다는 거고. 주먹질 한 번 안 하고 연합회 일대가 될 수 있는 이유가 바로 그런 데 있는 거야. 나도 실은 어디 가도 싸움깨나 한다는 소리 들었고 그걸로 줄곧 짱 먹고 살았는데, 재훈이 형 보고 그런 건 아무것도 아니라는 걸 알았어. 주먹이고 공부고 그 형 말마따나 잘해봐야 거기서 거기야. 그래봐야 집사야. 그 형 말이 맞아."

신세한탄인지 뭔지 모를 소릴 한차례 지껄인 강충식이 나를 힐끗 보고는 다시 말을 이었다.

"선생들이 이 일들을 모르겠냐? 다 알지. 아마 제일 잘 알걸? 그나마 부모들은 선도연합회라는 게 있는지 모르는 사람도 많아. 선도연합회는 고사하고 이 지역에 학교가 몇 개 있는지도 모를걸? 하지만 선생들은 달라. 모르는 선생도 물론 있겠지만 짬밥 좀 먹은 선생은 다 알아. 학급비가 모이면 대략 얼마쯤 되고 그게 어떻게 쓰이는지. 그런데 왜 아무도 그런 일에 의문을 제기하지 않느냐. 선생들도 지원비를 받거든. 자율선도부 지도교사들한테 관리감독 수당 같은 게 나가는데 그게 윗대가리부터 차례대로 총관리감독 교사, 정교사, 부교사, 보조교사, 하여간 뭐가 많아. 자기들끼리 그런 순서라는 걸 정해놓고 받아먹지. 정확히 얼만지는 나도 모르지만 위에서부터 차례대로 못해도 수십만원씩은 받아 처먹을걸?

그럼 자율선도부 지도교사가 되지 못한 선생들은 왜 가만히 있느냐. 조금만 지나면 자기들도 순번이 돌아오거든. 그리고 짬밥이 안 돼서 순번이 안 돌아온다고 해도 거기에 대해 뭐라고 못 지껄여. 윗대가리들이 다 묵인하는 일을 잘난 척한다고 따지고 들다간 학급비 따지다가 좆 되는 애들처럼 똑같이 되는 거야. 게다가 학급비를 선생들이 걷어? 아니잖아. 애들이 알아서, 그것도 내고 싶은 놈만 알아서 자발적으로 내. 강제성도 없지, 금액도 작아. 그 돈으로 대외 선도부인지 뭔지를 만들고 폭력 근절이니 단속이니 자율적으로 활동을 해. 그러더니 정말로 폭력이 근절됐어. 오히려 선생들이 나서서 강제로 단속할 때보다 더 좋아졌지."

강충식은 담배를 깊게 한번 빨아들였고, 붉게 타들어가던 자리는 이내 영혼을 빼앗긴 생명체처럼 빛을 잃었다.

"학생들끼리 열심히 해서 자율적으로 질서를 만들고 해서 그 어느 때보다 양질의 우수한 학원 사회가 되어가는데 선생들 처지에선 기특하면 기특했지 그런 일을 반대할 이유가 전혀 없잖아? 그냥 자기들끼리 알아서 잘하라고 내버려두면 그만인 거지. 선생들이 개입하지 않아도 스스로 알아서 경쟁하고 감시하고 징벌하고 격려하는 학원가가 다른 지역에 비해 얼마나 우수한 형태로 성장하는지를 몸소 보여주는 좋은 사례가 되고 있는데 거기에 선생들이 뭘 더 관여하고 말고 할 게 없는 거야.

그런데 이 기특한 자율선도부라는 게 하나를 보면 열을 안다고, 그래도 지도교사라는 게 명목상이라도 있어주면 자기네들이 더 힘을 얻을 수 있을 테니까, 자리만이라도 만들어놓을 테니 그냥 앉아만 계시라고 청원을 해. 아니, 하는 일도 없는데 그러지 못할 게 뭐야? 오히려 명색이 교산데 자기들 관리감독하에 더 좋아지는 것처럼 보이면 자기들도 좋지. 물론 그런 좋은 일은 수당 따위 없어도 당연히 돕겠지만, 굳이 주겠다는 것까지 마다할 이유도 없는 거고."

필터까지 거의 다 타들어간 담배를 눈으로 확인한 강충식이 아쉬운 듯 입맛을 한번 다시고는 바닥에 떨어뜨렸고, 떨어진 꽁초를 발로 비벼 뭉갰다. 그러고는 가만히 문드러진 꽁초를 잠시 내려다보다가 그곳에 다시 침을 뱉었다.

"그런데 제아무리 좋은 취지라고 해도, 아무래도 돈과 관련된 일이다보니 민감하지 않을 순 없어. 그래서 그게 문제였던 거고. 근본적으로 보면 그게 가장 중요한 문제였지. 그게 풀리지 않으면 이 일련의 일들이 전부 불가능했을 테니까. 그 문제를 푼 사람이 바로 재훈이 형이야. 물론 재훈이 형 힘만으로 가능했던 일은 아니지. 재훈이 형 뒤에 아버지가 있었으니까. 하지만 그런 게 바로 능력 아니겠냐? 대기업이나 되니까 그런 복잡한 시스템들을 간단하게 정리할 수 있었던 거지, 재훈이 형네가 만약 동네 슈퍼나 운영하는 집이었다면 시작은 고사하고 계획조차 못 세웠을걸? 결국 그만한 능력이 되는 사람이 나서서 일을 하니까 일이 되는 거야. 좆도 없는 인간들이 나서서 일을 벌였으면 죽도 밥도 안 됐을 거라고. 그리고 그런 힘을 가진 사람들이 앞에서 이끌어주니까 우리 같은 것들한테까지도 혜택이 오는 거고. 기본적으로 우리하고는 생각하는 스케일부터가 달라."

그러고는 자기 말이 이제 다 이해가 되느냐는 듯이 나를 돌아보았다. 나로서는 그러나 한꺼번에 쏟아지는 샘물 속에서 사금을 골라내라고 하는 것만큼이나 헷갈리는 말들이었다. 아무 생각 없이 연 시계

뒤판 너머로 복잡한 부속품들이 째깍거리는 걸 본 것 같은 기분이기도 했다. 무슨 거대한 도넛 속에 설탕 부스러기가 되어 들어간 느낌도 들었다. 게다가 자꾸 뭐가 없어졌다, 좋아졌다, 발전했다고 반복하니까 나로서는 강충식이 말하는 그런 점들을 하나도 느낄 수 없었음에도 정말로 그런 것 같은 착각이 들었다. 내가 다소 모호한 표정으로 앉아 있자 강충식이 말했다.

"그러니까 결국 재훈이 형 말이 다 맞는 거야. 이 모든 과정에 그 형 돈 들어간 거 있어? 그 형이 보여준 건 그냥 자기네 돈이 많다는 것뿐이지, 실제로 쓰이는 돈은 모두 아이들 호주머니에서 나온 거야. 거기에 재훈이 형 돈은 십원 한 푼 안 들어가 있어. 아니 오히려 돈을 더 벌었지. 다 쓰고 얼마가 남는지 우린 아무도 모르니까. 어쨌거나 자기 밥그릇 하나 없는 애들이 고려청자만 수백 개를 가진 사람한테 뭘 자꾸 가져다 바치고 있는 꼴인데, 재미있는 건 본인들은 그렇다는 걸 아무도 모른다는 거야."

강충식은 자신이 침 뱉은 자리를 물끄러미 내려다보았다. 마치 그 자리도 다시 파서 묻어야 할지를 고민하는 것 같았다. 그러다가 그러지 않기로 마음먹었는지 고개를 들고는 나직하게 중얼거렸다.

"그게 이 세계가 돌아가는 원리야."

마치 태엽이 다 풀린 인형이 동력의 끄트머리에서 내뱉는 마지막 음성처럼, 강충식의 말은 텅 비어 있었다. 때맞춰 바람이 불어와 그렇지 않아도 점점 엷어지던 그의 말을 훅 불어 날려보냈다. 그러자 그 말이 족쇄라도 되었다는 듯 강충식이 갑자기 퍼뜩 기운을 차리고는 혼자 무언가를 격려하듯이 소리 높여 말했다.

"재훈이 형이 말했지. 존나 멋있게. 그게 이곳의 질서다. 질서라는 건 한 번 만들어지면 여간해서는 무너지지 않는다. 종종 그 질서에 불만을 갖고 무너뜨리려는 인간들이 생기기는 해도 질서라는 건 본래 레고 블록처럼 촘촘하게 연결되어 하나를 이룬 거라서, 몇몇 반골들이 자기들 뜻과 맞지 않는다고 지랄들을 떨어봐야 결국 무너지는 건 자기들이지 질서가 아니다. 그러니까 어떤 질서를 바꾸고 싶다면 질서를 만드는 사람이 되어야지 무턱대고 기존 질서에 덤벼들기만 해서는 얻는 것도 없이 자기 인생만 조지고 만다."

자기가 말해놓고도 무척 만족스럽다는 듯 그 말을 다시 한번 음미하는 것 같더니 아니나 다를까 그렇다고 말했다.

"존나 멋지지 않냐? 내가 씨발 이 말을 외우려고 요즘도 가끔 자기 전에 혼자 중얼거린다니까."

그러고는 마치 대기실에서 결전을 기다리는 권투 선수처럼 두 팔꿈치를 무릎에 받치고는 말을 이었다.

"형이 그랬어. 자기가 졸업해도 자율선도부와 선도연합회는 그대로 유지될 거라고. 자기들이 졸업해도 동문으로서 전통을 유지하게끔 계속 참여할 거고, 이어가는 우리도 그에 합당한 대우를 받게 될 거라고. 그뿐만 아니라 사회에 나가서도 우리 선도연합회 출신들이 떳떳하게 자부심을 느낄 수 있도록 선배들이 살 이끌어줄 거라고 말했어."

그는 그 말이 무슨 자신의 신앙이라도 된다는 듯 무릎 위에 두 손을 가지런히 모으고는 한동안 말없이 땅바닥을 바라보았다. 바로 그때, 그렇게 강충식이 자신의 장밋빛 미래를 꿈꾸고 있을 때, 아이러니하게도 나는 내가 그들이 말하는 열외 인간에 속한다는 사실을 번뜩 깨달았다. 내가 말했다.

"그러니까 하물며, 그런 대단한 사람 면전에서 대놓고 욕하고 자리를 박차고 나간 사람은 내가 최초겠네요."

강충식이 몸을 일으키곤 나를 보며 이제 막 잠에서 깬 사람처럼 두어 번 눈을 끔벅이고는 대답했다.

"그렇게까진 아니어도 비슷한 행동을 했던 사람은 한 명 있었지."

그러고는 깊게 숨을 들이마셨다가 내쉬었다. 나는 나도 모르게 콧방귀를 한번 뀌고는 말했다.

"그러니까 뭐야, 나도 조만간 선도위원회에 불려 다니겠네?"

"아니, 너는 달라."

그제야 나는 전날의 일이 떠올랐다.

"아아, 나는 일단 먼저 다구리부터 쳐놓고 보시겠다?"

"아니, 그렇지 않을걸?"

뭐가 자꾸 아니라는 건지 나는 조금 짜증이 오른 상태에서 강충식을 보았다.

"개돌이 새끼가 말귀를 못 알아 처먹어서 어제 그런 건데, 실은 애들 몇 명 데려와서 너한테 쥐어터지는 게 그 새끼 임무였어. 내가 좀 알아보니까 그래. 그걸 그 새끼가 널 다구리 치라는 말로 잘못 알아듣고 병신 짓을 한 거고. 뭐 어쨌거나 결과는 똑같이 나왔지만."

일부러 맞으라고 보냈다? 나는 무슨 말인지 전혀 알아들을 수 없었다. 나는 미간을 찌푸리고 맞은편 건물 벽면에 그려지는 빛의 도형을 가만히 바라보았다.

"재훈이 형은 본래 강한 걸 좋아하는 사람이야. 세상은 강한 자들의 선택에 의해 돌아간다고 생각하는 사람이니까. 사람만 그런 게 아니라 동물까지 다 그래. 강한 놈들만 좋아해. 그래서 기르는 개도 도베르만이니 핏불테리어니 죄다 그런 놈들이지. 어쨌거나 그 형은 그렇게 강한 것들을 모아. 그게 취미야. 여자애들이나 오타쿠가 인형이나 피규어를 모으듯이. 그러니까 한마디로 말해서 너도 아마 재훈이 형 눈에 그렇게 들었을 거야. 나도 네 얘기를 처음 들었을 때 굉장히 호기심이 일었으니까."

강충식은 아마 자기 말이 맞을 거라는 듯이 혼자 고개를 주억거리고는 말을 이었다.

"선도부장급 이상만 들어갈 수 있었던 크리스털 룸에 널 부른 걸 보면 재훈이 형이 너한테 품었던 호감이 특별했던 것만은 분명해. 그건 다시 말해서 그 형 말대로 네 일생일대 최고의 기회라고 할 수 있었고. 그게 다시없을 기회라는 걸 내가 너한테 미리 말해줄 수도 있었는데 그땐 솔직히, 네가 내 자리를 대신하게 될지도 모른다는 병신 같은 생각을 좀 했어. 그래서 아무 말 하지 않은 거였는데…… 그래도 그렇지, 네가 그 정도로 꼴통일 줄은 생각지도 못했다."

나는 강충식의 말을 인정할 수 없었다. 너희한테나 기회겠지, 하고 속으로 생각했다. 그런데 마치 그 말을 듣기라도 했다는 듯 강충식이 말했다.

"나는 할머니 손에서 컸어. 엄마 아버지는 어떻게 생겼는지도 몰라. 우리 할머니, 요즘도 주택 골목 샅샅이 뒤지고 다니면서 박스 줍는다. 그런 내가, 그나마 싸움이라도 못했으면 지금 어떻게 살고 있을까, 가끔 그런 생각을 해. 그리고 주변을 둘러보면 실제로 그런 새끼들이 널렸지. 찌질하게 못사는데, 그 새끼 본인도 뭐 하나 제대로 하는 게 없는 병신 같은 새끼들…… 걔들은 평생 그렇게 살게 될 거야. 인생에 반전은 없어. 예전에는 개천에서 용이 나기도 했다는데 이 세계에서 이제 그런 일은 없어. 재훈이 형 말이 맞아. 우리 같은 것들은 재훈이 형 같은 사람 못 만나면 평생 이 시궁창 같은 데서 벗어날 수 없어. 지금이야 그나마 학교니까 같은 색깔의 교복이나 입고 다니지 졸업하면 그것도 끝이야. 먹고 입고 심지어 걷는 길까지 달라져. 그게 사실이야. 그 형 말이 다 맞아."

나는 다시 변해 있는 빛의 도형의 어느 부분이 달라져 있는지를 잠시 바라보다가 나도 모르게 중얼거렸다.

"거참 좆같은 얘기네요."

강충식이 나를 힐끗 보고, 다시 땅을 내려다보다가 대꾸했다.

"그나마 우린 싸움질하는 재주라도 있으니 재훈이 형 같은 사람하고 만날 일이나 있었지, 이도 저도 아무것도 없으면 정말 좆같은 세상이 되겠지."

순간 알 수 없는 짜증이 확 치밀어올랐다. 나는 강충식을 휙 돌아보고 물었다.

"그런데 나한테 왜 이런 얘길 하는 겁니까?"

강충식이 아…… 하고 소리내며 입을 벌린 채 한동안 허공을 바라보다가 대답했다.

"어쩌면 너한테는 한번 더 기회가 있을지 몰라. 단지 싸움을 잘한다는 이유 때문에 크리스털 룸으로 누굴 부른 건 네가 처음이니까. 지금이라도 네가 재훈이 형을 찾아가서 무릎을 꿇고 싹싹 빌면, 어쩌면 다시 한번 기회를 줄지도 몰라. 비록 자기한테 대들긴 했지만 그래도 경칠이 형을 한 방에 때려눕혔으니까, 널 어떻게 하기엔 좀 아깝다고 생각할 수도 있을지 몰라. 만약 그렇다면 너는 그 기회를 반드시 잡아야 해. 재훈이 형 말이 절대적으로 옳아. 우리 같은 것들은 그렇게 하지 않으면 방법이 없어. 네 인생 마지막 기회일 수도 있어."

"나는 그렇게 생각하지 않는다면요?"

강충식이 참으로 답답하다는 듯이 미간을 잔뜩 찌푸리고 나를 보았다. 그리고 나는 그 눈빛을 언젠가 보았다는 걸 기억해냈다. 크리스털룸에서 봤던 눈빛이었다. 상운고 일대와는 사뭇 다른 눈빛이었던지라 무슨 의미일까 잠시 의아해했던 기억이 났다. 나는 말했다.

"나는 다구리도 무섭지 않고 선도위원회도 무섭지 않아요. 나한테 실망할 사람도 없고, 누가 날 무시하든 신경도 안 씁니다. 그런 걸로 기죽을 일도 없고, 무기력해질 일도 없어요. 오히려 요즘 같아서는 제발 다들 좀 나를 무시해줬으면 좋겠다 싶네요."

강충식이 말했다.

"그런 게 아니야."

그의 눈빛이 어느새 달라져 있었다.

"나는 솔직히 경칠이 형이 다 나아서 너랑 다시 붙는다면 결과가 어떻게 될지 장담할 수 없다고 생각해. 그날은 형이 정말 너한테 맞을 거라고는 짐작조차 하지 않은 상태에서 아무 생각 없이 주먹을 휘두르다가 그렇게 됐지만, 작정하고 다시 한판 붙는다면 아무리 너라도 장담할 수 없어."

나는 그 말에 소리없이 동의했다. 확실히 그럴지도 몰랐다.

"하지만 그런 일은 없을 거야. 잘은 모르겠지만 아마도 그럴 거라고 나는 생각해. 경찰이 형한테 그럴 수 있는 시간적인 여유가 주어지지 않을 거야. 물론 내가 재훈이 형의 심중을 읽는다는 게 웃긴 일이지만, 그래도 곰곰이 되짚어보면 감이 잡히는 전례가 하나 있어."

나는 강충식을 보았다.

"상원이 형이라고, 그 형들 한 다리 밑에 일학년 짱이 있었어. 재훈이 형이 이학년일 때, 상원이 형이 주먹으로만 보자면 실질적인 넘버원이었어. 그런데 그 형이 짱이면서도 일대는 아니었던 게, 왠지는 모르겠지만 그 형은 자율선도부를 안 하려고 했어. 당연히 연합회도 아니었지. 내가 아까 말했지? 너 정도까지는 아니었어도 그래도 유일하게 재훈이 형한테 대든 사람이 하나 있었다고. 나도 그 자리에 있었던 건 아니라서 자세한 내막까지는 모르지만 아무튼 들기론, 재훈이 형이 꽤 아끼는 후배 하나를 상원이 형이 아주 묵사발을 만들었대. 재훈이 형이 있는 자리에서. 모르긴 몰라도 그 새끼가 아마 재훈이 형 믿고 존나 깝죽거렸겠지. 하지만 안 보는 데서 두들겨 팼다면 모를까 재훈이 형이 보는 데서 그랬다는 건 용납할 수 없었을 거야. 그래서 재훈이 형이 상원이 형더러 무릎을 꿇으라고 했는데, 그냥 나가버렸대."

그러고는 혼자 무슨 생각을 했는지 피식, 웃더니 혓바닥으로 볼 안쪽을 한번 훑어내리고는 말을 이었다.

"보통 그런 사안이면 학폭위가 열려. 어쨌거나 폭력은 폭력이니까. 피해자 가해자 쌍방 진술 듣고 징계 수위 결정해서 교육청에 올리고 뭐 그런 식으로 대개는 진행되지. 그런데 상원이 형은 달랐어. 맞은 놈 집에서 바로 고소가 들어갔고 변호사까지 붙어서 일사천리로 일이 진행됐어. 그러더니 얼마 안 있어서 바로 소년원에 딸려들어갔지."

강충식이 나를 돌아보았다.

"좀 이상하지 않아? 나만 이상하다고 느낀 건 아니었던지, 그래서 어떤 소문이 좀 있었어. 맞은 놈 쪽에 변호사를 대준 게 재훈이 형네다, 뭐 그런. 그런데 그게 단순히 소문이라고만 하기에 조금 그랬던 게, 통상 상원이 형이 저지른 정도는 끽해야 팔호 처분 수준이었다는 거지. 상원이 형이 전과가 있는 것도 아니었고, 맞은 놈이 어디 금이 가거나 부러지거나 한 것도 아니었으니까. 폭력배는 진짜 깡그리 잡아 처넣어야 한다고 믿는 판사가 아니고서는 그 정도로 팔호까지 때리는 것도 오지게 재수없는 경우라는 거야. 팔호 맞으면 한 달 정도 살다 나오는 거거든."

그러고는 그게 뭔지 알겠냐는 듯이 나를 보았다. 나는 당연히 몰랐다. 강충식이 그럴 줄 알았다는 듯 혼자 또 몇 번이고 고개를 끄덕이고는 말했다.

"소년법상 보호처분이라는 게 있는데 일호부터 십호까지 호수마다 처벌 수위가 다르고 높을수록 세. 그런데 상원이 형은 십호를 받았어. 십호 받아서 끝까지 가면 이 년이야. 강도, 강간이나 전적이 포도송이처럼 주렁주렁하지 않은 다음에야 십호는 안 받아. 그런데 상원이 형은 십호였어. 웃기지 않이? 하지만 억울해도 상원이 형네가 무슨 항고니 항소니 그런 거 할 만한 여력이 있는 집안도 아니었어. 그러니까 그냥 몸으로 때우는 수밖에 없는 거야. 중요한 건 판결을 내린 법관이 재훈이 형 아버지랑 고등학교 동문이었다는 거지. 후배라던가, 아무튼 그건 지금이라도 인터넷 검색해보면 나와 있는 사실이니까 진짜고

말고 할 것도 없어. 그러니까, 그 모든 것들이 다, 단지 우연이었다고
만 하기에는 아무래도 좀 이상하지 않냐 그거지, 내 말은."

내 생각은 어떠냐고 묻는 듯 강충식이 나를 골똘하게 쳐다보다가,
별다른 반응이 없자 다시 말했다.

"아직 감이 잘 안 와?"

감이 안 오는 것은 아니었지만 그 자체를 믿는다는 게 조금 어려운
것은 사실이었다. 그게 그렇게까지 할 만한 일인가, 나는 아마도 그런
생각을 했었는지도 몰랐다. 지나가다가 마음에 드는 신발을 빼앗는
것도 아니고 한 사람의 인생을 완전히 망가뜨려버리는 일이었다. 강
충식이 다시 말했다.

"왜 개돌이가 너를 까는 게 아니라 반대로 처맞아야 했는지를 곰곰
이 생각해보면 뭔가, 내가 혼자 하는 공상만은 아니라는 생각이 들어.
상황이 얼추 맞아떨어지는 부분들이 있으니까. 거기다가 경칠이 형
턱도 성치 않고."

강충식이 나를 가만히 바라보았다. 나도 가만히 강충식을 바라보았
다. 강충식이 말했다.

"나는 솔직히 네가 무슨 똥배짱 부리고 있을 때가 아니라고 생각해."

나는 무슨 말인지 충분히 알아들었으나 아무래도 그의 얘긴 실감
나는 말들이 아니었다. 소년원이란 꿈에서조차 생각해본 일이 없었
다. 게다가 자기한테 대들었다는 이유 하나로, 누군가를 소년원에 그
냥 처넣어버릴 수 있는 사람과 상황과 세상이 존재한다는 게 솔직히
믿기지 않았다. 문득 아라의 얼굴이 떠올랐다.

5

　나는 보호처분 오호와 구호를 판결받았다. 경찰서 유치장에서 검찰에 송치되어 거기서 다시 소년분류심사원으로 끌려가기까지 채 반나절도 걸리지 않았다. 심사원 아이들 말에 따르면 그렇게 빠른 처리는 이제껏 듣도 보도 못했다는 것이었다. 아이들은 도대체 내가 무슨 일을 저지르고 들어온 건지 궁금해했다. 나 또한 내가 무슨 일을 저질러서 소년분류심사원, 이른바 감별소까지 오게 되었는지 정확히 알지 못했다. 체포 과정에서 상해죄라는 것만 들었을 뿐 그 외에 자세한 내막은 듣지 못했다. 돌이켜보면 이상한 점이 한둘이 아니었는데, 그때까지 그런 경험이 전혀 없었던 나로서는 그저 모든 게 다 어리둥절할 따름이었다. 모든 일이 너무나도 순식간에 벌어졌다.

　내가 내 죄로 추측할 수 있었던 것은 강충식이 이미 내게 했던 이야기들, 즉 상운고 부대를 때려눕힌 일과 충훈중 개돌이를 발로 차서 젖힌 일이었다. 그러나 두 가지 모두 내가 먼저 시비를 붙여 벌어진 일이 아니었다. 둘 다 나를 먼저 공격했거나 공격하려 들었고, 나는 다만 위협을 느껴 방어하는 과정에서 빚어진 결과였다. 하지만 포승줄에 묶여 딸려들어온 것은 나뿐이었다. 나는 솔직히 두렵다기보다 신기했다. 모든 일이 강충식의 말대로 이루어지고 있다는 게 경이로울 따름이었다. 마치 동화 속의 이야기가 실제로 내 눈앞에서 펼쳐지고 있는 것 같았다.

잠에서 깨어나보니 나는 어딘지 알 수 없는 곳에 떨어져 있었고, 다시 집으로 돌아가기 위해서는 사악한 마녀와 싸워 이겨야 하는 상황인지도 몰랐다. 그렇다면 사악한 마녀는 도대체 어디 있단 말인가. 나는 보이지도 않는 적과 싸워야 한단 말인가? 나는 감별소 변기에 앉아 그런 말도 안 되는 상상이나 하고 있었을 만큼 이 모든 일이 장난처럼 느껴졌다. 실감이 전혀 나지 않았다.

감별소에 위탁되어 있는 동안 아이들은 내게 도대체 무슨 일로 들어왔는지 물었다. 나는 내가 짐작 가는 사실에 관해서만 대답했다. 전치 몇 주가 나왔느냐고 아이들은 내게 물었지만 나는 그런 것도 전혀 몰랐다. 아이들은 내 경우가 좀 특이하다고 말했다. 그러면서도 제각각 자기들이 무슨 판사라도 되는 양 내게 알맞은 판결을 내렸다. 감별소에는 이미 소년원을 밥먹듯이 드나드는 아이들이 많았다. 그 경험 많은 아이들까지도 대개 나는 많아야 보호관찰 일 년 정도로 끝날 확률이 높다고 말했다. 그게 사호였다. 전적도 없었고 정말 내 말대로 딱 한 대만 때린 거였다면 그걸로 무슨 큰일이 일어나진 않았을 거라 예상한 결과였다. 폭행만으로 벌써 여섯번째 들어왔다는 한 아이가 낄낄거리면서 말했다.

"한 대 때렸다고 들어왔으면 씨발 나는 한 만 번은 들어왔겠다. 폭행이라는 게 존나 웃긴 게 한 대 때린 거랑 두 대 때린 거랑 아주 다르다니까. 맨손으로 때렸냐 뭘 들고 때렸냐, 밤에 때렸냐 낮에 때렸냐, 실내였냐 밖이었냐에 따라 다 달라. 골때리지? 그중에서도 가장 중요한 게 뭔지 알아? 씨발 안 걸리는 거야."

아이들이 모두 동의하며 낄낄대고 웃었다.

"몽둥이로, 밤에, 노래방에 감금해놓고 존나 두들겨 패도 안 걸리면 장땡이야. 씨발. 그러니까 팰 때 존나게 패야 한다니까. 어디 가서 입도 벙긋 못하게. 안 그러면 고작 한 대 치고도 이런 데 딸려들어오는 거야."

누군가 그러는 너는 왜 들어왔냐고 묻자 그 아이가 대답했다.

"나도 씨발 덜 팼으니까 왔지. 이번에 나가면 아주 뼈를 발라버릴 거야, 씨발 새끼."

별로 웃긴 얘기도 아니었는데 아이들은 박장대소했고 그래서인지 나는 그들의 말을 유심히 들으면서도 여전히 그 모든 말들이 다 장난 같았다. 이러다가 조용히 다시 집으로 돌아가라고 누군가 말해줄 것 같았다. 그러나 그런 일은 일어나지 않았다. 나는 소년분류심사원에 일주일간 위탁되어 있다가, 가정법원에서 보호관찰 이 년에 소년원 육 개월이란 처분을 받았다. 감별소에 위탁되어 있는 기간이 통상 이주에서 사 주라는 말을 들었던 나는 일주일 만에 처분을 받고 다시 강충식의 말을 떠올렸다. 그제야 어쩌면 그런 일들이 정말로 가능할지도 모른다는 생각이 들었다.

나는 전치 삼 주 상해죄로 기소되었고 해당 사건이 두 건이었다. 내가 예상했던 내용, 그러니까 강충식이 예견했던 내용과 크게 다르지 않았다. 재판 과정에서 내가 왜 그런 행동을 했는지에 관한 내용은 생략되었다. 짧게 진술할 기회가 있었지만 진술하지 않은 것이나 다름없었다. 제대로 말도 못했거니와 아무도 내 말을 귀담아듣지 않았다.

내가 놀랐던 건 판사의 판결 내용이었다. 그는 단지 기소된 두 건에 관해서만 말을 한 게 아니었다. 그는 내가 초등학교 때 저지른 일들에 관해서도 이야기했다. 다만 그 사실들이 놀랍도록 과장되어 있거나 심지어 내가 잘 알지도 못하는 내용까지 포함되어 있었다는 점만이 달랐을 뿐, 어디서 들었는지 비슷한 내용들을 읊어대기는 했다. 수긍하기 어려웠지만 항변할 기회는 내게 없었다.

판사는 내가 연이틀간 아무 죄책감도 없이 다른 사람에게 상해를 입힐 만큼 상습적으로 폭행을 일삼는 아이이므로, 정상참작의 여지가 조금도 없다고 확고한 목소리로 말했다. 판사는 내게 피해자와 합의조차 시도하지 않았을 만큼 반성의 기미조차 보이지 않는다고도 말했다. 나는 합의는 고사하고 그들이 얼마만큼의 상해를 입었는지조차 알지 못했다. 하지만 그런 말 또한 내게 할 기회는 주어지지 않았다.

판사는 마치 나조차 몰랐던 나란 인간에 관해 새로 정의하는 사람 같았다. 나는 전혀 알지 못했던 나의 조각들을 어디선가 주워와 낱낱이 다시 조립해 보이면서, 이게 실제 너의 모습이라고 말하는 것 같았다. 그게 정말 나의 조각들인지는 알 수 없었다. 다만 판사가 너무나도 확신에 찬 목소리로 말했으므로, 어쩌면 그게 정말 나일지도 모른다는 생각은 잠시 했다.

나는 천성이 잔인하고 폭력에 중독된 아이였다. 엄청난 비행들을 눈 하나 깜빡하지 않고 쉴새없이 저질러대는 아이였다. 그렇다는 걸 나도 그때 처음으로 알았다. 불우한 환경을 극복하여 자신의 정진을 일궈내지 못하고, 현실과 타협하여 어두운 길로 접어들었다고 판사는 말했다. 나는 판사의 말을 가만히 들으며 어쩌면 그의 말이 모두 맞을지도 모른다고 생각했다. 내가 아는 세상은 전부 책에서나 볼 수 있는 이야기들 같았고, 실제로 현실에서 나의 정체성에 관해 단언하고 있는 사람은 판사였으므로, 그의 말이 전부 옳다고 볼 수밖에 없었다. 그가 현실에서의 나의 삶을 단죄하고 있었으므로 이 세상과 괴리되어 혼자 공상 속에 살고 있었던 것은 과연 나였을는지도 몰랐다.

판사는 그리하여 십호 처분이 내겐 마땅하지만, 보호처분을 받는 게 처음이고 심사원 생활이 양호했던 것을 참작하여 오호와 구호를 선처하노라고 말했다. 나의 정체성과 죄상이 모두 정의되기까지 채 오 분도 걸리지 않았다. 나는 이제 그만 몽상에서 깨어나 현실의 나를 자각하고, 진정한 나의 정체성을 각성해야 하는지도 몰랐다. 실감은 소년원에 도착하고 나서야 들었다.

소년원에서의 생활은 그러나 육체적으로만 보자면 생각보다 어렵지 않았다. 어차피 보육원에서도 나는 일찍 일어나는 편이었으므로 여섯시 반에 단체 기상하는 규율이 몸에 버겁지 않았다. 그러나 많은 아이가 버거워한 것은 사실이었다. 나와 함께 입학한 신입반 아이들은 대개 학교에 다니지 않았다. 그래서 그들은 대부분 아침에 자고 오후 느지막이 일어나는 습관이 몸에 배어 있었다. 기상 때마다 생전 듣도 보도 못한 욕들이 허공을 갈지자로 휘젓고 다녔다. 세상에 그렇게 많은 욕이 있다는 걸 나는 그 방에서 처음 알았다.

그러나 신입생활을 끝내고 본방으로 가서 보니 자고 일어나는 것으로 힘들어하는 아이는 없었다. 취침시간이라고 전부 소등하는 것은 아니어서 나름 훤한 잠자리였음에도, 다들 쿨쿨 잠만 잘 잤고 때가 되면 알아서 일어나 자기 침구류를 정리했다. 그러니까 그런 정도는 시간이 흐르면 자연히 적응되는 것이었다.

내가 처음 입원해서 가장 신기했던 것은 의외로 아이들의 문신이었다. 자고 일어나서나 목욕할 때 보면 온 천지가 다 문신이었다. 몸에 문신이 없는 사람은 나뿐이었고 아이들은 모두 하나같이 그런 내게 폭행으로 들어왔다며? 라고, 그러니까 그런데도 왜 내게 문신이 없는지를 도리어 물었다. 처음 신체검사를 받을 때도 마찬가지였다. 그 점에 관해 선생들도 돌아가며 한마디씩 했을 정도로 몸에 문신이 없다는 건 이 세계에서 희한한 일이었다.

대개는 바늘에 실을 감아 먹을 먹인 다음 새긴 조잡한 것들이었으나, 개중 몇몇은 진짜 영화에서나 봤을 법하게 화려한 문신도 있었다. 처음 들어온 아이들은 그런 형들한테 붙어서 문신 새긴 무용담을 듣기도 했다. 나도 그때 처음으로 등판에 온통 문신을 새기고 나면 며칠 앓아눕는 경우도 있다는 걸 알았고, 그게 한 번에 끝나는 작업이 아니라는 것도 그때 처음 알았다.

스스로 빨래하고 청소하는 습관도 나는 이미 보육원에서부터 들어 있었으므로 어렵지 않았다. 정해진 시간 내에 목욕을 끝마쳐야 하는 규정 때문에 제 몸 하나 닦는 것조차 버거워하는 아이들도 많았지만, 나는 그 시간에 간단한 빨래까지 마쳤다. 그 또한 내게는 이미 몸에

밴 습관이었다. 단지 이 개월이 지나고 삼 개월이 지날 때까지도 적응이 어려웠던 것은 잠자는 시간 외에는 몸을 눕힐 수 없다는 규정이었다. 생활관을 비롯해 오만 곳에 전부 감시 카메라가 설치되어 있었다. 잠시라도 바닥에 등을 댈라치면 곧바로 방송이 터져나왔다.

"장태주, 자세 바로잡아."

심지어 자율 휴식시간조차 누울 수 없었다. 그마저도 조금씩 적응이 되기는 했지만 무엇보다 가장 힘들었던 것은 그런 육체적인 고달픔이 아니라, 내 일거수일투족이 감시받는다는 사실이었다. 심지어 코딱지를 파서 숨겨도 선생들은 뻘통, 그러니까 스피커를 통해 내 이름을 불렀다.

그것은 이를테면 하느님이 나를 내려다보고 있는 것 같은 기분이었다. 가만히 앉아 있는 것 외에 내가 무슨 딴짓이라도 할라치면 곧바로 허공에서 음성이 터져나왔다. 아무리 반복되어도 익숙해지지 않는 경험이었다. 시일이 지나면서 점차 적응되는 것이 아니라 오히려 수갑처럼 점점 더 내 몸을 옥죄어들었다. 편안한 얼굴로 칠판을 바라보고 있어도 영혼은 늘 뒤통수에 간신히 매달려 있는 느낌이었다. 한시도 불안이 떠나지 않아서 종국에는 그게 불안인지조차 모르면서 불안해했다.

결국 그런 소리 없는 불안을 견디지 못해 폭발하는 아이늘이 주기적으로 한 명씩 나왔다. 제아무리 강력한 제재와 벌칙이 주어져도 자기도 모르게 터져버리는 그런 상황은 누구도 제어할 수 없었다. 그러면 곧바로 선생들이 달려와 두들겨 팼고 덩치가 좀 되어 발광이 지나치다 싶으면 전기 충격기를 먹이는 때도 있었다. 당하는 아이야 지랄을 떨다 먹는 전기라 잘 기억하지 못했지만, 보는 우리에게는 공포 그 자체였다. 바닥에 뻗어 몸을 들썩거리는 모습은 죽기 직전의 마지막 발작을 연상케 했다. 죽음의 공포 비슷한 감정이 우리에게 고스란히 전달되는 것이었다. 그리고 그렇게 진정된 아이는 정신을 차린 후 지도실로 끌려가 삼단 쇠봉으로 또 두들겨맞았다.

그들이 특별히 난폭한 아이들이어서 그런 일이 생기는 것은 아니었다. 오히려 소심한 아이들이 더 많았다. 끊임없이 뒤통수를 짓누르는, 말로 표현할 수 없는 불안과 소리 없는 중압감을 끝내 견디지 못한 아이들이 마치 폭탄처럼, 제 몸을 터뜨리듯이 부서져버리는 것이었다.

징벌방을 거쳐 돌아온 아이에게 이유를 물어보면 자기도 그때 왜 그랬는지 모르겠다고 말하는 경우가 대부분이었다. 우리는 그렇게 마치 주기적으로 기억을 삭제당하는 사람들처럼 우리 자신에 관한 일들을 잊고 살았다. 그래서 누구랄 것도 없이 우리가 가장 자주 하는 말 중의 하나가 바로, "나도 몰라 씨발, 그때 내가 왜 그랬는지"였다. 그러고 다 함께 낄낄낄 웃고 나면 또 하루가 지났다.

나는 본방에 배속되자마자 족당, 그러니까 신발 정리 담당을 맡았다. 신발 정리라니까 얼핏 들어서는 쉬울 것 같지만 실은 쉴 새가 없는 일이었다. 누구라도 하나 나갔다가 들어오면 그 신발은 모두 내가 정리해야 했으므로, 그야말로 온종일 출입구만 보고 있어야 한다고 해도 과언이 아니었다. 점호시간이 아니어도 신발은 언제나 오와 열이 맞춰져 있어야 했고 조금이라도 간격이 벌어졌거나 튀어나온 게 있으면 걸리는 즉시 쥐어터졌다.

처음에 몹시 희한했던 건 누구라도 누우면 곧바로 삘통이 울리면서, 누군가를 누가 때릴 때는 종종 울리지 않는다는 사실이었다. 방장 형의 말에 따르면 선생들도 어느 정도의 폭력이 규율 유지에 필요하다고 생각하기 때문에 그런 차원에서의 응징은 적당히 눈감아준다는 얘기였다.

그렇다면 그것이 규율 준수를 위한 응징인지 단순 폭행인지 단지 감시 카메라만으로 어떻게 구분할 수 있는지 처음에는 의문이 들었지만, 그런 걸 따지듯이 물을 순 없었고 묻지 않아도 나중에는 알게 되었다. 때릴 수 있는 권한을 가진 사람이 정해져 있었던 것이다. 암묵적인 합의하에 정해진 서열 가운데 몇몇이 휘두르는 폭력은 규율 준수 차원에서의 징계였고, 거기 해당하지 않는 사람이 일으키는 소동은 모두 폭력이었다. 어느 곳을 가도 세계는 같은 원리로 돌아갔다. 심지어 그 좁은 골방에서마저도.

내가 속한 방의 방장은 열다섯 살이었는데 딱히 방장이라고 정해진 바는 없었지만 모두 그가 방장이라고 생각했다. 나이와 상관없이 풍기는 이미지가 스무 살은 되어 보였고, 덩치도 컸고 기도 셌으며 소년원 경험이 많았다. 무엇보다 선생들이 그를 잘 챙겨주었다.

방장 형은 아주 특이하게 등에 소나무 문신이 있었다. 아름드리 소나무였다. 소나무에도 붉은 꽃이 핀다는 길 그 형의 문신을 보고 처음 알았다. 문신이란 게 보통 용이나 호랑이 혹은 잉어나 도깨비처럼 대개는 동물 계통이었는데, 그 형은 식물이었다. 등에 소나무를 새긴 사람은 자기도 자기밖에 못 봤다고 형은 말했다. 굉장한 자부심이 있었는데, 내가 봐도 멋있긴 멋있었다.

소나무 방장을 선생들이 각별하게 여겼던 이유는 그가 우리 방뿐 아니라 소년원 전체의 규율을 어느 정도 잡아주는 역할을 했기 때문이다. 선생들의 입장에선 그가 손 안 대고 코를 풀기에 최적화된 인물이었던 것이다. 많은 아이가 선생의 말보다 소나무 형의 말을 더 잘들었고, 그것은 나이와 전혀 상관없었다. 열일고여덟 먹은 형들조차소나무 형이 아래위로 눈을 한번 부라리기만 해도 씻는 속도가 두 배로 빨라졌고 밥 먹는 속도가 네 배로 빨라졌다.

정신이 나가서 발광하는 애들까지야 소나무 형도 어쩌지 못했지만, 우리는 대개 제정신이었고 제정신일 때 가장 가까운 곳에서 직접적으로 무서움을 느끼는 사람은 소나무 형이었다. 선생들은 그나마 경고라도 한번 쳤지만, 소나무 형은 그 자리에서 바로 죽빵이었다. 그런데 그게 한번 맞으면 순간이나마 정신이 아득해졌기 때문에 은근히 무서웠다. 소년원 생활이 삼 개월 조금 넘었을 무렵, 취침 점호가 끝나고 등이 일부 소등되자 소나무 형이 내게 말했다.

"장태주, 너 잘하면 다음달에 나갈 수 있을지도 모르겠다. 지금처럼만 하면."

나는 무슨 뜻인지 퍼뜩 이해되지 않아 고개를 돌려 멀뚱멀뚱 그를 쳐다보기만 했다. 그가 말했다.

"상점이 높아. 사고도 한 번 안 치고. 그럼 굳이 육 개월 다 안 채워도 나갈 수 있어."

과연 그의 말처럼 나는 소년원에 들어온 이래 단 한 번도 사고를 친 적이 없었다. 오히려 불평불만 한 번 없이 시키는 대로 조용히 잘하는 아이로 정평 나 있었다. 심지어 신입 초기에 손목을 갈라 피를 뽑는다며 애들이 나를 괴롭혔을 때조차 나는 그들이 하는 대로 가만히 있었다.

결박되어 눈이 감긴 상태에서, 날카로운 빨대로 손목을 긋고 그 위에 빨대에 머금어두었던 물을 조금씩 흘려 고이게 하면, 정말로 피가 흥건해지는 착각이 들었다. 그러면 열에 아홉은 공포에 질려 지랄발광을 했는데 나는 달랐다. 나는 정말 쥐죽은듯이 가만히 있었다. 그때 내가 왜 그랬는지 이유는 전혀 기억나지 않았지만 그 사건 이후로 고참들이 더는 나를 괴롭히지 않았던 것만큼은 분명하다. 훗날 그중 한 명과 가까워진 뒤 말을 들어보니 그땐 자기들이 더 무서웠다고 했다. 너무 고요하게 앉아 있어서 이 새끼는 도대체 뭔가 싶었다고. 그래서 괜히 건드렸다가 자해라도 하면 골치 아프니까 그냥 내버려두자고 자기들끼리 무언의 합의 같은 걸 했다는 얘기였다.

게다가 누가 뭘 시켜도 군소리 하나 없이 다 해내던 나였으므로, 사실 나는 나 자신의 시간만 잘 견디면 문제가 없는 상황이었다. 그러니 충분히 일찍 나갈 수 있는 조건이었다. 어쩌면 소나무 형이 어떤 언질을 듣고 내게 그렇게 말한 것인지도 몰랐다. 나는 갑자기 심장박동이 거세지는 것을 느꼈다.

이곳에서의 시간이란 저절로 흘러가는 게 아니라 무던히 견뎌야 하는 개념이었으므로, 평소에 그 무게를 의식해서는 도저히 버틸 수가 없었다. 그래서 감각의 어느 한 부분을 마비시켜놓은 채 여느 때와 다름없는 일상처럼 지내야 하는 것인데, 이곳에서 해방될 수 있다는 생각이 마비된 세포의 극히 일부만 흔들어 깨워도, 그 순간 심장은 폭발할 것처럼 반응할 수밖에 없었다. 나는 이내 혈관 속을 흐르는 혈류의 양이 느껴질 정도로 온몸의 감각이 예민해졌다. 소나무 형이 말했다.

"사실 너는 시작부터 좀 이상했어. 긴급조치 사안도 아닌데 고지도 없이 체포된 과정도 수상하고 제대로 된 조사도 없고 국선 보조 통지도 없고 재판 과정도 희한하고 하여간 네 얘기만 들어보면 죄 이상하더구만. 네가 모지리라 이만큼이나 산 거지, 딴 새끼들 같았으면 사선 변호 붙여서 애초에 들어오지도 않았어. 내가 봐도 이상한 걸 알겠는데, 변호사라면 양치질하면서 변호를 해도 너 같은 처분은 안 나오겠다. 유전무죄 무전유죄지, 씨발. 불멸의 진리라니까."

"유전무죄요?"

딱히 그 말뜻이 궁금했다기보다 뭐라도 대꾸해야 무슨 얘기라도 더 들을 수 있을 것 같아 그냥 튀어나온, 말하자면 무의식적인 반문이었는데 소나무 형이 몸을 반쯤 일으키고는 나를 내려다보았다. 순간 뻗통에 전기가 들어오는 느낌이 들었는데, 울리지는 않았다. 그가 말했다.

"너 말수 적은 이유가, 말하면 멍청한 게 다 티 나니까 그래서 그런 거냐?"

몇몇 아이가 이불 속에서 낄낄거리고 웃었다. 나는 과연 멍청한 기분으로 자리에 누워 소나무 형을 바라보았다.

"너 인마, 있는 집 새끼가 여기 들어오는 거 봤어?"

생각해보지 않았지만 못 본 것 같았다. 왠지 나와 다들 비슷한 처지라 오히려 위안받는다는 느낌까지 들었던 걸 기억해보면, 과연 이곳에 집안 환경이 좋은 아이는 들어오지 않았다. 차라리 부모가 없는 게 고맙다고 느껴질 정도로 개 같은 부모 밑에서 고생만 하다가 들어온 아이가 태반이었다. 세상엔 미친 어른과 책임감 없는 부모가 차고 넘쳤다. 나는 못 봤다고 대답했다.

"여기 들어와 있는 건 다 거지 같은 새끼들이잖아. 오히려 여기서 나가면 뭘 하고 살아야 할지 그게 더 걱정인 새끼들이 훨씬 많다고. 안 그래? 그러면 있는 집 새끼들은 하나같이 다들 착해서 아무도 죄를 안 지으니까 여길 안 들어오는 거겠냐?"

생각해본 적은 없었지만 생각해보니 그럴 리는 없었다. 소나무 형이 또 말했다.

"그럴 리가 없겠지? 우리랑 똑같은 짓거리를 하고 다녀도 그 새끼들은 안 들어와. 그게 왜 그런지 알아?"

나는 깊이 생각해보지 않고 그냥 습관적으로 모른다고 대답했다. 소나무 형이 한심하다는 듯 한숨을 내쉬고는 물었다.

"야, 니들도 몰라?"

그러자 몇몇은 말 떨어지기가 무섭게 나처럼 습관적으로 모른다고 대답했고 몇몇은 유전무죄라고 자신 있게 대답했다.

"하여간 이 새끼들, 대가리가 무슨 껍도 아니고 그냥 모가지에 아무 생각 없이 붙이고만 다니는 거야?"

몇몇 아이가 다시 낄낄거렸다. 형이 말했다.

"니들 재판받기 전에 니들 나와바리에 분류심사관이나 보호관찰관이 나가요. 판사가 무슨 신도 아니고 검찰 기소 내용이나 니들이 법정에서 떠드는 소리만 듣곤 다 알 수가 없잖아. 그래서 조사관이 나가서 사전조사를 한다고. 그러면 걔들이 나가서 뭘 조사할 거 같으냐. 아무

집이나 들어가서 얘가 어떤 애였냐고 묻고 다니겠냐? 그냥 뻔한 조사하는 거야. 집구석이 얼마나 사는지, 부모는 뭘 하는지, 교우관계가 어떤지.

그런데 놀랍게도 부모가 있어. 그 와중에 부모가 개 같은 인간들도 아니야. 그러면 자기 자식 감방 간다는데 아 그러세요, 그러고 말 부모가 어디 있겠냐. 뭐라도 하나 어떻게든 더 처먹이려고 기를 쓰겠지. 거기다가 집도 존나게 부자야. 그러면 결국 보고서 내용이 달라지는 거야. 거기에 변호사 붙고 검찰에 줄 좀 대고 그러면 무슨 짓을 저질러도 끽해야 일호 이호인 거고. 여기 들어올 일이 아예 없는 거야. 처분받고 다시 집에 가서 그냥 자빠져 자면 되는 거예요."

소나무 형이 말하는 과정을 상상이라도 하는 듯 아이들은 조용했다. 형이 다시 말했다.

"조사관 보고서에 부모 재산이나 직업 같은 게 상세하게 기록되는데 아니, 씨발 무슨 국회의원 출마하는 것도 아니고 애새끼가 죄를 저질렀는데 그게 부모 재산이랑 뭔 상관이냐고. 안 그래?"

자기가 말하다가 스스로 흥분했는지 목소리가 다소 격앙되었고 그렇다는 걸 귀신같이 눈치챈 아이들이 조용히 합창하듯 다 함께 대답했다.

"그래요."

그러자 소나무 형은 뭐가 마음에 안 들었는지 자리에 털썩 눕고는, "에에이, 껌 같은 새끼들. 모가지에 대가리들이나 잘 붙이고 자라" 하고 말했다.

그러나 나는 무슨 말이든 더 듣고 싶었다. 한 달 후면 나갈 수 있을

지도 모른다는데 잠이 제대로 올 리 없었다. 나는 말했다.

"형 얘기 듣고 보니 판사가 어떻게 그렇게 제 초등학교 때 일들을 마치 본 것처럼 구구절절 늘어놓았는지 이제야 이해가 가네요."

소나무 형은 아무 대꾸도 하지 않았다. 나는 혼자 중얼거렸다.

"전부 엉터리였는데 그것도 왜 그랬는지 이제 이해가 가네."

그러자 소나무 형이 시끄럽다는 듯이 등을 돌리면서 조용한 목소리로 말했다.

"판사는 인마, 진실을 밝히는 사람이 아니야. 조서에 올라온 내용으로 잘잘못만 따지는 사람이지."

소나무 형의 그 말은 지하 골방에서 공명하는 것처럼 내 머릿속을 울렸다. 그럼 진실은 누가 밝히는가. 아무도 밝히는 사람이 없다면 진실은 왜 필요한가. 나 혼자만 아는 것이 진실이라면 진실을 지켜야 할 이유란 또 뭐란 말인가. 사람들이 말하는 진실이란 무엇인가. 사실과 다르지만 내가 가진 것이 사람들이 말하는 그 진실과 같은 거라고 우겨댄다면, 그 말의 진실 여부는 또 누가 어떻게 판단할 것인가.

부모님의 직업과 재산. 나는 문득 잡것들은 잡것들끼리 모여 살게 하는 게 맞는 거라던 누군가의 말이 떠올랐다. 이곳이 다름아니라 그곳이었다. 그 말을 한 게 누구였는지 줄곧 생각하다가 나는 끝내—그때는—기억해내지 못하고 잠이 들었다. 그로부터 삼 주 후, 나는 가퇴원 심사를 받았다.

매달 자신의 교정 성적이 얼마나 되는지 확인하는 아이도 있었지만 나는 그렇지 않은 쪽에 속했다. 담임이 불러줘도 귀담아듣지 않았다.

나는 구호였으므로 상점을 삼백오십만 채우면 가퇴원 신청이 가능했으나 기대는 현재를 더욱 힘들게만 할 뿐이었다. 게다가 나는 이미 정상적인 절차를 거쳐 이곳에 들어온 게 아니라는 사실을 충분히 인지하고 있었으므로, 정상적인 절차는 내게 적용되지 않을 거라 생각했다. 그러나 소나무 형이 내게 언질을 주었을 시점에 담임은 이미 나의 가퇴원 신청을 마쳤다고 말했다. 처음엔 믿기지 않았지만 곰곰이 생각해보니 그 정도는 충분히 가능한 일이었다. 가퇴원을 신청한다고 해서 모두 가퇴원할 수 있는 건 아니었으니까.

사실 나는 실현 가능성이 희박한 가퇴원보다 담임이 나를 인정해주었다는 사실이 더 좋았다. 왜냐하면 나는 담임을 신뢰했기 때문이다. 어쩌면 그때까지 내가 살아온 인생에서 가장 신뢰하는 어른이 담임이었을지도 몰랐다. 그럴 만한 일이 입원 초기에 있었다.

내가 본방에 배속되고서 얼마 후 목욕탕에서 난투극이 벌어졌다. 내가 직접 개입된 사건은 아니었으나 처음부터 그 사건을 목격했으므로 전모를 나는 알았다. 그 사건에는 분명 억울하게 휘말린 사람이 있었다. 그러나 소년원에서의 통상적인 사건 처리 방식은 몹시 단순했으므로 개인의 사정 따윈 아무 의미 없었다. 잘잘못의 구분 없이 모조리 싸잡아 처벌하면 그만이었다. 그런 세계라는 것을 내가 이미 충분히 이해하고 있던 시점에 벌어진 그 사건을 그런데 담임은 전혀 다르게 처리해서 놀랐던 기억이 내겐 있었다. 담임은 겉으로 보이는 결과만으로 모든 걸 판단하지 않았다. 그날 그 자리에 있었던 아이들 하나하나를 다 면담하여 징계 수위를 다르게 결정했는데 나로서는 그런 처리 방식이 무척이나 생경했다. 그런 어른을 처음 보았을 뿐만 아니라 내가 책에서 읽었거나 상상으로만 그려오던 어떤 풍경이 내 눈앞에 직접 그려진 것 자체가 처음 있는 일이었다.

공정성을 기준으로 무엇인가가 분별된다는 점도 새로웠지만 직접 목격해 전모를 아는 내가 봐도 오차 없는 담임의 판단이 나는 더 경이로웠다. 나는 마치 전설로만 존재한다는 동물을 현실에서 보기라도 한 것 같은 기분을 그때 느꼈었는데, 그런 사람에게 실망을 안겨주고 싶지 않아 노력하게 되는 마음은 어쩌면 지극히 당연한 것인지도 몰랐다. 그리고 그건 과연 나만의 자세는 아니라서 우리 방 자체가 다른 방과 견주어 봤을 때 비교적 공정했다. 공정한 사람이 관리하는 조직이 공정해지는 건 그러니까 맑은 공기의 순환과도 비슷한 것이었다. 그러니 담임 같은 존재에게 인정을 받았다는 사실만으로도 나는 기실 충분한 보상을 받은 느낌이었다.

그러나 그렇다고 해서 굳이 가퇴원 면접을 받지 않을 이유는 없었으므로 나는 면접장으로 향했고 덤덤한 기분으로 잘 치렀다. 법정에서와는 다르게, 면접관들이 잘 물어주었고 대답도 내가 하고 싶은 만큼 자유롭게 하게 해주었다. 그래서 나는 순간이나마 어쩌면 이 일이 실제로 가능할지도 모른다는 생각이 들기도 했다. 하지만 나는 기대하지 말아야 한다고 끊임없이 나 자신을 다스렸다.

심사 기간은 대체로 이 주에서 조금 길거나 약긴 짧을 수도 있다고 면접관은 말했다. 그러니 기록으로 보아서는 지금도 충분히 잘하고 있지만, 앞으로 좀더 각별하게 조심해야 한다고 당부했다. 나는 진심을 담아 그러겠다고 대답했다. 그리고 그 대답을 한 지 딱 하루 만에 일이 터졌다.

점심 인원 파악을 마치고 오후 수업에 들어가 얼마 지나지 않은 시점이었다. 통상 그 시간대면, 나름대로 열심히 수업을 듣는 아이도 있었지만 대개는 감독 선생의 눈을 피해 졸거나 아니면 저마다의 공상에 빠져 있었다. 하지만 그날은 달랐다. 교실 뒤편에서 느닷없이 비명이 울렸던 것이다.

아이들은 일제히 고개를 돌려 뒤를 보았다. 감독 선생이 어깨를 움켜쥐고 웅크리고 있었다. 그리고 그 옆에는 평소에 있는지조차 알 수 없을 만큼 존재감이 희미했던 아이가, 뭔가를 손에 들고 선생에게 알아들을 수 없는 고함을 질러대고 있었다. 사이렌처럼 교실 스피커가 울렸고 교실 앞에 서 있던 여선생이 겁에 질려 두 손으로 입을 가렸다. 바로 그때 아이가 다시 팔을 올려 선생의 웅크린 등을 한번 더 내리찍었다. 선생은 다시 한번 절규하며 공중에 손을 내저었다. 비명이 허공을 긋고 천장과 벽과 바닥에 부딪히며 사정없이 튀어올랐다. 그가 느끼는 고통이 우리의 살갗으로까지 파고드는 기분이었다. 선생의 등에서 뭔가를 뽑아올린 아이의 손이 피로 흥건히 물들어 있었다. 아이는 이미 제정신이 아니었다.

수업중에 발광하는 아이가 처음은 아니었지만 그것은 대체로 아이들 간의 다툼중에 일어나는 일이었다. 선생에게 직접 가해하는 경우도 없다고 할 순 없었지만 그래봐야 위협적으로 대드는 게 고작이었다. 지나치다고 해봐야 주먹을 휘두르다가 도리어 얻어맞는 경우가 대부분이었다. 지금처럼 알 수 없는 흉기로 선생을 가격하는 예는 흔치 않았다.

복도에서 급박한 발소리들이 울렸고 가장 먼저 달려온 선생이 교실 문을 열었을 때는 이미 아이의 손이 다시 한번 허공으로 올라가 있었다. 나는 그 지점에서 대략 세 걸음 정도 떨어진 자리에 앉아 있었다. 아이가 들어올린 손 안에서 반짝이는 날카로운 물체가 쇳조각이라는 것을 나는 알아보았다. 다른 사람은 몰라도 나는 알 수 있었다. 다시 움직이게 될 쇳조각의 궤적이 내 눈에는 보였다. 이번에 저 아이가 팔을 내리찍는다면 호를 그리며 꽂힐 부분은 다름 아닌 선생의 목이었다. 문을 연 선생도 놀라움에 눌려 당장 무슨 결정을 내리지 못했고, 그대로라면 정체불명의 쇳조각은 결국 감독 선생의 목에 꽂히고 말 찰나였다.

하나, 둘, 나는 정확히 두 걸음을 내딛고 세번째 발을 옮기는 것과 동시에 주먹을 내뻗었다. 내 주먹의 속도와 아이가 팔을 내리꽂는 속도가 엇비슷했으나 다행히 내가 조금 더 빨랐다. 내 주먹은 녀석의 턱에 정확하게 가서 꽂혔다. 뻐걱, 하는 소리와 함께 아이의 몸이 휘청거렸는데 놀라운 것은 녀석의 맷집이었다. 턱에 꽂히는 순간 제대로 맞았다는 것을 나는 알 수 있었고 앞선 두 걸음이 도움닫기나 다름없었으므로, 주먹의 세기는 여느 때와 달리 강했을 것임에도 녀석은 쓰러지지 않았다. 한 방이면 끝날 줄 알았던 녀석이 휘청거리기만 하고 넘어가지 않아서 당황한 것은 오히려 나였다. 녀석이 눈을 동그랗게 뜨고 나를 노려보았다. 녀석의 눈동자는 한없이 팽창되어 있었는데 초점이 명확하지 않아 도리어 속이 비어 보였다.

나는 무언가에 영혼을 빼앗긴 인간의 동공을 그때 처음으로 보았다. 이후로도 종종 녀석의 눈동자가 떠오를 때가 있었는데, 그 눈빛이 내게 전달해주는 느낌은 항상 두려움이 아니라 애처로움이었다. 초점 없는 그의 눈빛 속에서 무언가 이것이 마지막이라는, 어떤 자포자기와 같은 심정을 읽을 수 있었기 때문이다.

이윽고 녀석이 내게로 팔을 휘둘렀다. 그러나 목표하는 지점이 없었다. 나는 비스듬히 몸을 숙이며 오른쪽 무릎을 살짝 굽혔다. 녀석의 팔이 타점을 지나 흘러갔고 녀석은 곧 중심을 잃었다. 나는 왼발을 재게 놀려 몸의 중심을 바꾼 뒤, 곧바로 두번째 주먹을 날렸다. 그 또한 녀석의 옆구리에 제대로 날아가 꽂혔다. 녀석이 다시 휘청거렸다. 그러나 이번에도 쓰러지지는 않았다. 나는 놀랐지만 틈을 주지 않고 다시 펀치를 날려 녀석의 턱을 가격했다. 그제야 쇳조각이 녀석의 손에서 풀려나 허공으로 날았고 녀석도 뒤로 넘어갔다. 나는 극한의 흥분에 휩싸여 쓰러지는 녀석에게서 끝까지 눈을 떼지 않았다.

놀라운 것은 쓰러졌던 녀석이 곧바로 벌떡 일어났다는 사실이었다. 마치 스프링에 부딪쳐 튕겨오른 괴물 같았다. 나는 완전히 당황했다. 몸통을 맞고 쓰러졌다가 잠시 시간을 두고 다시 일어나는 예는 있었어도 턱을 맞고 다시 일어난 경우는 없었다. 물론 같은 사람의 턱을 두 번이나 가격한 적도 없었다. 그럴 기회가 없었으니까. 그런 경험이 전혀 없었던 나로서는 갑자기 머릿속이 텅 비어버린 느낌이 들었다. 다시 어디를 쳐야 할지 순간 계산이 서지 않았다. 그러는 사이 녀석이 다시 내게로 덤벼들었고 나 역시 살짝 피하면서 재차 주먹을 휘둘렀는데, 또 한번 놀란 것은 내가 거리를 놓쳤다는 사실이었다. 나는 녀석을 치지 못하고 지나쳐 몸의 균형을 잃었고, 앞쪽 책상으로 우당탕 넘어졌다. 그사이 선생들이 달려와 전기 충격기로 녀석을 실신시

켰다.

나는 넘어져서도 내가 넘어져 있다는 사실을 믿을 수가 없었다. 그동안 하도 쓰지 않아서 능력이 퇴화해버렸다는 불안감이 확 밀려들었다. 곧이어 선생들이 모두 밖으로 나가라고 소릴 지르는 게 들렸고 휘슬 소리가 울렸고 우당탕 통탕 종류를 알 수 없는 소리가 뒤를 이었지만, 나는 오로지 내게 일어난 변화에 관해서만 생각했다. 나는 어리둥절한 기분으로 바닥에 넘어져 있었고 넘어진 내 발끝으로 누구 것인지 알 수 없는 피가 마치 붉은 뱀처럼, 느릿하게 기어오고 있었다. 누군가가 내 어깨를 툭 치며 "괜찮냐?" 하고 물었다. 고개를 들어보니 거기 담임이 서 있었다.

쇳조각은 가위의 일부였다. 헤어 반에서 쓰는 얇고 가는 가위였는데, 한쪽이 떨어져나가고 남은 한쪽만 녹이 슬어 버려진 것이었다. 녀석이 그 가위를 어디서 주웠는지는 알 수 없었다. 당연히 녀석이 왜 그런 짓을 벌였는지에 대해서도 알지 못했다. 아무도 말해주지 않았다. 아마도 아무도 모를 거라고 다들 입을 모았다. 녀석은 어딘가로 이송되었다. 나처럼 구호 처분을 받은 아이였는데 사안이 사안인지라 다시 재판을 받고 소년원이 아니라 소년교도소로 가게 될 확률이 높다고 아이들은 추측했다. 소년원은 전과가 남지 않지만 소년교도소는 달랐다. 그곳은 말 그대로 교도소였다. 아이들은 평소 녀석의 행실에 관해 되짚어보려고 했으나, 딱히 나눌 만한 이야기가 없다는 사실을 어렵지 않게 알았다. 그만큼 눈에 띄지 않는 아이였으므로 그런 일을 벌일 거라고 예상할 수 있었던 사람도 당연히 없었다.

하지만 늘 그래왔듯 촉매만 작용한다면 우리 중 누구라도 녀석이 될 수 있었다는 사실은 굳이 말하지 않아도 다 알았다.

그리하여 아이들은 그 모든 게 가위의 잘못이라고 결론 내렸다. 녀석이 도대체 어디서 가위를 주웠는지는 몰라도 가위만 없었다면 그런 일은 벌어지지 않았을 거라는 의견이 열에 스물이었다. 혹여 녀석이 같은 자리에서 같은 시각에 발작을 일으켰다고 해도 맨손으로 할 수 있는 일은 아무것도 없었을 터였다. 다른 아이처럼 대드는 게 고작이었을 테고 그 결과 그 자리에서 몇 대 쥐어터지고, 끌려가서 다시 삼단 쇠봉으로 몇 대 더 터지고, 징벌방을 돌아 제자리로 오면 그걸로 그냥 마무리될 일정이었다. 누구라도 그래왔듯이. 그러고는 말했겠지.

나도 몰라 씨발, 그때 내가 왜 그랬는지.

무엇보다 분명한 건, 가위가 없었다면 감독 선생이 상해를 입을 일도 없었고, 하여 녀석이 소년교도소로 갈 일도 벌어지지 않았을 거라는 점이었다. 그러니 만약 가위는 무생물이라 잘못을 저지를 수 없다고 한다면, 그 가위를 관리하는 소년원이 책임을 지는 게 옳았다.

그러나 소년원측의 생각은 달랐다. 녀석이 가위를 어디서 구했는지는 중요하지 않았다. 어떤 식으로든 가위를 가졌다고 해서 모두가 다 선생을 찌르지는 않는다고 생각했다. 무엇보다 중요하게 여긴 건, 녀석이 가위로 감독 선생을 찔렀다는 사실이 어느 곳으로도 더는 새어나가지 않게 하는 일이었다. 그런 의도가 곳곳에서 엿보였다. 그래서 사건 이후로 그 일에 관한 함구령이 내려왔다. 누구라도 그 일에 관해 얘기하다 걸리면 곧바로 징벌방이라고 으름장이 떨어졌다. 당연히 가위의 존재에 대해서 입에 올릴 수도 없었고 해당 사건을 일기장에 쓰는 것도 금지되었다. 감독 선생의 안부를 묻는 것 또한 당연히 허락되지 않았다.

그러다보니 황당한 일은 내게도 벌어졌다. 그 일로 내 가퇴원 심사가 철회되었다. 보호관찰 심사위원회에 이 일에 관한 보고가 올라갔고 내용은 단순히 두 원생의 다툼으로 각색되었다. 그랬다고 훗날 담임이 내게 말해주었다. 초등학교 때 내가 새와 토끼를 길렀기 때문에 불미스러운 일이 벌어졌다는 판결을 들은 이래, 가장 어처구니없는 행정처분이었다. 아이들은 모두 내가 상점을 받을 줄 알았다. 감독 선생을 위기에서 구한 건 사실이었으므로, 나 또한 상점까지는 아니더라도 고맙다거나 잘했다는 칭찬 정도는 들을 줄 알았다. 그러나 결과는 오히려 징벌방이었다.

징벌방에 들어가기 전에 담당 선생과 잠시 면담을 했는데, 나는 딱 한마디만 하고 입을 다물었다. 내가 거기서 나서지 않았다면 그 가위가 감독 선생의 목에 박혔을 거라고 내가 말하자, 담당 선생이 내게 과대망상으로 자신의 행동을 영웅시하려 들지 말라고 말했기 때문이다. 그런 건 기회주의자들이나 하는 짓이라고. 자기들도 감시 카메라를 보지 않은 게 아니라고 그는 말했다. 나는 더 말하지 않았다. 그리고 바로 징벌방으로 처박혔다. 감시 카메라를 판독한 결과 나의 행동이 일차적으로 선생의 추기 싱해를 믹은 것은 인정되시만, 이후 공격 능력을 상실한 녀석을 내가 계속해서 두들겨 팬 것은 명백한 폭력이라는 결론이었다. 웃기지도 않았지만 본래 웃기지도 않은 게 이 세계가 돌아가는 원리였다.

오히려 더한 벌점에 무기한 징벌방이 마땅한 상황이지만, 그나마

감독 선생을 도운 공로는 인정해서 징벌방 하루와 가퇴원 심사 철회로 갈음한다는 게 소년원의 입장이었다. 그조차도 내가 그 일에 관해 더는 누구에게도 언급하지 않는다는 조건으로 결정된 사항이었다. 이미 그 교실에서 무슨 일이 일어났었는지 모든 원생, 심지어 쥐새끼들까지도 다 아는 마당에 소년원은 중등 교실에서 일어난 일련의 사건은 모두 원생들 간의 다툼으로 인한 사고였다고 공표했다. 그러니 그 문제에 관해서도 더는 아무도 입에 올리지 말라고 엄포를 놓았다.

나는 아무 불만도 표출하지 않았다. 그냥 묵묵히 그들이 하라는 대로 했다. 하지 않으려고 해도 결국에는 해야 했을 터였다. 나도 이제 그 정도는 알았다. 세계가 그렇게 돌아가겠다는데, 내가 혼자 할 수 있는 일은 아무것도 없었다. 시키는 대로 가만히 따라가거나, 아니면 가위를 들고 발광을 하는 수밖에는.

게다가 나의 억울함을 포기하는 것도 사실 그리 어려운 일은 아니었다. 어차피 나는 우주에서 가장 불길한 기운을 타고난 천하의 쌍놈이었기 때문이다. 잘못이 있다면 그 사실을 잠시나마 잊고 살았을 따름이었다. 나는 징벌방에 가만히 앉아 이곳에 처박히기 전에 도리어 두들겨 패지나 않아줘서 존나게 감사하다고 최소한 만 번 정도는 되뇌었다. 그랬더니 또 하루가 지나갔다.

세상은 아무 일도 없었다는 듯 일상으로 돌아갔다. 다만 평소와는 완연히 다른 헤어 반 아이들의 기색을 우리가 함께 느꼈을 따름이다. 하지만 구체적으로 어떤 일들이 벌어져서 그런 분위기가 연출되었는지는 알 수 없었다. 훗날 같은 사고가 벌어지지 않으려면 무슨 조처라도 해야 했겠지. 계속해서 같은 방식으로 모두의 입과 귀를 막을 수는 없을 테니까. 어쨌거나 그들은 늘 우리가 알아도 모르는 방식으로 일을 처리할 것이었다.

시간이 흘러갔다. 기상 방송이 울리고, 점호를 마치고, 씻고, 밥을 처먹고, 잠시 멍때리다가 일기장 검사를 받고, 오전 수업을 받고, 또 밥을 처먹고, 오후 수업을 받고, 잠시 운동장에 나가 병신같이 빙빙 돌다가 다시 들어와 또 밥을 처먹고, 씻고, 빨래하고, 옥상에 가 처널고, 쉬는 것도 아닌 것처럼 쉬다가 일기 쓰고, 취침 점호 받고, 다시 이불 속으로 기어들어가는 날들이 기계처럼 이어지던 어느 날 오후, 담임이 나를 불러 상담실로 데려갔다.

담임은 기다란 탁자 끝에 앉아 내게 앉으라고 말했다. 나는 맞은편 의자에 앉았으나 담임이 곧 옆에 와서 앉으라고 말했다. 나는 주춤거리며 그의 옆으로 가서 앉았다. 담임이 말했다.

"억울하냐?"

나는 밑도 끝도 없는 그의 질문에 멀뚱멀뚱 눈만 끔벅거렸다.

"가위 때문에 가퇴원 심사 철회된 거 말이야."

벌써 한 달 가까이 지난 일이었음에도 가위라는 말에 나는 고개를 들어 감시 카메라를 힐긋 쳐다보았다. 말이 들릴 일은 없었음에도 나는 잠시나마 심장박동이 빨라지는 것을 느꼈다. 담임이 말했다.

"괜찮아, 편하게 말해도 돼."

나는 대답했다.

"아니요."

"왜 아닌데."

"네?"

"왜 안 억울하냐고."

"그건……"

나는 무슨 말을 해야 할지 몰라 탁자 밑에서 손만 만지작거렸다. 나는 초조했다. 갑자기 나한테 왜 이러는지 궁금했다. 그럴 수 있을 만한 여러 가지 상황들을 황급히 떠올려보았지만 아무것도 기억나는 게 없었다. 잠결에라도 내가 누군가에게 억울하다고 말했던 적이 있는지 생각해봤지만 그조차도 없었다. 담임이 말했다.

"일과 중에 내가 가장 즐거운 시간이 언제인 줄 알아?"

내가 알 리 없었다. 담임이 말했다.

"바로 네 일기를 읽는 시간이야."

순간 등골에 소름이 돋았고 최근 내가 쓴 일기의 내용이 뭐였는지 미친듯이 곱씹어보았다. 솔직한 속마음을 많이 적긴 했어도 그걸로 징계를 받을 만한 내용은 없었다. 특히 소년원에 대한 불만은 거의 적지 않았다. 담임이 물었다.

"글쓰는 걸 배운 적이 있니?"

"네?"

"네 글은 남들과 좀 달라. 글쓰는 법을 배운 적 있어?"

"아니요."

담임이 고개를 끄덕거렸다. 그러고는 다시 물었다.

"권투는 배운 적 있어?"

권투? 나는 아니라고 대답했다. 담임이 다시 고개를 주억거렸다.

"다른 아이들 일기장에는 종종 답을 달아주었는데 너한테는 일부러 그러지 않았다. 왜 그런 줄 아니?"

나는 몰랐다. 정확하게 말하자면 신경쓰지 않았다. 담임이 내 일기를 꼬박꼬박 읽을 거라고는 짐작조차 못했다. 아이들은 말만 검사지 우리가 쓴 일기 따위 아무도 안 읽는다고 말했다. "너 같으면 읽겠냐?" 하고 그들은 반문했다. 나는 그 말이 옳다고 생각했다. 나 같아도 괴발개발 맞춤법조차 맞지 않는 그따위 글들을 일일이 읽고 앉았을 것 같지는 않았다.

"가끔 답이 달리는 건 그런 거라도 안 끼적거려놓으면 우리가 존나 날림으로 쓸까봐 대충 한 번씩 달아놓는 거야."

선생들이 일기장에 제대로 된 답을 달아주는 건 신입반에 있을 때나 그렇다는 말이었다. 이 새끼가 도대체 어떤 새끼인지 잘 모르니까 그게 확인될 때까지만 관심을 둔다는 얘기였다. 담임이 말했다.

"내가 너한테 답을 달지 않았던 이유는, 그래야 네가 너의 생각을 더 자유롭게 쓸 수 있을 거라고 생각했기 때문이야."

그럴듯하면서도 뭔가 이상한 말이었지만 그 말이 옳기는 했다. 그간 내가 쓴 일기 따위 아무도 읽지 않는다고 생각했으므로 내 멋대로 나의 생각을 휘갈겨 쓴 점도 없지 않았기 때문이다.

"아라가 네가 좋아하는 여자아이니?"

나는 다른 의미에서 등골이 더워지는 것을 느꼈다. 그것으로 담임이 정말 내 일기를 다 읽는다는 사실이 확인되었다. 나는 가만히 고개를 끄덕였다.

"그런데 왜 그 아이한테서 한 번도 편지가 오지 않았지? 네가 여기 온 걸 되게 실망스러워해?"

"아니요. 걔는 제가 자길 좋아하는지도 몰라요."

담임이 순간 눈을 한번 끔벅하더니 이내 껄껄거리고 웃었다. 그러고는 자기도 잘 안다는 듯 "그래, 그런 경우가 있지" 하고 중얼거리고는 다시 껄껄껄 웃었다. 나는 얼굴까지 화끈 달아오르는 게 느껴졌다. 담임이 다시 말했다.

"그런 게 참, 생각보다 말하기 어려울 때가 있지."

담임의 웃음과 아라 얘기에 나는 다소 긴장이 풀어졌다. 폭탄을 떨어뜨리기 전에 하는 얘기치곤 너무 사적이고 친절했으며, 생각해보면 사실 담임이 느닷없이 폭탄을 떨어뜨리는 스타일은 아니었다. 담임이 말했다.

"네 일기를 읽다가 궁금한 점이 있어서 그러는데 물어봐도 괜찮겠지?"

당연했다. 물어봐도 괜찮으냐고 물어봐준 것만으로도 간과 쓸개를 꺼내어 보여줄 수 있었다. 나는 고개를 끄덕였다.

"네가 여기 오기 전에 부딪쳤다던 그 선도연합회 말이야. 너는 그들이 걷는 천원 따위 사실 내는 사람도 부담 없는 금액이고 내면 다 편한데 굳이 그걸 따지는 게 네 선배라는 아이의 말처럼 오히려 치사한 게 아닌가, 하는 생각이 들면서도 한편으론 그게 왜 자꾸 이상하게 느껴지는지 알 수 없다고 적었던데, 아직도 그러니?"

나는 담임의 말을 정리하느라 잠시 눈을 끔벅거렸다. 선도연합회 얘기를 일기에 쓴 적은 있었지만 그건 한 달도 더 된 일이었다. 나는 이윽고 담임이 묻는 질문의 요지를 파악하고 대답했다.

"네. 그냥 천원 정도야 큰돈도 아닌데 내고 말면 다 편해지니까, 그게 그 형 말대로 순리대로 사는 게 아닌가 하는 생각이 들어서요."

"그게 순리대로 사는 거다."

담임은 내 말을 한 번 반복하고 탁자 위에 손을 올리고는, 검지로 똑똑똑 탁자를 두드렸다. 그리고 이어 물었다.

"그런데 그게 이상하다고 느껴지는 이유는 뭔데?"

"그게…… 천원이 문제가 아니라 아무 이유도 없이 돈을 낸다는 게 좀 이상하다는 생각이 들어서요. 물론 걷는 사람들이야 그 돈으로 폭력을 근절하니 뭐니 그런 소릴 지껄…… 그런 소리를 하지만."

"그런데 너는 폭력이 근절되었다고 생각하지 않는구나?"

"자기들은 계속 애들을 때리고 셔틀도 시키고…… 듣기에도 예전 일진이랑 별반 다를 게 없다 그러고, 잘못하면 오히려 예전보다 더 조직적으로 보복한다고 그러는데…… 잘 모르겠습니다. 저도 제가 직접 당한 건 아니라서 잘 몰라요."

담임이 가만히 허공의 어느 한 지점을 응시했다. 그가 바라보는 허공을 나도 같이 힐끗 보았는데 그때 문득, 나는 직접 당한 적이 없다고 내가 말했다는 사실에 살짝 소름이 돋았다. 그렇다면 지금 이곳에 들어와 있는 나는 뭐란 말인가. 내가 그 누구보다 가장 지독한 보복을 당한 당사자였다. 그런 주제에 그렇다는 것조차 까먹은 내가 순간 이루 말할 수 없이 한심하게 느껴졌다. 나는 개만도 못한 자존심을 가진 남자였다. 잠시 후 담임이 말했다.

"이번에 나가면 다시 그 학교로 복학할 텐데, 그러면 그 형들 말대로 할 생각이야?"

"선도연합회에 가입하는 거요?"

"그래."

나는 나도 모르게 상체를 흔들며 생각에 잠겼다가 대답했다.

"잘 모르겠습니다."

"잘 모르겠다……"

"솔직히 가입해도 다른 애들을 안 괴롭히면 된다고 생각합니다."

담임이 나를 골똘하게 쳐다보았다. 나는 다시 심장이 두근거리기 시작했다. 결국 어떻게 해서든 가입하지 않는다고 대답했어야 했는지도 모른다는 후회가, 퍼뜩 들었다. 담임이 단호한 목소리로 말했다.

"아니, 가입하면 안 괴롭힐 수 없을 거야. 그런 곳은 그렇게 할 수 없어. 그렇게 하도록 내버려두지 않을 테니까."

나는 황급히 담임의 말을 받았다.

"그러면 다시 탈퇴를……"

담임이 내 말을 끊고 자신의 말을 이었다.

"자, 잘 들어봐. 예를 드는 거야. 가령 누가 너한테 여자친구를 소개해준다고 해서 네가 소개팅을 나간 거야. 그런데 여자가 네가 좋아하는 타입이 아니었어. 아니, 오히려 싫어하는 타입이었지. 하지만 너는 면전에서 대놓고 싫은 티를 내는 것은 예의가 아니라고 느껴서 끝까지 친절하고 자상하게 대해줬어. 여기까지 이해가 됐지?"

나는 순간 어리둥절했다. 난데없는 얘기이긴 했어도, 그러나 말 자체가 이해할 수 없는 내용은 아니었으므로 나는 고개를 끄덕였다. 담임이 다시 말하기 시작했다.

"그런데 그 여자는 네가 마음에 든 거야. 여기서 문제가 뭐냐 하면, 그 여자가 처음부터 너를 마음에 들어한 게 아니고 네가 너무 친절하고 자상해서 자기를 좋아하는 줄 알고 너를 좋아하기 시작했다는 거지. 하지만 너는 네 타입이 아닌 여자를 굳이 다시 만날 이유가 없잖아? 그래서 주선자에게 너의 솔직한 마음을 말했어. 네 타입이 아니라고. 그 말이 전달되었고, 그랬더니 그 여자가 너한테 깊은 배신감을 느낀 거야. 그러고는 마음에 들지도 않는 자기한테 왜 그렇게 잘해준 거냐며 도리어 너를 이중인격자라고 비난해. 자, 그러면 너는 배려심이 깊은 남자일까, 아니면 그 여자의 말처럼 이중인격자일까?"

나는 습관적으로 잘 모르겠다는 말이 튀어나갈 뻔했지만 지금은 왠지 그럴 때가 아니라는 생각이 들어서, 다시 곰곰이 담임의 말을 곱씹어보았으나 이번에는 정말 알 수가 없었다. 그러나 모르겠다고 대답할 순 없어서 머뭇거리는 사이 담임이 대신 답을 해줬다.

"잘 모르겠지?"

"네."

"그게 왜 그런가 하면 보는 사람의 관점에 따라 답이 달라지기 때문이야. 세상엔 그렇게 똑같은 문제인데도 누가 어디서 어떻게 보느냐에 따라 답이 달라지는 경우가 차고 넘쳐. 누구는 네가 과도하게 친절한 게 문제였다고 할 거고, 누구는 그 여자가 혼자 착각한 게 문제였다고 할 거야. 그리고 또 너는 네가 딱 배려할 수 있는 만큼만 배려했는데, 그 여자가 오비해서 니의 배려가 이중인격으로 탈바꿈한 게 억울할 수도 있겠지. 자, 그렇다면 여기서의 문제가 뭘까?"

나는 탁자 밑에서 보이지 않게 다리를 떨었다. 어차피 답을 해줄 거면서 그전에 꼭 한 번씩 묻는 어른들을 대할 때마다 나도 모르게 나오는 버릇이었다. 담임이 말했다.

"네가 생각하지 않았다는 점이야. 너의 배려는 존중받아 마땅하지만 그 배려가 실은 너의 성격에 따른 행동의 결과이지, 네 생각의 결과는 아니라는 얘기야. 너의 배려가 상대에게 어떻게 다가갈지 조금 더 생각하고, 그 생각을 고려해서 행동했더라면 결과는 아마 달라졌을 거야. 그리고 그 결과가 바로 네가 생각해서 만든 질서의 일부가 되었겠지."

나는 내가 만든 질서라는 말에 반사적으로 익숙한 목소리를 들은 개처럼 귀가 쫑긋 섰다.

"때론 생각이라는 걸 안 하고 살면 그게 제일 편한 것 같지만, 또 막상 자기 생각이라는 걸 하지 않고 살면 명확히 제 세계를 구축하고 사는 사람들이 만들어놓은 질서에 휩쓸리게 돼. 문제는 그들이 세운 질서가 네가 원하는 질서와 다를 수도 있다는 거야. 너한테 무조건 불리하고, 너한테 무조건 억울한. 이해가 돼?"

나는 퍼뜩 이해가 되지는 않았지만 안 되는 것도 아니어서 딱 그 정도의 폭만큼만 고개를 끄덕였다.

"그걸 알고 뒤늦게 상황을 바꿔보려고 해도 그땐 쉽지 않아. 처음에 잘 생각해서 행동했을 때보다 적어도 만 배 이상은 힘이 들겠지."

담임은 과연 그럴 거라는 듯 혼자 고개를 몇 번 주억이고는 말을 이었다.

"내가 보는 선도연합회의 질서도 그래. 그건 그들이 세운 질서지 너희가 세운 질서가 아니야. 그렇지? 그런데 너희는 그것이 누구의 질서인지를 잘 구분하지 못하고 있는 것 같아. 너희가 내는 돈은 네 말마따나 적은 돈일 수 있어. 그러나 문제는 너희가 적은 돈을 낸다는 게 아니라, 그 돈을 강제로 내고 있다는 점이야. 이해가 되지?"

나는 이해가 되었다. 그게 바로 내가 이상하다고 생각했던 문제의 핵심이었기 때문이다.

"그런데 이 문제의 핵심은 강제로 낸다는 데 있는 게 아니야."

나는 담임 몰래 사물함에서 과자를 꺼내 먹다 들킨 것처럼 일순 몸이 굳었다.

"네?"

"강제라는 부분만 생각하면 그 문제의 답이 보는 사람의 관점에 따라 다 달라질 수 있어. 네 선배처럼 그건 강제가 아니라 자율이다, 라고 말하는 아이도 있을 거고, 또 누구는 강제이기는 하지만 금액이 적어 억울하다고 생각해본 적은 없었다고 말하기도 할 테며, 어떤 아이는 억울하지만 대신 폭력이 근절된다고 하니 가치가 있다고 얘기할 수도 있어. 그러면 결국 이 문제는 아까 너처럼 잘 모르겠는 문제가 되고 마는 거야. 저마다 각자의 의견이 있지 않겠습니까? 하고 누군가 말해버리면 그게 곧 정답이 되고 마는 상황이지. 자, 그러면 이런 상황에서도 계속 득을 보고 있는 사람은 누굴까?"

나는 골똘하게 담임을 쳐다보았다. 나는 무언가 블랙홀에 빨려들어가는 느낌 같은 걸 받았다.

"문제는 그대로 남아 있고, 결과도 하나 달라진 게 없는데, 저마다의 의견이 존재한다는 이상한 결론 하나로 결국 문제 자체가 사라져버리고 말았어. 마술처럼. 신기하지? 자, 그렇다면 이 문제의 문제는 뭘까?"

나는 담임의 눈치를 가만히 살피다가 대답했다.

"생각을…… 하지 않은 거요?"

"맞아. 이 또한 충분히 생각하지 않아서 벌어진 일이야. 그래서 문제의 핵심을 제대로 짚지 못한 거지. 이 문제에는 누가 어디서 어떻게 봐도 달라지지 않는 핵심이 하나 있거든. 그게 뭘 거 같아?"

나는 다시 다리를 떨었다. 담임이 나를 물끄러미 바라보다가 말했다.

"너희가 내는 돈이 모여 너희를 강제하는 집단이 유지된다는 거야. 그것은 누가 어느 각도에서 봐도 틀림없는 사실이지. 그 돈으로 선도연합회 회원들을 운용하고, 선생들에게 수당을 지급하고, 그 질서를 만든 사람들의 저금통에 돈을 채워주고 있잖아. 그렇지? 그러니까 그들의 질서를 유지하고 있는 건 그들이 아니라 너희들이라는 말이야. 이해할 수 있겠어?"

분명 어려운 말 같은데도 신기하게 나는 다 이해가 되었다. 나는 이해가 되었다고 그 어느 때보다 분명하게 대답했다. 담임이 기특하다는 듯 빙그레 웃고는 말을 이었다.

"너희가 계속 그 돈을 내는 한, 선도연합회가 없어지는 일도 없을 거야. 그렇지? 그러면 이제 여기서 진짜 문제가 모습을 드러내게 돼. 선도연합회라는 게 네 말처럼 이제 생긴 지 고작 이 년밖에 안 되었잖니? 그래서 지금은 딱 그 이 년만큼의 질서가 잡혀 있겠지. 앞으로 시간이 흐르면 흐르는 만큼 더 확고한 질서가 자리잡힐 거야. 그러면 과연 그때도 그들이 돈 천원으로 모든 걸 다 편하게 해결해주겠다고 말할까?"

단 한 번도 생각해보지 않은 문제였다. 그러나 듣는 순간 담임의 말처럼 그들이 과연 그럴까? 라는 강력한 의구심이 들었다. 담임이 말했다.

"아마 그렇지 않을 거야. 무언가 더 많은 대가를 치러야 할 거야. 그리고 그게 꼭 금액이 올라가는 형식일는지도 알 수 없어. 뭔가 다른 미묘한 방식을 만들어내겠지. 그들은 그러기 위해 너희와는 다르게 끊임없이 생각이라는 걸 할 테니까. 그러나 이미 부당한 질서에 순응한 너희들은 그 새로운 질서에도 곧 순응하게 될 거야. 그때도 그게 물 흐르는 듯이 순리대로 사는 거라고 말하는 사람들이 있을 거고. 그렇지? 그러면 곧 네 보육원 후배들이 그 지역 중학교에 올라갈 즈음이면 천원으로 끝나지 않는 시대를 살게 될 수도 있어. 자 그럼, 그 아이들이 그런 세상을 살게 되는 데에 너희의 책임이 있을까, 없을까?"

정말이지 그런 생각은 꿈에서조차 해본 적이 없었다. 하지만 그게 결국 우리가 만든 결과라는 사실은 굳이 겪어보지 않아도 알 수 있었다. 무언가 계속해서 뒤통수가 당겼던 이유가 어쩌면, 그런 무책임과 방관을 본능적으로 느끼고 있었기 때문인지도 모른다는 생각이 불현듯 들었다. 담임이 말했다.

"천원일 때 막지 않으면, 그다음 아이들은 만원을 내야 하고 청소도 대신 해줘야 하고 숙제까지 도맡아 해줘야 하는 시대를 살게 될지도 몰라. 그리고 그들은 자기들이 왜 그래야 하는지 영문도 모르면서 단지 그게 오랫동안 그곳의 역사를 만들어온 삶의 방식이니까 따라야 한다고, 혹은 따르고 싶지 않아도 결국 그렇게 할 수밖에 없다고 생각하며 살게 되겠지."

그리고 한동안 상담실에 정적이 흘렀다. 담임이 무슨 생각을 하는지는 알 수 없었지만, 내가 다른 생각을 하지 않았던 것만큼은 확실했다. 나는 마치 담임의 말에 완전히 경도된 사람처럼 그 문제에 흠뻑 빠져 있었다. 담임이 그런 나를 물끄러미 바라보다가 손을 들어 탁자의 어느 한 부분을—마치 거기 내 머리가 있기라도 하다는 듯—가리키며 말했다.

"그러니까 생각을 해야 하는 거야. 무조건 가입했다 아니면 탈퇴하고 그러는 게 아니라."

나는 고개를 끄덕였다. 과연 그런 말 따윈 내가 아무 생각 없이 내뱉은 말들이었다. 그래서 나는 잠시라도 다시 생각해보려고 했는데 그때 문득, 이 문제는 내가 이미 오래전부터 생각해왔던 것이라는 사실을 알았다.

부당함을 내가 알았다고 한들 대체 뭘 할 수 있단 말인가. 의미 없이 대항해봐야 소년원에나 처박히게 되는 법이었다. 혼자 가위 아니라 총을 들고 날뛰어도 세계는 돌아가고 싶은 대로 돌아갔고, 날뛴 놈만 사라지기 마련이었다. 그런 말을 순간 담임에게 하고 싶었지만 할 수 없었다.

나는 일기에서조차 내가 소년원에 들어오게 된 진짜 이유에 대해 쓴 적이 없었다. 지금 와서 말해본들, 그런 걸 담임이 믿을 리도 없었고 도리어 네가 누굴 때리지도 않았는데 들어왔다는 거냐고 되묻기라도 한다면, 나는 할말이 없었다. 사정을 더 말해봐야 오히려 남 탓만 하는 놈으로 오해를 받을 수도 있었다. 담임에게 그런 오해를 받고 싶진 않았다. 담임이 말했다.

"그럼 무슨 생각을 해야 할까? 혼자서는 제아무리 날고 기어봐야 방법도 없을뿐더러 오히려 까분다고 소년원 같은 곳에나 처박히게 될 텐데."

나는 정말, 진짜, 과장을 한 개도 안 보태고, 내가 소년원에 들어온 이래 가장 크게 놀랐다. 그래서 나도 모르게 억, 소리를 냈고 벌린 입을 다물지도 못한 채 담임을 쳐다보았다. 담임이 그런 나를 잠시 바라보더니 뭔가를 망설이다가, 마침내 말했다.

"다 그런 건 아닌데…… 넌 내가 서류를 좀 찾아봤어. 뭔가 이상하다고 생각되는 부분이 있어서."

그 순간, 십 년도 넘게 지난 지금까지도 잊을 수 없는, 아니 어쩌면 영원히 잊히지 않을 그 순간 미처 내가 인지하기도 전에 눈물이 왈칵 솟았고 솟았다는 것을 느끼기도 전에 걷잡을 수 없이 흘러내렸다. 갑자기 가슴이 답답해서 몇 번이고 크게 심호흡을 하며 눈물을 참으려고 했지만 눈물은 오히려 봇물이 되어 터져나왔다. 나도 모르게 몇 번이나 꺽꺽 소리가 나는 걸, 적어도 들키지만은 않으려고 애를 썼는데 그마저도 되지 않아 숨을 참아야 했고, 숨을 참으니 온몸이 들썩거려 걷잡을 수가 없었다. 담임이 말했다.

"울지 마라. 그런 걸로 울기 시작하면 앞으로 똥 싸다가도 울게 되고 밥 먹다가도 울게 된다."

나는 그때까지 단 한 번도 그렇게 울어본 적이 없었다. 심지어 엄마가 나를 버렸다는 사실을 알게 되었던 때도 그렇게 울지 않았다. 그래서 그냥 막, 발도 굴러가며 티브이에서 본 것처럼 원 없이 울고 싶었지만 그곳은 그럴 수 있는 공간이 아니었다. 그리하여 나는 온몸이 잠겨버리기 전에 기어이 울음을 참아냈고, 상담실을 가득 메운 공기의 입자마다 절반씩 물기를 채워, 남은 울음을 대신했다. 상담실의 공기가 무거워졌다. 한동안 말없이 앉아 있던 담임이 그런데 또 뜻밖의 말을 해서 내 몸에 남았던 여분의 울음이 저절로 뚝 멎었다.

"그때, 네가 거기서 나서지 않았다면 가위는 감독 선생님 목에 떨어졌어. 그렇지?"

나는 눈을 동그랗게 뜨고 그걸 어떻게 알았느냐는 눈빛으로 담임을 쳐다보았다. 히끽, 히끽, 괴상한 소리를 내며 마지막 울음이 잦아들었다. 담임이 말했다.

"그때 그 아이가 들고 있던 가위의 각도와 궤적이 딱 감독 선생님 목에 떨어질 상황이었어. 감시 카메라를 유심히 보니 그렇더라고."

나는 징벌방에 들어가기 전에 담당 선생이 했던 말을 떠올렸다. 그때 내가 그 선생에게 아무 말도 하지 않았던 이유는 그가 제아무리 감시 카메라를 백날 천날 들여다본들 그 각도와 궤적을 읽을 수는 없었을 것이기 때문이었다. 그건 나처럼 타고난 사람에게만 가능한 일이라고 생각했다. 그런데 담임이 그 이야기를 해서 나는 연속해서 놀랐다. 담임은 오히려 내게 그걸 어떻게 읽었느냐고 물었다. 나는 잠시 숨을 고르고, 내가 그걸 어떻게 읽게 되었는지를 가만히 떠올리며 대답했다.

"그냥 어느 날 갑자기 그런 게 보였어요. 마치 슬로비디오를 보는 것처럼."

그러고서 초등학교 시절 내가 오재호를 때려눕혔던 날, 이 능력을 각성하게 된 과정에 대해 아주 짧게 설명했다. 그와 동시에 잡것들은 잡것들끼리 모여 살게 해야 한다고 말했던 인물이 오재호라는 사실도 깨달았다. 개새끼. 담임이 물었다.

"따로 훈련을 받은 적도 없는데 그게 보였다?"

나는 그렇다고 대답하고 다시 물었다.

"그런 걸 훈련도 받나요?"

"물론이지. 그런 걸 동체 시력이라고 해. 움직이는 사물을 보고 재빠르게 판단하는 능력을 기르는 거야. 그리고 운동은 대부분 동체 시력이 중요해. 축구 야구 배구 농구, 뭔가를 보고 판단해야 하는 운동은 뭐든. 그중에서도 특별히 더 동체 시력이 필요한 운동도 있고."

나는 그전에 담임과 나누었던 얘기와, 심지어 울었다는 사실조차 잊고 나도 모르게 우와, 하고 감탄했다. 무언가 나만 알고 있어 조금 답답했다 할 부분을 이렇게 명쾌하게 설명해주는 사람이 있다는 것도 신기했지만, 무엇보다 그런 게 훈련으로 가능하다는 점에 호기심이 생겼다.

"특별히 더 동체 시력이 필요한 운동이 뭔가요?"

담임이 대답했다

"권투."

권투. 그제야 나는 담임이 왜 내게 권투를 배운 적이 있느냐고 물었던 건지 이해가 되었다. 담임이 다시 말했다.

"태주야, 선생님이 보기에 네겐 좀 특별한 구석이 있어. 그런데 그게 조금 타고나야 하는 거라서 훈련만으론 채워지지 않는 부분이야. 물론 훈련을 하면 더 좋아지겠지만 그래도 운동은 타고난 재능을 넘어서기 어려운 부분이 있어. 선생님은 네가 그 재능을 썩히지 않았으면 좋겠다."

"권투요?"

"그래. 그래서 내가 그 문제에 관해 곰곰이 좀 생각을 해봤는데, 나한테 아버지나 다름없는 어른이 한 분 계시거든? 그런데 그분이 권투 선생님으로는 세계에서 최고로 훌륭하신 분이야. 운동이란 게 오롯이 운동만 잘해서 되는 게 아니라, 인성에서부터 모든 걸 가르칠 수 있어야 하는데 그게 다 되는 스승을 만나기란 쉽지가 않거든. 그래서 내가 그분을 만나서 너에 관해 이야기를 좀 나눴어. 네가 원한다면 너도 그분을 한번 만나봤으면 좋겠다. 다만……"

담임이 말을 끊고 잠시 나를 쳐다보았다. 나도 담임을 골똘하게 쳐다보며 서서히 다리를 떨다가 끝내 못 참고 물었다.

"다만요?"

"다만, 네가 그분한테 권투를 배워보겠다고 마음먹으면, 선생님 생각엔 아주 본격적으로 했으면 해."

"본격적으로요?"

"그래. 아주 본격적으로."

"어떻게요?"

"일단 전학을 가야지. 그 선생님이 사는 집 근처의 학교로. 네가 그 집으로 들어가서 살아야 할 테니까. 그러니까 보육원에서도 떠나야 해. 잠시가 아니고 아주."

나는 순간 멍한 기분이 들었다. 전혀 생각해보지 않은 얘기였기 때문이다. 그러나 이내 전학을 간다거나 보육원을 떠나는 게 문제가 되지는 않는다고 생각했다. 아라도 떠올랐지만 그 역시 문제는 아니었다. 문제는 돈이었다.

"하지만 저는 돈이 없는데요."

"그건 선생님하고 그 스승님이 알아서 할 거야. 그리고 그런 건 네가 나중에 잘돼서 갚으면 돼."

나중에 내가 잘되어서 갚는다.

나는 그때까지 내가 뭘 해서 잘된다는 생각을 단 한 번도 해본 적이 없었다. 나는 우주에서 가장 불길한 기운을 타고난 놈이었기 때문이다. 그냥 근근이 살아나가는 것만으로도 힘겨울 거라 생각했는데, 그런 내가 잘될 수 있는 일이 있다는 게 믿기지 않았다. 담임이 말했다.

"무하마드 알리라고 들어봤어?"

"알리요?"

"그래. 여기서 나가면 선생님이 무하마드 알리에 대한 비디오를 보여줄게. 그러면 권투가 어떤 운동인지 알 수 있을 거야."

나는 그때 결심했다. 권투가 어떤 운동이든 그것을 하기로. 이것은 신의 계시라고 생각했다. 알리라니. 알리가 이런 식으로 내게 다시 돌아올 줄은 몰랐다. 어쩌면 내가 정말 잘될 수 있을지도 모른다는 생각이 들었다.

6

무하마드 알리는 물론 새가 아니었다. 퇴원 후 담임의 집에서 무하마드 알리의 비디오를 보면서 그 사실을 처음 안 것은 아니었지만, 그래도 무하마드 알리가 왠지 알리와 좀 닮았다는 느낌이 드는 것은 어쩔 수 없었다. 링에서 새처럼 날아다니는 그의 모든 움직임이 알리와 비슷했다. 알리가 살던 새장도 사각이었다는 점을 생각해보면, 우연치고는 너무 많은 부분이 일치했다.

나는 구호 처분 만기에서 보름을 앞당겨 퇴원했다. 담임이 가퇴원 신청을 다시 넣었고 나는 다시 심사를 받는다는 게 내키지 않았지만, 담임은 부조리에 대항하는 게 거기서부터라고 말했다. 포기하지 않고 계속해서 도전하는 거. 그리고 그게 바로 권투의 정신이라고도 말했다. 부조리에 대항하는 것까지는 몰라도 그게 권투의 정신이라니 하지 않을 수 없었다. 그래서 나는 했고, 보름 일찍 나오게 되었다.

소년원 안에 있을 때는 솔직히 잘 느낄 수 없었는데, 나와보니 보름이란 시간 차이는 실로 어마어마한 것이었다. 소년원을 나온 이후 아침에 눈을 뜨고 잠깐 무슨 생각을 하고 나면, 다시 밤이 되어 있어서 깜짝깜짝 놀랐던 적이 한두 번이 아니었다. 누가 뭐래도 시간이 장소에 따라 다르게 흘러간다는 것만큼은 분명한 사실이었다.

나는 그리고 담임의 집에 가서야 그가 복싱 동양챔피언 출신이라는 사실을 알았다. 작지만 아늑했던 담임의 거실 벽 한 면에 상패와 트로피가 즐비했다. 담임의 아내 되는 아주머니가 내게 먹을 걸 내주시면서 담임도 부모님 없이 보육원에서 자랐으며 소년원 출신이라고 말했다. 마치 그런 건 아무 일도 아니라는 듯. 누가 들으면 무슨 명문 중학교 선후배 사이에 하는 말처럼 명랑한 말투였다.

소년원에서 퇴원하기 이전에 나는 이미 보육원을 떠날 결심을 했지만, 막상 보육원에 돌아와보니 마음이 편치만은 않았다. 소년원을 나올 때와는 전혀 달랐다. 그래도 내게 가장 중요했던 삶의 시기에, 적지 않은 시간을 그곳에서 보냈다. 사랑까지는 몰라도 나를 보살펴주었던 많은 사람이 여전히 그곳에 남아 있었다. 물론 그들은 나의 결정에 흔쾌히 찬성할 것이었다. 무심하게 떠나는 것은 오히려 나였으므로 알 수 없는 미련이 남는 것은 어쩔 수가 없었다.

특히 아라에 대한 마음이 두말할 나위 없이 가장 컸다. 물론 아라는 내가 떠나거나 밀거나 크게 괘념지 않을 수도 있겠지만, 그래도 그 사실에 관해 아라에게 가장 먼저 알리고 싶었다. 용기를 내서 좋아한다고 고백해볼까도 잠시 생각해보았지만, 이제 떠날 마당에 그건 부질없는 행동이었다. 그냥 떠난다는 말을 가장 먼저 전하는 것으로 내 마음을 묻어두는 수밖에 없었다. 내가 잘되어서 아라를 다시 찾아올 수 있을 때까지.

그런 마음으로 나는 아라를 찾다가 그날, 그 개 같은 장면을 목격하고 말았던 것이다. 내가 처음 원장실에서 목사가 아라에게 그 짓을 하던 것을 목격한 순간, 나는 그때가 처음이 아니라는 사실을 직감적으로 알았다. 체념한 듯한 아라의 태도와 개 같은 목사의 손길을 보고 알았다.

말로는 표현할 수 없는 분노가 그야말로 창자에서부터 긁어 올라오는 것처럼 고통스럽게 내 몸을 쥐어짰다. 당장이라도 달려들어가 개 같은 목사 새끼를 패 죽여버리고 싶었지만 그럴 수 없었다. 내가 그런 모습을 봤다는 걸 아라가 알기 원치 않을지도 모른다는 생각이 번뜩 들었기 때문이다. 나는 부들부들 손이 떨렸다. 떨리는 양손을 머리에 올리니 온몸이 다 떨렸다.

아무것도 할 수 없다면 차라리 자리를 피하는 게 낫다는 생각이 들었다. 괜히 아라가 눈치라도 챈다면, 그래서 내가 봤다는 걸 아라가 안다면, 그보다 더한 슬픔은 없을 것 같았다. 나는 황급히 그 자리를 떠나면서 계속 되뇌었다. 지금 보호관찰 기간이다. 나는 숨만 까딱 잘못 쉬어도 다시 소년원으로 끌려들어가게 될지도 모른다. 지금은 보호관찰 기간이다.

아무 생각 하지 말고 무엇을 보아도 못 본 것처럼 지나쳐야 한다고 담임은 말했다. 그 말을 적어도 백 번은 했다. 전학 수속이 진행되는 동안 분명 선도연합회 아이들과도 대면하는 일이 생길 텐데, 절대 그 어떤 반응도 보여서는 안 된다고.

하지만 그게 이런 일에 관한 이야기는 아니었다. 나는 돌아서던 발길을 돌려 다시 원장실로 향했다. 하지만 몇 걸음 떼지 못하고 다시 우뚝 멈췄다. 아니, 결국 이런 일에 관한 이야기였다. 내가 본 것이 무엇이든 보지 못한 것이어야 한다는 말이었다. 내가 스스로 폭력을 통제하는 방법에 관해 완전한 깨달음을 얻을 때까지, 무조건 소년원에 있는 것으로 생각하라고 담임은 말했다. 절대적으로 그렇게 생각해야 한다고.

스스로 폭력을 통제하는 방법에 관해 담임은 말했다. 분노가 차오른다고 마구 주먹을 휘둘러댄다면 네가 그토록 경멸하는 선도연합회 일원들과 하등 다를 게 뭐냐고 담임은 내게 물었다. 그건 결국 그들이 가진 힘을 내가 갖지 못했으므로 그들처럼 행동하지 않을 뿐이라고 자인하는 것과 다르지 않다고도 담임은 말했다. 그것은 상상해보면 실로 무서운 일이었다.

"같은 부류의 인간이라는 걸 시인하고 싶어?"

나는 당연히 절대로 아니라고 대답했다.

담임은 그럼 그걸 나 자신에게 증명해 보여야 한다고 말했다. 진짜가 되어야 한다고 말했다.

"스스로 통제하여 규칙을 잘 지키는 사람은 다 똑같을 것 같지만, 실은 진히 다른 두 부류로 나누어볼 수 있어. 한쪽은 그래야 한다는 걸 분명하게 깨우쳐 자신의 신념이자 질서로서 지키는 사람이고, 다른 한쪽은 그냥 겁이 많은 사람이야. 비겁한 건 후자지. 다만 겁이 많아 규칙을 지키고 있을 뿐, 한번 어겨봤더니 별거 아니라는 걸 알게 되면 그는 마치 그게 새로운 규칙이라도 되는 양 어기고 다닐 사람이니까.

그런 인간들에게 그런 경험이 자꾸 쌓이면 결국 잘못된 일을 저지르고도 그게 잘못된 일이라는 사실을 전혀 인식하지 못하고, 오히려 자랑처럼 떠벌리고 다니게 돼. 자기가 그만큼 배짱이 좋고 대단한 사람이라는 듯이 말이야. 그런 머저리들은 규칙을 지키는 사람이 모두 자기처럼 겁쟁이라서 그런 줄 알거든.

그런 족속들이 없던 힘까지 얻으면 어떤 행동을 하고 다닐까? 굳이 안 봐도 훤히 그려지지 않아? 풍선처럼 가슴을 부풀리고 다니지만 그 속은 텅 비어 있는 사람. 무언가 이 사람에게선 진짜처럼 여겨지는 구석이 눈곱만큼도 없는 사람. 그런 몰골로 산다는 건 생각만으로도 수치스러운 일이야. 동네 고양이한테 뺨을 얻어맞고 돈을 빼앗기는 것보다 더 수치스러워. 그렇지 않겠어?"

폭력이 필요해서 꼭 써야 하는 상황이라면 나의 감정보다 상대의 태도를 보고 냉정하게 판단할 수 있는 상태인가를, 스스로 먼저 확인하는 게 가장 중요하다고 담임은 말했다. 무엇을 결정한다는 건 그런 정신 상태에서나 해당하는 말이라고 했다. 냉정함이 우선되지 않은 폭력은 결국 분풀이 이상은 되지 않는다는 것이었다.

"그 잘난 분풀이가 끝나고 나면 남는 게 무엇인지 잘 생각해봐."

그리고 담임은 권투에 관해 이야기했다.

"권투에서 가장 중요한 게 그거야. 어떤 순간에도 냉정함을 잃지 않도록 정신과 육체 두 가지를 모두 다스리는 방법. 그걸 끊임없이 훈련하는 거야. 그러니까 평소에도 항상 그렇게 자신을 다스리는 연습을 해야 해."

나는 그날 그 일로, 내 속에서 분노가 불길처럼 일어날 때마다 얼굴에서 표정을 지우고 눈동자의 빛을 끄는 훈련을 시작했는지도 몰랐다. 몸속의 전원을 빼버리는 것처럼. 뜻하지 않은 분노가 나를 발견하기 전에 몸을 숨기듯이 재빠르게 눈동자의 빛을 끄고, 어둡고 적막한 내 안으로 침잠해서 남은 전류로 분노의 원인을 찬찬히 되짚어보며, 내가 그리는 나의 모습이 적확하게 손아귀에 잡힐 때까지 나는 생각하고 또 생각하며 나 자신의 감정을 통제해야 하는 것이다.

골똘하게 내 속을 들여다보고 거기 뭐가 있는지 잠시라도 생각하지 않으면, 생각이 필요 없는 감정들에 휩쓸려 나 자신을 놓쳐버릴 수도 있다고 담임은 말했다. 그렇게 하지 않으면 나는 끝까지 의미 없는 분노만을 허공에 휘두르며 상대에게 두들겨맞고, 시종 끌려다니면서 또 두들겨맞고, 흥분하여 이성을 잃은 상태에서 다시 두들겨맞고 또 맞다가 결국에는 다운되고 말 거라고 담임은 말했다.

"너의 질서를 만들지 못하고 상대가 정한 질서에 질질 끌려다니기만 해서는 절대로 네가 원하는 결과를 얻을 수 없어."

분노가 곧 상대가 정한 질서로 말려드는 첩경이라고 담임은 말했다. 그러니 내가 다시 원장실로 간들 무얼 할 수 있단 말인가. 가서 목사를 두들겨 팬들 뭐가 달라진단 말인가. 결정적으로 나의 충동을 제어할 수 있었던 가장 큰 이유는, 그렇게 되면 아라를 영영 다시 볼 수 없게 될지도 모른다는 사실이었다. 나는 정말이지 단 한 순간도 더는 보육원에 있고 싶지 않았다. 전학 수속이 마무리될 때까지 어떻게든 머물러 있어야 하겠지만 그 순간만큼은 잠시라도 그곳을 떠나 있고 싶었다. 갑자기 보육원이 공동묘지처럼 느껴졌다.

나는 보육원을 나와 곧바로 버스를 타고 담임네로 향했다. 담임은 없었지만 아주머니가 있었다. 아주머니는 내게 아무것도 묻지 않고 따뜻한 밥을 해주었다. 그걸 먹고 다음날까지 내처 잤다. 그때까지 살아오며 손에 꼽을 만큼 깊은 잠에 빠져들었다. 이튿날 일어나니 담임은 다시 출근하고 없었다. 나는 이부자리에 앉아 멍하니 어떤 생각 속에 잠겨 있다가 자리를 털고 나와 버스를 타고 보육원으로 돌아갔다.

보육원은 마치 아무 일도 없었다는 듯이 말끔한 얼굴이었다. 낮에는 햇살이 반짝이고 수풀이 무성한 공원 같은 모습이었다가, 밤이 되면 음산한 공동묘지로 변하는 곳 같았다. 목사 개새끼의 차는 보이지 않았다. 아이들도 학교에 가고 없었다. 아라도 마찬가지였다. 다행이라는 생각이 들었다. 내가 어서 잘되어서 이곳에서 널 꺼내줄게.

원장이 나를 찾는다는 얘길 듣고 나는 원장실로 향했다. 그 불결한 공간으로 두 번 다시 가고 싶지 않았지만 이번 한 번만 참으면 되었다. 아니, 오히려 원장한테 내가 보았던 걸 말해볼까? 잠시나마 그런 생각을 했지만 이내 마음을 접었다. 이 보육원은 그 교회의 후원을 엄청나게 받았다. 원장과 목사는 한통속일 가능성이 높았다. 이제까지 그런 꼴을 그렇게 보고도 아직도 모르다니 바보 아니야? 나는 생각했다. 그러곤 원장실 문 앞에 도착해 노크하려는 찰나, 안쪽에서 목소리가 들렸다.

"결국엔 잘된 일입니다. 원장님. 소년원이란 데가 한번 들어가면 계속해서 들락거리게 된다고 해요, 원장님. 모르던 범죄도 배워 나오고, 여하간 바늘 도둑을 소도둑으로 길러내는 데가 소년원이라고 여기저기서 말들을 많이 합니다, 원장님."

"그래, 아무래도 그렇겠지."

"게다가 우리 보육원에 소년원 출신 아이가 있다는 걸 사람들이 알아서 하나도 좋을 게 없습니다, 원장님. 당장만 봐도 후원하는 몇몇 분이 그 사실을 어떻게 알았는지 우리한테 물어보기도 했다니까요, 원장님. 그럼 앞으로 입양도 힘들어집니다, 원장님."

"그래, 나도 그 점은 좀 곤란하다고 생각하고 있었네."

"그뿐만 아니라 남은 아이들에게도 교육상 안 좋아요, 원장님. 지금처럼 빨리 처리해서 내보내는 게 옳은 겁니다, 원장님."

"걔가 참 착한 아이였는데 왜 그런 괴물이 된 거지? 우리가 뭘 잘못 가르친 게 있나?"

"아유, 그런 생각 하지 마세요, 원장님. 그렇게 생각하시면 한도 끝도 없어요, 원장님. 다 자기 팔자소관대로 사는 거지 애초에 그렇게 생겨먹은 애들은 우리가 뭘 어떻게 해줘도 달라질 게 없어요, 원장님."

"그래, 하긴……"

"자립비용도 굳이 지급할 이유 없다고 봅니다, 원장님. 혼자 독립하는 게 아니잖아요 지금, 원장님."

"그래도 그건 좀……"

"그래도 그건 좀이 아니에요, 원장님. 그리잖아도 후원금이 자꾸 줄어드는 마당인데 있는 아이들이라도 잘 챙기는 게 나아요, 원장님. 어차피 걔 데려가는 교도관인지 선생인지 하는 사람이 다 알아서 잘 먹이고 입히겠다고 하잖아요, 원장님. 그러니까 비용 처리는 제가 잘 알아서 할 테니까, 걔한테 굳이 돈 얘기는 꺼내지 않으시는 게 좋을 것 같습니다, 원장님. 제가 알아서 다 얘기할 테니까 원장님은 그냥 자리만 지키고 계세요."

나는 방문 너머로 조용히 그들의 말을 듣고 있었다. 도대체 언제 문을 두드려야 할지 몰라 병신처럼 팔만 늘어뜨리고 있었다. 내가 이곳에서조차 괴물이 되었구나. 나는 생각했다. 원장마저 나를 그렇게 여기고 있을 줄은 짐작도 하지 못했다. 돌아갔다가 이따가 다시 와야 하나 생각하다가 문득 화가 치밀었다. 아니 씨발, 무슨 말인지 다 잘 알겠는데, 사람을 불렀으면 가고 나서나 뒷담화를 까든지 내가 곧 올 걸 알면서도 저런 소리를 지껄이는 이유가 도대체 뭐야. 혹시 일부러 들으라고 하는 얘기인가?

말끝마다 원장님, 원장님 달고 사는 말투를 들으니 사무국장이었다. 평소에도 우리 애들을 똥 닦고 난 휴지 보듯 하는 사람이었다. 누구는 그 표정이 우리를 안쓰러워하는 얼굴이라고 했지만, 지금 하는 얘길 들어보면 과연 그런 얼굴이 아닌 건 확실했다.

당당해지자. 나는 생각했다. 저들의 말에 내가 화를 낼 필요는 없다. 나는 나의 질서를 만든다. 나는 마음을 다잡았다. 그리고 가만 생각해보면 사무국장의 말이 사실 잘못된 것도 아니었다. 내가 앞으로 소년원을 다시 들락거리게 될지는 알 수 없었지만 나 때문에 여기 아이들이 피해를 볼 수 있다는 말은 옳았다.

똑똑해서 좋으시겠어요.

나는 흥, 콧방귀를 뀌고 문을 두드렸다.

원장실에 들어서니 그전에는 느낄 수 없었던 이상한 냄새가 났다. 나는 그 퀴퀴한 냄새를 맡으며 얼마간 사무국장의 되지도 않은 잔소리를 몸속의 전원을 빼놓은 채 들었다. 이따금 고개를 끄덕이는 일과 알았다고 대답하는 일에만 미량의 잔여 전력을 소모했다.

원장은 옆에 앉아 굿거리장단을 맞추는 사람처럼 한 번씩 추임새를 넣었다. 그럴 때마다 나는 사무국장보다 원장이 더 얄밉게 느껴졌다. 이윽고 두 사람의 콩트가 끝났고 나는 이제 학교에 가서 관련 서류만 받아 이곳을 떠나면 그만이었다. 이미 싸놓은 짐은 담임이 준 더플백 하나로도 충분했다.

결국 아라에게는 아무 말도 못하고 떠나는구나. 나는 생각했다. 이곳에 지울 수 없는 아쉬움이 남는다면 다만 그것 하나였다. 아라의 얼굴을 보지도 못하고 떠난다는 것. 아라가 떠나는 내 모습을 어떤 눈빛으로 바라볼지 궁금했는데. 그러나 끝내 볼 수 없었다. 이제 나는 떠나야 했다. 사진이라도 한 장 있었으면 좋았을 거란 생각을 하며 나는 무거운 발걸음을 옮겼다.

학교 교무실에서도 나는 원장실에서와 마찬가지로 전력을 빼고 앉아 있었다. 의미 없는 잔소리를 영혼 없이 듣다가 전학 관련 서류를 받고 목각인형처럼 걸어 교문을 나왔다. 그제야 조금 달라진 공기의 향이 느껴졌다.

이제 다시 이 학교로 돌아올 일은 없었다. 선도연합회니 뭐니 더는 신경쓰지 않아도 되었다. 소년원 형들이 소원했던 말처럼 변비 안녕, 이라고 외치고 싶었다. 그런데 그런 나의 심정이 우주에까지 전해졌던 건지, 저 멀리서 심술궂은 똥덩어리들이 한 무더기로 굴러왔다. 이곳은 정말이지 똥들의 왕국이었다. 가만 생각해보니 원장실에서 났던 퀴퀴한 악취도 똥냄새였던 것 같았다. 강충식이 말했다.

"어, 이제 가는 거냐?"

강충식의 옆에는 레스토랑으로 나를 데려갔던 세 명의 여자가 들러리처럼 서 있었는데 그녀들의 기세가 예전 같지는 않았다. 한편으론 강충식 뒤에 몸을 반쯤 숨기고 있다는 느낌까지 들었다. 그들의 기세에서 투기는 느껴지지 않았다. 나는 물었다.

"수업 안 듣습니까?"

"어, 이제 들어야지. 가잖아 그래서."

나는 피식 웃었다. 그래도 생각해보면 강충식은 양반이었다. 그는 왜인지—지금까지도 이유를 알 순 없지만—조금이나마 나를 염려해준 사람 가운데 한 명이었다. 강충식이 나를 물끄러미 바라보다가 뜬금없는 소릴 지껄였다.

"그래, 어쩔 수 없지. 중이 싫으면 절이 떠나야지. 잘 생각한 거야."

어디서 들었는지 소식도 참 빠르다고 나는 생각했다. 욕쟁이 여자가 강충식의 얼굴을 한번 쳐다보고는 말했다.

"중이 떠나는 거 아니야?"

강충식이 쯧, 하고 혀를 찼다.

"아무거나 떠나면 그만인 거지, 씨."

그러고는 나를 돌아보며 말했다.

"재훈이 형이 너 나오면 한번 보자고 그랬는데. 어쩔래. 가기 전에 한번 안 볼래?"

나는 대답 없이 그냥 한번 씩, 웃고 말았다.

"너한테 한번 더 기회를 주고 싶다고 그랬어. 너 전학 간다는 거 알기 전에. 뭐 이제 소용없는 일이기는 하지만."

기회라니. 내가 말했다.

"일단 대단한 힘을 가졌다는 걸 제가 시인하더라는 얘기부터 먼저 전해주십시오. 그래서 말인데, 그 대단한 힘으로 마음에 들지 않는 인간의 인생 정도, 간단히 조져버리는 일에 혹시 어떤 특별한 재미라도 느끼시는지 제가 궁금해하더라는 말도 전해주시고요. 전혀 양심에 거리끼는 게 없으신지."

강충식이 호주머니에 손을 넣었다가 빼곤 입술을 한번 훔치더니 마치 내 말을 전혀 듣지 못했다는 듯 딴소리를 지껄였다.

"하긴 경칠이 형이 너를 어지간히 벼르고 있는 게 아니라서 안 부딪치는 게 좋을지도 모르겠다."

그러자 강충식의 뒤에서 가만히 나를 보고 있던—한때는 예뻤던—여자가 말했다.

"오빠가 네 인생을 조졌다고 생각해? 천만에, 그건 너의 착각이야. 네 인생은 어차피 태어날 때부터 망가져 있었어. 아니라고 생각해? 그럼 보육원에 가서 잘 생각해봐, 정말 아닌지. 내가 볼 땐 오빠가 네 처지를 오히려 일깨워준 거 같은데?"

나는 순간 또 열이 확 받았지만 재빠르게 몸의 전력을 절반으로 줄이고, 깊은 숨을 한 번 들이마셨다가 내쉬곤 그동안 소년원에서 배웠던 욕 가운데 꼭 한번 써보고 싶었던 말을 골라 대꾸했다.

"좆 까는 소린 말 타는 서부 가서나 합시다."

그러고 났더니 갑자기 기분이 유쾌해지면서 소년원에서의 일상이 그리워지는 느낌까지 들었다. 내가 괴물이 아니었던 곳이 사실 그곳밖에 없기는 했다. 이제 가는 곳에서도 괴물이 되지 않기를 나는 바라면서, 내가 선정한 욕이 신의 한 수라는 생각에 낄낄거렸다. 그런 나를 그들은 무슨 기괴한 괴물을 쳐다보듯 뜨악한 표정으로 바라보았다. 나는 그들에게 가볍게 손을 들어 보이고는 경쾌하게 발걸음을 내디뎠다.

담임의 스승은 예상했던 대로 할아버지였다. 호호할아버지까지는 아니었어도 백발성성한 할아버지였는데, 특이한 건 일단 패션 감각이 완전히 남다르다는 점이었다. 이전에 살던 동네에서는 남녀노소를 불문하고 단 한 번도 본 적이 없는 옷차림이었다.

고동색 띠가 둘린 갈색 중절모에 세로줄 무늬가 들어간 베이지색 양복을 입고, 그 안에 연한 색 노란 넥타이를 매고 조끼까지 갖춰 입은 담임의 스승은, 구두마저 갈색으로 딱 맞춰서 마치 티브이에 나오는 약간 이상한 할아버지 같았다.

약간 이상한 할아버지라고 느꼈던 가장 큰 이유는 옷차림과 전혀 다른 말투 때문이었다. 말끝마다 욕이 붙는데 그 욕이라는 게 내가 소년원에서 들었던 것과는 또다른 차원의 고전적인 욕들이었다. 가령, 조선 천지에 개불알 같은 놈 중에서도 네가 제일 개불알이라고 하는 식으로, 어디 가서 따라 하기도 어려울 만큼 독창적인 욕을 담임의 스승은 했다.

서 있으면 허리가 전봇대처럼 꼿꼿한데도 굳이 지팡이를 들고 다니며 말끝마다 내 옆구리를 탁탁 치는 것도 환장할 노릇이었지만, 무엇보다 귀가 어두워서 내가 말을 할 때마다 소리를 질러야 한다는 게 제일 큰 곤혹이었다. 둘이 있을 때야 내 목만 아프고 말면 그만이지만 남들이 있을 때 그러면 영락없이 할아버지한테 대드는 막돼먹은 놈처럼 보였다. 길거리에서 얘길 하다가 지나가는 어른들에게 할아버지한테 버르장머리 없이 대든다고 욕을 먹었던 적이 한두 번이 아니었다.

그러다보니 점차 말도 짧아져서 담임한테는 계속 존댓말을 하면서도 할아버지한테는 반말을 하게 되는 기이한 현상까지 일어나고 말았다. 어차피 말의 절반은 알아듣지도 못하므로 존댓말로 길게 얘기할 필요 없다고 나는 생각했고, 할아버지도 딱히 반말 존댓말 뭐가 다른지 잘 알지도 못하는 것 같았으며, 무엇보다 담임이 아무 말 하지 않았으므로 자연스럽게 그런 형태가 자리잡혔다.

처음 담임의 스승을 만나던 날, 담임은 할아버지를 스스럼없이 아버지라고 불렀다. 그때까지만 해도 나는 담임이 내게 처음 말했던 것처럼 자신의 스승을 아버지처럼 생각해 그러는 줄 알았는데, 정말로 아버지일 거라고는 짐작조차 못했다. 할아버지는 담임의 장인이었다. 처음 만난 날 할아버지가 말했다.

"처음엔 자기들이 데리고 산다고 했지. 정신 나간 놈들. 신혼부부 집에 방이 두 갠데 이놈아, 네가 거기서 살면 되겠냐, 안 되겠냐. 이 눈치라곤 지네 똥만큼도 없는 놈아."

그러고는 지팡이로 내 머리를 후려치는 길 무의식적으로 살짝 피했더니 얼레? 하면서 내 옆구리를 다시 내리쳤다. 옆구리는 성큼 물러서지 않는 이상 피할 도리가 없었는데, 돌이켜보면 내 옆구리를 습관적으로 치기 시작한 게 그때부터였는지도 몰랐다. 왜냐하면 담임이나 다른 사람과 얘기할 때는 그러지 않았기 때문이다. 나는 말했다.

"제가 살겠다고 한 게 아닌데요?"

그러나 할아버지는 내 얘기를 듣지 못했다. 가끔은 일부러 못 들은 척하는 게 아닌가, 하는 의심이 들 때도 있었지만 나로선 달리 확인할 방법이 없었다. 할아버지가 말했다.

"그래서 어쩔 수 없이 내가 데리고 있겠다고 한 거지. 망할 놈. 간 장종지에 대가리를 처박고 죽을 놈."

담임이 사는 집은 삼층짜리 연립주택의 이층이었는데, 할아버지 집이라고 찾아간 곳이 같은 층의 맞은편이었다. 뭔가 이상한 각본에 끌려가는 느낌이 들었지만 거기서 내 질서가 어쩌고저쩌고할 수는 없었다. 집은 같은 구조였으므로 큰방과 작은방이 하나씩 있었는데 나는 거실에서 자야 했다. 작은방은 옷방이므로 절대로 내줄 수 없다고 할아버지는 말했다. 옷들은 반짝반짝 빛나는 새것은 아니었지만—아니, 오히려 낡은 것이 한눈에도 보였지만—하나같이 깔끔했고 칼같이 정리되어 있었다.

나는 거실이든 어디든 상관없었다. 다만 문제가 되는 것은 거실에 티브이가 있다는 사실이었다. 할아버지는 밤늦도록 케이블 티브이 패션 채널을 보다가 내 옆에서 잠이 들곤 했는데, 소리를 어찌나 크게 틀고 보는지 나는 잠든 와중에도 고막이 나가는 건 아닐까 걱정해야 할 정도였다. 그럴 거 같으면 안방으로 가져가서 보라고 해도 이게 이 집의 전통인데 그걸 왜 네가 함부로 바꾸려고 드느냐며 또 건방이 하늘을 찌른다고, 당장 천도재를 올려도 시원찮을 놈이라고 알 수 없는 욕을 해댔다.

종종 티브이를 보다가 잠든 할아버지의 코 고는 소리에 잠이 깨 보면, 티브이 소리와 코 고는 소리가 아주 이중창으로 온 집안을 진동시 켰다. 잠에서 깬 와중이라 성질이 있는 대로 뻗쳐서 티브이를 확 끄면, 멀쩡히 잘 보는 티브이를 왜 끄고 염병이냐며 또 옆구리를 두드려 맞는 기이한 일도 곧잘 벌어졌다.

"아니…… 도대체…… 코까지 골면서…… 뭘 잘 본다는 거야……" 라고 내가 말하게 되는 경우는 그렇게 맞은 옆구리가 때론 장난이 아니었기 때문이다. 맞는 순간 재빠르게 힘을 주지 않으면 곧바로 호흡곤란이 올 정도로 세게 때렸으므로, 남들이 보기엔 장난 같아도 맞아보지 않은 사람은 알 수가 없었다. 문제는 때리는 타이밍이 늘 극단적이어서 도무지 가늠할 수가 없다는 점이었다. 담임은 이에 지극히 공감했다.

그래서 아 시끄럽다고 내가 큰방에 들어가 잘라치면 또 감히 어디 스승의 침소를 함부로 드나드느냐며 옛날엔 스승의 그림자도 못 밟았다고 작정한 듯 같은 얘길 반복했으나, 무릇 인간이란 참으로 신기한 육체를 가진 동물이어서 그 벼락같은 티브이 소리와 코 고는 소리 속에서도 결국에는 익숙하게 잠드는 날이 왔다.

학교를 중간에 들어가기도 어중간해서, 나는 겨울방학까지 보내고 새 학년이 되어서 자연스럽게 등교하기로 결정되었다. 다소 부족한 수입일수를 포함해 그와 관련한 일을 아주머니가 함께 가서 상의하고 처리해주었다.

나는 어느 날부터인가 아주머니를 누나라고 부르기 시작했다. 그 호칭을 누구보다 누나가 가장 좋아했는데 담임은 그게 너무 속 보이는 호칭이라고 말했다. 그러고는 그렇다면 자기한테도 형이라고 부르는 게 정황상 맞지 않느냐고 했지만, 한번 입에 붙은 담임이란 말은 쉬이 떨어지지 않았다. 할아버지는 내가 누날 뭐라고 부르든 듣지도 못했거니와, 들었어도 못 들은 척할 게 뻔했다.

나는 그곳에서 새벽 다섯시면 기상해야 했다. 노인은 잠이 없다는 말이 과연 맞는지 그토록 늦게 잠들면서도 일어나기는 또 오뚝이처럼 벌떡 일어났다. 그러고는 그냥 좀 말로 깨우면 될 걸 꼭 내 옆구리를 때려서 깨웠다. 그러다보니 나는 네시 오십구분쯤 되면 저절로 눈이 떠졌고 일어날 때도 기지개를 켜거나 하는 일 없이, 그야말로 허겁지겁 일어났다. 기상 공포가 소년원에서보다 더했다.

그리고 나는 날마다 뛰었다. 처음에 삼 킬로미터로 시작했지만 그건 불과 일주일밖에 되지 않았다. 하루에 일 킬로미터씩 늘더니 급기야 매일 십 킬로미터를 달려야 했다. 할아버지는 당연히 집에 있었고 담임이 가뭄에 콩 나듯이 함께 뛰었지만 그나마도 절반만 뛰고 다시 돌아가는 경우가 대부분이었다. 그렇게 뛰고 돌아오면 대체로 삼십분대 중반에 걸쳐 집에 도착했는데 좀 신기했던 건, 내가 오롯이 잘 뛰다가 왔는지 좀 걷다가 왔는지를 할아버지가 안 보고도 귀신같이 알아챈다는 사실이었다. 조금이라도 요령을 피웠다고 생각하면 그날 줄넘기를 몇 라운드를 더 뛰게 할지 몰랐으므로 차라리 조깅할 때 열심히 뛰는 게 나았다.

아침에 조깅을 마치고 돌아오면 근사한 밥상이 차려져 있었다. 네 사람이 네모난 밥상의 한쪽씩을 차지하고 식사하는 모습이 처음엔, 함께 밥을 먹으면서도 잘 믿기지 않았다. 그렇게 오순도순 둘러앉아 밥을 먹었던 경험이 내게는 전혀 없었기 때문이다. 어느 날인가는 문득 그 밥상머리에 앉아 굳이 밥을 먹지 않더라도, 이렇게 한쪽을 차지하고 있을 수 있다는 사실만으로도 모든 게 충분하다는 생각이 드는 때도 있었다. 식사 이상의 무언가가, 나에게는 있었다.

게다가 세 명 모두 조용히 밥을 먹는 타입이 아니었다. 음식을 씹는 와중에도 쉴새없이 얘길 했는데 그게 좀 신기했던 건, 모두 각자가 자기 할말만 했기 때문이었다. 그러면서도 대화가 된다는 게 처음엔 진짜 신기했는데 그런 과정에 내가 적응하며 분명히 깨닫게 된 건, 사람이 대화를 나누는데 굳이 같은 주제를 이야기할 필요는 없다는 사실이었다.

그렇게 요란한 식사가 끝나면 할아버지는 곧바로 집으로 건너가 옷방으로 들어갔다. 그리고 그곳에서 그날 입을 옷을 거의 한 시간에 걸쳐 선정했다. 오로지 그 시간을 위해 아침이 오기만을 기다린 사람 같았으므로, 그때만큼은 누구도 근처에 가지 않는 것이 여러모로 좋았다.

담임은 출근했고, 나와 누나는 뒷정리를 끝내고 체육관으로 나갔다. 체육관은 집에서 십 분 거리에 있었다. 큰길가 이면도로에, 엘리베이터도 없는 낡은 건물 오층에 있었다. 창문에는 커다랗게 동양챔피언 공민수가 운영하는 곳이라는 글씨가 붙어 있었다. 그리고 그 체육관의 관장은 실제로 담임이었다. 다만 누나가 운영할 따름이었다.

누나도 권투 선수 출신이라는 사실을 처음 알았을 때 나는 별로 놀라지 않았다. 벌써 몸이 그랬고 분위기부터 남달랐기 때문이다. 오히려 선수 출신이라는 말을 듣고 그제야 모든 게 다 이해가 되는 듯했는데 누나는 그러면서도 예뻤다. 내 눈에는 더할 수 없이 예뻐 보였다.

체육관 청소를 마치고 나서 내가 하는 일은 대체로 허드렛일이었다. 오전과 오후 타임엔 다이어트 목적으로 권투를 배우는 아주머니들이 많이 나왔다. 누나가 코치라서 그런지 그 시간대만큼은 여자들이 더 많은 체육관이었다. 약간 가족 같은 분위기가 있었다. 그러다보니 그런 회원들이 어느 날 느닷없이 등장한 나를 모른 척할 리 없었다. 난데없이 왜 전에 없던 알바를 고용했느냐는 질문에 누나는 고향에서 올라온 사촌동생이라고 나를 소개했다. 아줌마들은 어머 그래? 자기도 늦둥이면서 사촌도 늦둥인가보네? 라고 반응하고는 또 닮았네, 안 닮았네, 인물은 좋은데 키가 좀 작다는 둥, 남자가 키만 커봐야 소용없다는 둥, 자기들끼리 말하고 자기들끼리 웃고 체육관이 쩌렁쩌렁 울리게 떠들어대면서도 동작은 마치 귓속말을 나누는 사람들처럼 취했다.

허드렛일이라고는 해도 손을 대자면 이것저것 할 일이 많았던 터라 오전 시간은 있었는지도 모를 정도로 빠르게 지나갔다. 그러다가 점심때가 가까워오면 할아버지가 어슬렁어슬렁 나왔다. 그러곤 나를 데리고 어디든 다녔다. 마치 짐 부리는 머슴처럼 이것저것 들게 할 때가 많았고 빈손으로 갔다가도 뭘 들고 돌아오는 때가 많았는데, 도대체 내가 없었을 땐 이 물건들을 다 어떻게 들고 다녔으며 또 어떻게 그렇게 매일 갈 곳이 있는지 나는 함께 다니면서도 신기했다.

하지만 좋았다. 할아버지를 따라다니는 일은 재미있었다. 이전 동네에서 내가 다니던 동선에는 오로지 학교와 보육원밖에 없었는데, 할아버지를 따라다니기 시작하면서 세상에 얼마나 많은 직업과 다양한 사람이 있는지를 알게 되었다.

늘 다니는 경로 가운데에서도 항상 빠지지 않는 코스는 재래시장이었는데, 그 시장의 상인들을 할아버지는 다 알았다. 남의 장사하는 집에 오만 참견을 다 하며 돌아다녔는데, 할아버지가 어쩌면 내 말은 일부러 못 듣는 척한다고 의심하기 시작한 게 그곳에서였다. 상인들의 말은 기가 막히게 다 알아들었기 때문이다. 한 날은 내가 그 점에 대해 지적하자 저들은 늘 같은 말을 하기 때문에 표정만 봐도 아는 거라고 할아버지는 말했지만, 반신반의하게 되는 것은 어쩔 수 없었다.

그리고 우리는 그곳 어딘가에서 점심을 먹었다. 할아버지는 마치 순시하듯 돌아가며 식당이나 포장마차를 선택했는데, 어디를 가든 꼭 음식을 먹다 말고 남겼고 남은 음식은 죄다 나한테 먹게 했다. 내게 선택의 여지는 없었다. 그뿐만 아니라 시장을 다니다가 괜한 음식을 한입 베어물고 두어 번 쩝쩝거리고는, 주인이 면구스러울 만큼 더럽게 맛도 없다며 남은 걸 내게 먹게 했는데, 거기서도 신기했던 건 주인이 그런 할아버지를 보고 싱글벙글 웃기만 할 뿐이라는 점이었다. 나 같았으면 아무리 단골이라도 면전에서 그런 식으로 말하면 기분이 나빴을 것 같은데 그들은 그런 것 같지 않았다.

그때까지 내가 알던 상식으로는 납득이 잘 되지 않는 면이 많았던 시장이었다. 할아버지가 처음 나를 시장으로 데려갔던 날, 가는 곳마다 내가 누구냐고 묻는데 거기다 대고 일일이, 그러나 귀찮다는 듯이 길에서 주웠다고 말도 안 되는 말을 하는데도 하나같이 껄껄 웃기만 할 뿐 별다른 말이 없었던 것부터가 좀 이상했다.

훗날, 집에서는 안 그러는데 시장에서는 꼭 음식을 먹다 마는 할아버지의 기이한 습관에 대해 누나한테 말했더니, 누나가 빙그레 웃으며 전혀 다른 소릴 해서 우리가 식사 때마다 각자 다른 얘기를 하는 게 우연이 아니라는 사실만 다시금 깨달았다.

"아버지가 시장 가서 식사를 하시는 건 거기 사람들하고 어울리는 걸 좋아하시기도 하지만 무엇보다 내가 점심상을 차리지 않게 하려고 그러시는 거야."

그러니까 내가 한 말의 대답이 왜 그런 형태였는지 그때의 나는 전혀 이해하지 못했던 것이다.

오후 느지막이 체육관에 돌아오면 이제 그때부터 줄넘기와 근력운동을 내게 시켜놓고 할아버지는 또 나가서 저녁식사 때까지 보이지 않았다. 저녁이면 체육관에 한둘씩 권투를 전문적으로 배우는 형들이 나오기 시작했다. 입시 준비를 하는 형도 있었고 대회 준비를 하는 형도 있었으며 몇몇은 프로라고도 했다.

누나는 그들에게 잠시 체육관을 맡겨놓고, 나와 같이 집으로 돌아와 함께 저녁을 준비했다. 누나는 그럴 필요 없다고 했지만 내가 그러는 게 좋았다. 어떻게든 밥값을 해야 한다는 생각도 있었지만 무엇보다 누나랑 같이 있는 게 좋았다. 누나가 체육관 형들한테 나를 가족이라고 소개한 이후부터 부쩍 더 그랬다.

저녁 준비가 다 끝날 때쯤이 되면 할아버지가 먼저 기가 막히게 때를 맞춰 들어왔고 그뒤에 담임도 퇴근해서 돌아왔다. 모두 시계처럼 정확히 반복되는 생활을 하면서도 그런 생활에 지루함을 느끼는 기색이라곤 전혀 보이지 않았다. 원하는 삶의 반복되는 패턴이 곧 행복이라는 것을 전혀 알 수 없었던 나이였음에도 나는 그때 그들의 모습에서 무언가 내가 그리는 미래 같은 것을 보았던 것 같기도 했다.

또 한번의 시끌벅적한 식사가 반복되고 나면 이윽고, 저녁 훈련이 시작되었다. 저녁 훈련이라고 해도 그것은 담임이 관장으로서 학생들을 가르치는 훈련이었지, 나는 오로지 줄넘기와 근력운동밖에 하지 않았다. 미트나 펀칭볼은 고사하고 샌드백도 치지 못하게 했는데, 그런 기간이 삼 개월이 넘어갈 때까지 나는 단 한 번도 왜 그래야 하는지 물은 적이 없었다. 그리고 언제쯤 진짜 권투를 배울 수 있는지도 묻지 않았다. 나중엔 오히려 할아버지가 너 권투를 배우고 싶은 놈이 맞긴 한 거냐며 먼저 물어볼 정도였다.

담임에게 듣기론 나의 그런 인내심을 할아버지가 가장 높이 샀다고 하는데, 사실 나는 그게 인내심이었다기보다 그때의 삶이 그 자체로 좋았으므로 아무것도 궁금하지 않았고, 아무것도 급하지 않았던 것이다.

권투에서 가장 중요한 자질이 인내심인지라, 대개 근성을 확인하고자 할 때 가장 많이 사용하는 방법이 먹이를 앞에 두고 기다려, 라고 말하는 교육 방식이었다. 사람도 실은 개를 교육하는 것과 크게 다르지 않은 것이다. 먹어, 라는 말이 다시 떨어질 때까지 기다리지 못하는 선수는 어차피 링 위에서 패할 확률이 높았다. 자신이 무언가 하고 싶은 욕망을 참고 때를 기다리는 자세도 대단히 중요했지만, 무엇보다 링 위의 선수가 볼 수 없는 부분을 링 밖의 코치는 볼 수 있었으므로, 그 부분에 관해 선수에게 끊임없이 전달하는데 그 말을 귀담아듣지 않는 선수가 경기에서 이길 가능성은 그리 높지 않았다. 아드레날린이 온몸을 휘감고 있을 때도 남의 얘기를 들을 수 있는 기본적인 소양을 갖추거나, 혹은 갖추어질 때까지 링에 올리지 않는 것이 그러브로 권투에서는 매우 중요한 사항이었다.

그러니까 내가 만약 개였다면, 먹이를 주거나 말거나 기다리라고
하거나 말거나 그냥 주인만 보면 좋다고 꼬리를 흔들어대며 시키는
대로 뭐든 잘하는 얌전한 바둑이인 셈이었다. 그들과의 삶에선 내가
실제로 바둑이였더라도 괜찮았을 거라고 나는 생각한 적이 있었다.

그렇게 그해를 고스란히 다 보내고 이듬해가 되어서야 나는 처음
으로 밴디지를 손에 감고 글러브를 끼어보게 되었다. 그러고 나서 가
장 먼저 했던 일이 스파링이었다. 상대는 고등부였고 체전을 준비하
는 형이었다. 할아버지가 내게 무엇을 알려주려 했는지 나는 스파링
이 끝나고서야 절절하게 깨달았다.

나는 삼 분 일 라운드 동안 단 한 번도 형을 제대로 때려본 적이 없
었다. 최초 동작에서 형이 의도한 주먹의 각도와 궤적과 거리가 한눈
에 읽혔는데도 그랬다. 그때까지 단 한 번도 겪어보지 못했던 경험이
었다. 처음에 읽어냈던 패턴이 중간에 바뀌는 경우가 있을 거라고는
짐작조차 해본 일이 없었다. 이전까지의 싸움에선 내가 처음 보았던
동선이 그대로 구현되었으므로 피하거나 맞받아치는 데 어려움이 없
었다. 그러나 고등부 형의 주먹은 날아오는 과정에서도 시시각각 바
뀌었고 왼쪽 주먹을 피했는가 싶으면 오른쪽 주먹이 옆구리를 파고드
는 식이었다. 거리조차 순식간에 좁혀졌다가 눈 깜짝할 사이에—말
그대로 눈을 한 번 깜빡이고 나면—어느샌가 형은 저멀리 다른 공간
으로 이동해 있었다.

그러니 악몽이랄 것까진 없었지만 소년원에서의 경험이 퍼뜩 떠올

랐다. 내가 예상했던 바와 다른 상황이 전개되자 나는 그만 감을 잃고 말았던 것이다. 한번 공황에 빠지니 모든 게 다 무거워졌다. 내가 날리려는 주먹도 전에 없이 무거웠고, 나 자신의 몸도 무거웠으며, 심지어 호흡할 때 들이마시는 공기조차 무겁게 느껴졌다. 나는 그날 내 생애 처음으로 가장 많은 매를 맞았다.

그때의 기분은 말하자면 어떤 소감이 있기에 앞서 충격 그 자체였다. 소년원에서 헛방으로 주먹을 휘두르고서 처음 느꼈던, 그러니까 나의 재능이 사라지고 만 것은 아닐까 하는 두려움과는 전혀 다른 형태의 두려움이었다. 각도와 궤적과 거리가 분명히 다 보였음에도 속수무책이었다는 사실이 내겐 이루 말할 수 없는 충격이었다. 할아버지가 말했다.

"네놈이 왜 한 대도 못 때린 줄 알아?"

내가 제일 궁금했던 게 바로 그 점이었다.

"맞느라고 때릴 시간이 없었기 때문이야. 이 굼벵이 사발에서 노젓는 놈아."

담임이고 형이고 할 것 없이, 누나를 뺀 그 자리의 모든 사람들이 다 웃었다. 그래서 나도 웃었다. 나는 말하자면, 너무 어처구니가 없었으므로 웃었다. 할아버지가 말했다.

"이런 잡놈을 봤나. 그렇게 터지고도 좋난나."

나를 신나게 팬 고등부 형이 여전히 숨을 헐떡이며 말했다.

"그래도 맷집 하나는 죽이는데요? 저랑 못해도 두 체급은 차이날 것 같은데 그렇게 맞고도 한 번을 안 넘어가는 걸 보면요."

할아버지는 대답 없이 물끄러미 나를 바라보다가 고등부 형을 돌아보고 말했다.

"그러니까 네놈 주먹이 밥풀로 붙인 솜뭉치인 거지."

에이, 그건 아니죠, 라며 고등부 형은 글러브를 벗고 밴디지를 풀었다. 과연 때리는 것도 힘이 드는 일이라 형은 나보다도 숨이 안 돌아오는 눈치였다. 담임은 내게 기술의 차이를 알겠느냐고 물었다. 나로서는 알겠는 정도가 아니었다.

"네가 아무리 펀치가 좋아도 맞힐 수 없으면 의미가 없는 거야. 이해가 가지?"

세상에서 그보다 더 확실하게 이해가 가는 말은 없었다. 그리하여 기초 위에 기초, 또 그 위에 기초를 쌓고 다시 기초를 쌓은 다음, 그 위에 다시 기초를 또 쌓는 지루한 훈련을 감내해야 한다는 말이었다. 과연 아무 생각 없이 무엇을 반복하는 것과 일정한 성과를 바라면서 반복하는 일은 성질이 사뭇 달랐다.

위빙, 더킹, 스웨잉, 슬리핑 같은 회피기술과 글러브 엘보 숄더 블로킹, 인사이드 아웃사이드 크로스 패링, 오로지 때리는 운동인 줄만 알았던 권투에 그렇게나 많은 방어기술이 있는지 몰랐던 나는 그간 모르고 지냈던 만큼이나 수없이, 같은 동작들을 반복해야 했다. 심지어 링 위에 바둑판을 깔아놓은 것처럼 촘촘하게 그물을 덮어놓고는, 무릎을 굽혔다 일어서며 머리 하나 간신히 빠져나올 그 구멍들로 마치 두더지 게임을 하듯 고개만 빼꼼 내밀었다가 다시 들어가고 하는 식으로, 오로지 위빙만으로 이동해야 하는 기이한 훈련까지 입에서 단내가 나도록 미친듯이 반복했다. 머리가 아니라 몸이 반응하도록, 체화될 때까지 그러한 일련의 과정은 반복되어야 하고, 죽기 전에 시

212

름시름 잃다가도 어디선가 주먹이 날아오면 일단 피하고 죽어야 한다는 게 담임의 지론이었다.

지루한 것을 견뎌야 한다는 말이 무슨 뜻인지 서서히 알아갈 즈음에 이르러 아침 조깅이 로드워크로 바뀌었다. 그리고 그날 또 처음으로 낡은 연립주택 지하 창고에서 녹이 슬고 있던 자전거가 튀어나왔다. 물론 그 녹을 다 벗겨야 하는 것도 나였다. 누나는 아직 언 길도 있고 하니 날이 좀 풀릴 때까지 자전거는 뒤로 미루는 게 어떻겠냐고 할아버지를 만류했지만, 두어 번만 나가고 말 거라며 할아버지는 부득부득 자전거를 끌고 나섰다. 나는 그 자전거 속도에 맞춰 로드워크 패턴을 익혀야 했다.

조깅과 다른 점이 그것이었다. 무작정 같은 속도로 달리기만 하는 것이 아니라 빨리도 달렸다가, 느리게도 달리고, 일정 지점에 이르면 전속력으로 주파했다가, 다시 늦추고 섀도복싱을 반복해야 하는데, 그 과정에 쉬는 시간은 없었다. 무엇보다 습관을 들이기가 어려웠던 것은 그 모든 속도의 보폭이 일정해야 한다는 사실이었다. 빠르거나 느리거나 같은 보폭으로 뛴다는 게 말은 쉬워도 막상 해보면 미치고 팔짝 뛰게 만드는 일이었다.

그러나 나는 결국 익숙해졌고 섀도복싱까지 무리 없이 소화할 정도에 이르렀다. 이른 후에 하는 일은 이룬 것을 다시 끊임없이 반복하는 것이었고. 그리고 그즈음에 자전거는 다시 창고로 처박혔다. 할아버지는 여전히 보지 않고도, 주기적으로 전력질주를 했는지 알맞은 섀도복싱이 들어갔는지를 알아맞혔다. 아무리 생각해도 그건 참 신기한 일이었고 그러는 사이 봄이 왔다.

새 학교 새 학년의 생활을 앞두고 나는 다시 한번 내가 여전히 보호 관찰 기간이라는 것을 깊이 새겨야 했다. 당연히 사고가 있어서는 안 되었다. 그러나 문제는 내가 새 학교에 적응하는 과정에서 싸움이 일어나지 말라는 법이 없다는 점이었다. 개학을 앞두고 담임이 그 점에 관해 귀에 딱지가 앉도록 반복해서 이야기했다. 싸워서는 안 된다고. 그러자 할아버지가 말했다.

　"싸움은 안 되지만 승부를 피해서도 곤란하지."

　그 말이 무슨 말인지 퍼뜩 이해가 안 되었던 사람은 나만이 아니었다. 누나가 할아버지에게 큰 소리로 물었다.

　"싸움을 안 하는데 승부를 어떻게 내?"

　할아버지가 대답했다.

　"그러라고 내가 겨우내 이놈 몸뚱어리에 기름칠을 하게 한 거잖아. 주유소 풍선처럼 너풀거리라고."

　담임이 할아버지의 말을 이어받았다.

　"그래. 네 또래의 싸움이라는 게 잘 피하기만 해도 승부가 가려지긴 할 거야, 그치?"

　누나가 흥분해서 말했다.

　"아니, 이 양반들이 애초에 싸움을 안 하게 해야지 애한테 왜 바람을 넣고 그래!"

　할아버지가 말했다.

　"아니지, 이 양반아. 작정하고 덤비는 싸움이 피하고 싶다고 피해지나?"

담임이 맞아, 하고 대꾸하자 누나가 뭐야, 당신은 이랬다가 저랬다가 줏대 없이, 라고 말했고 담임은 역시 김치찌개 할 땐 묵은지가 최고라느니 하며 딴청을 피웠다. 할아버지가 말했다.

"사내새끼가 어디 가서 한번 기가 죽으면 계속 기가 죽는 법이에요. 그러니까 누가 싸우자면 붙어줘야 하는 거야." 그러고는 나를 보았다. "다만 네놈은 때리는 거보다 맞는 걸 더 잘하니까 네놈이 잘하는 걸 하면 되는 거야. 어차피 네놈이 제일 잘하는 게 그거잖아. 속수무책으로 얻어터지는 거."

"지금은 아니거든?"

"아니면 잘 피해보든가. 여하간 안 때리고 이기면 되는 거 아니야?"라고 말하며 할아버지는 누나를 보았다.

"이상한 소리 좀 하지 마, 아빠. 태주는 진짠 줄 알아."

"그럼 진짜지 가짜야?"

"그냥 학교를 안 다니면 제일 좋을 텐데."

나는 나도 모르게 평소 내가 하던 생각을 무심하게 중얼거렸는데 밥상이 순간 얼어붙었다. 누나가 물었다.

"뭐?"

나는 잠시 머뭇거리다가 대답했다.

"아니 그게 아니고, 그렇잖아. 어차피 공부를 할 것도 아닌데 그냥 검정고시를 봐도 되지 않느냐는 거죠, 내 말은. 차라리 그 시간에 운동을 더 하고."

할아버지가 말했다.

"좋은 생각이다."

"아빠!"

담임이 말했다.

"네 말도 일리가 없진 않은데, 문제는 학교가 공부만 하는 데가 아니라는 점이야."

할아버지를 노려보던 누나가 담임의 말을 받았다.

"그래, 학교에서 배우는 게 공부만 있는 게 아니야. 거긴 하나의 작은 사회니까 네가 그들 사이에서 잘 처신하는 걸 배우는 것도 공부고 훈련이야. 학교에 다닐 형편이 안 되는 것도 아니고, 또 그런 말도 안 되는 소릴 하면 그땐 나한테 얻어터질 줄 알아."

누나가 워낙 딱 부러지게 결론을 내려버려서 담임이나 할아버지조차 아무 말 하지 않았다. 당연히 나도 더는 입도 벙긋하지 못했다. 어차피 통하지 않을 말이라는 걸 알았지만 그래도 누나가 그렇게 말해주어 나는 이를테면, 한여름 바다의 파도가 가슴에 들이치는 기분이었다.

그러나 학교에 다니는 동안 담임이나 누나가 우려했던 일은 벌어지지 않았다. 할아버지의 말처럼 회피와 방어기술만 이용해서 아이들을 이겨야 하는 일도 없었다. 아이들은 일단 내가 소년원 출신이라는 걸—어디서 들었는지—이미 알고 있었고, 게다가 복싱 선수라는 소문까지 난 참이라 아무도 나를 건드리지 않았다.

그들은 마치 동물원의 맹수를 구경하듯 일정한 거리를 두고 나를 관찰하다가, 한 학기와 여름방학이 지나고 이학기가 되어서야 하나둘씩 내게 다가와 친한 척을 하기 시작했다. 그 또한 어떻게 알았는지 내가 소년체전에 나갈지도 모른다는 소문이 돌았기 때문이다. 진짜 신기했던 건 나조차 내가 소년체전에 나갈지 몰랐던 시점에 그런 소문이 나서 도리어 내가 담임에게 "나 소년체전에 나가요?" 하고 물어볼 정도였다. 담임은 싱긋 웃고 할아버지가 뭐라고 얘기할 때까지 모른 척하고 있으라고 말했다. 나는 어리둥절할 따름이었다.

그런 탓인지 아이들은 소년체전에 나가는 아이가 설마 도끼라든가 칼 종류의 무기는 아닐 거라 여겼는지 하나둘씩, 간을 보듯이 내게 접근했고, 접근해서 보니 과연 내가 늑대라든지 스라소니 따위의 맹수가 아니었다는 데 안심한 듯 스스럼없이 대했다. 나는 그들에게 간단한 복싱기술과 줄넘기를 가르쳐주며 관계를 좁혀나갔다.

"권투에서 하는 줄넘기는 목적이 좀 달라서 줄을 짧게 잡아야 해. 그리고 빠르게 손목 스냅으로만 돌리는 거야. 이렇게. 손목의 힘과 유연성을 기르는 거거든."

그러면 아이들이 모여서 오오, 하고 내가 보여주는 줄넘기에 감탄했다.

"그리고 스텝과 호흡을 컨트롤하는 거지. 권투에선 스텝과 호흡이 가장 중요하거든. 줄넘기 스텝을 밟으면서 호흡 조절 연습도 같이 하는 거야."

나의 그런 강의 덕인지 권투를 배워보겠다며 우리 체육관을 찾는 아이들이 속속 늘었다. 누나는 당연히 그들에게 특별히 더 잘해주었고 아이들은 내게 그런 누나가 있다는 사실을 대단히 부러워했다. 살아가며 내가 가진 어떤 것을 다른 사람이 부러워할 거라고는, 단 한 번도 상상조차 해본 일이 없었던 나로서는 그때의 나날이 그러므로 꿈처럼 느껴지지 않을 수 없었다. 그리고 바로 그런 이유가 모여 나라는 인간을 새롭게 빚고 있었으므로. 나는 일 년이 넘도록 오로지 훈련과 스파링만으로 부지하세월이었음에도 아무런 불만이 없었다. 결국 너 권투를 한다는 놈이 도대체 시합 생각은 있는 거냐며 먼저 물어본 것은 오히려 할아버지였다.

나는 당연히 있었다. 말하지 않았을 뿐, 나는 모든 게 준비되어 있었다. 일 년이 넘어가는 동안 나의 기량은 월등하게 향상되어 있었고 단지 스파링일 뿐이기는 했어도 우리 체육관의 프로 형들, 그것도 두 체급 이상 차이나는 몇몇을 제외하고는 나의 상대가 없을 정도였다. 나보다 한두 체급이 높거나 성인반 준프로인 형들 가운데 나와 가볍게 한 라운드 스파링을 뛰고 나면, 저도 모르게 승부 근성이 발동해 진짜 시합처럼 해보자고 제안하는 형들이 적지 않았는데, 그럴 때마다 그들은 모두 케이오로 나가떨어졌다. 본래 내가 가진 타격의 칠십 퍼센트 정도만 꽂아넣어도 그들은 전부 나동그라졌다.

그게 모두가 말하는 나의 장점이었다. 빠른 속도와 정확한 거리 감각, 쉴새없이 흔들어대는 상체와 강인한 맷집, 틈을 주지 않고 상대를 파고드는 나는 전형적인 인파이터 스타일이었다. 나는 폐활량도 좋고 발도 빠른 편이라 아웃복싱도 소화할 수 있었지만 할아버지는 내가 인파이터가 될 것을 바랐다. 그게 진짜 권투라고 할아버지는 말했다.

바로 그 지점에서 종종 담임과의 마찰이 있었다. 담임은 전형적인 아웃복서였기 때문이다. 아웃복싱이란 치고 빠지면서 타점을 높여 경기를 승리로 이끄는 방식이었다. 선수 개인의 타고난 능력도 중요하지만, 그보다는 경기 운영과 전략 전술 그리고 효율성에 최대한 초점을 맞춘 스타일이었다. 많은 사람이 그것을 현대화된 복싱의 선진적인 방식이라고 말했지만, 그러나 할아버지는 그걸 가짜라고 우겼다.

"복싱은 효율성만 가지고 되는 게 아니야. 그렇게 백날 이겨봐야 아무짝에도 소용없어. 복싱에서 이기는 것보다 중요한 건 진짜 승부를 겨루고자 하는 자세야."

담임은 그럴 때마다 황당한 표정으로 할아버지를 보았다. 그런데 그게 그럴 만도 했던 것이, 할아버지가 담임을 가르칠 땐 아웃복싱이 최고라며 그 방법을 고수하도록 했기 때문이었다. 누나가 그랬다고 내게 말해주었다. 한 날 그 점에 관해 담임이 투덜대자 할아버지가 말했다.

"그건 네놈이 인파이팅 능력이 안 됐기 때문에 아웃복서로 키울 수밖에 없었으니까 거짓말한 거고, 인파이터가 진짜야. 이 나이를 먹고도 내가 거짓말을 하고 살 순 없지."

"헐."

담임은 말을 잇지 못했지만 결국 할아버지 말을 들을 수밖에 없었다. 왜냐하면 내가 인파이터 선수로서 더 바랄 나위 없는 펀치력을 지니고 있었기 때문이다. 펀치력은 주먹에서 나오는 것이 아니라 힙 조인트 안쪽 몸의 중심으로부터 시작해, 허리를 통해 전달하고자 하는 최종 부위까지 얼마나 손실 없이 최초의 힘을 유지하는가에 따라 결정되었는데, 나는 그 부분에 있어 일단 타고난 재능이 있었다. 거기에 할아버지의 지팡이가 더해져서 나는 결국 나의 체중을 가장 잘 실을 수 있는 스텝―통통 튀는 풋워크가 아니라 미끄러지듯이 옮기는―과 보폭을 찾았고, 그것을 옆구리에 피가 날 정도로 맞아가며 몸에 익힌 결과, 내 체중으로서는 가질 수 없는 강력한 펀치력을 지니게 되었다.

무하마드 알리도 아웃복서였으므로 나는 사실 담임의 복싱 스타일을 따라가고 싶었지만, 담임도 일정 부분 할아버지의 고집을 인정했고 할아버지의 입버릇도 곧잘 인용했다.

"이기고 지는 건 중요한 게 아니야. 질 때 지더라도 진짜로 하는 게 중요한 거지."

담임은 그러나 할아버지도 젊었을 땐 이 말과 정반대였다고 말했다. 하지만 왜 바뀌었는지 담임 또한 나일 더 먹어보니 알겠더라고 내게 말했다.

"훗날 과거를 회상하며 현재의 나를 확인해보고 싶을 때, 아무래도 자꾸 더 되새기게 되는 건 많이 이긴 전적보다 진짜 제대로 붙어봤던 단 한 번의 기억이거든."

그때의 나는 당연히 그 말이 무슨 말인지 알지 못했다. 권투라는 게 결국 이기자고 하는 싸움인데 거기에 진짜가 있고 가짜가 있다는 말 자체를 이해할 수 없었다. 담임이 말했다.

"그렇다고 할아버지 말처럼 아웃복싱이 가짜라는 건 아니지만, 오로지 효율성만 강조하는 경기를 해서는 권투의 가치가 떨어지는 게 어느 정도는 사실이야."

실제로 과학적인 계측과 합리적인 전략 전술을 구성해서, 거기에 맞게 길러낸 아웃복서들의 승률이 점차 높아짐에 따라, 권투의 인기도 그만큼 떨어지게 된 게 사실이라고 담임은 말했다.

"거대 자본을 가진 프로모터들이 훌륭한 과학적 장비를 동원해 훈련을 프로그래밍하고, 자로 잰 듯 선수 하나하나의 기량을 체크해가며 경기를 준비하니까 그들이 매번 이기기는 해도, 경기 자체가 재미 없어졌고 결과도 매번 판정으로만 승부가 나니까 결국, 사람들이 인식하던 권투의 내용이 예전과 많이 달라졌어. 자본이 과연 모든 판정의 공정성을 지켜보기만 할는지도 의문이라고 생각하는 사람들도 있고. 여전히 페이퍼뷰로 어마어마한 돈을 벌어들이고는 있지만, 역설적으로 복싱 그 자체의 가치는 점점 떨어지고 있는 형편이야. 사람들이 원하는 건 그렇게 기계 같은 선수들의 각본 같은 승률이 아니거든."

"페이퍼뷰요?"

"응? 아, 그래. 그건 프로 세계의 얘긴데…… 언젠가 말할 기회가 있겠지. 네가 아는 선도연합회가 돈을 걷는 방식하고 비슷하거든. 강제 대신 현혹이라는 미끼를 쓴다는 게 다를 뿐이지."

그러고는 과연 그렇다는 듯 고개를 몇 번 끄덕이고는 혼자 웃으며 말을 이었다.

"아무튼 무하마드 알리나 토머스 헌즈처럼 관중을 열광케 하는 진짜 아웃복서는 이제 잘 나오지 않는 시대가 됐어. 그들은 어려운 환경을 스스로 극복하고 자신의 가치를 증명해 보인 선수들이거든. 사람들은 그런 선수들의 드라마를 원하고 그들과 함께 성장하며 행복해지기를 꿈꿨지."

담임은 허공에 원투를 찔러넣고 가볍게 위빙을 한 다음 말을 이었다.

"그래서 알리나 헌즈처럼 최고의 자리까지 오르진 못했어도 자신이 처한 환경을 극복하고 도전을 멈추지 않았던 선수들은 모두 사람들의 사랑을 받았어. 비록 선수는 아니지만 그들처럼 도전하고 또 도 전해서 결국 자신이 속한 링 위에서, 스스로 가치를 증명해 보일 수 있기를 모두가 바랐으니까. 그러니까 그들은 복싱 선수이면서 많은 사람의 희망이기도 했던 거야. 자신의 승부도 승부지만 더 많은 사람 이 함께 꿈꿀 수 있는 내용을 그들은 보여줬으니까."

무슨 말인지 이해하겠냐는 눈빛으로 담임이 나를 보았고 나도 그런 담임을 보았다. 당연히 이해할 수 있었다. 누군가의 희망이 되어주는 복싱 선수. 담임이 말했다.

"하지만 자본가들의 손에 의해서 오로지 승점만을 쌓기 위해 설계 되고 만들어진 아웃복서들이 등장하고, 그들이 주장하는 효율성이 링 을 지배하면서부터 권투가 무언가 본연의 모습을 잃은 건 사실이야. 그러니 할아버지 말씀이 어떤 부분에서는 옳아. 아니, 지금 너한테는 할아버지의 말씀이 정답이야. 넌 아직 어리고 앞날이 창창하니까 효 율적으로 차곡차곡 승점을 쌓아나가는 방식보다는, 질 때 지더라도 일단 정면으로 부딪쳐 싸워보는 게 더 중요한 시기인 건 분명해. 살아 가며 저돌적으로 인파이팅한 기억을 갖지 못하면, 언젠가 부딪히게 될 현실의 무게에 놀라 도망만 다니게 될 수도 있거든. 그래선 그 현 실을 극복할 수도 없고 스스로를 증명할 수도 없으니까 살아가며 한 번쯤은, 모든 걸 다 걸고 정면승부를 겨뤄봐야 할 필요가 있어."

나는 할아버지가 내게 찾아준 움직임과 그 속에서 익힌 콤비네이션 동작들을 잘 연결해서, 물 흐르듯이 자연스러운 나만의 복싱 방식을 찾아냈다. 그리고 그러한 방식으로 이루어지는 타격이 일단 보기에는 상당히 부드러워 보이는 면이 있어, 겉으로 봐서는 주먹의 세기를 가늠하기가 어려웠다. 한데 그러한 형태가 더 위력적이었던 이유는, 상대 선수가 비디오 판독으로 전력을 분석하는 과정에서 예측할 수 없는 지점을 만들었기 때문이다.

별다른 카운터펀치가 있었던 것도 아니었는데 도대체 왜 쓰러질까, 하는 의문은 결국 링 위에 올라서고 맞아봐야 해소되었으므로 미리 세운 전략이란 게 순조롭게 전개되지 않았고, 나 또한 상대가 예측할 수 없는 무기를 들고 링에 오른다는 것이 대단한 이점이었다. 예측하지 못한 사태의 발발은 내가 운동 초기에 겪었던 공황 상태를 상대에게 느끼게 하기 충분했던 것이다. 내가 비디오를 보아도 부드럽게 이어지는 콤비네이션 동작 때문에, 오히려 쓰러지는 사람이 과장된 액션을 취하는 것처럼 보일 정도였다. 내게 맞고 쓰러지는 선수들은 대개 눈을 동그랗게 뜨고 자기가 지금 맞은 게 무엇인지 묻는 듯한 얼굴로 나를 쳐다볼 때가 많았다.

그해 겨울, 나는 소문대로 소년체전 지역 예선 대회에 출전했다. 내가 알기도 전에 소문이 먼저 났다는 건 여전히 내가 모르는 세계가 당연히 존재한다는 얘기겠지만, 이런 종류의 세계를 모른다는 건 과히 기분 나쁘지 않았다. 무엇보다 그 소문의 부정적인 영향보다 긍정적인 효과기 높았다는 점에서, 누군가의 혜안으로 일부러 퍼뜨린 게 아니었을까 하는 생각을 나는 훗날 했다.

그리고 그 의도에 보답하듯 나는 오십칠 킬로 미만 페더급에서 우승했다. 우승의 효과는 놀라웠다. 학교 아이들은 물론, 선생들까지도 나를 대하는 태도가 달라졌다. 이전까지는 더할 나위 없이 골치 아픈 애

물단지가 전학 왔다는 기색을 전혀 감추지 않았던 이들이 백팔십 도 바뀐 태도로 나를 대했으므로 적응하기 어려웠던 것은 오히려 나였다.

나는 이듬해 3월에 열린 지역 최종 예선에서도 역시 우승을 차지했으므로, 그해 5월에 있을 소년체전의 도 대표가 되었다. 참가도 하기 전부터 학교 정문에 내 이름이 쓰인 플래카드가 나붙었고, 여기저기에 응원의 메시지가 마치 온 힘을 다해 불어낸 비누거품처럼 사방 가득했다.

나는 그러나 그들의 응원보다 담임의 말을 더 믿었다. 그런 것들은 모두 풍선 같은 것들이니 감사히는 여기되 마음에 담지는 말라는 말을 담임은 수차례 반복했다. 아마도 내가 그들이 만들어내는 분위기에 취해 균형을 잃을까봐 우려되어 한 말이었겠지만, 그것은 담임의 기우였다.

나는 그들의 응원에 그리 쉽게 도취하지 않았다. 왜냐하면 그들의 말이란 게 아무 생각 없이 들으면 그냥 응원이었지만, 한 번만 더 새겨들으면 마치 자기들이 모두 힘을 합쳐 나를 도 대표로 만들기라도 한 것 같은 묘한 뉘앙스를 풍겼기 때문이다.

나는 싫었다. 나는 어렸을 때부터 그렇게 순수하지 못한 존재들이 떠들어대는 순수함을 경멸했다. 순수한 응원과 그렇지 않은 응원은 아무리 같은 색과 형태를 갖추었다고 해도 구별할 수 있었다. 내가 본능적으로 감각할 수 있는 몇 안 되는 인간의 가식 가운데 하나였다. 그러니 가끔은 그런 생각도 하게 되는 것이다. 내가 정말 싫어해야 할 건 혹시 그러한 인간의 치졸함이 아니라 그런 것을 너무 익숙하게 알아채버리는 나의 예민함이 아닐까 하는 생각.

하지만 진짜 시작은 내가 그해 소년체전에서 금메달을 목에 걸고 나서부터였다. 나는 학교에서뿐만이 아니라 그 지역에서 영웅이 되었다. 내가 감당할 수 없을 만큼 많은 관심과 환호가 쏟아져서 정말이지 정신을 차릴 수가 없었다.

돌이켜보면 그때부터가 아니었을까? 사람들의 관심과 목소리가 어떻게 나의 영혼을 쥐고 흔들 수 있는지를 깨닫게 된 것이. 일생 처음 겪는 일들이었던지라 당연히 혼란스럽기 그지없었지만, 그래도 나는—지금 생각해보면—그때의 가족이 있어 급류에 휩쓸리지 않을 수 있었다. 그들의 품이 있었으므로 나는 그곳에 안겨, 온전히 나 자신을 지켜낼 수가 있었던 것이다.

지역신문을 비롯해 관공서에 이르기까지 꽤 많은 인터뷰 요청과 초청이 있었지만 할아버지는 꼭 필요한 공식 석상이 아니고는 모두 잘라 거절했다. 할아버지의 까칠하기 이를 데 없는 성격이 그때만큼 유감없이 발휘된 적도 없었다. 심지어 어떤 기업에서는 내게 강연을 요청하기도 했는데, 할아버지는 도대체 열여섯 살 먹은 중딩 나부랭이한테 무슨 강연을 하라는 거냐며 코웃음을 쳤다.

"똥 싸는 법을 강연하라고?"

나는 할아버지의 그런 방침에 딱히 불만이 없었다. 나는 오히려 그런 할아버지가 고마웠다. 너는 사실 조금 불안했다. 우리에게 매일 반복되던 행복한 일상이 그들의 관심과 환호 속에서 조금씩 덜컹거리고 있었기 때문이다. 그런 상황은 마치 어딘가 터져나간 바지 솔기를 부여잡고 있는 것처럼 불편하고 부자연스러웠다.

그러다가 나는 우연히 지역신문에 실린 우리의 이야기를 읽게 되었다. 그곳에는 나도 몰랐던 나의 과거, 이를테면 나의 엄마가 나를 보육원 정문 앞에 버려두고 간 걸 우리 보육원 원장이 거둬 키웠다는 식의 이야기와 누나와 담임과 할아버지에 대한 이야기가 낱낱이 까발려져 있었다.

기사에 따르면 누나는 할아버지의 친딸이 아니라 부모 없는 고아를 데려다 기른 딸이었다. 할아버지의 귀가 잘 안 들리는 건 선수 시절 술집에서 패싸움하다가 병에 맞아서 그런 것이고, 담임이 동양챔피언에서 은퇴를 선언하게 된 것도 실은 대한권투연맹과의 매끄럽지 못한 관계 때문이라고 신문에는 쓰여 있었다.

신문은 그러면서 이 사회에 적응하지 못하고 도태된, 루저들이 모여 만든 하나의 감동 드라마라는 식으로 우리의 역사를 포장하고 있었지만 나는 알 수 있었다. 그것은 감동 드라마도 뭣도 아니고 단지 남의 뒤나 캐서 먹고사는 인간들의 똥 같은 글일 따름이었다. 당연히 그들이 말하는 우리의 역사 또한 진실일 리 없었다.

담임과 내가 부모 없는 고아에 보육원에서 자랐고 소년원 출신이라는 사실에, 일부 틀리고 일부 지어낸 이야기가 교묘하게 섞여 있어서, 읽는 나조차 내 이야기의 진위가 어디부터 어디까지인지를 퍼뜩 짚어내지 못할 지경이었으니 다른 사람은 말할 필요도 없었다.

일단 나에 대한 이야기부터 그런 식이었는데 누나나 담임이나 할아버지라고 해서 다를 리 없었다. 굳이 누가 말해주지 않아도 나는 그것이 왜곡된 이야기라는 사실을 잘 알았지만, 우리 식구에겐 요란한 식사시간이 하루에 두 번이나 있었다. 도무지 비밀이라곤 없는 집안 분위기하며, 남들은 가슴 깊이 슬픔을 느낄 만한 자신들의 비극조차 동네 꼬맹이가 하드를 빨다 땅에 떨어뜨렸다는 소식을 전하는 양 잡다하게 만들어버리는 신묘함 때문에, 무슨 일이든 알고 싶지 않아도 알게 되었다. 그 와중에 귀까지 안 들리는 할아버지로 인해 사방이 온통 고함이었으므로 어쩌면 아랫집에서도 우리의 이야기를 알지 몰랐다. 그러니 이 문제도 예외일 수 없었고 아나나 다를까 기사가 실린 그날 저녁에 바로 할아버지가 먼저 입을 열었다.

"개놈의 자식들은 도대체 뭘 처먹고 기사를 쓰기에 내가 술 처먹고 패싸움을 했다는 거야?"

"저는 아버지 귀가 잘 안 들리시는 게 문제라고 생각합니다."

"그건 이놈 새끼야, 시합하다 맞아서 그런 거지 술 처먹고 염병하다 그런 거냐? 그리고 내 귀가 왜 안 들려. 들을 건 다 들어."

그 말에 내가 "헐" 하고 반응하고 이어 누나가 "눈이 안 보이는 것보다는 백번 낫지" 하고 말했다.

그날 밥상 위로 오간 내용만 정리해보면 누나가 입양된 건 맞지만 사고로 죽은 친구 딸을 거둔 것이었고, 돌도 지나기 전부터 할아버지가 업어 키웠으므로 친딸이니 아니니 따지는 자체가 웃기는 일이었다. 할아버지 또한 술집에서 싸운 일이 있지만 그게 그 자리에서 술을 먹다 싸운 게 아니라, 그날 후배 경기를 판정했던 연맹 심판들의 뒤풀이 자리를 찾아가 깽판을 놓은 것이었다. 이유는 당연히 편파 판정을 참지 못했기 때문이고 그 자리엔 과연, 경기 조작을 사주했던 인물이 동석해 있었다는 사실 또한 알 사람은 다 안다고 했다. 당연히 병으로 맞은 일 따위도 없었다.

"내가 그런 놈들한테 맞고 살았으면 여 앞 사거리 가운데 앉아 똥을 싸고 거기다가 코를 박고 죽는다, 내가."

　나는 나도 모르게 그 모습이 그려져 에이, 하고 인상을 찌푸렸고 누나 또한 쯧, 하고 혀를 한번 차고는 "밥 먹는데 또 똥 얘기!" 하고 할아버지에게 숟가락을 겨누었다. 담임 역시 이 고질적인 승부 조작 사건에 연루되어 있었다. 그 자체로 하나의 권력이랄 수 있었던 연맹의 승부 조작 지시에 담임이 불복했고, 그로 인해 온갖 치졸한 방법으로 보복당해 세계 타이틀전은 물론이요 시합 자체를 뛸 수 없었으므로, 사실 스스로 은퇴를 선언했다기보다 연맹에 의해 퇴출당했다고 보는 편이 옳았다. 그 사실 또한 업계에서 알 사람들은 다 안다는 걸 훗날 나도 알게 되었다.

　대한권투연맹이 그때까지도 할아버지와 담임을 불편하게 여겼던 까닭이 바로 그러한 역사에 있었다. 두 사람이 자신들의 과오를 상기시킬 뿐만 아니라 혹여 그 사건들이 재조명되기라도 할까 두려워, 두 사람이 모습을 드러낼 때마다 먼저 짖어대는 양상이 딱 꼬리를 다리 사이에 감춘 개 꼴이었다. 그리고 그들의 치졸함은 결국 나의 향후 거취에도 영향을 미쳤다.

7

소년체전의 그 많은 종목 가운데 복싱이라는 부문, 그중에서도 고작 한 체급에 불과한 영역에서 금메달을 땄다고 해서 내가 그 정도로 지역에서 영웅시될 일은 사실 아니었다. 그러나 권투 관계자를 비롯해 많은 사람이 관심을 둘 수밖에 없었던 이유는 내가 지역 예선을 비롯해 소년체전 본경기까지 모두 케이오로 이겼다는 사실 때문이었다.

무엇보다 사람들을 놀라게 했던 건, 모든 경기가 일 라운드 삼십 초 안에 승부가 났다는 점이었다. 가장 오래 끈 경기가 본선 결승 마지막 시합이었고, 이십팔 초 만에 케이오로 경기가 종료되었다. 아마추어 복싱에서 케이오는 그리 흔치 않은데 나는 모두 케이오였고 그것도 공이 울리고 삼십 초도 안 되어 상대 선수를 링 위에 나뒹굴게 만들었으므로 나는 도핑 검사를 두 번이나 받아야 했다.

그리고 그해 가을이 되어 나는 아주 우연히, 그러니까 도무지 비밀이라고는 없는 우리 집안에서 아주 예외적으로, 심지어 할아버지의 옷방에서 이야기를 나누는 담임과 할아버지를 발견했다. 정확히 말하자면 그들의 목소리를 들었고 누가 집에 들어오는지도 모를 만큼 그들은 격론을 벌이고 있었는데, 나는 담임이 할아버지와 그렇게까지 말다툼하는 모습을 그때 처음으로 보았다. 엿듣고 싶지 않아 다시 나가려고 했지만, 격론의 주제가 나라는 사실을 알고 나니 막상 발이 떨어지지 않았다. 나는 현관에서 신발을 반쯤 꿰고는 엉거주춤하게 서 있었다.

"보내는 게 맞는 거 같습니다. 우리가 품고 있어봐야 길이 없어요."

"길이 왜 없어, 이놈 자식아. 해보지 않고는 모르는 거지."

"아니 그걸 왜 몰라요. 그렇게 당하시고도 모른다는 게 억지죠, 아버지. 뻔하잖아요. 게다가 걔들이 직접 찾아와서 보내라고 할 정도인데, 이건 반대로 그렇게 하지 않으면 자기들도 가만히 있지 않겠다는 얘기잖아요."

"가만히 있지 않으면?"

"아버지, 태주 인생이에요. 이건 우리가 고집부릴 일이 아닙니다. 태주가 우리나라 복싱을 다시 되살릴 수 있어요. 누구보다 잘 아시잖아요. 여기서 연맹 애들하고 다시 척을 진다는 건 결국 태주 앞길을 우리가 막는 거예요."

"개도 안 물어갈 소리 하지 마라. 누가 태주 앞길을 막아. 내가 그 놈을 어떻게 키우고 있는데."

"그러니까요, 아버지. 대한체고 보내야 해요. 대한체고 가서 연맹 애들이 나가라는 대회 착실히 나가고, 전적 쌓고, 국대 밟아야 해요. 태주 실력이면 올림픽 금도 충분하다는 거 뻔히 아시면서, 그게 우리

힘만으로 가능합니까? 이 년 데리고 있었으면 충분해요, 아버지. 타고난 재능에 기본기 다 끝났고, 이제 저 알아서 하라고 내버려두면 훨훨 잘 날 수 있어요. 품안에서 보내야 할 때예요. 저라고 태주 보내고 싶어서 이러겠습니까?"

"기본기 다 안 끝났다. 아직도 풀 커버링이 안 되잖아!"

"아버지, 그런 건……"

"그리고 아직 덩치도 더 키워야 해. 한참 클 나이다. 키 크고 체중 달라지면 스텝도 그렇고 손봐야 할 게 한두 가지가 아니다. 그리고 밀고 들어올 때 치지 말라고 그렇게 얘길 해도 그놈은 여적 말을 안 든다. 제 펀치력 하나 믿고 맞불을 놓잖아. 그러다가 몇 번이나 균형 잃는 거 너도 안 봤냐? 아직 몸에 힘도 덜 빠져서 롤링도 무거워. 뒤축 회전도 부자연스럽다. 그리고 카운터 칠 작정을 하면 몸을 뒤로 젖히는 습관도 못 고쳤어."

"제가 볼 땐 아버지, 그건 다 아버지 기웁니다. 앞으로 시합 경험 많아지면 저절로 다 고쳐질 내용들이고 오히려 아버지나 제가 갖지 못한 본능적인 감각이 있어서 더 잘 보완될 겁니다."

"안 되면 네놈이 책임질래?"

"됩니다."

"안 돼."

"돼요."

"그러면 되는 거 보고 보내도 늦지 않다."

"그럼 늦어요, 아버지. 고등학교 들어가면 바로 국대 준비해야 합니다."

"한 대 치고 엉겨붙는 뱀 같은 놈들도 아직 안 만나봤다. 인파이터가 그런 놈들 만나면 십중팔구 당황한다. 태주도 분명히 당황할 거야."

"안 당황해요. 설사 당황한다고 해도 경험이 쌓이면 다 해결될 문젭니다."

"무조건 밀고 들어가기만 하잖아! 클린칭하고 호흡 조절을 해야 할 타이밍에도 태주 놈은 밀고 들어가기만 해. 그게 습관 되면 체력 관리 안 된다."

"밀고 들어가라고 가르친 건 아버지잖아요."

"아무때나 막 밀고 들어가라고 하디?"

"밀고 들어가야 할 때만 잘 밀고 들어가던데요, 뭘."

"야, 인마! 태주는 아직 일 라운드도 넘겨본 경험이 없어. 너는 인마 그게 얼마나 치명적인 문제인지 모르지. 노상 치고 빠지는 경기만 뛰어봐서. 인파이터들은 자기 공격 안 먹히면 금세 말린다. 저놈이 지금까지 운이 좋아 계속 이긴 거지, 저만큼이나 맷집 좋고 발 빠른 놈 만나서 경기 길어지면 분명히 페이스 잃는다. 너도 인마, 네 입으로 안 그랬냐? 소년원에 있을 때 그 정신 나간 놈인지 뭔지한테 몇 번이나 정타를 꽂아넣는데도 안 넘어가니까 당황하더라고!"

"아버지, 태주가 그때랑 지금이 같습니까?"

"같아."

"아 참 아버지, 고집 좀 그만 부리세요."

"이놈 새끼가? 야 이놈의 자식아. 너 같은 아웃복서 만나면 어쩌라고. 질질 끌려다니면서 처맞다가 끝나라고?"

"아버지 안 계실 때 제가 틈틈이 아웃복싱도 가르쳐서 괜찮아요.

막상 부딪치면 잘할 겁니다. 우리가 데리고 있으면 태주 국대 못합니다. 잘 아시면서 도대체 왜 그러시는 거예요?"

"연맹 새끼들 밑으로 기어들어가면 애 인생 망쳐. 돈밖에 모르는 새끼들이 태주를 가만둘 거 같으냐? 서커스단의 코끼리처럼 굴리다가 단물 빠지면 내다 버릴 거다. 네놈이야말로 그렇게 당하고도 모르냐?"

그리고 한동안 침묵이 흘렀다. 나는 숨을 죽인 채 몸을 돌려 현관문 손잡이를 잡았다. 그러곤 두 손으로 문을 살짝 들어올려 최대한 소리가 나지 않게 하면서 열려는 찰나, 다시 목소리가 들렸다.

"그래도 올림픽은 나가야 합니다. 모든 운동선수의 꿈이에요."

"나가면 되지. 뭐가 문제야."

"아버지!"

"연맹 애들한테 붙어서 나가는 건 의미 없다. 그 새끼들하고 한번 엮이면 걔들하고 계속 가야 하는 거야. 걔들 시키는 대로 안 하면 메달이고 나발이고 다 소용없다. 사람들이 기억이나 해줘? 너 아시안게임에서 은메달 딴 거 아는 사람 몇이나 있냐. 그나마 동양챔피언이라도 안 됐으면 누가 그걸 기억하고 있겠어. 연맹 애들이 뇌줄 때 그냥 뇌주디? 언론이고 뭐고 사람 개새끼 만들어서 내팽개치지 않디? 우리나라가 그렇게 한번 자빠진 사람한테 다시 기회를 주는 나라더냐? 그랬으면 동양챔피언씩이나 한 네놈이 이 구석에 처박혀서 소년원이나 오가고 콩만한 체육관이나 하고 앉아 있지는 않았겠지. 이 나라는 이제 억울하든 뭐하든 실패한 사람한테 두 번 기회를 주는 나라가 아니다. 그렇게 겪어놓고도 여적 몰라? 연맹 놈들이 해코지해놓으면 사람들은 그게 진실인 줄 알 거다. 그럼 우리처럼 아무것도 없는 놈들은 다시 일어설 수 없어. 시작부터 엮이질 말아야 해."

"그럼 왜 애초에 인파이터를 시키신 겁니까?"

"뭐?"

"태주는 아웃복싱도 잘합니다. 심폐지구력도 좋고 발도 빠르고 거리감도 좋고 제가 볼 땐 인파이팅보다 아웃파이팅에 더 잘 맞아요. 아웃복서로 나가는 게 훨씬 승률이 높을 거고 실패 확률도 줄어들 겁니다. 실패를 피해가려면 그 길을 선택했어야죠. 왜 굳이 인파이터를 고집하신 겁니까?"

"그거랑 이거는 달라."

"뭐가 다른데요."

"먼저 덤벼서 자빠지는 거랑 남이 짓눌러 찌부라지는 거는 달라, 이놈 새끼야. 스스로 부딪쳐서 이겨내는 힘을 기르지 않으면 더 센 놈이 짓누를 때 찌부라진다."

"연맹도 이제 다를 겁니다."

"퍽이나 다르겠다."

"세상이 바뀌었으니 이젠 예전처럼 그렇게 할 수 없어요."

"세상이 바뀌어서 이제 예전처럼 그렇게 할 수 없으면 그냥 여기 고등학교 들어가도 되겠네. 굳이 그쪽으로 건너갈 필요 없겠구먼."

"……아버지, 국가대표는 모든 선수가 꿈꾸는 일이에요. 어떤 경험하고도 바꿀 수가 없어요. 저는 우리가 연맹하고 기싸움하느라고 태주가 그 기회를 놓칠까봐 밤에 잠도 잘 안 옵니다."

"운동 열심히 하면 잠 잘 온다."

"아버지!"

나는 그렇게 다시 언성이 높아지는 찰나에 딸각, 현관문을 열고 밖으로 나왔다. 심장이 입 밖으로 튀어나올 것만 같았다. 그게 두 사람의 얘기를 엿들어서 그런 건지 아니면 그들 사이에 오간 대화 내용 때문인지 분간할 순 없었지만, 생전 생각해보지 않았던 문제인 것만은 분명했다. 내가 국가대표라니.

대한권투연맹. 나는 그곳 사람들을 아직 단 한 번도 직접 만나보지 못했고 어떤 곳인지도 알지 못했지만, 그 조직 때문에 담임과 할아버지의 선수생활이 짧아졌다는 사실만은 알았다. 그러니 내가 당연히 그들에게 좋은 감정이 있을 리 없었고 오히려 분명한 적대감을 지니고 있었는데, 담임이 극구 나를 그곳에 보내야 한다고 하니 뭐가 뭔지 잘 이해가 되질 않았다.

결국 나는 그날 밤 체육관 선배인 상구 형을 만나 이야기를 듣고서야 여러 가지 상황들을 이해할 수 있었다. 결론적으로 담임은 나를 올림픽 금메달리스트로 만들고 싶은 거였고, 그것은 당연히 올림픽에 출전해야 가능한 일이었으므로 올림픽 지역 예선에 먼저 참가해야 했는데, 그러려면 우선 국가대표가 되어야 했다. 그런데 국가대표가 되려면 선발전을 거쳐야 했고 그것을 주관하는 난제가 연맹이라는 얘기였다.

복잡했지만 간단했다.

선발전 경기를 모두 케이오로 이기지 않는 이상, 연맹 소속 선수들에게 판정이 유리하게 돌아간다는 건 암암리에 알려진 사실이었고 대한체고와 체대가 모두 연맹의 라인이라고 상구 형은 말했다.

"올림픽 국가대표로 선발되려면 그러니까 대한체대를 들어가야 유리한데, 대한체대를 들어가려면 또 대한체고를 나오는 게 무조건 유리하거든."

무슨 꼬치구이도 아니고 왜 그렇게 줄줄이 엮여야 국가대표라는 게 될 수 있는 건지 알 수 없었지만, 어쨌거나 담임은 나를 고등학교 재학중에 청소년 국가대표에 앉혀서 세계선수권대회 경험을 쌓게 하려는 의도일 거라고 상구 형은 말했다.

"서양 놈들은 우리랑 체격도 다르고 힘도 다르니까 올림픽에 출전해서 어느 정도 성과를 내려면, 세계선수권대회에서 걔네를 미리 만나보는 것처럼 좋은 경험이 없거든. 잘하는 놈들은 어차피 다 거기서 거기라서 세계선수권에서 만난 애들을 결국 올림픽에서도 다시 만나게 되니까."

그런데 문제는, 대한체고에 입학하면 나는 이 집을 떠나야 한다는 사실이었다. 그곳 기숙사로 들어가 학교 코치들과 함께 훈련해야 한다고 상구 형은 말했다. 예외는 없다고.

그런 내막을 알게 되자 나는 결정이 의외로 쉬웠는데, 식구들은 여전히 그 문제로 골머리를 앓는 모양이었다. 식사중에도 그렇고 운동중에도 그렇고 누나나 담임이나 할아버지나 모두 약속이라도 한 듯 나를 얼빠진 표정으로 물끄러미 바라보고 있을 때가 많았다. 나를 보고 있지만 마치 나를 통과해 내 뒤에 있는 무언가를 보는 것처럼. 나는 먼저 내 생각을 말하고 싶었지만 그러자면 엿들었던 사실부터 밝혀야 했으므로 먼저 말해줄 때까지 꾹 참고 기다려야 했다. 그러던 어

느 날 결국 그날이 왔고, 늘 그래왔듯 중요한 이야기는 언제나 가볍
게, 마치 침을 뱉다가 문득 생각났다는 듯 저녁식사중에 시작되었다.
역시 할아버지가 먼저 입을 열었다.

"너, 고등학교 말이다."

나는 할아버지를 쳐다보았고 누나와 담임은 이미 모든 합의가 다
끝났다는 듯 조용히 침묵을 지키고 있었다.

"너 고등학교 꼭 가야 되냐?"

누나가 숟가락을 탁 내려놓고는 "아빠!" 하고 버럭 소리를 질렀다.

그러자 할아버지가 알았다는 듯 손을 한번 들어 보이고는 다시 말
을 이었다.

"그렇지. 고등학교는 가야지. 그런데 가려면 체고로 들어가야겠다."

"체고?"

"그래, 체고."

"대한체고?"

그러자 세 사람이 동시에 놀란 표정을 하고는 내게 되물었다.

"오, 아네?"

"그럼. 유명하잖아, 그 학교."

담임이 말했다.

"그래. 거기 특별전형으로 입학 허가가 났어."

"안 가요, 저 거기."

할아버지가 의미심장한 눈빛으로 나를 쳐다보았고 다른 두 사람만
깜짝 놀라 소리쳤다.

"뭐?"

나는 밥알을 씹으면서 태연하게 말했다.

"너무 멀어요."

누나가 말했다.

"거긴 들어가면 기숙사에서 지내는 거야."

"그러니까 안 가."

담임이 조금이라도 허튼소리를 하면 곧장 혼내주겠다는 표정으로 물었다.

"왜?"

"이제까지 평생 합숙하는 것처럼 하고 살았는데 또 그런 곳에 가서 모르는 애들하고 살고 싶지 않아요."

나는 이제 할아버지가 어떤 사람인지 알았고 담임이 고집하면 결국 질 수밖에 없다는 사실 또한 알았으므로 생각했다. 내가 뭐라고 대답하면 세 사람이 나를 그곳으로 보내지 않을까. 오랫동안 고민해서 준비한 말이었다. 아니나 다를까 세 사람은 아무 말도 하지 못한 채 멀뚱멀뚱 나를 바라보기만 했다. 아무도 나의 그런 대답을 예상치 못했을 것이었다. 한동안 침묵이 흘렀고 담임이 조심스럽게 입을 열었다.

"그래도 거길 가야……"

"국가대표 선발전에서 좋은 성적을 낼 수 있다고요?"

"어, 그래."

"안 가도 좋은 성적 낼 자신 있어요."

"하지만 고등부 경기는 다르다. 체격도 다르고 힘도 달라."

"저도 달라지겠죠."

"그건 그렇지."

할아버지가 중얼거렸다.

담임과 누나가 할아버지를 째려보았다.

"대한체고가 워낙 유명해서 거기 선수들이 유독 좋은 판정을 받는다면, 판정으로 안 가면 되죠."

"다르다, 태주야. 고등부는."

"달라도 할 수 있어요. 저도 달라질게요. 더 열심히 하면 되죠."

세 사람은 다시 말이 없었고 나는 아무렇지도 않은 척 입속에 밥과 반찬을 욱여넣고는 멍하니 씹다가 다시 말했다.

"만에 하나 이기지 못해서 국가대표 못 돼도 상관없어요, 저는. 국가대표 되는 것보다 여기 있는 게 저한테는 더 중요해요."

누나가 말했다.

"태주야, 그래서 그런 거면 고등학교만 거기서 다니면 되는 거야. 삼 년만 있다가 다시 오면 되지."

"아니, 누나. 한번 떠나면 다시 돌아올 수 없을지도 몰라. 그렇지 않으면 떠났던 사람들은 모두 다 돌아왔겠지. 하지만 오지 않는 사람이 더 많잖아. 그 사람들도 모두 돌아오고 싶었을 거야. 하지만 저마다의 사정이 있으니까 못 돌아오는 거겠지. 그렇게 누구나 다 한번 떠나면 사정이 생기게 되어 있어, 누나. 떠날 땐 금방 다시 돌아올 수 있을 것 같아도 막상 그때가 되면 돌아오지 못할 이유로 가득할 거라고. 그래서 나는 떠난 사람이 다시 돌아온다는 거, 믿지 않아요. 다시 돌아올 수 있는 일이면 떠나지 않고도 할 수 있다고 나는 생각해. 나는 여기서 떠나고 싶지 않아, 누나."

나는 아주 단호하게 내 생각을 또박또박 힘주어 말하면서, 그 생각들이 입 밖으로 나오는 순간 모두 확신이 되는 기이한 체험을 했다. 그건 미리 준비한 말이 아니었다. 전에 한 번이라도 생각해봤던 말도 아니었다. 그 순간 갑자기 떠오른 말이었고, 내 목소리를 통해 옹크리고 있던 몸을 일으키며 형체를 갖추기 전까지만 해도, 내 속에 있었는지조차 알지 못한 말이었다.

그런데 그 말들이 하나둘씩 일어나 내 눈앞에서 척척 걸어나가는 모습을 보고 있노라니, 확신과 더불어 알 수 없는 감정이 북받쳤다. 가슴으로 이어지는 길이 느닷없이 좁아지는 느낌이었다. 눈이 뜨거워졌다. 이런 상황에 터무니없이 울어서는 안 된다는 생각이 들어 나는 애써 눈물을 참으며 물었다.

"내가 여기 계속 있으면 이제 짐이 되는 거야?"

그 말에 누나는 몹시 당황한 듯 손사래를 쳤다.

"아니, 아니 그럴 리가 있니? 절대 그럴 일은 없어."

담임도 황급히 거들었다.

"갑자기 무슨 말도 안 되는 소릴 하는 거야? 지금."

두 사람은 전혀 예상치 못한 상황에 난감하다는 표정으로 서로의 눈치를 보았다. 할아버지만 조용히 식사를 계속했다. 나는 담임을 보고 말했다.

"그게 아닌 거면 저, 그냥 여기 있을게요. 그리고 저, 전에 있던 동네에서도 도망치는 것처럼 이곳으로 왔어요. 물론 그래서 누나랑 할아버지를 만날 수 있었지만, 그래도 도망치는 것처럼 이곳으로 온 건 사실이에요. 이제 그러고 싶지 않아요. 다시 더 좋은 곳이 있다고 해서 그곳으로 떠나고 싶지 않아요. 제게 이곳보다 더 좋은 곳은 없고,

있어도 바라지 않아요. 저는 지금으로도 충분합니다. 국가대표도 좋지만 그걸 위해서 여길 떠나야 한다면, 하고 싶지 않아요. 이곳에서 함께할 수 없는 건, 하고 싶지 않아요."

한동안 정적이 흘렀고 정적의 너비가 굽이굽이 얼마간 넓어지다가, 이윽고 할아버지의 목소리가 댐처럼 그 흐름을 막아섰다.

"그래, 평안감사도 저 싫으면 못하는 거야. 당연하지."

이번에는 담임도, 그리고 누나도 할아버지를 흘겨보지 않았다. 아무 말도 하지 않았다. 다시 침묵이 흘렀고 침묵이 또 한번 바닥을 파고 폭을 넓히는 동안 나는 된장찌개 한구석에 놓인 두부를 바라보았다. 김이 솟고 있었다. 이윽고 담임의 한숨이 곧게 솟던 김을 흐트러뜨렸고 김은 마치 화들짝 놀란 유령처럼 몸을 한번 비비 꼬고는 사라졌다. 이어지는 담임의 목소리에 뒤따르던 김도 후다닥 흩어졌다.

"그래, 그럼 우리끼리 해보자. 되는 데까지."

이듬해 나는 인근 고등학교에 입학했다. 내가 들어간 고등학교에서는 내가 대한체고로 스카우트되었던 일에 관해 알고 있었다. 그러나 그걸 마다하고 자신의 고등학교로 와준 사실에 대해 교장 선생부터 무한히 감동받았고, 그러므로 거의 모든 선생이 나를 배려해주었으며 아이들도 나르시 않았다. 작년에 소년체전에서 금메달을 딴 이후 다니던 중학교 분위기가 바뀌었던 것과는 또 다르게, 이게 무슨 올림픽 영웅을 맞이하기라도 하는 것 같은 분위기였으므로 부담스럽기가 이루 말할 수 없었다. 그러나 시합을 앞두었을 때마다 수업시간을 조정해주는 학교측의 배려는 과연 큰 도움이 되었다.

나는 그해 여름을 거치면서 키가 십 센티미터나 자라 거의 백팔십에 육박했고 몸무게도 칠팔 킬로 더 늘었다. 전국체전 예선전을 치르는 와중에 일어난 몸의 변화였던지라 할아버지도, 담임도, 나도 당황했고 그러므로 가장 힘들었던 것은 체중 감량이었다. 자고 나면 키가 커 있어서 한때는 눈을 뜨자마자 키를 재봐야 했을 정도였다.

봄에 치른 지역 예선 일차전에는 페더급으로 출전해 우승했는데 불과 몇 달 뒤의 최종 예선에선 이미 키가 오 센티미터나 자라고 몸무게도 사 킬로가 늘어 체중 감량에 실패할 뻔했고, 여름방학이 지나고 그해 가을 체전 본선에 이를 때까지의 변화가 그야말로 스펙터클했던지라, 그때는 정말이지 체전이고 나발이고 체중 감량 생각만으로도 구토가 일 정도였다. 난생처음으로 권투를 시작한 걸 후회했던 때였다.

몇 개월 사이에 키가 훌쩍 큰다는 건 상당히 적응하기 어려운 문제였다. 아무것도 안 하고 그냥 걷는 것만으로도 때론 몸이 휘청거리는 느낌을 받았으므로, 남의 몸을 잠시 빌려 들어앉아 있는 것처럼 매사가 어색했다. 그런데 걸을 때마다 휘청거리는 느낌이 단지 나만의 기분이 아니라 실제로도 그랬던 모양이었다. 종종 할아버지가 뒤에서 어, 저놈 새끼 걷는 거 봐라? 하는 소리가 들렸다.

생각해보면 결국 할아버지의 선견지명이 적중한 셈이었다. 담임도 내가 그렇게까지 한 번에 훌쩍 클지 예상하지 못했고, 그 변화의 폭이 실로 크다보니 전체적인 균형이 걷잡을 수 없이 깨져버렸던 순간이 있었다. 누구보다 내게 지대한 애정을 가진 두 사람도 그런 변화에 잘 적응하지 못했는데, 다른 코치는 생각해볼 것도 없었다. 두 사람조차 내 몸의 균형을 다시 잡는 데 지독히 애를 먹었기 때문이다. 할아버지는 심지어 검은 머리가 다시 나더라는 말까지 했다. 그러니 내가 만약 체고로 진학했다면 그곳의 코치들은 그냥 다들 손을 놔버렸을 공산이 컸다. 그러면 스스로 이겨내야 했을 텐데, 그곳에는 그것을 견뎌야 할 동기가 존재하지 않았다. 나는 아마도 지독한 슬럼프에 빠져들었을지도 몰랐다.

예상치 못한 그런 어려움들이 날과 달 사이마다 끼어 긴장의 연속이던 와중에도 나는 그해 체전에서 금메달을 목에 걸었다. 거의 미친 수준에 이르는 감량으로 뼈만 달그락달그락 끌고 링에 올라갔지만, 체급에 비해 키가 컸던지라 뜻하지 않은 거리의 장점이 생겼고 흔들거리는 균형은 생각지 않은 회피의 기술이 되었다. 게다가 아무리 뼈로만 이루어진 몸이었다고 해도 본래 운용하던 힘의 기세가 있어, 이번에도 예선은 물론 본선에 이르기까지 모두 일 라운드 케이오 전승이었다. 나는 당연히 소년체전 때와는 또다른 화제의 중심이 되었다.

지역신문을 넘어 전국신문 몇 꼭지를 비롯해 인터넷 기사 곳곳에서 나를 발견할 수 있었다. 소년체전에서 겪었던 사람들의 관심이 가령 큰 파도 같은 것이었다면, 전국체전에서 우승한 뒤 밀려든 관심은 거의 해일 수준이었다. 그러나 나는 이전처럼 그들의 환호에 정신을 차리지 못하거나 동요하거나 혼란스러워하지 않았다. 많은 사람에게 인정받는 상황이 기분 나쁘지는 않았지만 한편으로 좋지만도 않았다. 그것은 마치 불 꺼진 터널 속을 걷는 것처럼 다소 불안한 마음을 동반하고 있었기 때문이다. 고즈넉한 강가 갈대밭에서 네 식구가 단란하게 앉아 소담스런 음식을 먹으며 즐거워하는 와중에, 갈대밭 한편 좁은 길로 자동차 경주가 벌어진 것 같은 느낌이었다. 평상시에는 전혀 볼 수 없었던 갑작스러운 풍경이라 일단 눈이 가고 신기했지만, 이내 그 엄청난 행렬과 먼지와 평온한 환경을 부숴버리는 듯한 굉음 때문에 눈살이 찌푸려지고 마는 것이었다.

그래서 나는 집과 체육관과 학교 앞에 진을 치고 있는 기자들의 눈길을 알아서 요령 있게 잘 피해 다녔다. 할아버지 또한 이전과 다르지 않게 꼭 필요한 자리가 아니면 거의 모든 참석 요청을 딱 잘라 거절했고 그러다보니 몇몇 소양 얕은 기자들의 보복성 기사가 실리기도 했지만, 그게 우리 생활에 영향을 미칠 만큼 대단한 사회적 반향을 불러일으키지는 못했다. 그 정도까지 유명세가 있었던 것은 아니었기 때문이다.

다만 나는 이때 높아진 언론의 관심이 이듬해 있을 국가대표 선발전에 어떤 좋은 기운으로 작용하지 않을까 하는 막연한 기대를 하긴 했었다. 그들의 호의적인 관심이 나를 유리한 고지에 올려놓을 거라는 기대가 아니라, 공정성을 판단하는 적절한 감시 기능으로서의 역할을 해주지 않을까 하는 기대감이었다. 그러나 할아버지나 담임에게 그런 생각을 말해볼 기회는 없었다. 두 사람은 다른 이유로 고민에 빠져 있었기 때문이다. 이번에 문제가 되었던 것은 과연 할아버지가 일전에 담임에게 말했던 내용 그대로였다. 내가 경기를 너무 일찍 끝내버려서 라운드 경험이 턱없이 부족하다는 사실이었다.

이번에는 담임도 그러한 우려에 이견을 내지 않았다. 한국에서야 알맞은 적수가 없다보니 케이오 퍼레이드가 가능했다고 쳐도 외국 선수들과의 시합에서도 그럴 수 있으리라는 보장이 없었다. 그게 두 사람의 생각이었다.

쌀가마니를 하나씩 등에 올리는 것처럼 쌓여가게 될 라운드의 연속이, 내 지구력에 어떠한 영향을 미치게 될지 판단할 근거가 전혀 없었다. 훈련에서 피로를 쌓아 측정하는 체력과 실제 경기를 치르면서 소모되는 체력은 그 양상이 달랐으므로 비교가 무의미하다고 담임은 말했다. 그러나 나는 두 사람처럼 근심 걱정에 휩싸여 있지는 않았다. 솔직히 승승장구의 가도를 달리고 있었던 터라 내가 실력이 아니라 체력적 한계에 부딪혀 패하게 될 거라고는 잘 상상이 되지 않았다.

물론 토할 것처럼 반복되던 훈련중에, 몸속으로 들어오는 공기의 무게조차 무겁게 느껴지던 순간들이 있긴 했었다. 하지만 그게 시합 중에 일어나는 일이라면 나만 그런 게 아닐 터였다. 그러니 지구력이라는 게 결국 누가 더 오래 버티느냐의 문제라고 본다면 나는 왠지 그것 또한 잘할 수 있을 거란 생각이 들었다. 그래서 나는 그들의 근심을 멀뚱멀뚱 산너머로 뉘엿뉘엿 넘어가는 해를 쳐다보듯 먼발치에서 바라보기만 했을 뿐, 별문제 없을 거라는 막연한 믿음이 있었다.

그러나 돌이켜보면 할아버지나 담임의 걱정을 단순히 가볍게만 볼 수는 없었다. 지도자로서 데이터가 없는 선수의 미래를 예측하는 것처럼 불안한 일은 없었기 때문이다. 결국 할아버지는 나의 체급을 올리기로 결정 내렸다.

어치피 너는 페디급에 다시 출진하기 어려웠다. 체선 때는 본선이 눈앞에 닥쳤으니 제정신이 아닌 상태로 간신히 감량하긴 했지만 멀쩡한 정신 상태로 돌아온 상황에서 그 미친 감량을 다시 할 순 없었고, 담임이나 할아버지도 그런 식의 감량으로 정상적인 선수생활을 유지할 순 없다고 얘기했다.

그래서 나는 평상시 체중에서 오륙 킬로 빠진 육십 킬로 미만 라이트급으로 한 체급을 올리거나, 평상시 체중에서 일이 킬로 빠진 라이트웰터급으로 두 체급 정도 올리는 걸 예상했다. 그런데 할아버지는 내게 미들급을 말했다. 나는 깜짝 놀랐다. 그것은 그때까지 내가 유지했던 페더급보다 무려 다섯 단계나 상향 조정된 체급이었다. 평상시보다 오히려 살을 찌워야 하는 상황이었다.

　아마추어에서 미들급은 칠십일 킬로 이상 칠십오 킬로 미만으로 규정되어 있는데, 할아버지는 나를 칠십일 킬로의 무게로 칠십오 킬로의 경쟁자들과 붙게 할 요량이었다. 그러니까 평시 체중으로 따진다면 나보다 최소 십 킬로 이상 차이나는 선수들과 시합을 하게 되는 것이었다. 대체로 거의 모든 선수가 평시 체중에서 오륙 킬로 이상 줄여서 출전하지 나처럼 오히려 늘려서 출전하는 경우는 없었다.

　그래서 나는 도리어 살을 찌워야 했고 잠자는 시간을 제외하곤 온종일 입에 뭔가를 물고 있었다고 해도 과언이 아니었다. 그냥 먹고 자고 쉬기만 해서 체중을 불리는 건 쉬울지 몰라도 운동을 병행하는 과정에서 체중을 불린다는 건 빼는 것만큼이나 쉽지 않은 일이었다. 그러니까 목표 체중보다 최소 오 킬로 이상은 더 찌워서 운동으로 감량해야 몸이 무거워지지 않는 상황이었다. 그렇게 나는 체중을 불리고 불린 체중에 알맞은 힘과 속도와 균형을 찾기 위해 또다시 미친듯이, 마치 처음 운동을 시작했던 그때와 다름없이 단내 나는 훈련을 반복했다.

　그리고 이듬해 봄부터 각종 크고 작은 대회에 출전하기 시작했는데 과연, 할아버지의 예상대로 무려 다섯 체급이나 상향된 상황에서 일

라운드에 경기가 끝나는 경우는 단 한 번도 나오지 않았다. 그 시기에 뛴 시합의 모든 상대가 기본적으로 나보다 오 센티미터 이상 리치가 길었고 키도 머리 반 개 이상씩 차이났으며 체중 또한 육안으로만 봐도 확연한 차이를 드러낼 정도였다. 그러므로 내가 경기를 판정으로만 가져와도 다행이라고 모두 점쳤었는데 그래도 나는 그 모든 경기를 삼 라운드 중반이 넘어가기 전에 케이오로 끝냈다.

사실 이 부분에 관해 가장 흥분한 것은 담임이었다. 예상치도 않았던 보너스를 받은 직장인이라도 된 양 싱글벙글, 생각지도 않았던 체급 석권에 관한 새로운 기대감이 담임의 얼굴 전체를 흐물흐물하게 만들었다. 할아버지도 크게 다르지 않았는데, 대체로 놀라도 놀랐다고 말하기는커녕 반대로 말하기 일쑤였던 할아버지가 제법이라고 말할 정도면 상당히 놀란 것이었다. 말하자면 내게 재능이 있다는 것은 분명히 알고 있었지만 설마 이 정도까지일 줄은 미처 예상치 못했다는 반응이었다. 나 또한 막연히 잘할 수 있을 거라는 믿음만 있었을 뿐, 그것이 실제로 이루어질 줄은 몰랐으므로 흥분되기는 매한가지였다. 자신감이 그야말로 하늘 끝에 맞닿은 뒤 구부러져 돌아올 정도였다.

관심을 가지고 내 경기를 모두 지켜본 전문가들의 의견 또한 대체로, 불어난 체중에 비해 속도는 크게 줄지 않은 상황에서 힘은 더 늘어 파괴력이 증폭되었다는 총평이었다. 그리고 그들이 평가 나의 체감도 크게 다르지 않았다. 내 생각에도 속도감이 그렇게 떨어졌다고는 느껴지지 않았고 오히려 타점에 부딪치며 울리는 힘이 더 묵직해졌다는 느낌만 더해졌다. 다만 상대 선수들의 덩치가 이전보다는 훨씬 컸으므로 일 라운드에서의 승부가 까다로웠을 따름이었다.

그리고 막상 삼 라운드까지 경기를 진행하고 보니 할아버지나 담임의 우려에 비해 지구력 저하 현상도 보이지 않았고 나 자신도 체력적인 부담이 크게 느껴지지 않았다. 나는 갈색의 입자가 바람에 스며 잎을 굽던 그해 가을, 드디어 전국복싱선수권대회 겸 국가대표 선발전에 출전하게 되었다.

그러나 나나 담임과는 달리 할아버지는 여전히 같은 근심으로 마음이 편치 못했다. 내가 아직 진짜배기 적수를 한 번도 만나보지 못했다는 생각 때문이었다. 할아버지가 생각하는 진짜배기 적수는 나보다 실력이 뛰어난 선수가 아니라, 항상 입버릇처럼 중얼거렸던 뱀 같은 놈이었다. 한번 치고 감기면 대책이 안 선다는 말이었는데, 겪어본 적이 없는 나로선 쉬이 실감할 수 없는 말이었다.

그래서 선발전을 몇 개월 앞둔 훈련에서는 노상 그 점을 염두에 둔 스파링이 반복되었다. 매 라운드마다 담임이 직접 링에 올라 전형적인 아웃복싱 형태로 치고 빠지며 나를 공략하다가, 내가 조금이라도 밀고 들어갈라치면 곧바로 끌어안는 답답한 경기 방식을 끊임없이 되풀이했다. 그러나 담임의 문제는 할아버지의 주문처럼 확 감지를 못한다는 점에 있었다. 그러기엔 담임의 체력이 뒷받침되어주질 못했다.

클린치라는 게 사실 보는 사람이야 대놓고 끌어안고 쉬는 것처럼 보이지만, 실제로 대치중인 두 사람은 그 와중에도 팽팽한 힘겨루기를 해야 하는 상황이었으므로, 담임의 체력으로는 도저히 배겨낼 수 없는 게 현실이었다. 그는 두어 라운드도 제대로 다 채우지 못한 채 휘청거리며 두 손으로 무릎을 짚고 숨을 헐떡거리기 일쑤였다. 그렇다고 체력이 되는 다른 연습 상대를 세워놓자니 그들은 담임처럼 정확하게 치고 빠지는 아웃복싱을 매끈하게 구사하지 못했고, 치고 빠지기는커녕 뭘 하기도 전에 내 펀치가 꽂혀 그 자리에서 고꾸라지기 바빴다.

그럴 때마다 할아버지는 알아들을 수도 없거니와 누가 대상인지도 알 수 없는 괴상한 욕을 사방 천지에 흩뿌리며 링 위를 오르락내리락, 마치 당신이 직접 링에 오르지 못하는 것이 천추의 한이라는 듯 붉으락푸르락 얼굴을 구겼다. 결국 국대 선발 예선전이 시작될 때까지 할아버지가 생각하는 완성도의 훈련은 나오지 않았다.

사실 담임이나 나는 그보다는, 이번 선발전에서 단 한 경기도 판정으로 가서는 안 된다는 생각에 정신이 더 팔려 있었다. 담임이 직접 그런 말을 하진 않았지만, 평소 케이오 승부에 그리 집착하지 않았던 담임이 가급적 케이오로 승부를 낼 수 있으면 그렇게 하라는 말을 자신도 의식하지 못한 채 계속해서 반복했던 걸 보면, 아마도 그것이 담임의 초조함을 그대로 드러내는 본심이었을 터였다.

나 또한 이미 상구 형을 통해 들었던 바가 있었고 다른 선수들의 경기를 보며 그와 비슷한 의문을 품었던 적이 있었으므로, 해답은 역시 케이오승밖에 없다고 생각했다. 그렇지 못할 경우 다른 선수들은 몰라두, 어찌되었든 대한체고 소속 선수들과의 시합에선 절대석으로 불리한 판정이 떨어질 수밖에 없다는 걸 기정사실로 하고 경기에 임할 수밖에 없었다.

그리고 나는 다행히도 선발전 예선과 본선 모든 경기를 케이오로 가져오며 준결승에 올랐다. 준결승에 오르는 과정에서 대한체고 선수를 한 번 만났지만 녀석은 이 라운드 이 분여를 채 버티지 못하고 바닥에 누워버렸으므로, 편파 판정이고 뭐고 무엇을 판정할 짬도 주지 않았다.

사태가 막상 그 지경에 이르니 나나 담임이나 정말 내가 국가대표가 될 수 있을지도 모른다는 생각에, 모든 대화를 평상시보다 한 옥타브 높은 목소리로 하고 있었다. 누나가 우리에게 약 먹고 정신 나간 놈들처럼 대화하지 말라고 핀잔을 줄 정도였다. 아마도 그게 담임과 내가 긴장을 푸는 한 방편이었을 테지만 그때까지도 할아버지는 당신의 그 고유한 인상을 풀지 않았고, 우리는 준결승 대전 상대로 또다른 대한체고 선수가 올라오고 나서야 다소 침착한 상태로 되돌아올 수 있었다.

그러니까 사실 내게는 그 경기가 결승이나 다름없었던 것이다. 대한체고 소속 선수는 그가 마지막이었고 그가 대한체고에서 가장 미는 유망주였으며 아니나 다를까 그는 아웃복서였다. 담임이 어렵게 구한 시합 영상을 분석해본 결과 녀석은 아웃복서이긴 했으나 다행히 할아버지가 말하는 뱀 같은 타입은 아니었다.

그러나 내가 링 위에 올라 녀석과 맞닥뜨렸을 때 놈은 뱀보다 더한 인간으로 둔갑해 있었다. 녀석은 마치 자신이 권투 선수가 아니라 마라톤 선수라고 착각하고 있는 것 같았다. 사각 링의 외곽을 끊임없이 돌기만 해서 나를 어지럽게 했다. 링 중앙을 차지하고 녀석과 대치하는 각도를 잡는 것만으로도 코끼리 코로 제자리 돌기를 하는 기분이었다.

더 예상치 못했던 건 주심의 반응이었다. 일 분여를 그렇게 흘려보내는 동안 주심은 단 한 번도 그를 자리에 세워 경고하지 않았다. 일반적인 때였다면 경고를 해도 세 번은 했을 상황이었다. 그러나 주심은 아무런 조처도 취하지 않았다.

라운드의 중반부가 넘어가며 나는 말하자면 항의의 의사표시로 두 팔을 늘어뜨리고, 제자리에 서서 녀석을 쳐다보기만 했다. 당연히 지금 뭐하자는 거냐는 눈빛으로 녀석을 쏘아보는 일 또한 잊지 않았다. 그래도 녀석은 아랑곳하지 않고 마치 메모리 카드에 행동 지침이 입력된 로봇처럼 링 외곽을 돌기만 했다.

나는 하도 기가 차서 주심에게 두 팔을 벌려 보이며 항의를 표시했는데 황당했던 건, 주심이 도리어 그런 내게 경고를 주었다는 사실이었다. 내가 새와 토끼를 길렀기 때문에 불미스러운 일이 벌어졌다는 판결과 다른 원생과 싸웠기 때문에 가퇴원 심사를 철회한다는 처분만큼이나 어이없는 경고였다.

그제야 나는 뭔가 잘못 돌아가고 있다는 사실을 알아차렸다. 최종 판정에서만 점수 불이익이 있을 것으로 생각했던 나는 뒤통수를 한 대 얻어맞은 기분이었다. 수많은 관중이 보고 있는 시합중에 이렇게 대놓고 편파적으로 경기를 진행할 줄은 짐작조차 못했던 것이다.

이런 식으로는 답이 나오지 않는다는 걸 깨달은 나는 다시 전투태세를 갖추고 득달같이 녀석에게 덤벼들었는데 녀석은 귀신같이 빠져나가거나 아니면 대놓고 나를 끌어안기 바빴다. 끌어안고서도 어찌나 필사적으로 나를 놓치지 않으려고 기를 쓰는지 부들부들 떨리는 그의 기운이 내 어깨와 등으로 전달될 정도였다. 녀석은 잽조차 던지지 않았고 그러는 사이 일 라운드가 끝났다. 그는 자신의 체력 전부를 내게

서 도망치는 일과 나를 끌어안는 것으로 소진했다.

형태는 달랐지만 할아버지가 말했던 뱀 같은 경우가 어떤 상황인지 알 것 같았다. 보통의 경기라면 한 대라도 쳐야 포인트를 얻을 수 있었고 그 몇 번의 순간이 내게 기회를 줄 수 있을 터였지만, 지금처럼 경기가 대놓고 편파적으로 진행된다면 녀석은 나를 손끝 하나 건드리지 않고도 판정에서 이길 판국이었다. 족히 삼 라운드 내내 도망만 다닐 기세인 걸로 봐선 그게 단지 나의 상상만은 아닐 것 같았다.

마음이 급속도로 조급해졌다. 하지만 그래서는 안 된다는 마음도 있었다. 나는 상대 페이스에 말려서는 안 된다고 속으로 수없이 읊조렸다. 저들은 어쩌면 내가 그러기를 기다리고 있을지도 몰랐다. 링에 올라온 담임이 뭐라고 끊임없이 얘길 했는데 잘 들리지 않았다. 내용보다는 잘게 부서지는 목소리 사이로 담임의 초조한 마음만이 느껴질 따름이었다.

이 라운드 공이 울리기 직전 고개를 돌려 세컨드 자리 바로 아래 서 있는 할아버지를 내려다보았다. 할아버지는 단 한 번도 본 적 없는 무서운 얼굴로 나를 노려보고 있었다. 아니, 나를 통과해 그 무엇인가를 노려보고 있었다. 불길한 예감은 이미 그때 들었다.

공이 울리고 나는 먹이를 발견한 맹수처럼 녀석에게로 튀어나갔다. 일 라운드와 같은 양상으로 경기가 흘러가면 결국 판정으로 승부가 날 테고 그러면 내게 승산이 없었다. 녀석은 여전히 링 외곽을 돌기만 했고 내가 각도를 좁혀 구석으로 몰 때, 심지어 등을 돌리고 단거리 질주를 하는 것처럼 도망가기도 했다. 그래도 주심은 녀석에게 경고하지 않았다. 마침내 관중석에서도 야유가 쏟아지기 시작했다.

그렇게까지 야유가 쏟아질 거라곤 미처 생각하지 못했는지 녀석도 당황한 눈치였다. 그 반향으로 잠시나마 자기도 권투 선수라는 자존심이 되살아났는지, 녀석은 갑자기 태도를 바꾸었고 내게 잽을 던지며 거리를 좁혀왔다. 나는 그 한 번의 기회를 놓치지 않고 파고들어 녀석의 몸통을 가격했고 떨어지는 가드 위로 얼굴을 다시 가격하려고 했으나, 녀석은 그 한 방에 풀썩 주저앉고 말았다.

몸통 어퍼컷은 안면에서 가드를 떨어뜨리기 위한 유인 펀치였고 두번째 훅으로 열린 안면을 공략하여 일격을 꽂아넣을 생각이었는데, 예상치도 않게 유인 펀치에 풀썩 고꾸라진 녀석 때문에 당황한 것은 오히려 나였다. 나의 두번째 훅은 허망하게 공중을 한차례 가르고는 제자리로 되돌아왔다.

녀석은 마치 고해성사라도 하듯 바닥에 머리를 박고 헐떡거렸다. 그리고 역사에 길이 남을 장면이 바로 그 지점에서 시작되었다. 누가 봐도 옆구리에 펀치를 맞아 다운된 녀석을, 주심이 멀뚱멀뚱 내려다보기만 했던 것이다. 카운트는 고사하고 어서 일어나라고 응원이라도 하는 듯한 표정으로 주심은 녀석을 내려다보았고, 자기들끼리의 그런 텔레파시가 통하기라도 했는지 얼마 후 녀석은 가까스로 몸을 일으켜 세웠다. 그러자 주심은 믿기지 않을 만큼 뻔뻔스러운 표정으로 두 팔을 가로저으며 슬립다운이라고 선언했다.

관중석의 야유가 바다 괴수의 포효처럼 체육관에 공명했다. 그리고 바로 그때, 링 위로 하얀 수건이 날아들었다. 펄럭펄럭 나비처럼 링 안으로 날아든 하얀 수건은 길 가던 행인에게 난데없이 뺨을 얻어맞은 처자처럼 바닥에 풀썩 내려앉았다. 순간 정적이 흘렀고 그 정적 사이로 할아버지의 고함이 균열처럼 파고들었다.

"태주야! 그냥 집에 가자!"

그리고 할아버지는 뒤도 안 돌아보고 세컨드 자리를 빠져나갔고 담임도 잠시 멍한 표정으로 그런 할아버지의 뒷모습을 바라보았다. 주심이 바닥에 떨어진 수건을 들고 담임에게 다가가 기권 의사가 맞느냐고 확인하는 동안, 나는 마치 한 편의 콩트를 보는 것 같은 기분으로 그들을 바라보았다. 뭔가 잠시 생각하던 담임은 이내 고개를 끄덕였고, 그것으로 복싱 국가대표 선발전 미들급 준결승 경기는 종료되었다.

내가 치른 준결승 경기는 모든 매체에 대서특필되었고 적지 않은 사회적 반향을 불러일으켰다. 오랜 관행으로 굳어진 스포츠계의 권력 구조를 비롯해 각종 비리가 파헤쳐지고 의심 가는 과거의 사례들이 재조명되었다.

대중들은 분개했다.

각종 매체에서 담임과 할아버지의 사례도 되짚어보려 했으나 두 사람은 협조하지 않았다. 그때의 나는 잘못 알려진 사실을 제대로 밝힐 절호의 기회라고 생각했는데, 웬일인지 두 사람은 그렇게 생각하지 않는 눈치였고 왜 그랬는지를 나는 시간이 많이 흐른 뒤에나 알 수 있었다.

여론이 생각지 않았던 방향으로, 정화수에 떨어진 핏물처럼 번져나가자 마침내 대한권투연맹 회장이 나섰다. 나설 수밖에 없었다. 그러나 그의 공식적인 사과라는 게 과연, 지금 돌이켜보면 권모술수에 능한 사람들의 전략적인 연구로 이루어진 공문이었다. 대략 거시적인 의미에서 대한권투연맹의 관리 감독이 부실했던 것은 인정하지만, 결정적인 잘못을 저지른 것은 어쨌거나 심판 개인이므로 그를 중징계함으로써 자신들의 잘못을 바로잡겠다는 요지의 사과문이었다.

그리고 그의 발표에 술사術士들이 의도한 대중들의 반응이 곧바로 나타났다. 여론이 찬반으로 나뉜 것이다. 그 정도 성의면 충분하다는 의견과 지금 장난치느냐는 의견으로 갈렸다. 전자에 해당하는 사람들은 이것이 심판 개인의 인성과 관련한 문제이므로, 그 한 사람의 잘못을 두고 연맹과 심판단 전체가 부조리하다는 식으로 몰아가는 것은 부당하다고 주장했다. 지나친 흑백논리이자 전체주의적 시각이라고 비판했다. 어느 조직이나 그릇된 판단과 잘못된 선택을 하는 사람은 존재하기 마련이며, 그럴 때마다 모든 책임을 조직에서 떠맡아야 한다면 결국 그 조직의 효율성을 저해하고 성장을 방해할 뿐만 아니라 개인의 도덕적 해이를 무책임하게 방기하는 결과만 초래할 거라는 게 그들의 주장이었다.

기묘하게도 연맹 자체가 뒤로 빠지는 듯한 태도를 취한 것에 관해 장난하느냐고 지적했을 뿐, 아무도 전체가 문제라는 식의 논지를 꺼낸 적이 없었음에도 그들은 마치 누군가가 먼저 그 얘기를 시작했으므로 자신들이 오류를 지적하고 있다는 듯 태연하게 여론을 이끌었던 탓에, 일부 사람들의 관심이 다시 그 방향의 옳고 그름으로 분산되었다.

그럼에도 여전히 문제의 핵심을 놓치지 않고 있었던 후자의 사람들은, 도덕성이 결여된 조직 문화가 이번 사태를 초래한 것일 수도 있으므로 이 사태를 단지 심판 개인의 잘못으로만 몰아가는 것은 합리적인 시각이 아니며, 정확한 판단을 위해 이번 사태의 시작과 끝이 어디까지 뻗어 있는지를 철저하게 규명해야 한다고 주장했다. 그리고 그 결과를 살펴 이 사태가 단순히 한 사람의 도덕성 문제에서 비롯되었는지 아니면 조직 전체의 구조적인 병폐 때문인지를 먼저 파악해야 하고, 만약 폐단의 결과라면 많든 적든 이번 사태에 개입된 관련자 모두를 찾아 문책하는 게 어긋난 질서를 바로잡으려는 최소한의 의지라고도 말했다. 상처의 환부만 도려내는 것은 아무 의미 없으며 근본적인 원인을 추적하여 제거하지 않으면 이런 문제는 형태만 계속 바뀌며 되풀이될 뿐이라는 게 이들의 주장이었다.

전자의 주장을 좀더 강력하게 비판하는 의견도 있었다. 용납하기 어려운 희대의 부조리가 수많은 관중 앞에서 보란듯이 펼쳐졌는데, 그 문제의 심각성을 여전히 인식하지 못하는 인간들이 있다는 걸 이해할 수 없다는 의견이었다. 이런 사태에 관해 더욱 엄중한 경계와 감시의 기능이 보강되어야 할 것임에도 그런 구분 없이 단지 개인의 책임이라고 주장하는 것은 곧 범죄란 범죄 자체의 문제가 아니라, 적발된 것이 문제라고 주장하는 궤변과 다를 바 없다는 게 그들의 주장이었다.

그들은 특히 공익을 지킬 책임이 있는 권력자가 그 권력을 남용하여 저지른 범죄를 개인의 문제로 치환하는 발상은 믿을 수 없도록 파렴치하고 뻔뻔하며, 언제든 문제는 그대로인 채 사람만 바뀌면서 끊임없이 되풀이되는 무질서와 부조리를 그대로 방치하겠다는 말과 다르지 않다며, 후자를 주장하는 사람들과 맥락을 같이했다. 사회적 질서를 위협하는 개인의 잘못을 단지 개인적 차원에서만 추궁하는 것은

256

그런 점에서 잠재적 공범들이 꾸미는 졸렬한 꼼수에 지나지 않는다며 그들은 맹공을 퍼부었다.

그러나 연맹은 공식 사과문을 발표한 것만으로 도리는 다했다고 여긴 듯, 이후 어떤 여론에도 반응을 보이지 않았다. 나뉜 의견의 두 파벌이 싸움을 벌이느라 오히려 연맹은 뒷전으로 밀려난 느낌마저 있었다. 갈린 여론의 간극은 그럼에도 좀처럼 좁혀지지 않았다. 명확한 징계로 책임의 경계를 구분지은 것만으로도 조직의 의무는 다한 것이고, 충분히 공정 사회에 이바지한 행위라고 전자는 주장했고, 자정 능력부터가 의심되는 집단이 스스로 책임의 경계를 구분짓는 행위 자체가 난센스이므로, 객관적 시각에서의 조사가 필수 불가결하다는 후자의 주장이 끝없이 반복되었다.

두 의견은 마치 돛과 바람처럼 팽팽하게 맞서 조금도 물러섬이 없었는데, 결국 어느 시점에 이르면 어떤 주장이 바람의 편에 서느냐에 따라 그 사회의 성향이 결정될 터였다.

시간이 흐를수록 양측의 주장은 점입가경으로 흘렀다. 그러면서 서서히 문제의 본질을 해결하고자 하는 의지보다는 자신들의 주장에 정당성을 획득하고자 하는 논쟁으로, 그리고 경쟁으로 치달았다. 그들의 싸움이 그렇게 끝도 없이 벌어지고 있던 그때, 연맹과 우린 그들이 우리 얘기를 하는지조차 익식하지 못할 만큼 먼 곳에서 아무런 변화도 느끼지 못한 채 각자의 시간 속에 머물러 있었다.

돛을 미는 바람은 연맹 회장에겐 필드에서 골프공이 날아가는 방향을 결정짓는 순간 이외에는 안중에도 없는 현상일 수 있었고, 실제로 우리는 이제 곧 겨울이 다가올 텐데 찬바람을 막으려면 슬슬 문풍지를 발라야 하지 않겠느냐는 누나의 말을 밥상머리에 앉아 듣고 있었다. 담임은 그걸 왜 벌써 말하느냐고 항변했고 누나는 지금 말해봐야 한 달 뒤에 붙이는 인간이 당신 아니냐며 인상을 썼다.

일각에서는 내가 속한 체급의 국가대표 선발전을 다시 치러야 한다는 여론이 대두되었다고 하는데, 나는 몰랐다. 선발전을 다시 치르는 것은 연맹의 권한을 넘어선 요구라는 의견도 대치되었다고 하는데, 나는 그 또한 알지 못했다.

나는 여느 때와 다름없이 이른 새벽에 일어나 로드워크를 했고 할아버지는 여전히 티브이를 켜놓은 채 코를 골고 잤으며 담임은 우리가 밥을 절반 먹을 시간에 이미 식사를 마치고 누나의 눈치를 살폈다. 누나는 그럴 때마다 다른 식구의 식사가 완전히 끝날 때까지, 마치 벌이라도 세우는 양 자리에서 꿈쩍도 못하게 했고 부록으로 현미밥은 최소 서른 번 이상 씹어 삼켜야 한다는 잔소리를 못해도 백 번은 반복했다. 나는 그럴 때마다 담임을 원망스러운 눈길로 바라보았다. 어쩌면 나는, 국가대표가 되지 못한 것보다 그게 더 원망스러웠는지도 몰랐다. 정말 경중을 따지기가 어려웠다.

우리가 그러고 사는 동안 사람들은 분개하고, 분개하고, 또 분개했지만, 마치 분개만이 목적인 듯 실질적으로 달라진 것은 아무것도 없었다. 그러는 사이에도 세상에선 수많은 사건 사고가 벌어지고 있었으므로 사람들의 관심은 얼마 지나지 않아 다른 곳으로 옮겨갔고, 스포츠계의 관행으로 굳어진 부조리를 호기롭게 파헤치던 기자들도 모두 그곳으로 함께 이동했다.

겨울이 왔고, 눈이 내렸다.

그해 겨울, 눈이 자꾸만 쌓여가는데도 쉬이 결론 나지 않았던 문제가 바로 나의 진로였다. 담임은 나를 대학이라도 대한체대로 보내 다시 국가대표 선발전에 출전시키는 게 좋지 않겠느냐는 의견을 나름대로 조심스럽게 밝혔다. 담임이 그리는 그림은 내가 아마추어 복서로서 안정된 실업팀에 소속되어 안정된 급여를 받으며 성장하는 것이었다. 메달을 따서 연금까지 수령하면 더할 수 없이 좋은 그림이 되겠지만, 꼭 그렇지 않더라도 우리나라 복싱계에서는 프로보다 아마추어가 훨씬 수입이 좋고 안정된 생활을 할 수 있다는 이유 때문이었다.

　그러나 할아버지의 생각은 정반대였다. 그러려면 또다시 연맹과 얽혀야 하는데 그 안정된 수입과 생활을 대가로 치러야 할 일들을, 내가 감당할 수 있겠느냐는 의견이었다. 할아버지가 담임에게 물었다.

　"너도 하지 못했던 걸 태주가 할 수 있을 거라고 생각하느냐? 태주가 너와는 다르게 정당치 않은 선택을 하더라도 연맹의 비위를 맞추는 게 더 중요하다고 생각하며 살 수 있는 아이로 보여?"

　그러면 내가 무심하게 밥알을 씹으며 대꾸했다.

　"그런 얘기를 뻔히 내 앞에서 하면서 나를 없는 사람 취급 좀 하지 말라고."

　할아버지의 말에 이전과 다르게 담임이 목소리를 높이지 못했던 것도 무리는 아니었다. 세월이 많이 흘렀음에도 여전한, 아니 오히려 더 조직적이고 뻔뻔스러워진 연맹의 행태를 두 눈으로 직접 확인한 담임으로서는 결국 그것이 이상과 현실의 괴리처럼 답답하게 느껴졌을 터였다.

누나의 생각도 할아버지와 크게 다르지 않았다. 그러나 누나는 두 사람과 다르게 내가 어떤 진로를 선택하든, 그 핵심에는 가족의 품을 떠나지 않는다는 조건이 최우선에 있다는 사실을 명확히 기억했다. 누나는 내가 바라보는 방향을 정확히 함께 바라봐주었고, 내가 어느 곳으로 눈길을 돌리든 차분히 같은 곳으로 따라와주었다. 그런 누나의 시선을 나는 종종 느낄 수 있었다.

그런 까닭에 나는 나의 진로에 대해 단 한 번도 불안해했던 적이 없었다. 누나의 눈길은 내 심지의 근간과도 같은 것이었다. 나는 심지어 아무것도 되지 않아도 상관없다고 생각한 적도 있었다. 그냥 이렇게 담임과 누나와 할아버지와 함께 체육관을 운영하며 사는 것만으로도 충분하다고 생각했다. 어차피 그 시점엔 이미 나의 유명세로 관원이 차고 넘쳤고, 체육관의 규모를 넓혀야 하는 게 아닐까 싶을 만큼 호황이기도 했다.

그러나 그것은 단순한 나의 생각이었을 뿐, 그렇게 답보 상태를 유지하던 진로가 명확히 결정된 것은 이듬해 겨울의 끝 무렵이었다. 체육관에 한영기라는 사람이 다녀간 것이다. 나는 그때까지만 해도 프로 세계라는 것을 전혀 염두에 두지 않았었는데, 그것은 싫어서가 아니라 몰랐기 때문이었다.

겨울 햇살 속에 따스한 봄기운이 조금씩 스며들던 2월의 어느 오후, 줄무늬 양복을 아래위로 요란하게 빼입은 할아버지가 외출하고 누나가 저녁 찬거리를 사러 시장에 간 사이 한영기가 체육관을 찾아왔다. 그는 한눈에 보기에도 부티가 줄줄 흘렀다. 입고 있는 코트는 물론이고 시계며 구두며 들고 있는 가방이며, 번쩍거리지 않는 것이 없었다. 그는 처음엔 담임을 찾았고 그다음엔 할아버지를 찾았으며 그러고 나선 나를 알아보았다.

그는 내게 다가와 뜬금없이 사실 이 무대의 주인공은 나라며 명함을 건네주었는데, 재질이 금속이었고 금색이었다. 명함에는 한영기 프로모터라는 글씨가 음각으로 파여 있었고 그 밑에 대표라는 직함이 찍혀 있었다. 뒷면엔 모조리 영어로 박혀 있었는데 신기했던 건, 양면의 음각이 겹쳐 도드라지지 않았다는 점이었다.

그는 나의 시합 전부를 봤고 선발전 준결승에서 일어난 일도 봤으며, 연맹은 앞으로도 영원히 변하지 않을 거라고 장담했다. 쓰레기 같은 것들이라며. 나는 그가 그런 말을 늘어놓는 사이 그의 명함을 들고 문질러도 보고 휘어도 보고 세로로 세워 두 겹인지 떼어보려고도 했지만 잘 되지 않았다.

그는 그런 내게서 자기 명함을 도로 빼앗아버릴까 고민하는 것처럼 잠시 지켜보다가, 안 그러기로 마음먹었는지 다시 알 수 없는 말들을 늘어놓았다. 대략 내가 상상도 할 수 없을 만큼 어마어마한 부자가 될 수 있다는 요지의 장황한 이야기였다. 라스베이거스니 마이바흐니 수영장이 있는 저택이니 하는 소리를 한껏 늘어놓고는 내게 준 명함을 담임에게 전해주라고 말했다. 나는 이게 금이냐고 물었고 그는 금은 아니지만 금보다 너 가치 있는 명함이라고 말했고 그런데 지금 중요한 건 그게 아니라며, 약간 짜증스럽다는 듯이 말을 마무리지었다. 그러고는 자기가 묵고 있는 호텔을 알려주었다. 그땐 몰랐는데 그 호텔은 우리나라에서 제일 좋은 호텔이었고, 그가 묵고 있는 방은 그중에서도 가장 비싼 곳이었다.

그리고 그날 저녁식사 시간에 나는 그가 입고 있을 빤스 브랜드가
뭐일 거라는 얘기까지 모두 듣게 되었다. 한영기는 담임의 보육원 동
기이자 초등학교 중학교 동창이었는데, 이례적으로 중학교까지 졸업
한 상태에서 외국에 입양된 사례라고 했다. 담임이 말했다.

"그만큼 영악한 놈이었어, 그놈이."

그만큼 똑똑했으므로 양부모가 그 사람을 선택한 거라고 누나가 다
시 정정해주었다. 한영기라는 사람을 누나와 할아버지도 잘 알고 있
었다. 담임이 중학교에 입학하면서 할아버지를 만나 처음 권투를 시
작했을 당시, 그도 할아버지의 제자로 들어왔었다고 했다. 하지만 너
무 재능이 보이지 않아 그만두고 다른 길을 찾아보라고, 할아버지가
권유한 경우라고 했다. 권유한 분이 말했다.

"드럽게 운동을 못하는 놈이었지. 하나를 가르치면 하나를 가르친
만큼 퇴보해. 희한한 놈이었어. 내 평생 그런 놈은 처음이었고 그후로
도 못 봤다."

운동신경이 좀 둔한 사람이었을 뿐이라고 누나가 정정해주었다. 그
런데 인연이라는 게 참 희한한 구석이 있어서 그뒤 한영기를 입양한
미국 아버지가 하는 일이 복싱 프로모터였다는 얘기였다. 담임이 말
했다.

"그러니까 굼벵이도 구르는 재주는 있어서 자기 아버지 일을 물려
받은 거야."

굼벵이도 구르는 재주가 있었던 게 아니라 단지 운동신경만 좀 둔
했달 뿐, 공부를 비롯해서 전반적으로 모든 일을 잘했고 오히려 담임

보다 못했던 유일한 게 권투였다고 누나가 정정해주었다. 담임이 생선 뼈를 바르다 말고 누나를 갈치 같은 눈으로 노려보았다. 그런데 할아버지도 그 의견에 딱히 이견이 없었다. 게다가 누나 말에 따르면 그냥 물려받은 정도가 아니었다. 발군의 실력을 발휘해서 사업 규모를 족히 백 배는 더 크게 키웠을 거라는 말이었다. 미국에 있는 그의 집이 무슨 영화에 나오는 궁전 같았다고, 대단한 사업가라고 누나는 덧붙였다. 담임이 중얼거렸다.

"대단한 사업가는 무슨. 돈밖에 모르는 놈이 됐지. 흥."

"돈밖에 모르는 놈이래서 칠 년 전에 그 사람 집에 초대받았을 때, 그렇게 신이 나서 정신을 못 차리고 돌아다녔냐?"

그땐 결혼하기 전이었으니까 그랬다는 둥 알 수 없는 소리를 혼자 중얼거리던 담임은 다시 생선을 발랐다. 누나가 담임 젓가락을 숟가락으로 탁 치며 그만 좀 부수라고 혀를 찼다. 담임이 젓가락을 입으로 가져가 쩝, 하고 빠는 사이 나는 문득 궁금해졌다. 복싱 프로모터가 그렇게 돈을 많이 버는 일이었나? 내가 묻자 담임이 대답했다.

"물론 그것만으로 돈을 번 건 아니야. 걔가 실은 페이퍼뷰 컴퍼니 공동대표라서, 따지고 보면 돈은 페이퍼뷰로 버는 거지, 프로모터로 번 건 아니야."

하지만 프로모터로서 미국 시장을 장악하고 있는 것도 사실이라고 누나가 말했다. 담임이 중얼거렸다.

"하긴 뭐, 프로모터로서도 스타플레이어가 없으면 페이퍼뷰가 안 팔리기는 매한가지이니까 같은 시장이라고 봐야지."

페이퍼뷰. 전에도 언젠가 담임이 페이퍼뷰에 관해 말했던 적이 있다는 사실을 나는 기억해냈다. 담임이 말했다.

"아, 그거. 그게 미국 프로 복싱 시장을 살리기도 하고 죽이기도 하는 시스템이지. 영화나 스포츠 경기를 볼 수 있는 유료 방송 시스템인데, 말하자면 입장권 같은 거야. 스포츠만 놓고 보자면 경기를 보고 싶다고 모두 다 경기장에 갈 순 없으니, 원하는 사람은 티브이 중계로나마 볼 수 있게 폐쇄회로 시스템을 구축한 거야. 유료로. 티켓처럼. 당연히 현장 티켓보다 훨씬 저렴한 가격에."

"케이블 티브이 같은 건가요?"

"비슷한데 전체 프로그램을 보기 위해 돈을 내는 게 아니라 자기가 본 경기에 관해서만 값을 지불하는 거야."

"어쨌거나 그럼 더 많은 사람이 볼 수 있으니까 좋은 거 같은데."

"처음엔 많은 사람이 그렇다고 생각했지. 이 유료 방송 시스템을 스포츠 업계에 도입한 사람들은 특히나 더 그 사실을 뿌듯하게 여겼고. 기존에는 분리되어 있었던 산업 형태를 융합해서 스스로 새로운 시장을 창출했다고 여겼으니까."

"융합" 하고 내가 나도 모르게 그 단어를 다시 한번 곱씹자 담임은 마치 숟가락이 말하는 걸 듣기라도 한 것처럼 잠시 나를 보더니 말을 이었다.

"그런데 이게 생각했던 것보다 훨씬 큰돈이 되니까 무언가 조금씩 각도가 달라지면서, 음…… 말하자면 선도연합회가 상업적으로 발달한 느낌처럼 바뀐 거야. 선도연합회가 힘이라는 도구로 은연중에 강제해서 돈을 거둬들였다면, 페이퍼뷰라는 건 스타플레이어와 고액의 대전료라는 미끼로 대중을 현혹해서 돈을 거둬들이는 거거든. 현장 입장권보다 훨씬 저렴한 가격이니 사람들은 소비한다는 의식 없이 소비하고."

담임은 그 유사점을 이해하겠냐는 듯이 나를 보았다. 나는 일단 계속 얘기해보라는 눈빛으로 바라보았다.

"그런데 그게 수십만에서, 큰 경기의 경우 수백만 뷰, 뭐 그런 식으로 그 넓은 대륙 수많은 사람의 호주머니로부터 나오다보니까 다 모이면 어마어마한 금액이 되는 거지. 그러니까 선도연합회랑은 힘과 강제, 미끼와 현혹이라는 수단만 다를 뿐이지 속성은 비슷한 셈이야."

선도연합회? 하고 누나가 중얼거리자 담임은 자신의 실추된 명예를 이번 기회에 만회하겠다는 듯 선도연합회에 관해 열심히 설명했다. 그러는 사이 나는 페이퍼뷰가 왜 선도연합회와 비슷하다는 건지 가만히 곱씹어보았는데 퍼뜩 이해가 되는 내용은 아니었다. 강제와 현혹. 그런데 담임의 말은 거기서 끝난 게 아니었다. 누나의 질문에 잠시 주제가 바뀌었을 뿐, 선도연합회에 관한 간략한 설명이 끝나자 다시 원위치로 돌아왔다.

"그러니까 이게 새로운 산업 시장인 건 맞는데, 그게 우리한테 꼭 필요한 시장인지는 한번 생각해봐야 한다는 거야. 기계가 인력을 대체하면 사람의 휴식시간이 늘어날 거라 생각했지만 오히려 기계와 경쟁하는 꼴이 되고 만 착오처럼, 소비할 사람을 찾아 그 시장을 확대해나가는 것이 새로운 생산 방식이라고 한다면 세상은 점점 더 자극적이고 헛된 욕망에 휩쓸릴 소지가 많아질 거라는 점도 예측할 수 없는 게 아니니까."

담임은 그리고 그 세계를 직접 예측이라도 해보라는 듯 잠시 시간을 두었다. 그러나 그런 걸 내가 예측할 순 없었고 다만 소비 시장의 확대와 자극적인 욕망의 연관성에 관해 생각을 좀 해보려는 찰나 담임의 목소리가 이어졌다.

"그것 때문에 일전에 말했던 것처럼 경기 자체가 변질되고 있는 것 또한 사실이거든. 모든 순간이 흥행에 초점이 맞추어지기 때문에 극단적으로 효율성을 끌어올리려고 하고, 승자독식의 사회구조를 독려하며 경쟁에 패해 약자로 판명 나면 어둠 속으로 사라지는 게 당연하다는 인식을 사람들에게 심어주고 있는 거야. 오직 강자만이 스포트라이트 아래에서 환호받을 자격을 얻게 되고 그리하여 모두가, 심지어 편법적이고 부정한 방법을 이용해서라도 성공부터 하고 봐야 한다는 시각에 매몰되고 마는 거지."

담임은 말을 끊고 할아버지와 누나의 눈치를 살폈다. 할아버지는 가만히 눈을 감고 마치 현미밥 씹는 횟수를 세는 것처럼 입을 오물거리며 명상에 잠겨 있었고, 누나는 할 테면 계속해보라는 눈빛으로 쳐다보았다. 잠시 머뭇거리던 담임이 이내 말을 이었다.

"격투라는 게 본래 권력자들이 노예를 대상으로 즐기던 유희의 일종이었어. 권투가 처음 생겼을 때만 해도 그런 면이 없지 않았지. 정재계의 권력자들이 좋은 차에 아름다운 여인을 데리고 와서 술을 마시며 관람하는 식이었다고 하니까. 그래서 그땐 심지어 선수들까지 시합중에 술을 마셨다고 해. 통증에 무뎌지고 무의식적으로 몸을 계속 움직여 싸움을 지속할 수 있도록 알코올이 도와주니까. 그렇게 그들은 코가 부러지고 광대뼈가 부서지고 이가 나갈 때까지 피투성이가 된 채 싸우고, 한쪽에서는 그 잔인한 광경에 거부감을 느끼면서도 자신도 모르는 사이 빠져드는 이상한 일들이 반복되었어."

담임은 마치 그때의 일을 실제로 보기라도 한 것처럼 미간을 찌푸리고는 말했다.

"그러다가 어느 순간 인간이 가진 이 잔혹한 폭력의 습성을 다른 식으로 각인시켜야 한다고 생각하는 이들이 나타난 거야. 어차피 인간의 폭력적인 본성을 없앨 수는 없으니 차라리 폭력을 통제하는 방법에 관한 사람들의 의식을 변화시켜야 한다고 생각한 거지. 그래서 규칙을 만들고 그 규칙 아래 통제된 폭력이 어떤 식으로 사람들에게 좋은 영향을 미칠 수 있는지를 실제로 검증해 보였어. 누군가와 치고받고 싸우는 행동이 그러니까, 같은 행위임에도 어떤 규칙 아래에서 이루어지느냐에 따라 어떻게 사람들에게 건전한 승부로 작용할 수 있는지를 보여준 거지."

담임은 무슨 말인지 이해하겠냐는 눈빛으로 나를 바라보았다. 나는 눈을 가늘게 뜨고 최대한 이해하려고 노력중이라는 자세를 취했다.

"말하자면 정당한 규칙 아래에서 이루어지는 승부가 한 개인의 삶에서도 극기라든가 도전이라든가 하는 긍정적인 기운으로 어떻게 발현될 수 있는지를 보여준 거야. 경쟁하는 상대에게 상해를 입히지 않기 위해 커다란 글러브를 착용하는 규칙도 그런 과정에서 만들어졌고. 올바른 규칙 안에서는 필요악의 폭력조차 긍정적인 면을 이끌어낼 수 있다는 걸 증명해 보인 건데, 새로운 산업 시장이라는 스포츠 페이퍼뷰가 변질되면서 그 규칙이 다시 무너지고 만 거야. 퇴보해버린 셈이지."

담임은 가볍게 한숨을 내쉬고는 물을 마셨다. 누나와 할아버지는 담임의 말에 무심한 척했지만 평소와 다르게 말을 끊지 않는 것으로 보아, 내게 필요한 이야기라고 여기는 듯싶었다. 내가 물었다.

"규칙이 어떻게 무너져요?"

담임은 그것을 설명해야 하나 말아야 하나 잠시 고민하는 것처럼 나를 바라보다가 결국 말을 이었다.

"이종격투기라고 들어봤어?"

"네."

"그 경기가 표방하고 있는 슬로건이 무규칙이야. 복싱에 발 기술을 넣어 입식 타격이라는 형식을 만들고, 거기에 그래플링이라는 그라운드 기술까지 포함해서 시합을 진행하는 건데, 물론 그게 문제라는 건 아니야. 다만 복싱보다는 더 자유로운 형태의 규칙이 적용되고 그만큼 더 많은 부분에 폭력이 허용되는 상황인 건데, 문제는……"

그 문제가 뭔지 한번 생각해봐야 한다는 듯 담임은 잠시 말을 끊었다. 바로 말이 이어지지 않아 나는 나도 모르게 문제는, 하고 속으로 따라 하고는 침을 꼴깍 삼켰다.

"문제는 인간에겐 체력적인 한계가 있어서 정해진 시간 안에 두 사람이 힘을 겨루며 그 모든 기술을 소화할 수가 없다는 거야. 하지만 사람들은 소화하기를 기대하고, 선수들이 그걸 소화하려면 그야말로 초인적인 체력이 필요하다는 얘기인데…… 그러다보니 결국 약물에 손을 댈 수밖에 없는 거야."

담임은 약물과 콩의 상관관계를 고민하는 사람처럼 잠시 콩자반을 내려다보다가 말을 이었다.

"약물이 의미하는 바가 뭐냐. 바로 불공정이거든. 그런데 경기를 주관하는 단체가 약물 규제를 다른 스포츠와 달리 엄격하게 하지 못하는 이유가 바로 그 체력이라는 부분에 있어. 체력의 한계에 다다른 두 선수의 시합이란 그야말로 지루하기 이를 데 없는 힘겨루기가 될 가능성이 높으니까. 인간이 훈련으로 끌어올릴 수 있는 체력의 한계점을 그들도 잘 알고 있는 거지."

그러고는 또 말을 끊었다. 담임은 종종 그렇게 얘길 하다 말고 느닷없이 자기만의 어떤 세계라도 다녀오는 사람처럼 뜸을 들였는데, 얘기에 집중하던 나로서는 그게 가끔 짜증났으나 그렇다고 진짜로 짜증을 낼 수는 없었으므로 대개는 침을 한번 꼴깍 삼키고 기다렸다. 언젠가는 침을 삼키는 나의 모습이 재촉의 의미라는 것을 담임이 눈치채길 바라면서.

"그래서 그렇게 흥행을 위해 하나둘씩 규제를 풀고 규칙을 해제하다보니 어느새 꼬리에 꼬리를 물고 점점 더 많은 부분에까지 허용이 이루어지고, 결국 다시 예전의 노예 경기로 전락하고 만 거야. 아무런 보호대도 하지 않은 무릎으로 얼굴을 가격하고 팔꿈치로 안면을 으깨서 하얀 그라운드에 온통 피를 쏟아내며 선수들은 함께 뒹굴고, 피칠갑을 한 채 뒤엉킨 선수들의 극단적인 폭력을 보며 사람들은 희열을 느끼고, 선수들은 7들이 지급하는 대전료외 페이피뷰 수딩을 받기 위해 자기 몸을 거리낌없이 약물에 노출하면서 극한으로 체력을 소모하지. 자본과 흥행의 노예로 전락해서 말이야."

담임은 마치 하얀 그라운드 위에 흩뿌려진 선수들의 핏자국을 떠올리는 듯 인상을 잠깐 쓰고는, 바로 그래서 입맛이 떨어졌다는 듯 젓가락을 내려놓았다.

"그런데 이 이종격투기를 하는 선수들에게 페이퍼뷰가 더 무서운 점은, 그 수익의 대부분을 프로모터와 주최측이 가져간다는 점이야. 그나마 복싱은 링에 직접 오른 선수가 수익의 가장 많은 부분을 가져가는 데 반해, 무규칙으로 제한이 풀린 이종격투기는 링에 올라 온몸을 던져 싸운 선수가 오히려 그 수익의 가장 적은 부분을 가져가. 복싱은 선수가 칠 할 이상을 가져가는데 이종격투기는 프로모터와 주최측이 거의 팔 할 이상을 가져가니까, 현대판 노예 계약과 다를 바 없는 거지. 말 그대로 재주는 선수들이 부리고 돈은 프로모터와 주최측과 페이퍼뷰 컴퍼니가 다 갖는 꼴이야. 그들의 카르텔이 어떻게 선수들을 착취하는지 명명백백히 보여주고 있지."

담임은 자기가 말해놓고도 그런 시스템은 말도 안 되는 구조라는 듯 고개를 설레설레 흔들었다.

"과거에 비해 엄청난 성장을 이룩했다는 현대에 이런 로마 시대에나 있을 법한 일들이 벌어지고 있다는 사실만으로도 기가 찰 노릇인데, 문제는 아무도 이 문제를 문제로 생각하지 않는다는 점이야. 선도연합회를 옹호하는 아이들이 그랬던 것처럼."

담임은 이제 드디어 자신이 선도연합회를 자꾸 거론하는 이유가 이해되느냐는 표정으로 잠시 나를 바라보다가, 별 반응이 없는 나를 보고 아무려나 상관없다는 듯 다시 말을 이었다.

"선수들은 그래도 어쩔 수 없이 그 상황을 받아들여야 해. 왜냐하면 그렇게라도 링에 오르지 않으면 아예 자기들이 설 자리조차 없다고 생각하니까. 분명히 다른 길이 있음에도 그들 스스로 그렇게 굳게 믿고 있으니, 결국 선도연합회처럼 경기를 주관하는 자들이 세운 질서를 선수들이 오히려 더 지키고 유지하는 셈이야. 무규칙을 주최하는 집단도 선도연합회와 똑같이 독점적인 형태를 띠고 있기 때문에, 말 그대로 까라면 까야 하는 상황인 거거든. 그러니까 뭔가 부당하다고 생각해도 말조차 못 꺼내는 거야. 그랬다간 곧 그곳에서 배제되고 말 테니까."

누나가 남은 밥을 마저 먹으면서 얘기하라는 제스처를 보이자, 담임은 자신이 밥을 먹고 있었다는 사실을 문득 깨달은 사람처럼 아, 하고 감탄사를 내뱉고는 곧바로 숟가락을 집어들었다. 그러고는 말했다.

"약물 하는 거, 자기들 건강에 치명적이라는 거 누구보다 본인들이 가장 잘 알지. 하지만 이 세계에서는 하지 않을 수 없는 거야. 어떡해서든 스포트라이트를 받지 않으면 평생 뒷골목이나 헤매게 될 거라고 믿기 때문에 달리 방법이 없는 거지. 벼랑 끝에 몰린 사람들처럼."

담임은 밥을 한술 뜨고 콩자반과 누나가 밥 위에 올려준 생선을 마저 입에 넣고는, 한동안 우물우물 씹기만 했다. 내 느낌인지는 몰라도 약간은 우울한 표정이었다. 어느 정도 저작이 마무리되자 담임은 다시 말을 이었다.

"그럼 다 같이 하지 않으면 될 텐데 그게 또 쉽지가 않아. 인간이 그렇게 쉬이 단합하는 종족이 아니거든. 그중 누군가는 반드시 배신하게 되어 있고 그러면 또다시 무질서한 세상으로 돌아가기 십상이지. 아무도 그걸 규제하지 않으면 결국 누군가는 계속 편법을 선택할 것이고 편법을 사용한 사람이 여전히 승자로 남아 있는 한, 다른 사람도 하지 않을 수 없는 구조가 계속해서 반복되는 거야."

담임은 그 사실이 정말 우울하다는 듯 쩝, 하고 입맛을 다시고 이어 가볍게 한숨을 내쉬고는 말했다.

"해서 그건 사람들의 양심에 대고 호소할 게 아니라, 시스템으로 구축되어야 한다는 말이야. 명확한 지침과 규칙과 질서로써 시스템을 만들어놓지 않으면 결국 본능만이 존재하는 정글과 하나도 다를 게 없는 세상이 될 테니까. 본능만 존재하는 세상에선, 너도 잘 알다시피 가장 강한 한 놈이 모든 걸 다 갖게 되어 있어. 나머지는 그냥 등급이 나뉜 노예의 삶을 살 수 있을 뿐이지. 무자비한 폭력적 자본이 무질서한 폭력적 장면으로 우리를 무절제한 폭력에 무뎌지게 만들고, 무차별한 폭력으로 시장을 독점하는데도 우리는 이 무시무시한……"

그때 누나가 담임의 말을 끊었다.

"여보, 됐어. 길어."

그러자 담임은 곧 "아, 그래?" 하고는 머쓱한 표정으로 남은 밥을 마저 입에 넣었다.

그럴 때까지도 할아버지는 여전히 두 눈을 감은 채 아무 말도 하지 않았다. 담임의 말을 분명 듣고 있는 것 같진 않았고 무언가 다른 생각에 골몰해 있는 듯 보였다. 누나 역시 비슷한 생각을 했는지 "아빠!" 하고 마치 잠든 사람을 흔들어 깨우듯 소리를 지르자, 할아버지가 눈을 번쩍 뜨고 팔짱을 풀더니 입을 다시 오물거렸다. 그때까지도 입속에 뭔가가 들어 있었던 모양이었다. 할아버지는 그것을 오물거리며 담임에게 물었다.

"그래서 영기 놈을 만나겠다는 거야, 안 만나겠다는 거야."

담임은 느닷없이 습격당한 산양처럼 놀란 눈으로, 그래도 입은 그대로 오물거리며 할아버지를 잠시 바라보다가 이윽고 만나봐야 하지 않겠느냐고 대답했다. 할아버지는 못내 석연치 않은 표정으로 담임을 바라보았으나, 다른 말을 하지는 않았다.

이튿날 저녁 담임이 한영기를 만나러 가서 우리끼리 식사를 하는 와중에도 할아버지는 뭔가 혼자 다른 세상에 가 있는 사람 같았다. 그 표정이 영 마뜩잖은 느낌이라 식사가 끝나고 나는 상을 치우며 누나에게 물었다.

"그런데 할아버지는 왜 저렇게 어제부터 못마땅한 표정이야?"

누나는 설거지를 하려고 튼 수도를 잠그고 잠시 뭔가를 생각하다가 대답했다.

"그게…… 아버지는 한영기씨를 좀 연맹하고 비슷한 과라고 생각하시거든. 그러니까 널 찾아온 이유야 뻔한 거고, 그 점에 관해 딱히 다른 방도가 없으니 계속 고민하고 계시는 거야."

"뭘?"

"너를 프로에 데뷔시킬 거냐 말 거냐를."

그런데 그날 밤 담임이 내게 들고 온 이야기는 전혀 예상치 못한 소식이었다.

8

소식은 편지였다. 보육원 원장이 소년원에, 담임 앞으로 보낸 편지였다. 내용은 특기할 점이 없었다. 그저 내가 열심히 잘살고 있는 모습을 다양한 매체로나마 종종 접할 수 있어서 다행이라는 식의 의례적인 인사말이었다. 그러나 나는 그런 식의 인사말조차 불편한 느낌이 있었다. 자신이 마치 내 아버지라도 되는 양 기묘한 뉘앙스로 전언을 남긴 것을 물론 이해는 할 수 있었지만, 그래도 담임에게 미안한 감정이 드는 것은 사실이었다. 게다가 나는 애초부터 원장에게 별다른 감정이 없었던 상황에서 그가 나를 괴물이라고 말한 이후 살짝 거리감을 느껴왔던 상태이므로, 더더욱 그런 마음이 들지 않을 수 없었다.

그러나 담임은 가끔이라도 한 번씩 보육원에 들러 인사를 전하라고 했다. 나는 그러겠다고 건성으로 고개를 끄덕였지만 그것을 실행에 옮길 생각은 전혀 없었다. 만약 내가 보육원을 다시 찾는다면 그건 아마도 아이들 때문이거나 혹은 아라 때문일 텐데…… 아라 때문에 다

274

시 찾을 일은 없어졌다는 걸 그 편지로 알게 되었다.

원장의 편지 속에 또하나의 편지가 들어 있었던 것이다. 그것은 아라가 내게 남긴 편지였다. 그렇다는 사실을 인지하는 순간 나는 어딘지 알 수 없는 적막한 세계로부터, 미세하게 전달되는 그 어떤 진동 같은 것에 촉각이 곤두서는 것을 느꼈다. 숨쉬는 것조차 잊어버린 채 나는 손끝으로 전달되는 그 진동의 진원을 가늠하다가 문득, 나의 호흡이 멈춰 있다는 사실을 깨달았다. 나는 황급히, 마치 물속에서 이제 막 튀어오른 사람처럼 다급하게 숨을 들이마셨다. 안구가 잠시 좁아졌다가 넓어진 느낌이 들었다.

고개를 몇 번 흔들고 눈을 두어 번 끔벅거린 후 편지를 내려다보니 거긴 태주야, 로 시작하는 글씨가 마치 잘 세공된 구슬처럼 동글동글하게 이어져 있었다. 분명 본 적이 있는 아라의 글씨체였다. 반가움과 더불어 미안함이 밀려들었다. 그리고 곧 원장에게 화가 치밀었다.

아라가 그 편지를 내게 남긴 것은 벌써 이 년도 넘은 일이었다. 날짜를 보니 그랬다. 편지에 쓰인 내용으로 보아 원장에게 직접 이 편지를 전달했던 모양이었다. 원장 놈이 무슨 이유로 이제까지 잊고 있다가 느닷없이 소년원으로 편지를 보낸 건지 이유는 알 수 없었지만, 그러나 나는 이제라도 받을 수 있어서 다행이라고 마음을 고쳐먹었다.

아라는 이제 보육원에 살지 않았다. 내가 보육원을 떠난 시 이 년이 조금 넘은 시점에 아라도 보육원을 떠났다. 떠날 예정이라고 쓰인 걸로 보아 떠나기 직전에 쓴 편지인 모양이었다. 그녀는 실업고등학교로 진학할 예정이라고 했다. 가만히 생각해보니 언젠가 아라로부터 얼핏 그런 얘기를 들었던 기억이 났다. 그녀는 내게 초콜릿 과자를 만드는 사람이 되고 싶다고 말했는데 그것이 아마도 그녀가 편지에서 말하는 파티시에라는 직업인 모양이었다. 아라는 주간에 그와 관련된 일을 하고 야간에 학업을 병행하며 생활하게 될 거라고 말했다. 그런데 학교와 직장이 보육원에서 너무 멀리 있었으므로 결국 독립하기로 했다는 말이었다.

그러고는 그러기로 마음먹게 된 사연에 대해 자세한 설명이 쓰여 있었다. 그런데 그 이야기가 편지의 상당 부분을 차지하고 있었으므로 나는 아라가 말하는 협동조합이란 게 뭔지 문득 궁금해지기도 했다. 아라가 중학교에 입학한 뒤 꾸준히 다니던 파티시에 교육단체가 그 협동조합에서 운영하는 곳이었는데, 아라는 그곳에서 수업료를 따로 들이지 않고, 때론 재료비까지 지원을 받아가며 공부했다고 썼다.

나는 처음에 파티시에 기술을 가르쳐주는 봉사단체를 협동조합이라 부르는 건가 했는데 그건 아닌 모양이었다. 어른들은 그 안에서 생산 활동을 하지만 아이들에게는 어떤 특별한 종류의 야학처럼, 제도권 공부가 아니라 오히려 제도권과는 다른 형태의 삶과 다른 개념의 행복을 가르치는 곳이라고 했다. 이후 내용은 내게 다소 어려운 얘기들이었다. 뭔가 알 것 같으면서도 막상 형태는 잡히지 않는 그런 종류의 말들이었다.

그러나 아라가 워낙 장황하게 수직과 수평의 세상에 관해 이야기하고 있었으므로 언제라도 기회가 된다면 나도 한번 깊이 생각해봐야겠다고 혼자 다짐을 하기는 했다. 아라는 편지에서 자신에게 그런 세상을 가르쳐준 사람에 대해서도 적지 않은 분량을 할애했는데, 그것이 아라가 꿈꾸는 미래의 모습이라고 해서 관심이 갔다. 거기에는 아라가 동경하는 모습의 인물이 한 명 있었다. 수평의 대지 위를 늘 누군가의 손을 잡고 함께 걸어가는 사람. 열여섯 살의 나이 차이가 났지만 아라는 그녀를 언니라고 부른다고 했다. 아라는 그 언니가 살아가는 삶의 방식을 옆에서 지켜보며 많은 것들을 배우고 느낀다고 썼는데, 오로지 글만으로도 아라가 그 언니를 얼마나 좋아하고 존경하는지가 드러났다.

여러 이야기를 종합해보면 실질적으로도 아라를 많이 도와주시는 분인 것 같았다. 정신적으로 큰 의지가 되는 것은 물론이요, 자신이 올바른 세상을 바라볼 수 있도록 안목을 넓혀주는 사람이라 더없이 존경한다고 아라는 썼는데, 아라처럼 똑똑한 아이가 자신의 삶에서 그 언니를 만난 것이 가장 큰 축복이라고까지 말할 정도면 대단히 신뢰하는 사람인 것만은 분명했다.

예전 같았으면 아라가 말하는 그런 신뢰와 애정을 나는 잘 이해하지 못했을지도 몰랐다. 그러나 편지를 읽고 있을 때의 나는 이미 그런 감정에 관해 누구보다 잘 알았다. 왜냐하면 내게도 똑같은 사람들이 존재했으니까. 신기한 인연이라는 생각이 들었다. 누구나 다 그렇게 좋은 사람을 새로운 인연으로 만나는 건 아닐 텐데, 아라와 내겐 희한하게 그런 행운이 있는 모양이었다.

아라는 자신의 고등학교 진학과 이후의 삶도 실은 그 언니와의 오랜 대화를 통해 내린 결정이라고 했다. 나는 편지를 손에 들고 잠시 눈을 감고는, 아라가 말하는 그 언니의 모습을 가만히 상상해보았다. 편지를 읽는 동안 문득 그 언니라는 사람이 어떤 모습일지 궁금해졌기 때문이다. 누나와 비슷한 느낌일까? 그럴지도 몰랐다. 무언가 그럴 것 같다는 생각이 한번 들자 아라의 언니가 남처럼 느껴지지 않았다. 내게도 아주 가까운 사람인 것처럼 느껴졌다.

어쨌거나 나는 일단 그 모든 이야기를 무척이나 행복하게 적어내려가는 아라의 모습이 떠올라 기뻤다. 첫머리에서 어색하게 안부 인사를 전할 때와는 다르게 그런 이야기를 쓸 때는 글씨에서 빛이 나는 것처럼 행복한 기운이 느껴졌다. 나도 모르게 미소가 지어졌다. 자신이 좋아하는 어떤 것을 이야기할 때 반짝 빛나던 아라의 눈빛이 떠올랐다. 그리고 그 눈빛이 편지에서도 느껴졌다.

아라는 분명 행복한 곳으로 삶을 잘 옮기고 아마도 지금까지 변함없는 삶을 살고 있을 것이었다. 그런 생각을 하니 마음이 놓이면서도 문득, 알 수 없는 그리움이 솟구쳐 느닷없이 감정을 통제하기가 어려웠다. 나도 아라에게 내가 얼마나 좋은 사람들과 함께하고 있는지를 마구마구 이야기하고 싶었다.

그런데 그런 감정을 조절하기 더 어려웠던 이유가 바로 그다음에 이어진 내용들 때문이었다. 아라는 내가 인사도 없이 떠난 것이 약간 서운하다고 했다. 아니, 생각해보면 많이 서운해서 그동안 내게 편지 쓸 생각을 하지 않았는지도 모른다고 적혀 있었다. 나는 그녀가 그런 생각을 하고 있었다는 사실만으로도 가슴이 터져 근육과 혈관이 너덜너덜해지는 것 같은 기분이었다.

아라는 나란 존재를 어떤 식으로 생각하고 있었던 걸까. 문득 그 점이 몹시 궁금해졌다. 어쩌면 내가 막연히 지레짐작했던 것처럼 나를 그냥 단순히 보육원 동기로만 생각했던 것이 아니었을는지도 몰랐다. 그런 생각을 하니 발끝이 저려왔다.

아라는 내가 소년체전에서 우승했다는 소식도 들었다며 정말 축하한다고 편지에 썼는데, 아라의 기뻐하는 마음이 그녀의 글씨를 통해서도 전달되었다. 글씨가 환하게 웃고 있는 듯한 느낌이었다. 나 역시 기뻤다. 무엇보다 나를 가장 달뜨게 했던 것은 그녀가 진학하게 될 학교와 일하게 될 직장 주소가 편지에 적혀 있었다는 사실이었다. 아라는 언제라도 근처를 지날 일이 있으면 얼굴 한번 보여주고 가, 라고 간단히 적어놓았지만 내게 그 문장은 일종의 희망 같은 것이었다. 나는 당장에라도 그 근처를 지나가고 싶은 마음에 온몸이 들썩거렸지만 참았다.

담임이 늘 내게 했던 말처럼 생각부터 해야 했다. 얼굴을 한번 보여주고 가라는 말이 도대체 무슨 의미일까. 진짜 그냥 얼굴만 보여주고 가라는 의미일까. 아니면…… 혹시 나만 혼자 저만치 앞질러나가고 있는 것은 아닌지 나는 수시로 나를 진정시켜야 했다. 그리고 나는 틈나는 대로 편지를 다시 꺼내 읽어보며 수천 번도 넘게 같은 문장을 곱씹어보았다. 마치 그러다보면 언젠가는 그곳에서 해답이 툭 튀어나오기라도 할 거라는 듯이.

로드워크 시간이 단축되었고 기본 훈련을 마쳐도 숨이 차지 않았으며 펀칭볼이 마치 폭풍 속에 흔들리는 전등처럼 삐거덕거렸다. 샌드백을 걸어놓은 쇠사슬이 끊어질 것처럼 요동쳤고 미트를 치는 속도가 겁나게 빨라져서, 담임이 도리어 좀 적당히 하자며 성질을 낼 정도였다. 나는 그야말로 미친 소가 풀을 뜯는 것처럼 날뛰며 에너지를 소진했는데, 그런 나를 내내 지켜보던 할아버지가 보다못해 담임에게 한

마디 던졌다.

"저 미친놈 저거 어떻게 좀 해봐라."

결국 담임이 먼저 내게 아라를 한번 만나보고 오는 게 어떻겠냐고 제안했다. 신기했던 건, 담임이 내게 다가오는 사이 나는 이미 그가 그 말을 할 거라는 걸 알고 있었다는 사실이었다. 해서 나는 마치 주인이 들고 오는 밥그릇을 바라보는 개처럼 내게 오는 담임을 바라보았고, 예상했던 그 말이 담임의 입에서 완전히 끝맺어지기도 전에 고개가 땅에 떨어져라 흔들어대며 그러겠다고 대답했다. 설혹 머리가 땅에 떨어졌다고 해도 나는 그것을 다시 목에 붙일 여유조차 없이, 대충 옆구리에 끼고 밖으로 달려나갈 기세였다.

그런 주제에 나는 이 모든 징조가 신의 계시일지도 모른다는 공상에 빠져들었다. 새로운 세계가 내게 열린 것 같았다. 나는 생전 발라보지도 않았던 헤어 왁스까지 머리에 바르고 내가 가진 가장 좋은 옷을 입고 버스에 몸을 실었다. 버스가 너무 느려 버스 안에서라도 달리고 싶었다.

그러나 내가 도착한 곳에 아라는 없었다.

아라는 이학년을 마치면서 프랑스로 유학을 떠났다고, 아라가 일했던 곳의 동료가 말해주었다. 불과 얼마 전이었다. 나는 순간 원장을 찾아가 욕을 한 바가지 퍼부어주고 싶었지만, 그런 생각은 아라가 좋아하지 않을 거란 걸 퍼뜩 깨닫고는 얼른 지웠다. 좋은 분이 아라를 도와주셔서 좋은 기회를 얻을 수 있었다고 그녀의 동료는 내게 말했다. 나는 물었다.

"초콜릿 과자를 만드는 학교로 유학을 간 건가요?"

아라의 동료는 나의 말이 재미있다는 듯 빙그레 한번 웃어 보이고는 그렇다고 말해주었다. 그러곤 좀더 얘기를 나누며 내가 아라와 정말 친구라는 사실을 확인하고는, 내게 그녀가 유학 간 학교의 주소를 알려주었다. 나는 프랑스 주소가 적힌 쪽지를 한동안 내려다보다가 소중하게 접어 주머니에 집어넣었다. 그때 아라의 동료가 내게 물었다.

"저기 혹시, 권투 선수 아니세요?"

"네? 아, 네. 맞는데요."

"아, 맞구나. 뉴스에서 본 적이 있어요. 그쪽이 어디서…… 우리나라에서 제일 큰 대회에서 우승했다고, 아라가 자기 친구라고 말했던 적이 있거든요."

"아라가요?"

"네. 어디라고 했더라……"

아라의 동료는 나를 어떤 대회에서 보았는지 떠올리려는 듯 눈동자를 위로 올리고 데굴데굴 굴렸는데, 나는 이미 그런 건 아무래도 상관없다는 생각을 하고 있었다. 그래도 나는 확인하고 싶었다.

"전국체전이요?"

"아, 네. 전국체전이요. 그게 우리나라에서 열리는 올림픽 같은 건데 거기서 금메달을 땄다고 아라가 되게 뿌듯해했는데."

이리기 니를 지켜보고 있었다는 사실만으로도 나는 마지 불지병의 완치 판정을 받은 사람처럼 아드레날린이 솟구치는 것을 느꼈다. 아드레날린과 엔도르핀이 쌍끌이로 나의 정수리를 붙들고 나를 바닥에서 삼 센티미터 정도 들어올린 기분이었다.

바로 그때 어떤 아줌마가 그곳으로 들어왔고 나와 대화를 나누던 아라의 동료가 "어머, 언니 나오셨어요?" 하고 그녀에게 인사했다. 문을 넘어서던 아줌마가 걸음을 멈추고 나를 물끄러미 바라보아 나도 모르게 가볍게 묵례를 하곤, 황급히 아라의 동료에게 고맙다는 말을 건네고 그곳을 나왔다. 나는 들뜬 마음을 가눌 수 없었다. 그래, 티브이가 있었다. 내가 만약 티브이에 나오는 사람이 된다면 언제고 아라는, 설령 그곳이 프랑스라고 해도 나를 볼 수 있을지 모른다는 생각이 번뜩 들었고, 한번 든 그 생각이 나의 온몸을 가득 채웠다.

그리고 나의 그런 생각은 결국 할아버지의 마음을 움직였다. 프로 데뷔. 그때까지도 어떤 결정을 단호하게 내리지 못하고 있던 할아버지에게 나는 식사 때마다 졸라댔다. 담임이 한영기로부터 받아온 조건들이 꽤 괜찮은 편이었다고 누나가 훗날 내게 말해주었는데, 그럼에도 할아버지는 쉬이 결정을 내리지 못하고 있었던 것이다.

그런 상업 세계에 아직은 어린 나를 밀어넣는 것이 과연 올바른 선택인지 확신할 수 없어 할아버지는 망설였을 거라고 누나는 말했다. 누나 자신도 그런 생각 때문에 어려운 문제라고 느꼈다면서. 하지만 어떻게든 티브이에 나가야 한다고 생각했던 나는 그런 할아버지의 고민은 아랑곳없이 매일매일 세계챔피언이 되겠다고 졸라댔고 결국, 그 외에 뾰족한 진로를 찾아낼 수 없었던 할아버지는 그러기로 마음 먹었다.

대신 계약 조건을 대폭 수정했다. 한영기는 그 조건들이 말도 안 되게 일방적이라고 버텼지만, 할아버지가 요구한 내용이 결국 금전적인 사항이 아니라 나의 안전과 나의 휴식과 나의 건강을 위한 것들이었으므로 결국 물러설 수밖에 없었다. 즉, 향후 내가 한영기 프로모터 소속이 될지언정 내 시합에 관한 모든 컨트롤은 할아버지가 직접 한다는 조건으로 계약이 성사된 것이다. 연맹은 할아버지로서도 어찌할 도리가 없는 단체였지만 한영기 프로모터는 그래도 당신께서 직접 통제할 수 있다는 사실 때문에 결국 결정을 내린 거라고 누나가 말해주었다.

나는 국가대표 선발전에 출전했던 때보다 체급을 더 낮추어 프로 데뷔전을 치르기로 했다. 담임은 맨 처음 내가 복싱을 시작했던 체급에서부터 시작해보는 게 어떻겠느냐고 제안했지만 그건 오십칠 킬로, 프로 체급으로 백이십육 파운드 이하 페더급이었다. 그러려면 나는 다시 거의 십여 킬로를 감량해야 했으므로 자신이 없었다.

할아버지도 낮은 체급에서 시작할 수 있으면 승률이 높아지긴 하겠지만 지금의 키와 덩치로는 페더급이 그리 적합한 체급은 아니라며 고개를 가로저었다. 그리하여 나는 백삼십오 파운드 이하 라이트급으로 데뷔전을 치르기로 결정되었다. 사실 할아버지의 생각으로 나에게 가장 적합한 체급은 백오십사 파운드 이하 슈퍼웰터급이었다. 그 체중을 유지할 때 나의 파워와 스피드가 가장 조화롭게 운용된다고 할아버지는 판단했다.

하지만 세계무대에서 나의 기량이 얼마나 통용될지 알 수 없었으므로, 어떤 데이터가 생성될 때까지는 좀더 우월한 체급에서 데뷔전을 치르는 것이 여러모로 수월하다는 판단이었다. 팔 길이나 체격 조건이 우월한 상태에서 시합을 치르면 아무래도 유리한 부분이 없지 않았기 때문이다.

그런데 체중 감량을 하는 방법이 아마추어 때와는 많이 달랐다. 아마추어 때는 경기가 토너먼트 방식이므로 시합이 진행되는 내내 꾸준히 감량 체중을 유지해야 했지만, 프로는 단 한 번의 경기를 치르기 때문에 좀더 큰 폭의 체중 감량을 시도한 후 몸을 리바운딩하여 링 위에 올라서는 방법을 택했다.

계체 날까지 수분을 완전히 제거해서 규정 체중에 아슬아슬하게 도달한 다음, 계체가 끝난 직후부터 이틀날 시합에 이를 때까지 수분을 완전히 보충하고 적절한 식이로 탄수화물까지 보충해서, 시합 때는 거의 평소 체중에 근접할 수 있게 만드는 것을 리바운딩이라고 하는데, 모든 선수가 이 리바운딩을 하고 그리하여 계체 직후의 체중에서 한 체급이나 심한 경우 두 체급 이상 올린 몸무게로 링 위에 올랐다. 프로 경기에서는 이런 리바운딩도 실력에 포함된다고 봐야 했다.

그러나 무리한 체중 감량 후 리바운딩을 하는 것은 지구력에 상당한 영향을 미칠 수 있었으므로, 페더급까지 다운시킨 뒤에 리바운딩을 하는 것은 확실히 무리라는 할아버지의 판단으로 나는 라이트급에 서게 된 것이었다. 나는 곧 체중 조절과 시합 준비에 돌입했고 한영기는 세계적인 프로모터라는 명성에 걸맞게 관련된 모든 서류를 일사천리로 처리하고 상당히 이른 시일에 알맞은 시합을 주선했다.

할아버지 또한 결정된 사항에 대해서만큼은 폭풍같이 몰아붙이는 성향이어서 나는 프로 데뷔가 결정나고 불과 삼 개월도 채 되기 전에 데뷔전을 치렀고, 이 라운드 이 분 십사 초 만에 필리핀 선수를 링 위에 드러눕혔다.

이때까지만 해도 언론은 나의 행보에 별다른 관심이 없었다. 아니,

나란 존재가 있었는지조차 까맣게 잊고 있었다. 나도 물론 그들에게 관심이 없었으나 다만, 외국에서는 나의 시합이 중계되었으면 하는 바람 정도는 있었다.

나는 같은 해 9월, 일 라운드 이 분 십팔 초 만에 태국 선수를 링 위에 무릎 꿇게 하고 이듬해 1월에 멕시코 선수를 바닥에 눕힘으로써, 프로 데뷔 불과 삼 전 만에 운좋게 공석으로 있던 세계권투평의회 라이트급 챔피언 결정전을 치르게 되었다. 상대는 같은 체급 세계 랭킹 1위인 파나마 선수였는데, 그도 삼 라운드 일 분 이십칠 초 만에 바닥에 드러누웠다. 그해 6월에 나는 복싱 라이트급 최연소 세계챔피언 자리에 올랐다.

그리고 그 소식은 태풍처럼 우리나라를 휩쓸었다.

소리없이 행보하는 한국의 영웅이라는 제목에서부터, 불공정에 대항하는 이 시대의 전사라는 타이틀에 이르기까지 언론이 쏟아내는 기사는 하나같이 극찬 일색이었다. 그제야 티브이 중계조차 없었던 우리나라 방송국에서 외국에서 중계된 녹화방송을 부랴부랴 사들여 송출하기 바빴다.

한때 복싱 강국이었던 우리나라가 세계무대에서 시든 벼처럼 오랫동안 고개 숙인 채 트랙터에 쓸려 베일 날만을 기다리다가, 마치 잃어버린 여의주를 되찾은 용이라도 된 양 과거의 영광을 되찾았다는 식의 기사가 자루에서 터져나온 콩처럼 쏟아졌다. 그 영광의 중심에는 당연히 장태주라는 영웅이 우뚝 서 있었다. 그리고 국가대표 선발전에서 그 장태주라는 인물을 밀어낸 대한권투연맹은 그야말로 나라를 팔아먹은 역적이라도 된 것처럼 욕을 얻어먹었다.

불똥은 올림픽 복싱 국가대표 선수들에게도 튀었다. 부정한 경쟁으로 차지한 국가대표라는 타이틀이 부끄럽지도 않으냐는 여론이 형성된 것이다. 여론은 마치 닭장에서 탈출한 닭떼처럼 천지 분간 없이 뛰어다니며 사방을 어지럽혔다.

그래도 어렵게 올림픽 아시아 지역 예선을 통과하고 본선 준비에 박차를 가하는 대표 선수들을 격려해주지는 못할망정 그게 무슨 졸렬한 심보냐는 여론도 일각에서는 일었으나, 불행히도 우리나라 복싱 국가대표 선수 열세 명 가운데 단 두 명만이 본선에 진출했다는 사실이 더 크게 부각되고 마는 바람에, 그런 여론은 희미한 깜부기불처럼 깜박이다 사그라지고 말았다. 결국 그해 올림픽에서 우리나라 복싱이 이룬 최고 성적은 8강 진출이었다.

그러다보니 상황은 더 악화되어 올림픽 자체가 내가 기록하던 연승 행진의 들러리가 되고 말았다. 나는 올림픽이 폐막하고 얼마 지나지 않은 9월에 세계권투협회 라이트급 챔피언에 도전해 베네수엘라 선수를 무너뜨렸고, 12월에 국제권투연맹 라이트급 챔피언의 자리에도 올랐으며, 이듬해 4월에 세계권투기구 라이트급 챔피언 타이틀도 획득하면서 명실상부하게 세계 4대 복싱기구 라이트급 통합챔피언 자리에 등극했다. 모두 케이오승이었고, 삼 라운드를 넘기지 않았다.

대한민국에 복싱 붐이 일었다. 중, 고, 대학생, 일반 직장인은 말할 것도 없었고 남녀 구분도 없었으며 심지어 주부 그리고 초등학생들마저도, 복싱을 배우려고 줄을 섰다. 외국에서도 '인빈서블invincible 미스터 티'로 알려져 복싱 관계자들은 물론, 복싱을 사랑하는 세계 각국의 팬들 사이에서 나는 이미 스타가 되어 있었다.

나는 그들이 환호해마지않던 인파이터였다. 불같이 달려들어 기둥처럼 그 자리에 버티고 서서 물러서지 않았다. 쉴새없이 주먹을 휘두르고 쉴 틈 없이 상체를 움직여 결국 상대를 무너뜨렸다. 폭발적으로 작렬하는 에너지의 세기가 링과 관중석을 넘어 티브이로까지 전달되었다.

나는 우연한 기회에 사람들이 내 경기를 티브이로 보는 걸 몇 번 본 적이 있었는데, 그들은 흡사 티브이 속으로 빨려들어갈 것처럼 보였다. 함께 두 주먹을 움켜쥐고 알 수 없는 감탄사를 단속적으로 내뱉으며 다 같이 약속이라도 한 듯 몸을 움찔거렸다. 마치 내 몸과 동기화되어 있는 사람들 같았다. 내가 그들을 움직이고 있는 것 같은 기묘한 착각이 들었다.

나는 스물한 살에 대한민국에서 가장 유명한 사람이 되었다. 우리나라에서 이제 장태주를 모르는 사람은 거의 없었다. 거기다 내겐 부조리한 조직 시스템에 굴하지 않고 최고의 자리까지 오른, 불굴의 스포츠 스타라는 이미지까지 덧대어졌다. 나는 공정성의 신화처럼 여겨졌다. 부패척결의 대명사처럼 취급되었고 불행을 딛고 스스로를 일으켜세운 상징처럼 일컬어졌다. 한 나라가 우리도 다시 시작해보자는 분위기로 들끓었을 만큼 나는 시대의 아이콘이 되었다.

아무도 나의 과거나 나의 지나온 삶에 대해 비난하지 않았다. 오히려 그러한 환경 속에서도 자신을 일으켜세운 노력과 도전에 찬사가 끊이질 않았다. 혹여 누가 나를 비난하는 댓글을 하나라도 남기면 마치 천형을 내리기라도 할 듯이 사람들이 몰려들어 갈가리 찢어놓았다. 나의 인기는 거의 종교에 가까워지고 있었다. 나를 비난하고 싶은 사람은 그림자조차 보여서는 안 되었고 각자의 벽장 속에 몸을 숨기고 있어야만 했다.

　나는 그해 9월에 한 체급을 더 올려 슈퍼라이트급 세계챔피언에 도전했고 보란듯이, 그리고 그게 장태주라는 듯이 사 라운드 이 분 십이 초 만에 케이오승을 거두었다. 마치 예정되었던 일인 것처럼 나는 두 체급 세계챔피언이 되었다.

　여세를 몰아 이듬해 봄에 나는 다시 한 체급을 더 올려 웰터급 세계챔피언에 도전했다. 그리고 우리나라 복싱 사상 최초로 세 체급 석권 세계챔피언이 되었다. 그해 가을, 한 체급을 더 올려 슈퍼웰터급 챔피언에 도전했을 때는 이미 대전료가 수십억대에 이른 상태였다. 페이퍼뷰의 판매량 또한 기록적이었다. 네 체급 세계챔피언을 석권한 나의 실제 경기는 이제 라스베이거스에서만 볼 수 있었다.

　나는 세계에서 가장 많은 판매 부수를 자랑하는 언론지를 통해, 아시아를 대표하는 스포츠 스타 1위에 선정되었고 세계에서 가장 영향력 있는 인물 백 명 가운데 여덟번째를 차지했으며 평생 한 번도 들어보지 못했던 수많은 단체의 홍보대사로 임명되었다.

　그 모든 걸 한영기 프로모터에서 전부 컨트롤했는데, 당시 그런 일로 나를 보조하던 사람들만 해도 그 수를 헤아리기가 어려울 정도였다. 담임과 할아버지는 시합을 준비해야 할 때를 제외하곤, 그런 일에는 일절 개입하지 않았다. 그러나 분명 소모적이기만 했던 일상을 그리 달가워하지는 않았을 것이다. 그렇다는 것을 나는 짐작하고 있었으나 애써 모른 척했다. 나도 이제 내 나름의 판단이 가능한 나이이라고 믿었다.

그 일련의 모든 일이 불과 사 년 사이에 이루어졌다. 그야말로 쉴 새없이 달렸고 돌이켜보면 나의 의지와도 상관없이 달렸다. 마치 거센 돌풍에 떠밀리듯이 나는 달렸고 귀를 찢는 듯한 굉음과 뿌연 모래 먼지 속에서도 달렸다. 아무 형체도 알아볼 수 없는 지경임에도 달렸고 심지어 어떤 때는 내가 그 속에 있는지조차 분간할 수 없는데도 달렸다.

고즈넉한 강가 갈대밭에서 네 식구가 단란하게 앉아 소담스런 음식을 먹으며 즐거워하던 시절은 어느새 타인의 일상이 되고 말았다. 나는 강연에 티브이에 광고 촬영까지 시합 스케줄이 없으면 오히려 더 바쁜 하루를 보냈으므로, 우리에게 늘 반복되었던 하루 두 번의 식사 시간이 내게는 이제 해당되지 않았다. 밖에서 보내는 때가 더 많은 나날이 되었다.

나는 갈대밭 한편 좁은 길에서 벌어지는 자동차 경주의 일원이 되어 있었는데, 그때의 나는 그렇다는 걸 알지 못했다. 달리는 것이 일상이 되어, 달리지 않는 방법을 모르는 사람처럼 달렸던 그때,

그때 좀 쉬어 갔더라면 어땠을까.

좀 쉬어 가자고 담임과 할아버지가 말했었다. 너무 한 번에 온몸을 불사르듯이 혹사하는 건 좋지 않다고 할아비지는 밀했다. 하시만 나는 괜찮다고 대답했다. 그때 나는 어쩌면 할아버지가 좀 쉬고 싶어서 그러는 말로 이해했었는지도 몰랐다.

한영기는 쉴새없이 방어전을 주선했고 할아버지가 망설일 때마다 내가 먼저 하겠다고 나섰다. 나는 그때도 역시 할아버지가 체력이 달

려 망설이는 것일지도 모른다고 생각했다. 그래서 고집 아닌 고집을
부렸다. 할아버지는 어쩔 수 없이 뒤로 물러섰고 나는 무람없이 앞으
로 나아갔다. 나는 챔피언이었으니까. 할아버지 또한 성인이 된 나를
존중해주는 거라고 믿었다.

　　라스베이거스에서 방어전이 치러지는 경우가 잦다보니 나는 담임
과 함께 현지 적응 훈련을 하는 경우가 많아졌고, 그러다보니 자연히
할아버지와 훈련하는 시간도 줄어들었다. 할아버지에게 장시간 비행
기를 타고 이동하는 생활은 아무래도 무리였기 때문이다. 그리고 그
것이 새로운 일상으로 자리잡혀가던 어느 날, 누나가 내게 웃으면서
말했다.

　　"우리 태주가 너무 바빠서 얼굴 한번 보는 게 하늘의 별 따기네."

　　그때 나는 아마도 웃었던가? 이상하게도 그것이 잘 기억나지 않았
다. 그래서 나는 지금도 가끔 그때를 떠올릴 때가 있다. 그때 나의 표
정이 어땠는지 궁금했다. 아니, 그냥 궁금한 정도가 아니라 몹시 보고
싶어 환장할 것 같을 때가 내겐 있었다. 누나가 그렇게 말했을 때 내
가 과연 어떤 병신 같은 표정으로 내 생각만 하고 있었는지 궁금해서
돌아버릴 것 같은 때가 있었다.

　　나는 그때 무슨 생각을 하고 살았던가.

　　솔직히 말하면 무슨 생각을 할 만한 시간이 없었다. 바쁘고 바빴으
며, 바쁜 와중에 또 바빴다. 자신을 소모하여 돈을 버는 것도 일종의
생산이라고 한다면, 나는 당연히 나를 소모하는 것 이상으로 많은 돈
을 생산했다. 그러나 막상 그 돈을 쓸 시간이 없었다. 돈은 쌓였고 나
는 그 돈으로 무엇을 할까, 남는 시간엔 또 그 생각을 하느라고 바빴

다. 쓰지도 못할 돈을 버는 것처럼 이상한 일은 없을 테니까.

그런데 막상 돈을 쓴다는 게 그리 쉽진 않았다. 시간이 없다는 점은 차치하고라도 좋은 옷과 좋은 차와 좋은 음식에 돈을 쓰는 것은 한계가 있었다. 더 쓰고 싶다면 정말 만원짜리 가치에다 백만원짜리 수표를 가져다 붙이는 수밖에 없었는데, 그 짓을 해서 내가 얻는 것은 고작 입에 발린 칭찬과 의미 없는 아부밖에 없었다. 그런데 나는 그런 말로 나의 가치를 검증받는 부류가 아니었으므로, 그런 상황에 직면할 때마다 도리어 불쾌감을 느꼈다. 마치 그들이 나를 아첨으로 충분히 가지고 놀 수 있다고 생각하는 것 같아 기분이 좋지 않았다. 그러다보니 나도 모르게 그들을 굴복시키고 싶은 충동에 휩싸일 때가 있었다. 확실하게 나한테 머리를 조아리는 모습을 봐야 직성이 풀릴 것 같았다.

그렇게 허영과 사치로 인생을 낭비하라고 유혹하는 사람들에 둘러싸여 무의식적으로 그 짓을 반복하다보니, 그만큼 병신 같은 일이 세상에 또 없었다. 무엇이 자꾸 채워지는 느낌이 아니라 반대로 자꾸 닳아 없어지는 느낌이었다. 내 안의 영혼과 내 뒤를 따르는 그림자의 색이 점점 옅어지는 것도 같았다. 그러니 차라리 돈을 그냥 길바닥에 뿌리는 게 그나마 쓸데없는 에너지라도 낭비하지 않는 방법이란 생각이 들 수밖에.

그래도 나는 우리 네 사람이 살 집을 그리는 것에는 꽤 많은 공을 들였다. 나는 어느 순간부터 항상 우리 가족이 살 집에 대한 꿈을 꾸었다. 그것은 물론 세 사람을 좀더 좋은 곳에 살게 하고 싶은 나의 욕망이기도 했지만 한편으론 그게 우리가 예전보다 얼마나 더 행복해지고 있는지를, 직접 눈으로 확인할 수 있는 대표적인 척도라고도 믿었기 때문이다.

어쩌면 그들에게 빚을 갚아야 한다는 생각이 내 마음 한구석에 있었는지도 몰랐다. 하지만 그게 중요한 건 아니었다. 어느 쪽이든 내가 번 돈 전부를 우리 가족의 행복을 위해 써야 한다고 생각했던 것만큼은 분명했으니까. 내가 애초부터 많은 돈을 벌기 바랐었는지는 잘 기억나지 않았다. 어쨌거나 돈은 벌렸고 그러니까 내가 돈을 버는 까닭 또한 그것 말고는 달리 떠올릴 게 없었다. 납득할 수 없을 만큼 많은 돈을 느닷없이 벌었는데, 그 행위에 관해 이해할 수 있는 이유란 게 그것밖에는 없었던 것이다.

그렇게 알 수 없는 무언가에 떠밀리듯이 나는 돈을 벌고 있었으므로 당연히 돈을 벌기 전보다 우리가 얼마나 더 행복해졌는지를, 아니 훨씬 더 행복해졌다는 것을 확인해야 했는데 그게 집이고 옷이고 차고 음식이었다. 그러니까 실은 내가 몰래 집을 지어 그들에게 서프라이즈 선물을 하기 전에, 이미 내가 그들에게 사준 옷과 차와 그 밖의 모든 것들을 그들이 어떻게 쓰고 있었는지에 관해 조금 다른 각도에서 살펴볼 필요가 있었다. 하지만 나는 바빴다.

다른 건 몰라도 할아버지 옷만은—나만이 취향을 알았으니—내가 직접 사고 싶었는데 내겐 시간이 없었으므로, 회사에서 내 가족을 관리하는 전담 매니저를 붙여주었다. 내가 설명하는 디자인의 디테일을 구분하지 못하는 매니저를 볼 때마다 당장에라도 내가 달려가 사오고 싶었지만, 그럴 수 있는 환경이 아니었다. 나는 그 정도라도 만족해야 했다. 매니저가 세 명의 경제적인 생활을 모두 관리했지만, 그러나 내

가족의 속마음까지 내게 보고하진 못했다.

거의 호텔에서 생활하다가 아주 오랜만에 집에 들렀던 어느 날, 현관 한구석에 포장도 뜯지 않은 채 쌓인 누나의 옷 쇼핑백을 발견했다. 나는 바로 건너가 할아버지 옷방도 확인해보았는데 결과는 별반 다르지 않았다. 나는 몹시 화가 났다. 하지만 표를 내진 않았다. 오랜만에 나를 만나 행복해하는 누나의 얼굴을 보며 그런 걸로 화를 낼 순 없었다. 하지만 밥상을 보니 화가 누그러들지 않아서 결국 나는 누나가 열심히 상을 차렸다는 사실은 생각지도 못하고, 외식을 하자고 우겨댔다.

이미 다 차린 상 앞에서 우물쭈물대던 누나가 오랜만에 내가 왔는데 찬이 좀 부족해서 미안하다는 식으로 말을 했을 때, 나는 찰나였지만 폭발해버릴 뻔했다. 그런 얘기가 아니잖아! 하고 고함을 지르고 싶은 충동에 순간 휩싸였다가, 어질한 기분이 들어 두 눈을 끔벅거렸다. 나는 그들에게 조금이라도 비싸고 맛있는 음식을 먹이고 싶었다. 내가 주는 생활비가 기천만원대가 넘는데 도대체 왜 이따위 콩자반에 갈치구이가 여전히 상에 올라오고 있는 건지 그때의 나는 전혀 이해할 수 없었다.

나는 나의 감정을 추스르기 위해 잠시 밖으로 나와 매니저에게 전화를 걸었다. 매니저는 다급하게 호텔 레스토랑을 예약하고 우리를 데리러 오겠다고 했으니 니는 그렇게까지 할 필요는 없다고 했다. 나는 일전에 담임에게 사준 랜드로버를 끌고 호텔로 갈 생각이었다. 언제고 한 번은 근사한 SUV에 우리 가족을 태우고 그런 곳엘 가보고 싶었기 때문이다. 그런데 랜드로버에 오른 나는 또 한번 치밀어오르는 화를 억눌러야 했다. 랜드로버의 주행 기록이 거의 제로에 가까웠기 때문이다. 약간 올라간 계기판의 숫자는 거의 차량 탁송 거리 수준이었다. 담임에게 출퇴근용으로 사용하라고 분명 얘길 했는데, 전혀 사용하질 않고 있다는 증거였다. 나는 일시적으로나마 이들이 내게 일부러 그런다는 생각이 들었다. 뭔가 불만이 있는데 이런 식으로 내게 시위하는 거라고 생각했다.

그러나 나는 이내 다시 이해했다. 이 모든 게 다 집 때문이라고. 좁아터진 낡은 연립에 옷을 풀어놔봐야 놓을 데도 없었을 테고, 차고도 없는 다세대 주택가 골목에 랜드로버 같은 고급 차를 두고 다니는 것도 불편한 일일 수 있었다. 왜 그 점을 몰랐지? 나는 생각했다. 그렇게 이해하니 마음이 좀 편해졌다. 나는 순간 세 사람의 입장은 전혀 고려치 않고 너무 내 입장에서만 생각했던 걸 후회했다.

그래서 나는 본래의 계획에서 조금 더 일정을 앞당겼다. 체육관에서 그리 멀지 않은 곳에 넓은 단독주택 한 채를 지었다. 그 부지엔 이미 다른 주택이 있었는데, 오랫동안 살았던 집이라 나가지 않겠다는 걸 회유하고 내보내는 데 꽤 큰 비용과 긴 시간이 소비되었다.

주택은 이층집이었다. 누나가 평소 말했던 텃밭도 충분히 가꿀 수 있을 만큼 넓은 정원을 조성했다. 담임이 평소 말하던 커다란 오디오 룸도 만들었고 그곳에 설치된 오디오 시스템은 십억대가 넘었다. 할아버지를 위해서는 멋지고 근사한 드레스 룸을 꾸몄고 옷장엔 명품 양복과 셔츠와 각종 액세서리를 가득 채워넣었다.

그리고 나는 그 집을 서프라이즈로 공개했다. 누나와 담임은 몹시 놀랐으나 이윽고 예상대로 기뻐했다. 할아버지 또한 예상과 다르지 않게 뜨뜻미지근한 표정이었지만, 아마 속으로 무척 기뻐하고 있을 거라고 나는 단정지었다. 늘 그래왔으니까.

그런데 그때 나는 무언가 채워지지 않은 기분을 느꼈었다. 그럴 리 없었으므로 믿고 싶지 않았을 뿐, 분명 그들의 기쁨 속엔 무언가 텅 빈 곳이 있었다. 그들의 기쁨이 온전한 기쁨처럼 느껴지지 않았던 것이다. 나는 그들을 기쁘게 하려고 그 공간을 만들었는데, 도리어 그들이 나를 기쁘게 하려고 기쁜 척하고 있다는 느낌 같은 걸 받았다. 그러나 그땐 그 기분의 정체를 정확히 알지 못했다. 무언가 미묘한 차이로 계속해서 엇나가고 있다는 느낌만 들었을 따름이었다. 하지만 어디서부터 잘못되어 있는지를 알 수 없었으므로 잘못되었다는 걸 시인하기 어려웠다. 그런 생각 자체를 하기 싫었는지도 몰랐다. 설혹 잘못된 무언가를 느꼈다고 해도 그 진원을 되돌아볼 여력이 없었으니까. 대화조차 나눌 시간도 내겐 없었다.

강연이나 방송 스케줄 중간마다 막간의 짬이 생겼을 때, 공교롭게도 내 눈에 더 자주 띄었던 것은 한영기였다. 그래서 나의 답답함에 대해 딱히 말할 사람도 없고 해서 꿩 대신 닭이라고 한영기에게 종종 털어놓았는데, 그럴 때마다 한영기는 내게 잘하고 있는 거라고 얘길 했다. 그들은 다만 약간 고지식한 면이 있으므로 오랫동안 자기들이 살아온 방식을 갑자기 바꾸는 게 어색해서 그럴 뿐, 이제 곧 적응되면 언제 그런 일이 있었냐는 듯이 잘 누리고 살 거라고 한영기는 말했다. 인간은 본래 그런 거라며.

한영기가 세 사람에게 인간이란 단어를 쓰는 뉘앙스가 마음에 들진 않았지만, 그래도 그의 말이 사실이기를 내심 바랐다. 곧 적응하기를. 그러면서도 정작 내가 적응했는지에 관해서는 전혀 생각해보지 않았다.

그래도 바쁜 건 바쁜 거였고 계속해서 바빠서 누나와 담임과 할아버지를 보는 시간이 점점 줄어든다는 사실에 나는 서서히 스트레스를 받기 시작했다. 그러다보니 점차 어떤 사람들이 모인 자리인지도 모르는 곳에 가서 도전이니 성취니 하는 주제로 강연하는 짓 따위도 한심하게 느껴졌다.

처음엔 할말도 많았고 내가 가진 좋은 에너지를 사람들이 원한다고 하니 함께 공유하고 싶은 마음이었다. 언젠가 담임이 말했던 것처럼 더 많은 사람이 꿈꿀 수 있도록 내 경험을 함께 나누고 그들의 희망도 되고 싶어 시작한 일이었다. 그런데 언젠가부터 나를 맞는 청중들의 얼굴과 옷차림이 눈에 들어오기 시작했는데, 그들은 아무리 보아도 어려운 환경에서 꿈을 꾸며 희망을 찾는 사람들처럼 보이지 않았다. 이미 충분히 성공한 사람들처럼 보였는데 거기서 뭘 또 더 성공하겠다고 내가 말하는 도전과 성취와 챔피언 정신의 함양을 함께 외치는지 문득 궁금해지는 횟수가 잦아졌다.

그러다가 내가 그런 강연을 통해 받는 금액이 꽤 크다는 사실을 알게 되었다. 무언가 배신감 비슷한 감정이 들었다. 그러나 그게 정확히 배신감인지는 알 수 없었다. 설혹 배신감이었다고 해도 내가 왜 그런 일에 배신감을 느껴야 하는 건지 명확히 알지 못했으므로 딱히 화를 낼 수 있는 상황도 아니었다. 화를 내봐야 이해할 수 없는 신경질로 치부되고 말 터였다. 그래서 나는 그냥 한영기에게 이 바보 같은 짓을 그만두겠다고 말했다. 앵무새도 아니고 노상 같은 얘기를 반복해대는 일에 더는 보람을 느낄 수 없다고 말했다. 한영기는 그러나 이 바보 같은 짓도 다 한때라고 대꾸했다.

"미스터 티, 고 위드 더 플로우, 라는 말 들어본 적 있어? 이게 한국 말로 무슨 뜻이더라. 흐름에 맡겨라. 그러니까 뭐야. 그래, 물 들어올 때 노 저어라. 이 말이 딱이네. 오케이, 들어본 적 있지? 이 말이 만고 불변의 법칙이야. 벌 수 있을 때 바짝 벌어놓지 않으면 나중에 또 어떤 일이 벌어질지 알 수 없다고."

노를 젓거나 말거나 내 얘긴 그런 얘기가 아니었지만 귀찮아서 반론하지 않았다. 우리 가족도 아닌 주제에 그런 식의 동문서답을 하다니 상당히 익숙한 상황이었지만, 그래도 싫은 건 싫은 거였다. 그래서 나는 어쨌거나 이젠 하지 않겠다는 뜻을 명확히 밝혔다. 한영기가 답답하다는 듯이 말했다.

"유 노우 왓? 티. 이젠 노동을 해서 돈을 버는 시대가 아니야. 알아? 돈이 돈을 버는 세상이야. 오케이? 네버 포겟 잇. 그러니까 벌 수 있는 돈을 지금 벌어놔야 나중에 티도, 그리고 티가 그렇게 사랑해마지않는 그들도 모두 끝까지 행복하게 살 수 있는 거라고. 유 갓 잇?"

내가 시합하고 만날 강연에 방송에 광고 촬영에 끌려다니는 건 그렇다면 노동이 아니고 도대체 뭔 짓인가, 하는 생각이 들었지만 그 또한 귀찮아서 되묻지 않았다. 그런데 한영기는 나의 침묵을 긍정으로 이해했는지 어느 날 갑자기 내게 부동산과 금융상품의 전문가라는 사람을 한 명 소개해주었다. 그러면서 또 말했다.

"티, 언제까지고 네가 챔피언을 할 수 있는 건 아니야. 그렇지? 사람은 누구나 다 늙어. 노 익셉션. 그러니까 그때를 미리 준비해야 해.

유 노우? 아임 세잉 코즈 아이 리얼리 케어 포 유."

그러고는 강연장으로 이동하는 차 안에서 그 전문가라는 사람으로부터 임대소득과 금융소득의 필요성에 관해 한참을 들었다. 그도 나름대로 시간을 내서 합석한 자리일 테니 예의상 나도 열심히 듣는 척을 하긴 했지만, 사실 내키지 않는 마음인데 내용까지 이해될 리는 만무했다. 건성으로 듣고 있던 와중에 나의 관심을 끌었던 건, 나에 대해 사전조사를 한 건지 아니면 한영기에게 들어 아는 건지 알 순 없었지만 어쨌거나 우리 체육관에 관해 상당히 매혹적인 비전을 제시했다는 점이었다.

그 건물을 사들여서 증축한 뒤 스포츠 전문 빌딩으로 리뉴얼한다는 사업 계획이었다. 마음 한편으로 늘 우리 체육관도 이제 좀 확장해야 한다고 생각하고 있던 내게 그 계획은 그러므로 호기심이 생길 수밖에 없는 제안이었다. 만약 다른 곳에 건물을 사서 하자고 했으면 내가 별 반응을 보이지 않았을 텐데, 기존에 있는 빌딩을 그리 바꾼다니 내 성향을 정확히 파악한 셈이었다.

내가 관심을 보이자 그는 며칠 후 그 건에 관해 좀더 구체적인 기획안을 들고 왔다. 상세한 부분까지 이해할 순 없었지만 어쨌거나 무척 좋은 계획이라는 생각은 들었다. 해서 나는 깊이 생각하지 않고 그와 계약을 체결했는데, 그게 나중에 담임과의 엄청난 언쟁으로 이어질 거라고는 짐작조차 하지 못했다.

담임이 그야말로 격노했던 이유는 그 건물을 사들인 후 재건축을 진행하는 과정에서, 우리 층을 제외한 다른 층의 임차인들을 모두 내쫓았다는 사실 때문이었다. 나는 그런 일이 있었는지조차 알지 못했다. 그런데 얘길 들어보니 계약 기간이 아직 만료되지 않은 입주자들은 그래도 잘 구슬리고 웃돈도 좀 얹어주어 큰 마찰 없이 내보냈는데, 마침맞게 계약이 만료된 일층과 이층의 세입자들은 그 어떤 협의도 없이 그야말로 매몰차게 내쫓았다는 것이다.

나는 몰랐으므로 몰랐다고 항변했지만 세상에서 제일 나쁜 행동이 잘 알지도 못하는 주제에 천지 분간 없이 나대는 거라며 담임은 내가 담임을 안 이래 가장 크게 화를 냈다. 그러나 내가 일부러 그들을 내쫓은 것도 아닌 마당에 나는 무척이나 섭섭했으므로, 법적으론 아무 문제가 없는 상황이었다고 대들었다. 그러자 담임은 관자놀이의 핏대가 피부를 뚫고 나올 것처럼 노발대발하며 그렇다면 네가 상해죄로 소년원에 들어왔던 것은 법적으로 무슨 하자가 있었던 건지 얘길 해보라며 내게 고함을 질렀다. 나는 그때, 정말이지 뒤통수를 세차게 한 대 얻어맞은 느낌이었다.

그래. 나의 상해죄는 법적으로 무슨 하자가 있었던 건가. 법적으로만 보자면 아무 문제도 없었다. 그제야 나는 내가 무언가 엄청나게 잘못된 길로 접어들어 있었다는 사실을 깨달았다. 그냥 깨달은 정도가 아니라 온몸으로 체감했다. 순간적이나마 유체이탈이 일어난 것처럼 나는 나를 위에서 내려다보고 있었는데, 그게 내가 알던 내가 아니어서 놀라움을 금할 수가 없었다.

언제부터 나 아닌 내가 그곳에 서 있었는지 알 도리가 없어 당혹감을 감출 길이 없었고, 갑자기 밀어닥친 엄청난 이물감과 낯선 감정이 좁은 병목으로 쓸려들어오는 물길처럼 나를 덮쳤다. 나는 순간 극심한 두려움에 휩싸였다. 마치 누군가 나를 거세게 흔들어 내 몸과 영혼이 엇갈려 벗겨지며 점점 더 이탈되는 느낌이 들었다.

거기에 또, 나는 아무것도 몰랐다고 항변하던 내가 서 있었다. 나는 본래 어떤 사람이었는가. 나는 어렸을 때부터 어떤 잘못이 저질러진 상황보다 그 잘못이 저질러진 동기에 관심이 더 컸던 사람이었다. 그런 이면들을 찬찬히 살피다보면 그 뒤엔 항상, 남들은 잘 모르는 뭔가가 숨어 있었기 때문이다.

이를테면 엉뚱하게 한 아이가 혼나고 있는 와중에, 그 모습을 저멀리 그늘 속에서 지켜보는 녀석이 있다는 걸 나만 알게 되는 경우가 그랬다. 진짜 혼나야 할 녀석이 거기 숨어 훔쳐보고 있다는 걸 남들은 잘 모를 때가 많았지만 나는 달랐다. 그곳에서 피어나는 음습하고 비열한 기운을 나만은 느낄 수가 있었다. 그놈들은 표면으로 모습을 드러내놓고 일을 도모하는 부류가 아니었으므로 잘못된 결과의 책임은 항상 다른 녀석들이 떠맡았다.

가장 큰 문제는 공과를 판단해야 하는 인간이 아무것도 모른다는 사실에서 비롯되었다. 올바른 판단을 내려야 하는 위치에 있는 인간이 아는 게 없다보니 정말 혼나야 하는 게 누구인지 몰라 아무나 막 혼내고, 정작 혼나야 하는 원흉은 그늘 속에 숨어 입가를 휘어올리고 있는 것이었다. 게다가 그런 자가 한 조직을 이끄는 수장이 되면 자신의 조직을 모조리 사지로 내몰기 십상이었고 그러면서도 정작 본인은 그렇다는 사실을 인지하지 못할뿐더러, 심지어 모조리 죽이고서도 자기가 그런 것인지 알지 못했다.

모른다는 것이 그런 것이었다. 모르고 저지르는 사람은 밖에서 망을 보는 도둑놈의 일행처럼, 알고 저지르는 놈들의 공범이나 다를 바

없었다. 그런데도 자기가 직접 훔치지 않았다는 이유로 죄가 없다고 생각하는 게 그들의 사고방식이었고, 그렇지 않다는 사실을 일깨워줘도 그들은 곧 밝혀지지 않은 죄 또한 죄가 될 수 없다고 생각하는 부류들이었다.

그러나 그 멍청이들과는 달리 나는 모른다는 건 죄악이라고 생각하는 사람이었다. 무엇을 모르느냐에 따라 심각한 죄가 되느냐 아니냐의 차이만 있을 뿐, 모른다는 건 기본적으로 언제 어디서나 누구에게든 피해를 줄 준비가 되어 있다는 얘기나 다름없었다. 몰라서 멋대로 지껄이다 상대에게 상처를 주고 몰라서 멋대로 까불어대다가 상대에게 피해를 주면서도 정작 본인들은 무엇을 잘못했는지 모르는 경우가 태반이었으므로, 당연히 죄책감도 느끼지 못했다. 그러니 어떤 면에선 알고 저지르는 행동보다 훨씬 더 잔인할 수 있었다. 자기가 무슨 일을 저지르는지 모르기 때문에 매우 깊숙한 곳까지 아무 감정 없이 날카로운 비수를 꽂아넣을 수가 있는 것이다.

마치 화단에 물을 주는 사람처럼 평화로운 낯짝으로, 사람들의 피부를 가르고 혈관을 자르고 뼈를 통과해 더 깊숙한 내부로까지 칼날을 집어넣으면서도, 그 스스로는 화초에 물을 주고 있다고 생각하는 기괴한 일들이 실제로 벌어지고 있는 것이다.

악마가 실존한다면 아마도 그런 모습일 거라고 나는 생각하는 사람이었다. 그리고 그렇게 아무것도 모르는 인간들이 모여 오만 도둑놈들이 저지르는 온갖 도둑질을 저도 모르게 도와주고 있기 때문에, 이 세계가 점차 더 망가지고 있는 거라고 주장하던 사람이 바로 나였다. 그런 내가 담임에게 나는 모르는 일이라고 말했다는 사실이 믿기지 않았다. 나는 도대체 누구란 말인가.

순간 주저앉고 싶었지만 나는 간신히 정신을 부여잡았다. 찰나였으나 깨달음의 무게는 감당하기 어려울 만큼 무거웠다. 하지만 나는 곧바로 담임에게 잘못을 시인하고 진심으로 용서를 구했다. 그래도 담임은 쉬이 화를 풀지 않았고 건물을 매입한 것은 돌이킬 수 없으나, 내보낸 세입자들은 다시 불러와 이전과 똑같은 조건으로 원상복귀해놓으라고 말했다.

나는 그렇게 했다. 그렇게 하려고 최선을 다했다. 그들을 직접 찾아가 사과하고 담임이 시키는 대로 하려고 했으나, 그들은 다시 돌아오려고 하지는 않았다. 지금 다시 돌아간다고 한들 자기들이 재건축의 걸림돌만 되는 것 같아 내키지 않는다는 이유에서였다. 재건축은 이미 시작되어 있었다.

나는 재건축을 중단했으나 그래도 그들은 오지 않았고 그리하여 나는 얼마간의 금전적인 보상으로 그 일을 마무리지을 수밖에 없었다. 애초부터 잘못 끼운 단추였다. 한영기는 그런 우릴 보며 무척이나 나이브한 사람들이라며 알 수 없는 표정을 지었다. 며칠이 지난 뒤 담임은 완전히 진정된 모습으로 그 일에 관해 다시 언급했다.

"내가 너한테 늘 경계하라고 했던 말이 뭐야. 바로 그런 거였어. 자기가 필요하다고 남 사정 볼 것 없이 가진 힘만큼 뭐든지 다 함부로 손에 넣으려는 태도. 그게 선도연합회 애들이 하던 짓 아니야?"

나는 담임이 무슨 말을 하려는지 이미 깨닫고 있었지만 잠자코 들었다.

"우린 마구잡이 싸움꾼이 아니라 복서야. 복싱에는 규칙이란 게 있어. 상대를 무너뜨려야 하지만 서로 합의한 규칙 안에서 무너뜨려야 하는 거야. 그리고 굳이 규칙이 아니어도 스포츠맨십이라는 게 있어. 그걸 지키지 않는 선수는 아무리 잘 싸워도 사람들로부터 외면당하게 되어 있어. 너도 이미 여러 차례 본 적이 있잖아. 딱히 규칙을 어긴 것도 아닌데 사람들이 왜 그런 선수를 외면하겠어."

스스로 약간 흥분했다고 느꼈는지 담임은 차분하게 숨을 한번 고르고 다시 말을 이었다.

"사각의 링은 내가 지배해야 하고 나만의 질서를 만들어야 하는 곳이지만, 그렇다고 해서 그게 내가 하고 싶은 대로 막 해도 된다는 얘기는 아니야. 마구잡이로 개싸움을 해서 승리하는 공간이 아니라고. 우리가 싸움 이전에 상대를 존중하는 방법부터 가르치는 이유가 뭐야. 일순간은 적이지만 그들은 크게 보면 우리와 같은 동업자들이야. 함께 같은 배를 타고 가는 사람들이라고. 그런 사람들을 단지 지금 그들보다 더 강하다는 이유로 그렇게 마구 상처 입히고 무너뜨리면 결국 다 같이 침몰하고 마는 거야. 배가 균형을 잃어 소용돌이에 휘말리는데, 좀더 센 놈들이라고 용뺄는 재주가 있을 것 같아?"

나는 다시금 깨닫고 반성하고 달라질 것을 약속했다. 실제로 그 일은 내게 굉장히 중요한 전환점이 되었다. 계속해서 엇나가던 방향이 그 일로 바로잡혔으며, 그때라도 바로잡을 수 있어 무척 다행이란 생각을 하는 계기가 되었다. 나는 이후 그 어떤 강연이나 방송 프로그램에도 출연하지 않았다. 이전까지 쉴새없이 찍어대던 상업광고도 더는 찍지 않았다.

한영기가 우는소리를 할 때마다 할아버지가 나섰다. 할아버지는 예전의 할아버지로 다시 돌아와 한영기가 징징거릴 때마다 집에 가서 된장에 고추장이나 찍어 먹으라며 돌려보냈다. 누나가 그게 무슨 소리냐고 물었지만 할아버지는 대답하지 않았다. 할아버지 역시 그게 무슨 소린지 명확히 알고 하는 말 같진 않았다.

나는 오로지 훈련에만 매진했고 호텔 생활도 더는 하지 않았다. 나는 세 사람과 함께하는 하루 두 번의 식사시간 속으로 다시 돌아왔다. 사각의 앉은뱅이 밥상이 비록 약간 거리가 더 먼 식탁으로 바뀌긴 했지만, 그래도 여전히 우린 각자의 면을 차지하고 서로 다른 얘기를 나누며 시끌벅적 일상을 채웠다. 나는 예전처럼 행복한 공간으로 돌아왔고 실제로도 행복했다.

행복했는데…… 행복했는데 좀 외로웠다. 가족들은 여전히 서로에게 아무런 비밀이 없었지만, 나는 아니었다. 내겐 비밀이 하나 생겼다. 솔직히 말해서 나는 그때까지도 정말 잘못되어 있었던 게 뭔지 명확히 알지 못했다. 생각지도 못했던 나의 이중성에 식겁하여 뒤로 물러나긴 했어도, 하여 예전의 생활로 돌아오긴 했어도 솔직히 왜 내가 번 돈들을 다 무시하고 마치 성공이란 애초부터 존재하지도 않았던 것처럼 살아야 하는지 잘 이해가 되지 않았다.

성공해서 누릴 걸 다 누리면서도 행복하게 잘살면 되지 않나? 그냥 다들 물러선 내가 예전의 모습으로 돌아왔다 생각하고 좋아해주니 그들을 따를 뿐, 진심으로 이해해서 선택한 길은 사실 아니었다. 마음의 짐은 나 혼자 감추고 지고 가야 했다. 언제까지 감출 수 있을지 나는 알 수 없었다. 불안했다. 그들은 모두 내게 솔직한데 나는 그렇지 않았다. 나는 내가 가짜라는 생각이 들었다. 내가 누구인지도 이젠 정말 알 수 없었고, 번 돈들은 그럼 그냥 다 길거리에 버리기라도 해야 하는 건지 솔직히 혼란스러웠다.

무조건 다 알았다고 진심으로 깨달은 척해놓고 이제 와서 그런 걸 다시 물어볼 수도 없었다. 나는 시력이 떨어진 사람이 바라보는 풍경처럼, 무언가 수없이 겹쳐진 상이 되어버린 나 자신을 바라보며 그 도시 어디쯤에 홀로 서 있는 것 같은 기분에 사로잡힐 때가 종종 있었다. 가슴이 너무 답답했고, 때론 이해할 수 없는 순간에 울컥 눈물이 솟아오르기도 했다. 그러나 나는 그조차도 더는 드러내놓고 표현할 수 없었다.

그렇게 무언가 살짝 핀트가 어긋난 듯 겹쳐지지 않은 일상의 그림자 속에서, 내가 진짜인가를 고민하던 무렵 새로운 시합 제안이 들어왔다. 평소 같았으면 혼잡스러운 정신이 맑아질 때까지 시합을 미루었을 텐데, 이 시합은 그럴 수가 없었다. 하루라도 빨리 시합을 하고 싶다는 생각도 물론 있었지만, 무엇보다 다섯 체급 세계챔피언에 도전하는 일이었기 때문이다. 나는 어서 어떤 위업이라도 달성하고 싶었다. 나 자신의 정체성을 다시 되찾아야 했다.

이 년 내내 방어전만 치렀는데 슈퍼웰터급에도 이젠 마땅한 도전자가 없었고, 통합 다이틀에 도전하는 것도 큰 의미가 없었다. 그것은 굳이 상대해보지 않아도 승부를 어렵지 않게 예측할 수 있는 다른 기구 소속 챔피언의 자리를 빼앗아오는 행위에 지나지 않았다. 그런 식의 챔피언은 별 의미가 없다고 나는 생각했고 한영기만 생각이 달랐을 뿐, 담임과 할아버지의 생각 또한 나와 같았다.

무엇보다 중요했던 건 세계 각국의 복싱 관계자와 수많은 팬이 진작부터 슈퍼웰터급 세계챔피언인 미스터 티와 미들급 세계챔피언인 존 해밀턴과의 대결을 간절하게 소망해왔다는 사실이었다. 그러다가 마침내 그들의 바람이 이루어진 것이다. 그것은 수십 년 만에 성사된 세기의 대결이었다.

통상 슈퍼 존으로 불리는 존 해밀턴은 나보다 더 전적이 화려한 선수였다. 기본적으로 이미 여섯 체급을 석권한 챔피언이었고 연승 전적도 나보다 두 배는 더 많았다. 그는 아웃복서였으므로 물론 나처럼 올 케이오승을 거둔 것은 아니었지만, 그래도 압도적인 승률을 자랑했고 노련했으며 미국 복싱의 상징과도 같은 존재였다. 이 대결에서 나와 존이 받게 될 대전료만도 수백억대였고 페이퍼뷰의 판매율도 사상 최고치를 기록했다.

우리나라 온 국민이 들썩거렸다. 사람들은 어디서 나를 보아도 챔프! 챔프! 를 연호했고 현지 적응차 훈련을 떠날 땐 인산인해로 공항이 마비될 지경이었다. 게다가 이번 경기가 내게 조금 남달랐던 이유는, 중요한 경기인 만큼 라스베이거스에서 펼쳐지는 시합임에도 할아버지가 세컨드로 참가한다는 사실이었다. 그것은 내게 어마어마하게 큰 도움이 되는 일이었다. 기술적인 부분에서의 현장 지도를 받는 것도 물론 효과가 남다르겠지만, 무엇보다 정신적인 부분에서의 의지됨이 어디에도 비길 데가 없었다.

나는 누나한테 일찍 미국으로 와서 관광도 좀 하고 편하게 있으라고 말했지만 누나는 극구 사양했다. 내가 구슬땀을 흘리면서 맹훈중인데 혼자 놀러 다니는 것도 우습지만, 아무래도 시합이 끝난 후에 함께 맘 편히 다니는 게 더 좋겠다고 누나는 말했다. 생각해보니 나도 그게 좋았다. 무엇보다 누나는 물을 좀 가렸고, 할아버지도 음식이 입에 맞지 않아 미국에 있는 것 자체를 별로 좋아하지 않았다. 할아버지는 한끼만 걸러도 바로 한국 음식을 찾는 어른이었으므로 특히 더 그랬다. 그래서 오긴 오되 시합 전날 들어오는 것으로 얘기가 마무리되었다.

아마추어 때였다고는 하나 그래도 나는 이미 미들급을 소화해본 경험이 있었으므로, 달라진 체중에 큰 무리를 느끼지 않았다. 몸도 별로 무겁지 않았고 전반적인 컨디션이 상당히 괜찮았다. 계체도 당연히 깔끔하게 통과했다. 그런데 본래 예정대로라면 계체가 끝난 날 밤에 할아버지와 누나가 도착했어야 했는데, 오질 않았다. 일정에 차질이 생긴 모양이었다. 담임이 몇 차례 통화를 시도했지만 연결이 되지 않는다고 말했다. 입국 심사에 문제가 생겨도 몇 시간씩 늦어질 수 있었다. 어떤 이유였든 간에 나나 담임이나 시합 전까진 계속 이미지트레이닝을 하며 집중을 풀어서는 안 되었으므로 다른 생각에 시간을 할애할 여력이 없었다.

만약 일정이 바뀌어 두 사람이 좀 늦는다고 해도 함께 관광이나 하면 좋겠다는 생각이 그저 스쳐지나갔을 뿐이었다. 할아버지가 있으면 당연히 좋겠지만 없어도 이길 수 있을 거라는 확신이 있었다. 두 사람은 이튿날까지도 도착하지 않았지만 담임과 나는 오롯이 시합에만 집중했다. 일정은 얼마든지 바뀔 수 있었고 시합을 코앞에 둔 우리한테 시시콜콜 다 알릴 수는 없었을 터였다.

세계가 바라보는 빅매치의 막이 올랐고 화려한 조명과 열광적인 관중들의 함성이 라스베이거스 특설 경기장을 뒤흔들었으며 그 빛과 색과 소리가 전 세계로 송출되었다. 나는 그 중심에서, 관중의 환호를 온몸으로 받으며, 링 위에 올랐다. 링 위에서 나는 가볍게 몸을 흔들며 눈을 감고 차후 내가 펼쳐나갈 시합의 그림을 머릿속으로 그려나갔다. 가볍고 경쾌하게 물러서고, 매섭고 강렬하게 파고든다.

마침내 일 라운드 공이 울렸고, 나는 적진 해안선 깊숙한 곳까지 침투하는 날쌘 잠수정처럼 고개를 숙이고 슈퍼 존의 몸통을 향해 파고들었다. 존은 아웃복서답게 치고 빠지는 공격을 매끄럽게 연결했고 여섯 체급을 석권한 챔피언답게 몸놀림이 가벼웠다. 나의 공격은 가볍게 피하는 반면 들어오는 펀치는 상당히 날카로웠으므로, 나는 무턱대고 파고들 수가 없었다. 담임은 존을 나의 거리 안에 가두라고 끊임없이 고함을 질렀다.

한 번씩 주고받는 형식으로 팽팽했던 공방이 기울어진 것은 칠 라운드에 들어서면서부터였다. 칠 라운드까지 올라가본 경험이 전혀 없었던 내가 급격한 체력 저하 현상을 보이기 시작했던 것이다. 그렇다는 사실을 존도 눈치챘는지 물러서던 간격이 점차 줄었고 파고드는 횟수가 점점 많아졌다.

나는 본능적으로 이 시합을 더 끌어서는 승산이 없다는 걸 깨달았다. 처음 느껴보는 패배의 예감이었다. 느닷없이 나는 가짜라는 생각이 들었다. 한번 떠오른 생각은 그러고서 지워지지 않았다. 경기는 항상 십이 라운드 이상 준비되어 있었고, 나는 늘 사 라운드를 넘기지 않았으므로 내가 가짜인지 알 수 없었던 것인지도 몰랐다. 그러나 그걸 넘기니 결국 나의 진가가 드러났다. 나는 가짜였다. 진짜는 끝까지 가야 하는 건데, 나는 그럴 수 없을 것 같았다. 모든 걸 다 포기해버리고 싶었다.

공기에서 돌기가 느껴졌고 그 공기를 들이마실 때마다 목구멍이 긁혀 조여드는 것만 같았다. 폐와 기도 사이에 두꺼운 철판 하나가 놓여 있는 것 같고, 숨을 쉴 때마다 그 철판을 들어올려야 하는 것처럼 호흡 자체가 고역이었다. 할아버지가 생각나고 누나 생각도 났다. 미안했다. 담임에게 미안했고 모두에게 미안했다. 하지만 나는 더는 버틸 수 없을 것 같았다. 미안해요. 그동안 진짜인 것처럼 속여서 미안해요. 정말 미안해요.

그러니까 그게, 나였다. 애초부터 나는 그런 인간이었다. 그렇지 않았던 나는 가짜였다. 나는 힘을 가지면 변하는 인간이었다. 선도연합회와 하등 다를 게 없었다. 내가 선도연합회를 경멸했던 이유는 나와 달라서가 아니라 나와 같았기 때문이었다. 그동안은 그들이 가진 힘을 내가 갖지 못했으므로 그들과 다른 척하고 있었다는 사실을 나는 결국 나 자신에게 증명해 보였다. 나는 진짜가 아니었다. 그런 주제에 잘도 진짜인 척하고 살았네. 신념도, 실력도, 모든 게 다 들통나고 말았다. 집중력이 서서히 흐트러지고 있었다. 날아오는 주먹이 잘 보이지 않았고 내가 누구를 향해 주먹을 휘두르고 있는지서도 이젠 잘 구분되지 않았다.

나는 지금 이곳에서 무엇을 하고 있는가. 나는 지금 이곳에서 무엇을 더 검증하려 하는가. 나는 이제 그만두고 싶었다. 끝이 턱밑까지 다가왔다. 이제 그만하자. 나는 생각했다. 그리고 이제 정말 그만하려는 순간 공이 울렸다. 그러나 나는 그게 무엇을 의미하는지 몰라 잠시 그 자리에 서 있었다. 링에 올라온 담임이 나를 황급히 끌고 코너로 갔다. 슈퍼 존의 연호가 세상을 지배하고 있었다.

나는 의자에 앉았고 내 앞에 담임의 얼굴이 나타났다. 아! 나는 작게 탄성을 내뱉고는 손을 들어 담임의 얼굴을 만지려고 했지만 몸이 말을 듣지 않았다. 손은 글러브 안에 갇혀 있었다. 풀고 싶었지만 풀수 없었다. 대신 나는 담임에게 미안하다고 말했다. 미안해요, 선생님. 그런데 그 말이 내 머릿속에서만 울린 것인지 아니면 소리가 되어 밖으로 나갔는지가 헷갈렸다. 입술이 움직인 것은 분명히 느껴졌는데 소리가 만들어졌는지가 분명치 않았다. 그 순간 문득 이곳은 소년원도, 초등학교 교무실도 아니라는 생각이 들었다. 나는 약간 어리둥절한 기분이 되어 머리를 흔들고는, 다시 소리내어 할아버지와 누나는 아직 오지 않았느냐고 담임에게 물었다. 담임이 불같이 화를 내곤 내 뺨을 수차례 후려갈겼다.

"시합에 집중해 인마! 저놈도 발이 느려지고 있잖아! 숨이 가빠서 몸도 제대로 못 가누고 있다고! 이제 들어가! 들어가서 더는 못 도망가게 가둬놓고 끝내! 시간을 더 끌 이유가 이제 없어! 저놈도 완전히 지쳤다고. 그러니까 끝내! 이번에 올라가서 완전히 끝내! 이번 라운드에 끝내고 집에 가자, 태주야!"

그래도 그렇게 몇 차례 뺨을 후려 맞고 나니 정신이 좀 되돌아왔다. 담임이 말했다.

"잘 들어 태주야. 저놈 너한테 슥 빡 넣고 뒤로 빠질 때 가드 떨어져. 알아듣겠어? 그때 따라 들어가면서 안면 잽 넣어. 스트레이트 아니고 잽이야. 알아듣겠어? 잽 꽂아서 가드 올리게 하고 바로 몸통 찍어. 알아듣겠어? 쟤 지금 몸통 대미지 크다고. 알아듣겠어? 안면 유인하고 몸통 찍어, 알겠지? 태주야, 알겠지? 너는 아직도 힘이 충분히 남아 있다고. 태주야!"

내게 아직도 힘이 남아 있는가. 팔 라운드 공이 울린 뒤 가드를 올리고 들어가보니 과연, 존의 움직임도 많이 둔해져 있었다. 그리고 담임의 말대로 녀석도 정말 체력이 다했는지 창의적인 공격보다는 훈련으로 연마된, 무의식적인 공격 패턴이 자주 나왔다. 다가와서 원투 스트레이트를 넣고 내가 몸통을 흔들면 곧바로 몸을 한번 숙이고는 라이트 스트레이트를 넣는 것과 동시에 뒤로 물러났는데, 그때 담임의 말처럼 안면이 열렸다. 하지만 내가 곧바로 따라 들어가며 안면에 스트레이트를 꽂기엔 나의 발이 너무 느렸다.

그러니까 그래, 그랬다. 담임의 판단이 적확했던 것이다. 나는 안면으로 잽을 넣으면서 거리를 좁히는 동시에 가드를 올리게 하고, 그 찰나 비는 옆구리에 그대로 어퍼컷을 꽂아넣었다. 담임이 내게 남아 있다고 말한 그 힘을 모조리 거기에 쏟아넣었다. 그리고 팔 라운드 이분 십칠 초 만에 슈퍼 존은 옆구리를 감싸안고 무릎을 꿇었다. 몸을 웅크린 채 바닥에 얼굴을 처박고는 미동도 하지 못했다. 주심이 나를 코너로 보내고 카운트가 진행되는 동안 나는 마치 꿈을 꾸는 사람처럼, 아무 소리도 들리지 않는 그 장면을 바라보고 있었다.

이윽고, 주심이 발작하는 사람처럼 두 팔을 들고 허공에 휘저어대자 그제야 나의 귀가 트였고 홍수처럼 쏟아져들어오는 소리도 들렸다. 사람들의 함성이 어찌나 강렬했던지 내가 서 있는 링이 다 흔들릴 지경이었다. 담임이 링 위로 뛰어올라와 나를 끌어안았고, 이내 신상품을 소개하는 마트 지점장처럼 나를 들어올리고는, 사각의 링 곳곳을 돌아다녔다. 내가 대한민국 최초로 다섯 체급 세계챔피언을 석권하는 순간이었다.

9

천둥 같은 함성. 우레와 같은 연호. 번개처럼 터져대는 빛의 파편과 그 사이로 부스러져내리는 어둠의 흔적들. 사람들은 미친듯이 내 이름을 부르고 있었다. 미스터 티, 미스터 티, 또 미스터 티. 그들은 불과 몇 분 전까지만 해도 슈퍼 존을 목놓아 부르던 이들이 아니었던가. 게다가 그들이 부르는 미스터 티는 내 이름이 아니었다. 나는 장태주. 누나가 차린 밥상 앞에 앉아 굳이 밥을 먹지 않더라도, 그렇게 한 면을 차지하고 있을 수 있다는 사실만으로도 모든 게 다 충분하다고 생각했던 장태주. 할아버지를 따라 시장 바닥을 돌아다니던 일이 마냥 즐거웠던 장태주.

내가 그런 장태주라는 걸 알기 이전의 장태주로서 세상에 존재했던 시절이 있었다. 오만 나쁜 놈들이, 착한 척은 있는 대로 다 하고 사는 세계 안에 머물러 있던 장태주가 있었다. 그리고 그곳이 그런 세계라는 걸 일찌감치 깨닫고 스스로 위악을 선택했던 장태주가 있었다. 결과적으로 그것이 위악이 아니라는 것을 알게 되었지만.

나는 어려서부터 누군가가 나에 대해 평가하는 것을 싫어했다. 그들의 평가가 듣기 싫어서가 아니라 그 평가에 휘둘릴 나 자신이 싫어서였다. 나도 모르는 내가 그들의 말에 의해 자꾸 정의되다보니 나는 시종 혼란에서 벗어나지 못했는데, 그 모든 불안이 나는 싫었다. 그게 칭찬이든 욕이든, 누군가의 가벼운 말에 의해 나의 정체성이 흔들리는 일이 더는 없도록 하고 싶었다.

한 사람의 정체성이란 게 오랜 기간 여러 모습이 중첩되어 하나의 형상으로 다듬어지는 것이라고 한다면, 그래서 그것이 성장에 있어 피할 수 없는 과정이라고 한다면 나는 그 모든 모습을 손수 통제하고 싶었다. 그럴 방법이 분명히 있을 거라고 믿었고 오랜 시간 골똘하게 생각하다가 내린 결론이 허상을 이용하는 것이었다. 허상을 만들어 외벽을 쌓는 일이었다.

물론 그 허상 또한 내가 가진 모습 중의 하나였으므로 내 안의 일부라고 할 수 있었지만, 내가 적극적으로 의도한 모습이라는 점에서 나를 흔들 수 없을 거라고 나는 생각했다. 그래서 미처 발견하지 못한 내 모습의 일부가 남들에 의해 정의되기 전에 나는 마치 분신술을 쓰는 손오공이라도 되는 양, 흥미롭고 자극적인 허상들을 먼저 만들어 친절한 요리사처럼 그들 앞에 늘어놓는 것이었다.

그런 다음 팔짱을 끼고 뒤로 물러나 그 허상을 물고 뜯고 씹어대는 그들의 모습을 조용히 지켜보았다. 형태를 정의할 수 없는 나의 허상을 억지로 자기들 틀에 끼워맞추고, 멋대로 지껄여대는 그들의 아둔한 분석과 엇나간 판단과 웃기지도 않은 단정들을 들으며 나는 속으로 비웃었고, 그런 일련의 과정을 통해 나는 그들의 가치관이 얼마나 무용한지를 분명하게 확인했다. 그리고 그것이 진짜인 것처럼 행동하는 가짜들 사이에서 나 자신을 지켜내는 나만의 방법이라고 믿었다. 그 누가 나를 두고 뭐라고 떠들어대도 나는 더는 흔들리지 않고 오롯이 나인 채로, 이 세상에 존재할 수 있게 되었다고 생각했던 때가 있었던 것이다.

그러나 그 모든 게 잘못된 생각이었다. 나는 사람들의 평가에 흔들리는 내가 싫었던 게 아니었다. 그들이 기대하는 내가 될 수 없을까봐 두려웠던 거였다. 그래서 나는 그 어떤 평가도 괘념치 않는 사람처럼 위악을 부렸다고 생각했으나 그 위악은 실제로 내가 가진 찌질한 근성 가운데 하나일 뿐이었다. 위악은 위악이 아니었고 허상도 실은 허상이 아니었다. 그게 그냥 나였다.

나는 나를 들여다보지 않았다. 나는 사람들이 내게서 무엇을 바라는지만 보고 살았다. 그리고 그것에 맞추려고 노력했고 맞출 수 없을 것 같으면 위악인 척 저급한 성미를 드러냈다. 그런데 내가 어떤 사람으로서 기대에 충족하려고 애쓰지 않고 그냥 나인 채로 가만히 있어도 나를 사랑해주는 사람들이 있다는 것을 깨달았던 순간, 그게 뭔지 몰라 적잖이 당황했던 모양이었다.

그래서 나는 여전히 그들이 바라는 내가 되기 위해 무언가를 해야 한다고 끊임없이 고민하다가 우연히 나의 천박한 근성을 발견하고는 좌절감 속에 빠져들었던 건데, 나는 그 열광의 도가니 속에서 피와 땀으로 범벅된 나를 끌어안아 들어올린 담임을 보며, 나는 어쩌면 그냥 나인 채로 있어도 좋지 않은가, 하는 생각이 들었다. 어차피 이 사람은 나를 사랑하니까. 누나도 할아버지도, 내가 어떤 놈이어도 나를 사랑해줄 테니까.

그랬다. 나는 그 어마어마한 열기의 환호 속에서 사람들을 바라보는 대신 나를 들고 있는 담임을 내려다보았다. 그것은 참으로 기묘한 경험이었다. 그 공간을 온통 둘러싸고 있는 허상과 내가 진짜 지켜야 하는 사람과의 경계가 명확하게 구분지어진 것이다. 그렇다면 내가 할 일은 무엇인가. 나를 들여다보는 일. 나 자신을 먼저 인정하는 일. 부족하면 부족한 대로 진짜가 되기 위해 끊임없이 노력하는 일.

챔피언벨트가 채워지고 나의 글러브가 허공 높이 솟아오를 때도 나는 그 생각에 잠겨 있었다. 내가 바라는 삶은 무엇인가. 한 가지 분명했던 건 지금 이 환호의 순간은 아니라는 것이었다. 다섯 체급을 석권한 세계챔피언. 하지만 분명 포기하려던 그때 공이 울리지 않았다면 나는 이룰 수 없었던 꿈. 그런데 막상 이루어진 자리에 서고 보니 이것은 확실히 내가 바라는 삶이 아니었다. 그렇다면 나는 도대체 어떤 삶을 원하는가.

담임, 누나, 할아버지와 같은 삶. 그들 그 자체. 자신이 가진 모습 그대로 한 점의 꾸밈도 없이, 마치 시계처럼 정확히 반복되는 생활을 하면서도 그런 생활에 전혀 지루함을 느끼지 않는 그들 그 자체. 꾸밈에 눌려 스스로를 피로하게 하지 않고 자기 자신이 원하는 삶이 무엇인지 정확하게 알고 행동하는 사람들. 자신에게 솔직한 사람만이 찾을 수 있는 패턴. 나는 그들을 통해 원하는 삶의 반복된 패턴이 곧 행복이라는 것을, 처음엔 몰랐지만 서서히 몸으로 깨달아가고 있는 중이었다. 나는 그때 그들의 모습에서 무언가 내가 그리는 미래의 모습을 보았던 걸 기억했다. 나의 미래는 분명 그곳에 있었다.

우리 체육관을 찾은 같은 중학교 아이들이 누나를 보고 내게 그런 누나가 있다는 사실을 부러워하던 그때, 살아가며 내가 가진 어떤 것을 다른 사람이 부러워할 거라고는 단 한 번도 상상조차 해본 일이 없었던 그때의 내가 보냈던 나날들이 바로 나의 과거이자 현재이자 미래였다. 나는 계속 그곳에 있을 수 있다면 국가대표도 필요 없다고 생각했었다. 국가대표보다 더 중요한 게 뭐였는지 그때의 나는 분명하게 알았다. 나는 누나와 담임과 할아버지와 함께 사는 곳이 내게 가장 좋은 세상이라고 여겼고 설혹 더 좋은 곳이 있다고 해도 그곳으로 떠나지 않을 거라고 다짐했었다. 그때 그 세계만으로도 충분하다고 생각했었다. 그리고 그것은 진심이었다. 할아버지가 링 안에 수건을 던지고서 집에 가자고 소리쳤을 때, 나는 그들과 함께 돌아갈 집이 있다는 사실에 아무런 걱정이 없었던 것도 기억해냈다.

내게 가장 소중한 사람들이 내게 바랐던 건 돈도 명예도 집도 아니었는데. 나는 왜 그것으로 무언가를 바꾸어보려고 그렇게 기를 썼을까. 그런 거 하나 없었을 때도 우린 충분히 행복했는데. 어쩌면 나에 대한 확신이 없었기 때문에 그랬는지도 몰랐다. 그래서 막연히 이 눈부신 허상들을 좇은 것인지도 몰랐다. 무슨 맛인지도 모르는 음식들을 비싸고 좋아 보인다는 이유로, 남들도 모두 그것을 좋아한다는 이유만으로 허둥지둥 입속에 집어넣기 바빴던 어린 날의 그 어느 한때처럼.

그러니 내가 만약 이 환호와 열광과 난반사하는 빛의 대가로 이전의 삶 중 어느 하나를 내놓아야 한다면 나는 지금 이 순간을 내려놓는 것이 옳았다. 아라가 말했던 수평의 세상이 어떤 곳인지는 알 수 없었지만 이곳이 그곳이 아니라는 사실만은 분명하게 알 것 같았다. 이곳은 내가 있을 곳이 아니었다. 유혹에 흔들리지 않을 자신이 없다면 유혹의 세계에서 벗어나면 그만이었다. 가까이하지 않으면 그만이었다. 그 속에서 무언가를 애써 이루어보려는 허상 따위 더는 만들지 말고. 나 자신을 속이지도 말고. 있는 그대로의 모습으로. 다른 형태의 삶과 다른 개념의 행복. 이제 이 무대에서 내려가면 그러한 삶과 행복에 관해 본격적으로 생각해볼 참이었다. 담임과 누나와 할아버지와 함께하는 삶이 그런 형태와 얼마나 다른지, 혹은 얼마나 닮았는지.

그런 생각들은 링을 내려와 대기실로 향하는 나의 기분을 정말이지 달뜨게 했다. 고막이 찢어질 것처럼 이어지는 관중들의 함성을 들으며 게이트로 향하던 나는 그 어느 때보다 몸이 가뿐해진 것을 느꼈다. 숨조차 쉴 수 없었던 순간이 있었는지도 기억나지 않을 만큼 가벼워진 몸으로 나는 나도 모르게 퇴장 도중에 멈춰 서서 섀도복싱을 했다. 관중들의 함성이 경기장을 무너뜨릴 듯 울려퍼졌다. 나는 그들을 향해 손을 번쩍 들어 보이며 환하게 웃었다. 그리고 생각했다. 아니, 당신들 때문이 아니야. 내가 지금 기쁜 건 당신들 때문도 아니고 챔피언이 되어서도 아니야. 어쩌면 그들도 나 때문에 열광하는 것이 아닌지도 몰랐다. 그들은 그들이 바라보는 허상에 열광하는 것인지도 몰랐다. 나는 가운에 달린 후드를 뒤집어쓰고 게이트로 들어섰다.

대기실로 이어진 복도는 고요했다. 마치 누군가 볼륨을 확 줄여버린 것처럼 소음이 줄자 기이한 정적이 복도에 감돌았다. 그런데 뭔가 좀 이상했다. 이즈음이면 늘 느껴지던 적막함과는 약간 종류가 달랐

318

다. 그렇다는 걸 담임도 느꼈던지 나를 지나쳐 먼저 대기실로 들어갔다. 심상치 않은 예감이 들었다. 담임을 따라 대기실로 들어서자 실제로 이상한 기운이 감돌고 있었다. 프로모터 식구들의 표정이 좋지 않았다. 그것은 대단히 기이한 체험이었다. 모두 다 환호에 열광에 정신이 나갈 만큼 기뻐하는 와중에, 내가 들어선 대기실의 기운만 딱 비를 잔뜩 머금은 먹구름처럼 음산하고 무거웠던 것이다.

대기실 한쪽에 놓인 티브이에서 뉴스 생중계가 흘러나오고 있었고 거기엔 'South Korea Sinjayu Bridge Disaster'라는 자막이 큼지막하게 박혀 있었다. 아름다운 터키석 빛깔의 파란 물결 위로 점점이 끊어진 어떤 선들이 곡선을 그리고 있었고, 그 위로 몇 대의 헬리콥터가 분주하게 날고 있었다.

티브이는 더 높은 고도에서 이 모든 상황을 보도했다. 정체를 알 수 없는 점선 주위로 흡사 질서를 잃은 개미떼처럼 우왕좌왕하는 수많은 보트와 선박과 기타 용도를 알 수 없는 부유물들이 눈에 들어왔다. 나는 눈을 끔벅거리며 그 광경을 바라보았다. 그러고는 이내 그 점선들의 정체가 다리의 상판이라는 걸 알았지만, 그렇다는 걸 알겠으면서도 그게 왜 다리의 상판인지가 퍼뜩 이해되지 않았다.

그래서 도대체 저게 뭔지 담임에게 물어보려고 뒤를 돌아보았는데, 거기에 담임이 없었다. 다른 동료에게 물어보니 두 손바닥을 펼쳐 보였다. 문밖에서 전화기를 들고 뭐라 뭐라 떠들어대며 복도를 왔다갔다하는 한영기의 모습이 보였다.

순간 도대체 무슨 일이냐고 고함을 지르고 싶은 충동에 휩싸였지만 그러면 안 될 것 같았다. 그때 문밖으로 언뜻 담임의 모습이 보이는가 싶더니 이윽고 담임에게 맞아 나동그라지는 한영기의 모습이 보였다. 문득 무슨 일인지 알고 싶지 않다는 생각이 들었다.

한국에서 사고가 발생한 시각은 내가 계체를 하기도 한참 전이었다. 그러니까 한영기는 서해에서 공항으로 이어지는 신자유대교가 붕괴된 사건을 시합 전날 이미 알고 있었던 것이다. 한영기만 알고 있던 게 아니라 나와 담임과 몇몇 시합 관계자를 제외하곤 전 세계인이 다 알고 있었다.

그래도 한영기는 우리에게 말을 했어야 하지 않았을까. 그러나 그는 설마 그 대교 위에 누나와 할아버지가 탄 버스가 있었을 거라곤 짐작조차 못했다고 말했다. 그냥 한국에서 안타까운 참사가 일어났다고만 생각했다는 것이었다.

"그냥 한국에서 일어난 안타까운 참사?"라고 중얼거린 담임은 이내 "너는 한국 사람이 아니냐? 이 개새끼야?" 하고 주먹을 다시 휘둘렀지만 한영기는 재빠르게 뒤로 물러나 두 팔을 들어올려 보이며, 진정하라는 미국인 특유의 제스처를 취했다.

그의 말이 사실이라면 그래, 그가 그 사실을 굳이 시합을 하루 앞둔 우리에게 알릴 필요는 없었을 터였다. 하지만 담임이 복도에서 그를 때려눕힌 심정을 나는 알 것 같았다. 다른 사람은 몰라도 나만은 알 수 있었다. 나 역시 뭐라도 때려눕히지 않고선 견딜 수가 없을 것 같았기 때문이다.

담임과 나는 모든 매체의 인터뷰 요청을 거절하고 가장 이른 비행기 편에 올라 한국으로 돌아왔다. 그러나 그때까지 우리가 파악할 수 있었던 정보 가운데 희망적인 내용은 단 하나도 없었다.

정부는 붕괴 직전에 대교 요금소를 통과한 차량과 대교를 빠져나간 차량을 면밀하게 계산하고, 대교 중간에 설치된 폐쇄회로 카메라와 대교 요금소에서 찍힌 영상을 분석해 차량 탑승 인원을 파악했고, 차량 번호를 조회해 사고 추정 명단을 작성하고 있었다. 그리고 한편으론 교각에 걸려 살아남은 생존자 명단을 각종 매체를 통해 뉴스 속보로 내보내고 있었다.

　그런데 생존자가 아닌 실종 예상자 명단은 사실 사망 확인서와 다를 바 없었다. 장장 십팔 킬로미터에 이르는 대교 가운데 추락한 상판만 다 이어도 무려 사 킬로미터에 달했다. 그중 일부는 백 미터 아래 바다 위로 떨어졌다. 그때 그 위에 있던 차량 탑승자 중에 살아남을 수 있는 사람이 과연 있었을까.

　불행 중 다행으로 교각 위에 걸쳐 추락하지 않은 생존자들은 이미 삼 일이라는 시간 동안 모두 구조되었고 남은 일은 이제 추락한 사람 가운데 생존자를 구출하는 작업이었다. 그러나 그 깊은 바닷속으로 침몰한 차량 안에서 생존자를 구출한다는 것은 실로 지난한 작업이었다. 파도와 해류 때문에 생존자는 고사하고 망인의 시신이라도 찾을 수 있을는지 알 수 없는 상황이었다.

　인터넷과 티브이에선 끊임없이 사고 당시의 영상이 송출되고 있었다. 교각에 걸쳐 살아남은 차량의 블랙박스와 구조 당시 촬영된 영상들이었다. 문제가 많았다. 재난 구조가 신속히 이루어졌더라면 구할 수 있었던 차량이 수십 대에 이른다는 증언이 속출했다.

　그 말을 뒷받침하듯 무너진 교각 끝에 걸려 아슬아슬하게 버티다가 추락하는 차량의 모습이 생존 차량의 블랙박스 영상을 통해 공개되었다. 사람들의 말처럼 그렇게 떨어진 차가 한두 대가 아니었다. 그중에는 무려 아홉 시간 가까이 매달려 있다가 끝내 추락하고 만 차량도 있었다. 블랙박스의 영상에는 그 모습을 바로 코앞에서 지켜보는 사람들의 대화 내용까지 고스란히 담겨 있었다. 참혹하다는 말만으로는 도저히 감당할 수 없는 극도의 슬픔이, 심장의 수분까지 모조리 뽑아 쭈그러뜨리는 것 같은 고통과 함께 지속되었다.

담임과 내가 간절히 기도했던 건 오직 단 하나였다. 누나와 할아버지가 탄 공항 리무진 버스가 그 시각 그 대교 위를 지나지 않았기만을 바랄 따름이었다. 설혹 지났다고 해도 천운이 도와 교각 위의 생존자 명단에 포함되었기를 바랄 따름이었다. 그러나 사실 우리가 믿기를 원치 않았을 뿐, 그 어느 쪽의 상황에라도 해당했다면 우리는 이미 가족들이 무사하다는 소식을 들을 수 있었을 터였다. 알지만, 알고 있었지만 인정할 수 없는 사실이었다.

우리는 한국에 도착하자마자 정신이 반쯤 나간 상태에서 현장으로 달려갔으나, 삼엄한 현장 통제 속에서 우리가 할 수 있는 일은 아무것도 없었다. 문득 나도 함께 죽고 싶다는 생각이 들었다. 시간이 흘렀고 실종자가 생존자로 살아 돌아올 확률도 점차 줄었다. 신자유대교 붕괴사고로 추락해 침몰한 차량은 차종과 관계없이 삼백사 대라고 정부는 최종 집계했고, 사망 실종자 수는 천이백여 명에 육박한다고 발표했다. 믿을 수 없는 참사였다. 그런 발표가 어떻게 가능한지조차도 믿어지지 않았다.

그리고 다시 시간이 흘러 우리는 결국 누나와 할아버지의 사망을 인정할 수밖에 없는 단계에 이르렀다. 한 달여 가까이 아무에게도 아무런 연락이 없을 수는 없었다. 나는 인터넷에 오른 영상들을 만 번도 넘게 되돌려 보았다. 마치 그곳에 누나와 할아버지의 흔적이 있기라도 한 것처럼.

교각 끝에 아슬아슬하게 걸려 있는 차가 있었다. 그 속엔 두 명의 탑승자가 있었고 한 명은 운전석에, 다른 한 명은 뒷좌석에 앉아 있었다. 아니 웅크리고 있었다. 한참을 그렇게 미동도 없이 앉아 있던 두 사람은 사고 발생 후 일곱 시간 가까이 이르자 드디어 몸을 움직이기 시작했다. 운전석에 있던 남자가 뒷좌석으로 몸을 이동하기 시작한 것이었다. 그들을 촬영하는 맞은편 차량의 블랙박스 영상에서 어떡해, 어떡해, 하는 여자의 목소리가 흘러나왔다. 남자는 무사히 뒷자리로 몸을 이동했다. 그때까지만 해도 차는 움직임이 없었고 남자가 뒷좌석에 앉아 여자인 듯 보이는 사람을 끌어안는 장면이 보였다. 자세히 보니 여자는 아이를 안고 있는 것 같았다. 애기 아니야? 애기 아니야? 하고 말하는 소리가 들렸다. 그러고 또 한참이 지난 뒤 다시 남자가 몸을 일으켰다. 그리고 뒷문을 열었다. 그때, 차가 기우뚱하고 흔들렸다. 블랙박스에서 비명이 터져나왔고 도와줘야 하는 거 아니냐고 쉴새없이 읊조리는 여자의 음성이 흘러나왔다. 모르겠다는 말만 반복하는 남자의 목소리도 담겨 있었다. 그리고 열린 차문 밖으로 남자의 팔이 나왔고 그는 한참을 더듬거리며 교각 끄트머리로 몸을 이동히는 데 성공했다. 제발 그들을 살려달라고 기도하는 여자의 목소리가 주문처럼 이어졌다. 남자는 무사히 차에서 빠져나와 상체를 구부리고는, 뒷자리에 앉은 여자를 향해 뭐라고 손짓했다. 이윽고 미동도 없던 여자의 몸이 움직였는데 그녀는 과연 아이를 안고 있었다. 아이의 울음소리가 들리는 것 같았다. 남자가 여자로부터 아이를 건네받으려는 순간 차가 다시 기우뚱했다. 남자는 순간 여자의 팔을 잡았다. 그리고 다시 차가 기우뚱했고 이내 알 수 없는 힘에 빨려들어가듯 밑으로 미끄러지기 시작했다. 블랙박스에서 비명이 터져나왔다. 비명은 멈추지 않았고 하느님을 외치는 소리도 끊이질 않았다. 그러나 끝내 하늘은 세 사람을 돕지 않았다. 승용차에 갇혀 아이를 안은 채 추락하는 여자의 팔을 남자는 놓지 않았고, 그들은 함께 떨어졌다.

나는 책상 위에 머리를 처박고 계속해서 울었다. 그러나, 그러나 나는 생각했다. 만약 지금 내게 벌어진 이 현실을 인정해야만 한다면 차라리 저들처럼 공포에 떨다 가지 않았기만을 바라는 수밖에 없다고. 마치 꿈을 꾸듯 잠결에 그 모든 일이 벌어져 아무 고통 없이 떠났기만을 간절하게 소망하는 일, 내가 할 수 있는 일이란 그것밖에 없었다. 나의 마음은 뼈와 장기가 모두 흘러내려 마치 그림자라도 된 것처럼, 바닥 위에 형태조차 불분명하게 드리워져 일어설 줄 몰랐다. 일어서고 싶지 않았다. 만사가 다 귀찮았고 싫었고 의미 없었다. 뭘 해도 다 개지랄에 지나지 않는다고 생각했다.

사람들은 말했다. 신자유대교의 참사는 예견된 재앙이었다고. 내륙과 국제공항을 잇는 대교가 이미 두 개나 있는 와중에 새로운 대교가 더 필요한가에 대한 의문이 계획 당시에도 이미 제기되었고, 기존 대교들과 달리 수심이 깊은 바다를 가로질러 이어지게 될 신자유대교는 바다의 횡풍과 극심한 조수간만의 차를 극복할 안전성도 확보되지 않은 상태였다고 했다.

그럼에도 이 거대한 프로젝트가 첨단공학의 집합체가 되리라고 주장하는 자들에 의해 무람없이 추진되었고, 이것이 성사됨과 동시에 대한민국의 공학기술 수준이 세계만방에 드러나게 될 것이며, 그것은 결국 우리나라 토목 건설 분야 대기업들의 새로운 지평으로 평가되어 마침내 국가 전체의 성장 동력으로 작용하게 될 거라는 게 그들의 주장이었다고 했다. 그들과 더불어 이 프로젝트가 동북아시아의 허브 공항인 우리 국제공항과 국제적인 비즈니스 도시로 발돋움중인 서해안 항구도시의 시너지로 작용해, 세계적인 복합 물류 단지를 조성할 수 있으며 동시에 수도권 도심과의 통행시간을 단축해 산업 물류비용의 효율성을 극대화할 수 있다고 주장하는 자들도 있었다고 했다.

　그들의 아집이 모여 이 프로젝트를 밀어붙였다는 말이었다. 그들은 하나같이 이 신자유대교가 결국, 대한민국의 산업 성장과 재도약의 상징으로 평가될 거라고 입을 모았다는 것이었다. 문제는 이 프로젝트를 추진하는 과정에서 관련된 모든 규제를 완화할 필요가 있었고, 무리한 규제 완화를 위해 정재계와 언론의 담합과 부정과 부패와 각종 비리가 저질러졌고, 그렇게 완화된 규제를 바탕으로 시작된 교량 건설은 그러므로 부실시공으로 이어질 수밖에 없었다는 게 이 프로젝트를 반대했던 사람들의 주장이었다.

　그뿐만 아니라 천문학적 액수의 혈세가 이 과정에서 투입되었고, 그 가운데 많은 금액이 쥐도 새도 모르게 어디론가 증발해버렸다고 했다. 천만원짜리 시설물을 하나 세우는 데 지급된 비용이 억대가 넘었다는 식의 자료가 곳곳에서 나왔다. 거기에 세계 유수의 교량과 경쟁 우위를 차지하기 위해 불사한 무리한 공사 기간 단축도 재앙의 근원 가운데 하나였으며, 그것이 국민의 재산을 유용하여 국민의 목숨을 담보로 저지른 도박과 하등 다를 게 무어냐고 그들은 주장했다.

그리고 완공 후에도 이미 수차례 신축 이음 장치에 대한 안전 이상 징후가 보고되었음에도, 관리 운영 회사가 통행료 수익 감소와 보수 비용 문제로, 무엇보다 부실시공 의혹을 은폐하기 위해 이 보고를 묵살해왔다는 것이었다. 신축 이음 장치는 교량 상판의 안전성을 가늠하는 중요한 시설물 중 하나인데, 보수비용이 초기 투자비용의 몇 배에 달하기 때문에 처음 시설할 때 신중하게 해야 하는 장치 중의 하나라고 했다.

사람들은 싸웠고 나는 다 개지랄이라고 생각했으나 담임은 달랐다. 어느새 진상규명위원회에 뛰어들어 사람들과 함께 집회도 열고 단식 투쟁도 감행했다. 나는 그런 담임을 보며 다 부질없는 행동이라고 생각했다. 인제 와서 그게 다 무슨 소용인가. 아무 의미 없었다. 진상이고 나발이고 내겐 다 필요 없었고 의미 없었다.

하지만 담임은 이 모든 진상을 철저하게 규명해서 참사의 근원과 책임 소재를 명확히 해야 한다고 말했다. 이미 벌어졌고 다 끝났는데 이제 와서 도대체 왜 그래야 하냐고 내가 농성장에서 발작적으로 소릴 질러도 담임은 그저, 이런 일이 한번 묵과되면 앞으로도 계속 그럴 것이기 때문이라고 대답할 따름이었다. 이 참사는 부패한 기업과 부정한 기관과 무능한 정부가 만든 재난이므로 이대로 넘어가서는 절대로 안 되는 일이라고 담임은 말했다.

그러면 밥이나 먹으면서 그 짓을 하시든가요, 하고 내가 말을 싸질러놓고 집으로 돌아오던 날, 담임이 단식중이던 천막으로 오 톤 트럭

이 달려들었다. 그날, 그곳에서 투쟁중이던 위원회 핵심 인원 세 명이 즉사했고 두 명이 병원으로 호송되었으나 결국 숨을 거두었으며, 한 명이 크게 다쳤다.

사고를 저지른 트럭 운전자는 현장에서 도주했으나 이틀 만에 검거되었고, 그는 급발진 사고였다고 주장했으나 차량 결함은 발견할 수 없었다. 운전자가 만취 상태인 걸 봤다는 사람이 등장했고, 그가 도주한 것이 아니라 검은색 세단에 실려가는 걸 목격했다는 사람도 나타났다. 당시 사고 현장엔 사복 경찰이 있었음에도 그를 검거하지 않았다는 의혹이 제기되었고, 사복 경찰이 왜 그곳에 있었는지에 대한 의문 또한 제기되었다. 정부에서 언론을 통제한다는 말이 돌았고 방송 통제를 지시하는 방송통신위원회의 내부 문건이 유출되었다.

이 일련의 사태를 규탄하기 위해 모인 시위대를 정부가 또 과도하게 무력 진압했는데, 도리어 시위대가 너무 과격했으므로 정부의 무력 진압이 불가피했다고 언론은 보도했다. 언론 보도 내용과 인터넷 소셜 네트워크에서 전하는 사진과 목격담은 상반되었다.

담임은 즉사한 세 명 가운데 한 명이었다. 그런데 일부 사람들은 도리어 담임과 시위대를 욕했다. 시위대는 폭력 시위로 국가를 전복하려는 불순 세력이라고 했고 담임은 방구석에 앉아 있지 왜 기어나왔느냐고, 그러니까 지친한 일이리며, 죽을 만한 일을 히니끼 죽은 거리며 그들은 터진 주둥아리라고 제멋대로 지껄여댔다.

개새끼들.

그래서 내가 너희는 다 개새끼들이라고 하는 거야. 너희는 내 눈에 띄는 족족 내가 다 죽여버릴 거야. 아가리를 찢어버리고 혀를 뽑아버리고 손톱을 뭉개버리고 손모가지를 잘라 죽여버릴 거야.

　그러나 나는 폐인으로 살았다. 생전 먹어보지도 않았던 술을 집안에 쌓아놓고 마셨다. 먹다가 토하고 그러다가 지치면 잠들었고, 깨면 다시 그 짓을 반복했다. 차라리 그냥 죽어버렸으면 좋았을 텐데 나는 죽지도 못했다. 이러다 그냥 죽었으면 좋겠다고 생각하면서도 건물 옥상에 올라 뛰어내릴 시도도 해보지 않았고 문고리에 줄을 매달아 목을 매볼 생각도 하지 않았다. 그마저도 다 귀찮았다. 술에 취해 눈을 감으면, 그냥 그것으로 모든 게 끝났으면 좋겠다고 생각했다.
　그러니까 그렇게 죽고 싶을 때 죽었어야 했는데 죽는 것도 때를 놓치니 죽기가 어려웠다. 그리고 나는 마침내 기억해냈다. 내가 우주에서 가장 불길한 기운을 타고난 천하의 개잡놈이었다는 사실을. 잊고 있었다. 내가 그걸 잊고 있었으므로 그 선량한 사람들이 모두 나를 떠났다. 아주 오래전 초등학교 소각장 앞에서 다짐했던 기억이 떠올랐다. 그곳이 내가 당도했던 마지막 공간이었는데. 불길이 치솟아 모든 것을 태우고 남은 자리로 검은 그을음과 잿더미만이 가득했던 그곳.
　나는 그곳에서 길을 잃었고 여전히 길을 찾지 못하고 있었는데⋯⋯ 잠시나마 꿈을 꾸었나. 이 모든 게 나의 꿈이었다. 그러니까 지금이라도 내가 눈을 감고 다시 돌아가고 싶다고 마음먹으면 꿈에서 깨어나는 건가. 어쩌면 그날, 내가 때려눕힌 그⋯⋯ 그 개새끼 이름이 뭐였더라. 그 새끼를 내가 때려눕힌 게 아니라 도리어 얻어맞고 뻗어 실신했던 것인지도 몰랐다. 실신하여 나는 이제까지 꿈을 꾼 거고 아직까지도 그 꿈이 이어지고 있는 것인지도 몰랐다.

차라리 그런 거였으면 좋았을 텐데.

하지만 아니었다. 지금 내 눈앞에 보이는 것은 교실 천장도 아니고 그때의 하늘도 아니었다. 내가 그때 보았던 하늘은 이제 고급 자재로 마감된 천장에 가려 보이지 않았다. 화려한 샹들리에에서 빛이 부서져 흩뿌려지고 있었다. 언제부터 불이 켜져 있었나. 너무 밝았다. 눈이 부셨다. 나는 몸을 옹송그리며 모로 누웠다. 눈물이 흘러 관자놀이를 적셨다. 아직까지도 내게 남은 수분이 있었다니.

이제까지 내가 알던 세상은 애초부터 거기 없었다. 달라진 건 아무것도 없었다. 그 어떤 축의 변화도 없었고 내 앞으로 바투 다가온 세계 따위도 없었다. 내게 세계란 존재하지 않았다. 그러므로 무엇이 잘못되었고 잘되었는지를 따지는 것 자체가 의미 없었다. 병신 꼴값에 지나지 않았다. 이럴 거면 도대체 나를 왜 이곳까지 끌고 왔나. 이럴 거면 씨발 왜 나를 이곳까지 끌고 왔나.

나는 이제까지 단 한 번의 불평불만도 없이 그 모든 것을 받아들여왔다. 똥간에서 태어난 것도 받아들였고 버려진 것도 받아들였다. 남들 다 화목한 가정에서 행복하게 살 때도 나는 단 한 번도 그런 가정에서 태어나지 못했던 것에 대해 원망하지 않았다. 나는 잘 견디고 잘 이겨냈다. 나를 짓밟으려 들었던 그 모든 사람들의 의지에도 나는 굴복하지 않고 버티고 인내하며 나 자신을 지켜왔다. 꿈에서조차 생각해보지 않았던 소년원 생활도 무던하게 견뎌냈고 권투연맹의 파렴치한 판정에도 나는 잘 참았다. 그 모든 것을 참고 견디고 버티고 인내하며 끊임없이 진짜가 되려고 노력했는데, 세상은 알리도 담임도 누나도 할아버지도 그 어떤 행복도 내게 허락하지 않았다. 그럼 날보고 어떡하라고. 날보고 도대체 어떡하라고.

동공 속으로 갑자기 어둠이 스몄다. 눈을 떠보니 사위가 깜깜했다. 고개를 돌려 천장을 보니 샹들리에가 빛을 먹고 있었다. 우적우적. 빛이 샹들리에의 내장 속으로 사라지고 있었다. 그 기이한 광경에 내가 정신이 팔려 있는 사이 딸각, 소리가 나곤 다시 샹들리에에서 빛이 쏟아져나왔다. 마치 터지듯이 빛이 쏟아졌고 나는 순간 눈을 감았다. 눈이 멀어버린 것 같았다. 차라리 멀어버려라, 씨발. 이윽고 낯선 슬리퍼 소리가 들렸다. 소리는 내 옆 가까운 곳에 와서 멈췄다. 잠시 적막이 흘렀고 그 고요를 깬 것은 사람의 음성이었다.

"언제까지 이러고 있을 거야."

담임의 목소리였다. 나는 놀라 눈을 떴다. 하늘과 땅 사이에 우뚝 서 있는 한 남자의 모습이 보였다. 커다란 키를 가진 남자의 얼굴은 그러나 전혀 보이지 않았다. 그의 머리가 빛을 가리고 있었으므로 그의 얼굴은 자신이 만든 어둠 속에 감추어져 있었다. 언젠가 나는 이 광경을 본 적이 있었는데. 아주 오래전, 그러니까 그때 내가 보았던 게 미래의 모습이었나. 아니면 내가 드디어 꿈에서 깨어 제자리로 돌아온 건가. 다시 음성이 울렸다.

"이러고 있는 건 민수도 원하지 않을 거야."

민수. 그게 누구인가. 아, 그래 공민수. 그는 담임이었다. 나의 담임. 어둠 속에 잠겨 있던 남자의 얼굴이 서서히 드러났다. 그는 한영기였다. 모든 것이 현실로 돌아왔고 머리가 깨질 듯이 아팠다. 이번엔 통증 때문에 몸을 다시 웅크렸다. 한영기의 슬리퍼 소리가 울렸고, 그가 거실 소파에 가서 앉는 기척이 느껴졌다. 그리고 탁자 위에 무언가를 내려놓는 소리가 들렸다.

"나는 아무래도 상관없는데, 티. 네가 이러고 있는 건, 보기 좋지 않아. 다시 몸을 만들어라. 몸을 만들어서 타이틀 방어를 해야지. 지금 너한테 타이틀 방어가 중요한 건 물론 아니지만, 내가 볼 때 너는, 지금 그거라도 해야 해. 안 그럼 진짜 죽어. 산 사람이라도 살아야 할 거 아니냐."

나는 웃었다.

"미국 사람이 산 사람이라도 살아야 할 거 아니냐고 말하니까 웃기네요."

그렇게 말하고 나니 진짜 웃겼다. 처음엔 그냥 냉소하듯이 킥킥거리는 정도였는데, 웃기 시작하니 정말 웃겨서 낄낄거렸고 낄낄거리다가 으하하 배를 움켜쥐고 자지러지게 웃었다. 미친듯이 한참을 웃고 나니 거실엔 아무도 없었다. 깨질 것만 같았던 머리도 다소 진정되었다. 산 사람은 살아야 한다니. 다시 생각해봐도 웃긴 말이었지만 이번에는 웃지 않았다. 대신 나는 귀신처럼 몸을 부스스 일으켜세웠다.

이렇게 누워서는 죽지도 못하고 사는 것도 아니었다. 죽든 살든 양단간에 결정을 내리자고 생각하고서 일어나 냉장고로 향했다. 냉장고도 존나게 멀리 있다는 생각이 들었다. 예전에 누나와 살았던 십은 손만 뻗어도 바로 거기 모든 게 다 있었는데. 이 개 같은 집은 뭘 하나 하려고 해도 한참을 걸어야 했다. 나는 냉장고에서 물을 꺼내 마셨다. 수분이 채워지니 몸이 약간 깨어나는 것 같았다. 순간이나마 정신이 맑아지는 기분이 들었다. 나는 그대로 냉장고에 팔을 기대고 잠시 서 있다가 거실로 돌아왔다. 탁자 위에 서류 봉투가 하나 놓여 있었다.

거기엔 미들급 세계챔피언 일차 방어전 일정이 적혀 있었고 도전자의 경력이 기록되어 있었다. 멕시코 사람이었다. 산토스. 산토스는 과자 이름이 아니었던가? 나는 혼자 낄낄거리며 다른 서류를 살펴보았다. 그곳에는 한영기 프로모터와 내가 계약한 내용이 요약되어 있었다. 향후 몇 년간 내가 반드시 치러야 할 경기의 수가 적혀 있었고, 그러니까 말하자면 앞으로 내가 그걸 하지 않으면 어마어마한 위약금을 물게 된다는 내용이었다. 나는 웃겼다. 그래서 이번에도 크게 한번 소리내어 웃었다.

내 돈이 필요한 거면 이렇게 복잡하게 말할 필요 없이 그냥 지금 다 내놓으라고 하면 될 텐데. 지금 내가 가진 걸로는 부족한가? 어차피 나한테는 아무것도 필요 없었다. 지금 달라면 다 내어줄 텐데 뭘 이렇게 번거롭게. 아니, 어쩌면 그런 게 아닐 수도 있지. 그냥 정말로 나를 걱정해서 하는 말일 수도 있었다. 한영기의 입버릇처럼 비즈니스는 비즈니스고 내 걱정은 내 걱정일 수 있었다. 무한 경쟁 사회의 실력 있는 비즈니스맨답게.

게다가 생각해보면 그의 말이 틀린 것도 아니었다. 정말 작정하고 죽을 생각이 아니라면 뭐라도 해야 하는 건데 내가 할 수 있는 일이란 게 결국 권투밖에 없었다. 그리고 아무것도 필요 없다고 생각했던 내가 틀렸다는 사실 또한 며칠 후에 알게 되었다.

여전히 지키고 싶은 게 하나 있었다. 담임의 체육관이었다. 나와 누나와 할아버지와 담임의 삶이 고스란히 기록되어 있는 곳. 재건축을 하지 않은 것이 얼마나 다행스러운 일인가. 한영기가 다녀간 후 며칠 지나지 않아 체육관 형들과 동생들이 찾아왔으므로 나는 그 사실을 기억해낼 수 있었다. 그렇게 따지고 보면 그들도 내게 식구이긴 마찬가지였다.

상구 형을 필두로 서넛이 찾아와 현관 앞에 서 있었다. 그들은 멀뚱멀뚱 카메라를 쳐다보고 있었다. 내가 모니터로 그들을 확인하고 문을 열어주니 도리어 우왕좌왕 네가 먼저 들어가라느니 아니다, 네가 먼저 들어가라느니 법석을 떨고 있었다. 나는 생각했다. 내가 언제부터 저들에게 저토록, 먼저 만나는 것을 서로에게 미뤄야 할 정도로 부담스러운 존재가 되었나. 나는 스피커로 말했다.

"거기서 이상한 짓들 그만하고 어서 들어오기나 해."

우리는 기다란 거실 소파에 참새처럼 나란히 앉아, 고개만 까딱거리며 데면데면하게 서로를 바라보았다. 어색한 분위기를 먼저 깨야 하는 건 아무래도 나였다.

"마실 건 없어. 있어도 귀찮으니까 목마른 사람은 알아서 냉장고에 가서 꺼내 마셔."

"그건 괜찮은데." 마침내 상구 형이 입을 열었다. "지금은 있지, 우리가 체육관을 쓸고 닦고 잘 운영하고는 있는데 있지, 앞으로는 어떡해야 할지 몰라서 왔어. 계속 이렇게는 할 수 없을 것 같아서."

나는 고개를 끄덕이고 잠시 무릎을 내려다보다가 물었다.

"그럼 어떡해야 할까, 형."

"아니, 다른 것보다 일단 세도 내고 해야 하는데 그게 어떻게 되는 상황인지 잘 몰라서 말이야."

"세는 신경쓸 거 없어, 형. 그건 내가 알아서 할 수 있어."

나는 굳이 그 건물의 주인이 나라는 말은 하지 않았다. 속이려는 의도는 아니었지만 왠지 그 건물이 내 것이라는 생각이 들지 않았던 건 사실이었기 때문이다. 그리고 차근차근 하나둘씩 오전 체육관은 누가 열고 오후는 누가 나와서 보며 저녁엔 어떻게 하겠다는 그들의 계획을 듣고 있노라니 문득, 나는 도대체 뭐가 하는 생각이 들었다. 그들은 무엇을 위해서 그 체육관을 그토록 지키려고 하는가. 월급을 받는 것도 아닌데.

그래서 나도 움직여야 했다. 저들도 지키려는 체육관을 정작 가장 지켜야 할 내가 이렇게 계속 널브러져 남 일처럼 내버려둘 순 없었다. 나는 좀더 분명하게 몸을 일으켜세워야 했다. 죽지 않을 거면 일어나야 했다. 나의 투정을 받아줄 사람이 이제 내겐 없었다. 그리고 그렇게 다시 시작된 나의 체육관 생활은 과연 내게 적지 않은 회생의 기운을 북돋아주었다. 아침에 일어나 로드워크를 마치고 체육관에 나가 몸을 풀면서 나의 육체도 서서히 다시 깨어나기 시작했다. 내 삶은 그렇게 재개되었다.

그러나 그렇다고 해서 마음까지 모두 건강한 상태로 되돌아온 것은 아니었다. 마음만은 여전히 초등학교 소각장 근처 어디쯤을 헤매고 있었다. 가끔 나를 보고 챔프 파이팅이라며 연호하는 사람들과 맞닥뜨릴 때마다 나는 이전과 다르게 역겨움 비슷한 감정을 느끼고는 했는데, 그럴 때 나는 문득 이곳이 여전히 소각장 근처 어디쯤이라는 사실을 자각했다.

담임의 죽음에 관해 제멋대로 지껄여대던 인간들이 저중에도 분명히 섞여 있을 거란 생각이 들어, 때론 느닷없이 달려가서 턱을 부숴버리고 싶은 충동을 느낄 때도 있었다. 그렇게 생각하지 않으려고, 정말 순수하게 나를 응원하는 사람들일 뿐이라고 아무리 마음을 다잡으려고 해도, 마치 마녀의 솥에서 피어오르는 적색 기운처럼 내 마음 한구석에서 피어오르는 핏빛 독기는 내가 어떻게 할 수 있는 종류의 감정이 아니었다. 그리고 그런 감정은 결국 어느 순간이든 폭발하게 되어 있었다.

내가 운동을 시작하자 가장 반색한 것은 당연히 한영기였다. 내가 그의 돈주머니였으므로. 물론 아니었을 수도 있겠지만. 어쨌거나 한영기가 잡은 일차 타이틀 방어전까지는 기간이 넉넉했다. 나는 여유롭게 시합을 준비할 수 있었으나 그래도, 그간 몸을 너무 제멋대로 굴린 탓에 체중이 많이 줄었고 기량도 예전 같지 않았으므로 본래의 컨디션까지 끌어올리는 게 그리 쉬운 일은 아니었다.

그래도 나는 했다. 왜냐하면 그것 말고는 달리 할 게 없었으므로.

그렇게 일차 방어전을 공식 발표하던 날, 내가 대중 앞에서 최초로 폭력을 휘두른 사건이 발생했다. 이미 그전부터 조짐은 있었다. 할아버지와 누나와 담임까지 모두 잃고 난 뒤, 갑자기 어디에서들 나타났는지 그전에는 보이지도 않았던 내 엄마와 아빠가 대거 등장했던 것이다. 물론 수차례 방송된 나의 다큐멘터리도 일조했겠지만 어히간 기도 안 차는 그들의 행렬이 계속 이어지는 과정에서 나는 이미 스트레스의 끝에 매달려 있었다.

그런데 나의 부모라고 주장하는 남녀 한 쌍이 타이틀 방어전 기자회견장에 나타났던 것이다. 나는 그날 두 사람 중 남자를, 죽지 않을 만큼 두들겨 팼다. 나는 기억나지 않았지만 내가 그를 두들겨 패며 당신이 진짜 내 아버지라면 이 자리에서 맞아 죽는 게 옳다며 소리를 질렀다는 것이었다. 그리고 그런 정황을 뒷받침해주듯 내가 카메라를 정면으로 노려보며 진짜 내 엄마든 아빠든 누구든 나한테 맞아 죽고 싶으면 언제든지 내 앞에 나타나라고 으르대는 모습이, 인터넷과 티브이 방송 곳곳에서 반복 재생되었다. 언제든 때려죽여주겠노라며 나는 이를 갈고 있었다. 내 눈빛은 이미 그때부터 예사롭지 않았다.

많은 사람이 가짜 부모 행세하는 자들을 비난했지만, 그에 대응하는 나의 태도를 비난하는 사람도 적지 않았다. 그들이 아무리 가짜라고 해도 그들을 향해 진짜 부모가 나타나도 그렇게 패줄 거라는 식으로 말한 건, 패륜이나 다를 바 없다는 말이었다. 과도한 비약이라며 진짜 부모라고 생각했으면 그랬겠냐는 의견과 진짜 부모라도 패줄 거라며 소리치던 그 광기 어린 눈빛을 보지 못했냐는 의견이 팽팽하게 맞섰다.

나는 그때부터인지 아니면 그전부터 벌써 그랬는지 알 수 없었으나, 그들 모두를 향해 좆도 모르는 것들이 잘난 척은 역겹게도 많이 해댄다며 속으로 뇌까리고 있었다. 이후 한영기는 두 번 다시 그런 일이 생기지 않도록 나의 부모라고 찾아오는 모든 인간을 사전에 다 차단했다. 그리고 그것은 내가 동의한 내용이었다. 그러던 어느 날 한영기가 문득, 한동안 잊고 있었던 것이 생각났다는 듯 내게 말했다.

"헤이, 티. 얼마 전에 이상한 아줌마 한 명이 사무실에 왔었다."

그러고는 그때의 기억을 더듬는 듯 고개를 살짝 기울이고 눈알을 위로 데굴데굴 굴리더니 말을 이었다.

"가드가 들어오지 못하게 막고 섰는데 나를 보더니 대뜸 그러는 거야. 네 이름이 장태주가 맞느냐고. 왓 더 헬? 하지만 대체로 자기가 네 엄마라고 소리를 박박 질러대는 미친 여자들하고는 좀 달라 보여서 스트레인지했지. 그래서 내가 그 아줌마를 물끄러미 쳐다봤더니 그러더라고. 네 본명이 장태주가 맞는지 꼭 좀 확인해달라고. 그래서 내가 그랬지. 확인할 것도 없이 본명이 맞다고. 맞지? 티. 본명?"

내 이름이 장태주가 아닐 거라는 생각은 그때까지 단 한 번도 해본 적이 없었으므로 나는 어이없게 한번 웃고 말았지만, 한 번도 생각해보지 않았던 일이어서 그랬는지 뭔가 께름칙한 기분이 드는 것까지 무시할 순 없었다. 내 이름이 장태주가 아닐 수도 있는 건가? 생각해보니 그걸 확인해보려고 했던 적은 단 한 번도 없었다. 그러나 그걸 확인한다고 해서 달라질 게 뭐가 있겠는가. 아무것도 없었다.

그러는 와중에 또다른 측면에서 논란이 되었던 것은, 나의 폭행이 결국 공소권 없음으로 처분되었다는 사실이었다. 세계챔피언의 핵주먹을 맞아 사람이 반쯤 죽어 나갔는데, 제아무리 그들이 먼저 잘못을 저지르고 이후 큰돈으로 합의가 되었다고 한들, 형사책임 없이 넘어가는 건 말도 안 되는 처사라고 사람들은 말했다. 공정성의 상징과도 같았던 미스터 티에게 그런 일은 있을 수 없다며 그들은 형평성의 문제를 제기했다. 나는 생각했다. 내 이름은 장태주다, 이 새끼들아. 미스터 티가 아니고. 한영기가 말했다.

"대한민국 인터넷엔 왜 이렇게 똑똑한 피플이 많아."

나는 그 말마저도 마음에 들지 않았다. 그러면 안 똑똑한 피플이 넘쳐나는 미국에서 놀지 너는 왜 여기 와서 이 지랄이냐고 묻고 싶었다.

묻지 않았지만 대신 나는 훗날 보란듯이 타이틀 방어전에 실패했다. 한영기의 표정이 가관이었다. 만약 내가 그때 그에게 직접 그 질문을 했더라도 그렇게까지 놀란 표정을 짓지는 않았을 터였다. 챔피언벨트는 멕시코 과자의 손으로 넘어갔다. 나는 좀, 웃겼다.

솔직히 시합하기 전부터 웃겼다. 실물로 본 멕시코 선수가 정말 과자 봉지에 그려진 동물과 비슷하게 생겼기 때문이었다. 아무도 내가 그런 생각을 하며 웃었던 건지 몰랐겠지. 그때도 사람들은 내 미소가 자신감의 표현이니 챔피언의 여유니 하며 개소리들을 쏟아냈었다. 좆도 모르는 것들이.

패인은, 굳이 생각해보자면 몸이 아직 완전하게 올라서지 않은 탓도 있었겠지만 무엇보다, 일전에 할아버지가 했던 말을 체감한 부분이 있었다. 너무 한 번에 온몸을 불사르듯이 혹사하는 건 좋지 않다고 할아버지는 말했었는데, 내가 방어전에서 느낀 감정이 그것이었다. 이미 충분히 혹사당해 모든 기력이 방전되어버린 느낌. 생각을 좀 해봐야 할 문제였지만 어쨌거나 나는 최선을 다했고 경기에 후회는 없었다.

내가 그간 겪은 일을 이해하여—제까짓 것들이 도대체 무슨 이해를 한다고—복귀가 일렀다고 옹호하는 사람들도 물론 있었지만, 그럴 줄 알았다고 얘기하는 사람들이 더 많았다. 마치 내가 그렇게 되기를 간절히 고대했던 사람들처럼 그들은 나를 헐뜯고 욕했다. 챔프라고 연호하며 지랄들을 떨어댈 때는 언제고.

그래서 내가 너희는 다 개새끼들이라고 하는 거야.

그런데 내가 그 참에 불난 집에 휘발유를 한 통 더 던져넣어버렸다.

진 놈한테 뭐 들을 말이 있다고, 귀국길 공항에 기자들이 장사진을 치고 있을 때였다. 내가 경호원들과 그 두꺼운 인파를 뚫고 나가는 와중에 한 기자의 목소리가 내 귀에 와서 꽂혔던 것이다.

"장태주씨! 이번엔 왜 진 겁니까? 이기려는 의지가 없었다고 사람들이 얘기하는데요, 노력이 부족했던 거 아닙니까?"

나는 순간 방전된 로봇처럼 그 자리에 우뚝 섰다. 애초에 기자들이 뭐라고 지껄이든 신경쓰지 않으려고 마음을 다잡고 있었지만, 웬일인지 그 말에는 발이 더 앞으로 나아가질 않았다. 나는 고개를 돌려 목소리의 주인공을 찾았다. 기자들은 대체로 심상치 않은 분위기를 느끼고 다들 한 발 물러서는 느낌이었는데, 유독 한 놈만 앞으로 기어나오려고 기를 쓰고 있었다. 내가 그를 향해 물었다.

"노력? 무슨 노력. 내가 무슨 노력을 더 해야 했던 건데?"

"아니, 챔피언이니까 타이틀을 방어하려는 노력을 해야 했던 거 아니냐는 말이죠, 제 말은."

"내가 노력을 안 했어?"

"아니, 그게 아니라……"

"내가 지면 노력을 안 한 거야? 내가 노력했으면 안 졌을 거란 얘기야?"

방송국 카메라가 부지런히 돌고 있었지만 그런 것들은 이미 내 눈에 들어오지 않았다.

"그리고 왜, 나는 지면 안 돼? 나는 싸우기만 하면 항상 이겨야 하는 사람이야?"

"아니, 그런 얘기가 아니고요."

"그런 얘기가 아니거나 말거나 이 개새끼들아, 너희는 늘 그런 식이잖아. 먼저 말을 존나게 이상하게 지껄여놓고 화를 내면, 그런 걸로 화를 내는 놈이 더 이상하다는 식으로 몰아가잖아, 너희는. 아니야? 이 개새끼들아? 그래놓고 말을 그렇게 한 사람도 잘못이지만 거기다 대고 그런 식으로 화를 내는 사람도 잘못이라고 말하면서 너희는 이 개새끼들아, 자기들이 무슨 판사라도 되는 양, 뒷짐지고 앉아서 이 씨발 새끼들아, 존나게 역겨운 새끼들. 나는 이 새끼들아, 인간이 덜되어먹어서 그런 식의 말을 들으면 이런 식으로밖에 행동 못해, 이 새끼들아. 그러니까 더러운 꼴을 안 보고 싶으면 아예 건드리질 말라고, 이 개새끼들아."

그가 곧이어, 아니 그런데 왜 욕을 하느냐는 식의 소릴 지껄였지만, 그 말을 마무리지을 수는 없었다. 왜냐하면 나의 주먹이 이미 그의 얼굴을 향해 날아갔기 때문이다. 사람들은 호수 한가운데 퍼지는 동심원처럼 뒤로 물러섰고, 이미 제대로 맞고 뒤로 넘어가는 놈의 복부를 내가 한 대 더 후려치는 바람에 그는 결국 갈빗대까지 부러졌다, 는 얘기는 나중에 들었다. 왜냐하면 나는 그때 그 일로 구치소에 수감되어 있었기 때문이다.

물론 한영기가 돈을 들여 합의를 보려 했지만 기자의 자존심 때문인지 아니면 이미 그 상황이 전국으로 생중계된 마당에 돈으로 합의 봤다는 말까지 퍼져선 안 된다고 생각해서인지, 합의는 이뤄지지 않았고 그는 그저 여론에 충실히 부응했다. 게다가 내가 대중 앞에서 공개적으로 사람을 폭행한 게 처음도 아니었고 본래 있었던 소년원 전적이 어딜 갔다 왔는지 그제야 부리나케 들춰지더니, 나는 결국 재판까지 갔고 일 년 이 개월의 실형을 선고받았다.

　하지만 나는 구치소 삼 개월, 교도소 십일 개월의 생활이 그 어느 때보다 편했다. 만기 퇴소할 때는 심지어 나가고 싶지 않다는 생각마저 들었을 정도였다. 아닌 게 아니라 나는 수감생활을 하는 동안 누구라도 한 대 두들겨 패볼까 생각도 해봤지만 아무도 나한테 맞을 짓을 하지 않았다. 맞을 짓을 하지 않아도 팰 수는 있었지만 그건 오재호…… 그래, 맞아. 그 개새끼. 오재호 같은 놈에게나 했던 행동이었으므로 수감자들에게 그렇게까지 할 마음은 들지 않았다. 나와 함께 지낸 수감자 중에 오재호만큼 후진 놈은 없었기 때문이다.
　말하자면 나는 구치소에서부터 교도소에 이르기까지 그곳에 수감된 죄수 중에 가장 큰 범털이었다. 다들 알아서 기었다. 내가 있었던 곳은 폭력방이었고 사회에서 힘 좀 썼다는 놈들이 모인 곳이었음에도 그랬다. 그리고 재소자들만 그런 게 아니었다. 교도관부터 소장에 이르기까지 모두 나한테 잘해주었다. 소장은 심지어 나랑 찍은 사진을 자기 방에 액자로 걸어두었을 만큼 나에 대한 애정이 각별했다. 내가 수감되어 있는 동안 내게 개인 권투 강습을 받기도 했고, 내가 몇 년만 더 같이 있었다면 나를 위해 권투 교실까지 열어줄 판국이었다.
　그러나 사회에서는 달랐다. 더는 나를 미스터 티라고만 부르지 않았다. 미스터 개새끼 티라고 불렀다. 내가 기자 폭행사건에서 개새끼라는 단어를 누구보다 차지게 남발했다는 이유에서였는데, 그렇다는 걸 나도 그들의 얘길 듣고 알았다. 개새끼들, 센스하고는.
　그런데 조선 천지에 개불알 같은 놈 중에서도 천하에 둘도 없는 개불알 같은 놈이 바로 내 옆에도 한 명 있었는데, 그가 다름 아닌 한영기였다. 출소해서 나와보니 집이고 건물이고 차고 모두 다 한영기의 명의로 바뀌어 있었다. 아주 우연한 계기로 그렇다는 걸 알게 되었는데, 기가 찬 건 내가 그에게 그러라고 인감도장을 주었을 뿐만 아니라 위임장까지 써주었다는 사실이었다.

전혀 기억에 없는 일이었다. 하지만 그즈음의 일들을 떠올려보면 얼마든지 그런 일이 있을 수 있었다. 한영기는 내가 하도 사고를 많이 치고 다녀서 만에 하나를 대비해 자기 명의로 돌려놓았다고 했다. 그뿐만 아니라 내가 이번에 교도소에 들어가는 바람에 광고 모델 위약금으로 물어낸 금액이 적지 않다는 거였다. 그는 내가 어디로 튈지 알 수 없으므로 어쩔 수 없었다고 말했다. 최소한의 마지노선이었다고. 무엇을 위한 마지노선인지 나는 묻지 않았다. 술에 취해 인감을 넘겨주고 정신이 나간 상태에서 위임장을 써주었다고 한들 나는 상관없었다.

그따위 집이고 차고 건물이고 나는 다 필요 없었지만, 그래도 회사에서 내 명의로 사놓은 몇 채의 빌딩 가운데 체육관이 있는 건물은 그렇게 하고 싶지 않았다. 그래서 나는 그 건물, 전부도 필요 없으니 오층이라도 다시 내 이름으로 돌려놓으라고 말했다. 한영기는 오층뿐 아니라 건물 전체를 다시 되돌려놓는 것도 어려운 일이 아니니, 이번 리벤지 매치에서 좀 제대로 설욕하자고 말했다.

그는 산토스와의 리벤지 매치를 잡아놓고 있었다. 이번 경기로 내가 아직 건재하다는 것을 꼭 보여줘야만 한다는 것이었다. 그래야 그간 손해본 금액도 복구할 수 있고 앞으로의 계약에서도 좋은 조건을 유지할 수 있다는 것이었다. 나는 생각했다. 좋은 조건이라. 세상이 말하는 좋은 조건.

나는 한영기가 말하는 손해의 셈법과는 다른 거리에 있는 사람이었다. 그는 백만원을 벌고 십만원을 잃으면 그 십만원을 손해봤다고 생각하는 사람이었지만 나는 달랐다. 나는 백만원을 모두 다 잃어도 손해라고 생각하지 않았다. 애초부터 내가 가진 건 아무것도 없었으니까.

그러나 리벤지 매치건 뭐건 안 한다고 해봐야 딱히 할 일도 없었으므로 나는 했다. 무엇보다 체육관은 다시 돌려놔야 했으니까. 나는 출소 후 구 개월 만에 다시 열린 산토스와의 리벤지 매치에서, 삼 라운드 일 분 십사 초 만에 케이오승을 거두었다.

사람들은 다시 열광했다. 그럼 그렇지, 사람들은 말했다. 미스터 티가 진 것은 가족을 잃은 슬픔에서 미처 벗어나지 못했기 때문이었다, 는 여론이 다시 세간을 뒤덮었다. 그러고는 내가 도대체 어디서 돌아왔다는 건지 다시 돌아온 미스터 티라며 사람들은 연호했다. 언제부터인지 개새끼라던 중간 이름도 떨어지고 없었다.

그런데 내가 이번에 산토스를 이긴 건, 특별히 다시 예전의 기량을 되찾았기 때문이 아니었다. 나는 여전히 이미 방전된 느낌으로 무거운 발을 이끌고, 철판을 들어올리는 심정으로 호흡을 이어가며 세 라운드를 버텼다. 내가 이긴 건 산토스가 나를 너무 얕잡아 봤기 때문이었나. 다른 사람은 몰라도 나는 알았다. 그리 대단하다는 다섯 체급석권 챔피언을 막상 때려눕혀놓고 보니, 별게 아니라는 생각이 들었던 모양이었다. 리벤지 매치 일 라운드에 올라서자마자 그가 그렇게 생각한다는 사실이 온몸으로 전해져왔다. 그러므로 이번에도 간단히이길 거라는 몸짓이. 그래도 썩어도 준치라고 아직은 장태주인데. 자

음은 다 날아갔을지 몰라도 모음은 아직 남아 있었다. ㅏ ㅐ ㅜ

그런데 나는 사람들의 환호를 채 하루도 이어가지 못하고 다시 말
썽을 일으켰다. 공항에서 그리 멀지 않은 컨벤션 센터에서 세계챔피
언 탈환 달성 기자회견이 열렸던 것이다. 나는 기본적으로 그 도시를
좋아하지 않았다. 당연히 그런 곳에서 하는 기자회견도 마음에 들 리
없었다. 나는 하지 않겠다고 했다. 그러나 한영기는 한사코 해야 한다
고 우겼다. 이게 다 돈이라고.

약속은 약속이니 나는 어쩔 수 없이 기자회견장으로 향했고 그곳에
서 나는 또 그 바보 같은 질문을 들어야 했다. 이번에 이긴 요인이 뭐
냐고. 그 어느 때보다 노력을 많이 했다고 한영기가 대신 대답했지만
내가 곧바로 그 대답을 정정했다. 노력 따윈 전혀 하지 않았다고. 저
도 그만이라고 생각했는데 상대 선수가 나를 너무 만만하게 여겨, 전
날 만취 상태로 술도 안 깨고 링에 올라왔던 모양이라고 대답했다. 회
견장에 모인 사람들의 절반은 웃고, 절반은 어리둥절해했다. 내 말이
농담인지 진담인지 잘 구분이 안 되는 모양이었다. 듣기에 말은 농담
인데 표정은 진담이었으니까. 그래서 내가 다시 말했다.

"여하튼 별 노력한 것도 없는데 그냥 얻어걸린 승리입니다. 다시
붙으면 이길 자신 없어."

훗날 일부 언론에서는 그런 나의 태도에 관해 그것이 내 겸손의 한
표현 방식이라고 두둔했지만, 그건 한영기한테 돈을 받아 처먹은 언
론에서나 그랬고 대체적으로는 공분했다. 공인으로서의 기본적인 태
도가 안 되었다는 의견이 지배적이었고 저런 놈이 세계챔피언이라니

나라 망신이라는 얘기까지 나왔다. 자기들이 궁금해하는 걸 나는 솔직하게 말했을 뿐인데, 자기들 마음에 드는 대답이 아니라는 이유로 나를 다시 욕했다. 일부 반말? 오케이. 반말은 인정. 하지만 나는 너희에게 존댓말 쓰고 싶지 않아.

그런데 사실 그날 정작 문제가 되었던 것은 반말 때문이 아니었다. 기자회견이 마무리될 즈음에 느닷없이 나타난 보육원 목사 때문이었다. 나중에 알았지만 그는 이미 명망 있는 목사로 대중에게 많이 알려졌던 모양이었다. 그런 그가 회견장에 나타나자 회견장이 술렁거렸고 술렁이는 기자들을 향해 그는 자기가 무슨 하나님이라도 되는 양 두 팔을 펼쳐 보이며, 여기 있는 세계챔피언이 본래 자신의 어린 양이었는데 최근 보살핌이 적어 영혼이 피폐해졌다느니, 이제 자기가 안수 기도로써 구원의 길을 열어줄 거라느니, 말인지 똥인지도 알 수 없는 최첨단 개소리를 싸지르고는 나를 돌아보았다.

바로 그때,

아라가 떠올랐다.

어떻게 그렇게 오랫동안 아라를 잊고 지낼 수가 있었던 건지 믿어지지 않았다. 그리고 그와 동시에 아라와의 지난 일들이 마치 커다란 부채가 화르륵 펴지는 것처럼 차례대로 머릿속에 가득 펼쳐졌다. 나는 한동안 먼 곳에서 전해오는 델레파시를 수신하는 인조인간처럼 다급하게 눈을 깜박이다가 이윽고, 레이더에 포착된 표적처럼 양아치 목사와 아라의 접점이 상으로 맺히는 걸 보았다. 나는 자리에서 벌떡 일어나 맨 앞에 놓인 카메라로 다가갔다.

나의 기세에 카메라맨이 움찔하는 사이 나는 목사와 내가 한 앵글에 잡히는지를 확인했고 그렇다는 걸 확인하는 동시에 되돌아가 목사의 턱주가리를 날려버렸다. 그리고 나는 다시 카메라를 바라보며 생각했다.

아라야, 혹시 내가 보이니? 이곳이 보여? 너한테 해주고 싶은 게 참 많았는데…… 내가 해줄 수 있는 일이란 게 결국 이런 것밖에 없구나. 미안하다. 나란 인간은 아무리 해도 이 정도일 수밖에 없나봐. 그래도 아라야, 넌 잘 지내지? 아프지 마라. 아프면 안 돼. 꼭, 잘 지내야 해.

그러면서 나는 활짝 웃어 보였다. 내 마음의 슬픔이 아라에게 전해지는 것을 원치 않았다. 나는 이미 산산이 부서지고 있었지만, 그 모습을 혹여 아라가 알게 될까 두려웠다. 그녀가 나 때문에 쓸데없는 걱정 같은 걸, 하지 않기 바랐다. 나는 그냥 이렇게 아라에게 환히 웃는 기억만을 남겨주고, 조용히 흔적도 없이 이 세계에서 사라져버릴 것이다.

그러는 사이 회견장은 난리가 났다. 이 기이한 광경을 찍기 위해 여기저기서 플래시가 터졌고 내가 혹시 자기들에게 달려들지는 않을까 잔뜩 움츠린 모양새로 다들 나의 다음 행보를 관찰했다. 마치 돌발적으로 우리를 탈출한 맹수를 경계하듯이.

한영기가 세상이 무너진 것 같은 표정으로 나를 바라보다가, 공격 성향이 더는 보이지 않는다고 판단되었던지 경호원들에게 나를 어서 데리고 나가라고 소리질렀다. 그러면서도 자기는 내게서 멀찍이 떨어져 있었다. 나는 정말 그 모든 것이 다 웃겼다. 기자들은 나포된 킹콩을 구경하듯이 끝까지 나를 따라 나오며 플래시를 터뜨려댔다.

사람들은 또다시 나의 광기가 재발했다며 손가락질에 발가락질까지 해댔다. 도저히 어떻게 해결이 안 되는 구제불능 사이코패스라며 사람들은 나를 정신병원에 처넣어야 한다고 모두 입을 모아 한소리로 말했다. 그들은 이제 나를 괴물이라고 불렀다. 내가 괴물이어야 할 이유를 찾는 사람들이 끈질기게 나를 괴물이라고 불렀고, 그리하여 나는 드디어 그들의 바람대로 모두에게 괴물이 되었다. 그리고 나 또한 딱히 그들의 생각에 반대하지 않았다. 오히려 어쩌면 그들의 생각이 맞을지도 모른다고 생각했다. 나는 이제 정말 어딘가로 격리되어야 하는 괴물이 되었는지도 몰랐다.

　나는 그날 이후 몇 건의 폭행사건 가해자로 유치장과 구치소를 들락거렸다. 애써 내가 그러려고 하지 않아도 그들은 끊임없이 내게 다가와 비아냥거리고 시비를 걸었으며 급기야 내가 폭발하고 나면 그것 보라는 둥 역시 괴물은 구제불능이라는 식으로 나를 몰았고, 이 세계에서 영원히 추방해버려야 한다고 입을 모았다.

　그나마 말이 아니라 행동으로 보여주는 사람들이 나는 차라리 나았다. 종종 내게 침을 뱉고 도망가는 사람들이 있었는데, 나는 그런 자들은 때리지 않았다. 얼마든지 쫓아가 잡을 수도 있었지만 그렇게 하지 않았다. 그들은 차라리 용기라도 있는 인간들이었다.

　내가 그렇게 악행의 설성으로 치달아가는 와중에도 여전히 내게서 관심을 거두지 못한 몇몇 기자가, 내 체육관 식구 주변을 맴돌며 나에 대한 정보를 얻어내려고 했다. 하지만 그들로부터 얻어낼 만한 정보랄 게 딱히 없었다. 나는 누군가를 패줘야 하는 특별한 일정이 있지 않은 이상, 아침부터 밤까지 오로지 운동만 했기 때문이었다. 시합 일정이 있거나 없거나 나는 하루 대부분을 운동으로 보냈다. 운동하며 쏟아지는 땀방울들이 모여 내가 되기를, 나는 소망했는지도 몰랐다. 그렇게 조금씩 녹아 흘러내려 종국에는 흔적도 없이 사라져버리기를, 나는 바랐는지도 몰랐다. 언제까지고 악당으로 살 수만은 없을 테니까.

하지만 한국에서의 그런 반응과는 달리 미국에서의 내 인기는 여전히 좋았다. 한영기의 천부적인 마케팅 능력 때문이었다. 어쨌거나 나는 아직 세계챔피언이었으므로 한영기로서는 여전히 상품 가치가 있었고, 그의 말대로 내겐 계약상 치러야 할 경기도 아직 몇 개 남아 있었다.

그는 나를 인빈서블 미스터 티에서 미스터 몬스터 티로 닉네임까지 바꿔가며, 난폭하지만 난폭한 대로의 특질을 상품성으로 둔갑시켰고, 그것은 곧 미국 시장에서 적확한 흥행카드로 먹혀들었다. 미국인들은 나를 아시아에서 건너온 난폭한 갈색 괴물이라며 환호했다. 그리고 미국 시장에서 내가 그렇게 지속적인 환대를 받자, 한국에서도 일각에서는 나를 다시 보고자 하는 움직임이 일었다. 인성이야 어떻든 실력은 있지 않으냐는 평가였다.

나는 그들의 그런 호응에 부응하듯 일차 타이틀 방어전을 깔끔하게 케이오로 이겼다. 수월한 상대였고 그 또한 한영기가 가진 로비 능력의 결과였다. 경기장 티켓은 여전히 잘 팔렸고 페이퍼뷰의 판매량도 전혀 떨어지지 않았다. 사람들은 어떤 면에서 난폭해진 나의 모습을 더 좋아하는 경향마저 생겨서, 오히려 한영기가 내게 기자회견장이든 어디든 더 난폭하게 굴라고 요청했을 정도였다.

그러나 나는 그즈음부터 표정과 목소리를 잃어버린 사람처럼 아무 말도, 아무 표정도 보이지 않았다. 누가 나를 자극해도 나는, 그 어떤 반응도 보이지 않았다. 나는 마치 한영기가 비행기에 싣고 다니는 로봇처럼 그를 따라다니며 앉으라는 곳에 앉아 있었지만, 아무 말도 하지 않았고 그 어떤 질문에도 대답하지 않았다. 사람들을 향해 시선조차 돌리지 않았다. 말은 한영기가 전부 다 했다.

그 모습이 사람들에겐 또 이상했던 모양이었다. 그러나 이전과는 달리 비난이 쏟아지진 않았다. 오히려 내게서 이상한 기운을 느꼈던지 의도치 않은 여론이 일각에서 생성되었다. 나에 대한 동정론이 인 것이다. 얼마나 힘들게 자신의 삶을 견디고 있으면 저런 지경까지 이르렀겠냐는 식의 말들이 여러 매체를 통해 오갔다. 사람들은 자신들의 폭력성을 이번에는 동정이란 검은 봉투에 넣어 감추려고 했다. 하나 나는 이미 그들의 정체를 분명하게 알고 있었다.

기자들은 끊임없이 내게 돌발 행동의 원인을 물어왔지만 그들이 원했던 건 진실이 아니라 가십이었다. 설혹 그중 누군가 진실을 원하는 자가 있었다손 치더라도 나는 영원히, 그들에겐 진실을 알려주지 않을 생각이었다. 어차피 그들에겐 진실을 알려주어도 진실대로 기사를 작성하지 않을 것이기 때문이다. 자기 입맛대로 편의대로 필요한 바에 따라 쓰고 말 게 분명했다. 진실은 그들에게 과분한 삶의 가치였다. 대중들에게도 마찬가지였다.

물론 근간에는 제법 기특한 내용의 기사도 있긴 했다. 이 모든 게 다 내 잘못입니까? 라며 마치 내가 그런 말을 하기라도 한 양 멋지게 타이틀을 걸어놓고는 제멋대로 나에 대한 이야기를 써내려간 기사였는데, 내가 그 기사를 기억하는 이유는 그래도 그게 어쩌면 나에게는 아니어도 이 세계에는 쓸모 있는 글일지도 모른다는 생각이 들었기 때문이다.

그는 내가 오롯이 스스로 괴물이 된 것이 아니라 이 사회가 나를 그렇게 만들었다고 주장했다. 재미있는 관점이라고 나는 생각했다. 내 인생이 그러니까 이 사회의 단면을 보여주는 하나의 알레고리와도 같은 거라고 그는 말했는데, 미스터 티란 그러니까 신자유 시대의 산물이자 무한 경쟁 사회의 화신과도 같았던 인물로서 왜 내가 이런 말로를 맞을 수밖에 없었던지에 관해, 이 사회가 어떤 방법으로 한 사람의 인생을 괴물의 역사로 만들었는가에 관해 얘길 하고 있었다. 어느 순간부터 우리 사회가 점차 모든 시각을 개인의 불행에만 초점을 맞추고 있는데, 나를 통해 알 수 있듯이 이젠 이 사회의 보다 근본적이고 구조적인 문제에 관해 공론화해야 한다고 그는 주장했다. 제법 논리적이고 설득력이 있는 글이었다. 그리고 나는 그 기사를 읽고서야 내가 말로를 맞았다는 것을 알았다.

하지만 나는 괜찮았다. 오히려 그의 예측이 옳았다. 나는 정말로 한 영기와 약속된 경기만을 마저 소화하고 운동을 그만둘 생각이었으니까. 말하자면 나는, 나의 기운을 모두 링 위에서 소진해버리고 내게 남은 삶의 여정을 끝낼 생각이었다. 사실 나는, 담임이 떠났을 때 함께 떠났어야 했다. 미련하게 삶을 이어가보려 지금까지 살아왔지만 아무것도 나아진 게 없었다. 악의도 악행도 내 삶에 아무런 영향을 미치지 못했다. 다른 이들의 삶에도 전혀 영향이 없었다. 지나가는 개에게도 영향을 미치지 못했고 도롯가에 핀 들풀에조차 나란 존재는 아무 의미 없었다. 한때는 누구에게든 가치 있는 사람이 되어보려고 그렇게 안간힘을 쓰고 살았던 적도 있었는데.

다 부질없는 짓이 되고 말았다. 그렇다는 사실이 분명해진 마당에 군이 더 살아야 할 이유도 없었다. 솔직히 그런 결심이 섰을 때 모든 걸 다 내려놓을 수도 있었지만, 그래도 억지로나마 할아버지와 담임이 함께 했던 한영기와의 계약은 모두 지키고 가고 싶었다. 그때까지도 죽을 용기가 없어 뒤로 미룰 이유를 그렇게 찾아낸 것일 수도 있었지만, 그러나 어떤 식으로 미루든 결국 때는 오기 마련이었다.

내가 재주부려 번 돈을 한영기가 착복하고 유용하고 제멋대로 굴리든 말든 나는 신경쓰지 않았다. 나는 내가 지켜야 할 약속만 지키고 가면 되었다. 어차피 가는 길에 싸들고 갈 수 있는 것들도 아니었다. 내가 이차 타이틀 방어에 성공하자 한영기는 신바람이 나서 체육관을 내 명의로 돌려놓았지만 나는 그것조차 신경쓰지 않았다. 체육관은 이제 필요한 사람이 필요할 때 사용하면 그만이었다.

그런데 끝으로 남은 두 번의 경기 가운데, 삼차 방어전을 치르는 와중에 또 일이 터졌다. 내가 사 라운드 중반에 미국 선수의 사타구니를 걷어차서 그가 실신해버렸던 것이다. 라운드 내내 잘 싸웠고 승기도 이미 내게 넘어온 상태에서 벌어진 일이었다. 사람들은 경악했다. 그나마 링에서만은 미친 짓을 하지 않는다고 나를 옹호하던 이들까지 이번엔 모두 할말을 잃었다. 아무도 내가 왜 그랬는지 이유를 알지 못했다. 제멋대로의 분석만이 난무했을 따름이었다.

나는 챔피언 자격을 박탈당했고 미국인을 그렇게 만들었다는 이유 때문에 더는 미국에서 시합도 할 수 없었다. 사람들은 나를 다시 미스터 개불알 티로 불렀다. 내가 미국 선수의 불알을 차서 쓰러뜨렸다는 이유 때문이었다. 경악을 금치 못했던 인물 중에는 당연히 한영기도 포함되었다. 그러나 그는 냉정한 비즈니스맨답게 사차 방어전으로 예정되었던 시합까지 굳이 마다하진 않았다. 도전자인 태국 선수는 내가 굳이 챔피언이 아니더라도 나와 시합을 해보고 싶다는 의사를 밝혀왔다. 그리고 그 경기는 미국에서 열 수 없었으므로 한국에서 개최되었다.

일각에서는 내가 태국으로 가는 게 옳지 않느냐고 했지만 그래도 세계챔피언이었던 건 아무래도 나였으므로 한국에서 하는 게 옳다는 의견으로 결론이 났고, 태국 선수도 딱히 반대하지 않았으므로 시합은 서울에서 개최되었다.

그 시합에서 관중들은 모두 태국 선수를 응원했다. 태국 선수에게 나를 좀 실컷 두들겨 패주라며 고함을 지르는 사람들도 있었다. 그들은 모두 내가 치면 야유를 보냈고 태국 선수가 치면 환호를 보냈으므로, 나보다 더 어리둥절해했던 것은 오히려 태국 선수였다. 그래, 당신들이 원했던 게 바로 이런 거였구나. 나는 생각했다.

그러다가 삼 라운드 공이 울리자마자 코너에서 달려나오던 태국 선수와 버팅이 일어났다. 태국 선수의 고의는 아니었으나 내 왼쪽 눈두덩이 찢어졌고 출혈이 심했다. 내 쪽 세컨드에서 닥터 스톱을 요청했으나 내가 극구 반대했다. 만약에 이대로 시합을 중단하면 역사에 길이 남을 난동을 부릴 거라고 내가 모두를 협박했다.

그리고 삼 분 내내 나는 작정하고 두들겨맞았다. 나로서도 잘 이해가 되지 않는 마음이었지만 그래도 나는 왠지 그러고 싶었다. 죽도록 맞고도 싶었고 죽도록 맞는 모습을 사람들에게 보여주고도 싶었다. 그게 그들이 그렇게 원하던 모습이었으니까. 얼굴이 피투성이가 되었고 피가 흘러내려 트렁크까지 모두 적셨다. 나는 얼마든지 반격할 수 있었지만 반격하는 시늉만 했을 뿐 나의 주먹은 허공에서만 맴돌았다.

이상하다는 생각이 들었는지 태국 선수가 망설이는 기색이 느껴질 때마다 내가 그의 몸통을 끌어안고 약을 올렸다. 더 때릴 수 있으면 때려보라고. 그런 솜주먹으로 도대체 무슨 복싱을 하겠다는 거냐며 나는 그의 귀에 대고 속삭였다. 고의로 이마를 부딪쳐놓고 이렇게 야비하게 닥터 스톱으로 경기를 끝낼 생각이냐고. 그따위 비겁한 생각이라면 당장 권투를 그만두라고.

영어로 더듬거리는 내 말을 용케도 알아들었는지 그는 기세를 늦추지 않았고 있는 힘을 다해 나를 두들겨 팼다. 나도 맞을 수 있는 만큼 맞았다. 그러면서 나는 생각했다. 이게 나의 마지막 시합이므로 당신들이 내가 그렇게 두들겨맞기를 원한다면 당신들이 원하는 만큼 맞아주겠다고. 그게 내가 당신들에게 주는 마지막 선물이라고.

삼 라운드 내내 두들겨맞은 나는 결국 다음 라운드를 이어갈 수 없었다. 피가 쉬이 멈추지 않았기 때문이다. 나도 더는 고집부리지 않았다. 비록 삼 분에 불과하긴 했으나 나 역시 머리가 어지러울 정도로 두들겨맞았다. 상대는 그래도 세계챔피언에 도전하려고 했을 만큼이 펀치력을 가진 선수였다. 라운드 중에 안 쓰러지고 버틴 게 오히려 용한 상황이었다.

한국에서 열린 경기였던 만큼 승패와 관계없이 기자회견이 열렸는데 재미있었던 건, 내 자리에 철조망이 둘러쳐져 있었다는 사실이었다. 나는 세계 스포츠 역사상 최초로 철조망 안에 갇혀 기자회견을 진행하게 되었다. 내가 건너편에 앉은 태국 선수를 보고 웃자 그도 나를 보며 어색하게 웃었다.

그때 문득 언젠가 담임이 내게 했던 말이 떠올랐다. 철조망은 감옥의 상징이고 감옥은 권력의 상징이며 가장 강력한 질서유지의 수단이라던 말. 그러니까 저들은 지금 내게 자신들의 권력을 보여주는 동시에 가장 강력한 질서유지의 수단을 활용하고 있는 셈이었다. 나는 이마에 붕대를 감은 채 철조망 안에 앉아 껄껄거리고 웃었다.

기자들은 승자에 대한 예우로 태국 선수에게 몇 가지 형식적인 질문을 던진 뒤 대충 답변을 듣고는, 기다렸다는 듯이 모든 시선과 카메라의 초점을 내게로 집중시켰다. 그러고는 시합과는 전혀 상관없는 질문들을 내게 쏟아부었다. 그들이 그토록 궁금해했던 것들, 가십거리가 될 만한 궁금증들.

질문을 마치 산탄총처럼 쏘아대던 기자들은 묵묵히 자신들을 바라보고만 있는 내가 전과 다름없이 묵묵부답으로 일관할 것을 예상했는지, 반쯤 포기한 얼굴들이 되었을 때 내가 마이크를 끌어당겼다. 마이크에서 징, 하는 소리가 한번 울리고 잦아진 뒤 잠시 고요가 흘렀고, 나는 가장 가까운 곳에 있는 카메라를 응시하며 낮은 목소리로 물었다.

"내가 당신들한테 뭘 그렇게 잘못했습니까?"

전혀 예상치 못한 답변을 들은 기자들은 모두 어리둥절한 표정이 되어 내가 하는 말의 의미를 다른 이들에게 묻듯, 서로 얼굴을 돌아보며 눈치를 살폈다. 그때 저 뒤 어딘가에서 누군가가 큰 소리로 말했다.

"장태주씨, 당신이 이 세상에서 구원받을 수 있는 유일한 길은 사랑을 찾는 거야. 당신의 사랑을 찾아. 찾아보면 어딘가에 반드시 있어. 당신만의 사랑을 찾아서 당신들이 행복할 수 있는 세계로 떠나. 이곳은 당신에게 어울리는 세계가 아니야!"

사람들의 시선이 일제히 그곳으로 쏠렸고 동시에 그쪽을 향해 플래시가 습관적으로 터져대는 바람에, 나는 그 목소리의 주인공을 볼 수 없었다. 분명히 거기 누군가 우뚝 서 있었는데, 커다란 키를 가진 그 사람의 얼굴은 그러나 전혀 보이지 않았다. 그는 사방에서 터져대는 빛에 가려져 있었다.

빛과 어둠 사이에서 그의 실루엣이 얼핏얼핏 드러났으나 그것은 마치 내게 환영 같은 착각만을 안겨주었다. 마침내 빛이 모두 소진되었고 다시 어둠이 찾아왔을 때, 그 자리엔 아무도 서 있지 않았다. 기자들의 시선이 다시 내게로 돌아왔다. 나는 해가 진 그늘 속에 홀로 핀 해바라기처럼, 빛이 사라진 곳으로부터 고개를 돌리지 못한 채 어느 곳을 봐야 할지 알지 못했다. 어느 곳을 바라봐야 하는 건지, 알 수 없었다.

권여선(소설가)

도선우씨의 『스파링』은 어느 순간 확 치고 들어오기보다 차근차근 지루할 정도로 설득을 해내는 소설이다. 목이 메도록 설득을 해내는 소설이다. 나는 이 소설의 문장과 유머를 좋아한다. 착한 왕따 소년이 어떻게 폭력적이고 나쁜 남자로 변신하는가 하는, 어찌 보면 늘 뻔한 계통발생의 과정을 내 눈앞에 어느 순정한 개체발생의 과정으로 생생히 보여준 소설이라고나 할까. 나는 소년의 유년을 읽으면서 혈육처럼 진한 공감을 느꼈는데, 이런 공감을 겪은 후에는 당분간 어느 것도 눈에 들어오지 않는 법이다. 인정한다. 나는 눈에 뵈는 게 없는 상태에서 심사에 임했고 이 작품을 일관되게 지지했다.

류보선(문학평론가)

　도선우씨의『스파링』은 소설을 덮자마자 다시 처음으로 돌아가게 하는 묵직한 여운을 남기는 소설이었다. 이 소설은 겉보기로는 문제적인 소설이 되기엔 결점이 있는 듯하다. 표면적으로는 전혀 새롭지도 낯설지도 않다. 전형적인 성장소설의 구조를 취하고 있는데다 기시감 강한 에피소드들이 반복적으로 등장하는 까닭이다. 뿐만 아니라 소설 전체가 충분히 유기적이지도 않고 균질적이지도 않다. 특히 작중화자의 소년원 시절까지와 소년원 이후가 급격하게 단절되어 있어서 소설의 전반부와 후반부가 나뉜 듯한 느낌을 주기도 한다. 그럼에도 불구하고『스파링』은 충분히 이질적이고 기이한 소설이다. 벤야민식으로 말하자면『스파링』은 기존의 성장소설을 지양해낸다. 아니, 혁신해낸다고 해야 하리라. 이 소설은 기시감 강한 에피소드와 구조들을 전면에 배치해놓고 거기에 기존 소설에서는 볼 수 없었던 또다른 풍경 몇 개 정도를 외삽했을 뿐이다. 다만 그것뿐인데『스파링』에서 그려지는 세계상은 파국을 향해 질주하는 우리 시대의 자화상과 그것을 넘어설 수 있는 실재적 윤리를 놀랍도록 무시무시하고 매혹적인 형상으로 보여준다. 아마도 이것은 이 소설 특유의 전혀 새로운 역사지리지와 디테일들을 전혀 혁신적인 그것으로 전화시키는 탁월한 구성력 때문이리라. 말하자면 이 작품의 전혀 새로운 역사지리지와 탁월한 구성력은 거의 상투적인 그것으로 고착된 디테일들을 우리 시대의 핵심적인 증상을 드러내는 신성한 디테일들로 되살려냈다. 물론 이 소설 특유의 역사지리지의 실체를 개념화하고 그것의 의미를 짚어보려면 추후 더 꼼꼼한 독서가 필요할 터이다. 그럼에도 불구하고 하나 분명하게 말할 수 있는 것이 있다. 『스파링』은 파국에 임박한 우리 시대의 자화상을 보여주면서도 그것을 넘어설 잠재성을 지닌 또 한 명의 괴물을 만나게 해주었다. 고. 그것도 마조히즘적인 괴물을.

신수정(문학평론가)

올해 문학동네소설상의 영예는 도선우씨의 『스파링』에게 돌아갔다. 긴 시간의 논의가 있었고 논란이 없었다고 하지는 못하겠다. 나로선 한 고아 소년의 성장담으로 읽히는 것이 누군가에게는 우리 사회의 구조적 폭력에 관한 강력한 문제제기의 양상을 띨 수도 있음을 모르지 않는다. 사실, 이 소설의 매력은 소설 전반부를 장식하는 화자의 압도적인 힘에 있다고 해도 과언이 아니다. 한적한 공원의 공중화장실에서 태어난 십대 미혼모의 아들이 폭력의 구조에 노출되고 일찌감치 이 세계가 자신에게 유리하게 돌아가지 않는다는 것을 깨닫게 되면서 위악과 포기를 배우게 되는 과정은 그것을 지켜보는 자들에게 말할 수 없는 죄책감과 안타까움을 노정한다. 이 소설의 화자가 담담하세 내뱉는 세상의 이치에 전율하지 않을 자 그 누구일까. 특히 어떤 애정에도 익숙하지 않던 어린 소년이 자신도 모르는 어떤 힘에 이끌려 애지중지 키우던 호금조 한 마리를 동년배의 무지막지한 폭력에 의해 잃고 난 뒤 보이는 낙담과 애도의 장면은 근래의 어떤 소설에서도 찾아보기 힘든 강렬한 감정적 동인을 제공한 바 있었다. 수상작으로서 이만하기도 쉽지 않다는 의견에 동의한다. 수상을 축하한다. 잊을 수 없는 이야기다.

신형철(문학평론가)

『스파링』은 나를 두 번 놀라게 했다. 첫째, 고아 소년이 학교에서 주먹을 휘두르다 소년원에 가서 권투를 배우고 세계챔피언이 됐다가 결국 모든 것을 다 잃게 된다는 이 낡고 닳은 소재를 2016년에 읽게 되다니. 둘째, 그런데 이런 이야기가 이렇게 재미있다니.

임철우(소설가)

도선우씨의 『스파링』은 일종의 성장소설로 봐도 무방할 듯싶다. 십대 미혼모가 화장실에서 출산한 아이. 그는 출생 자체부터 불행과 분노밖에 가진 것 없는 존재다. 그를 기다리고 있는 트랙은 충분히 예측 가능한 항목들로 채워져 있다. 보육원, 초등학교, 중고등학교, 왕따, 일진, 소년원까지. 이른바 냉혹한 폭력의 트랙이다. 이후 소년원에서의 인생의 멘토 격인 담임선생과의 조우, 복싱계에의 입문, 세계챔피언 등극, 가족 이상의 존재인 세 사람의 돌연한 사고사와 함께 끝나버린 짧은 행복, 악몽의 시간, 그리고 그 절망의 늪 속에서 희미하게 들려오는 전언("당신이 이 세상에서 구원받을 수 있는 유일한 길은 사랑을 찾는 거야")으로 마무리되는 결말.

사실 이런 서사 자체만 놓고 보자면 이 작품이 특별히 새로울 것은 없어 보인다. 물론 익숙함이 반드시 진부함 내지는 평범함의 동의어인 것은 아니다. 어떤 유사한 서사 패턴이 무수한 소설과 영화를 통해 여전히 되풀이된다는 것은 그만큼 사람들이 원하고 좋아하기 때문일 것이다. 문제는 빤한 이야기를 어떻게 빤하지 않게 풀어낼 수 있는가일 터. 『스파링』은 적어도 그 진부함과 평범함이라는 덫은 훌쩍 넘어선 걸로 보인다. 이 작품의 강점은 무엇보다 힘있는 문장, 그리고 서사의 골격과 짜임새가 튼실하다는 것이다. 한마디로 화려한 기법이나 실험적인 구성 따위와는 거리가 먼, 어찌 보면 우직할 정도로 시종 정공법으로 밀어붙이는 문장의 저력이 돋보인다. 일인칭 화자가 자신의 생의 이력을 독백하듯이 시간의 순서대로 진술해나가는 형식은 때로 단조롭게 느껴지기도 하지만, 견고한 문장력과 안정된 호흡을 바탕으로 시종 이야기를 흥미진진하게 이끌고 나가는 품이 상당한 내공을 지닌 솜씨임을 짐작게 한다. 이 소설이 가진 각별한 미덕이라면, 이야기가 끝날 때까지 지루함 없이 읽어나가게 만드는 그 뚝심이 아닐까 한다. 당선을 축하하며 앞날의 무궁한 발전을 바란다.

정미경(소설가)

도선우씨의 『스파링』은 화장실에서 태어나 보육원에서 자라난, 괴물과도 같았던 소년의 자기고백적 서사를 통해 이 사회의 구조적 폭력성을 들여다본 작품이다. 존재감 없이 살아가던 고아 소년이 권투 선수로 성공하게 되고 그 정점에서 다시 추락하기까지의 행로를 통해 자본주의의 착취 구조를 겹쳐서 보여주고 있다. 신자유주의를 지탱하는 냉혹한 폭력성을 뫼비우스의 띠처럼 자연스레 연결한 셈이다. 출생의 비밀이나 학교 폭력, 보육원의 성추행 같은 소재는 이미 새로울게 없다. 이야기가 크게 두 부분으로 나뉘며 그 경계에서 진폭이 확연히 달라진다는 단점도 지적되었다. 하지만 주인공이 삶의 전환점에서 운명의 등에 올라타는 매 순간, 연민을 불러일으키는 애잔함이 느껴지는데 그 애잔함이 기이한 점성으로 마음을 사로잡는다. 그 애잔함은 소년이 사자 앞에 선 연약한 검투사처럼 보이는 데서 기인하는 감정이다. 타인의 고통에 완전히 무감각한 세계, 공감의 의지 자체가 소멸된 세계, 멸시에 무감각해져야 겨우 존재할 수 있는 세계. 그 우는 사자 앞에 내던져진 공포와 몸부림을 머리가 아니라 몸의 언어, 아웃복싱이 아니라 인파이터 스타일로 들려주는 작품이다.

정이현(소설가)

도선우씨의 『스파링』은 마음먹고 지적해보자면, 단점이 좀 있다. 전반부와 후반부의 톤이 다르다는 것, 중반 이후에 군데군데 미숙하고 날것인 문장들이 들어 있다는 것 등이 그에 속할 것이다. 그러나 이 소설에는 그 모든 것을 상쇄하는 힘이 있다. 독자를 끌어당기는 기묘한 에너지가 담겨 있다.

세상의 폭력성 앞에 맨몸으로 내던져진 소년 화자가 자신이 겪는 고통의 연대기를 때론 무덤덤하게 때론 절절하게 들려주는데, 그 진실한 육성이 읽는 이의 영혼을 사로잡고 마음을 움직인다. 특히 인상적인 것은 무방비 상태에서 맞닥뜨리는 부조리한 상황 앞에서 어떻게든 그것에 굴복하지 않으려는 화자의 의지, 자신의 눈으로 해석하고 판단하려고 안간힘 쓰는 독특한 태도이다. 폭력의 세기를 살아가는 개인의 윤리에 대해 함께 생각하게 만드는 지점이 참 좋았다. 당선자에게 진심 어린 축하 인사를 드린다.

잃어버렸던 세계를 다시 찾은 반가운 마음으로*

이유

언제부턴지 모르겠다. 이쪽 세계의 나와 저쪽 세계의 나로 분열된 게. 낮에는 저쪽 세계의 인간이었다 밤이 되면 이쪽 세계로 넘어온다. 이쪽 세계에 발을 담그고 있지만 내게 밥을 주는 건 저쪽 세계이기 때문이다. 저쪽에 있을 때는 저쪽 세계의 규칙을 따른다. 이쪽으로 건너오면 이쪽 세계의 문법을 고민한다. 중력의 방향이 정반대인 두 세계 사이에서 우왕좌왕하고 있다. 하늘을 날고 있다고 생각하지만 실은 나락으로 떨어지는 중인지도 모르겠다. 점점 망해가고 있다는 불안감이 든다.

어떤 의미로 그는 나와는 아주 딴판인 인간이었다. 걸어온 길도 남달랐다. 그는 이쪽에 있다 저쪽으로 넘어갔다 다시 이쪽을 기웃거리며 인생을 낭비하지 않았다. 처음부터 저쪽 세계에 단단하게 뿌리를

---

* 이 글의 제목과 마지막 문장 일부는 김수영의 시 「기도」(『김수영 전집 1』, 민음사, 2003) 중 한 행에서 빌려왔다.

내린 사람이었다. 하물며 지금 하는 일을 천직이라고 생각했단다.

글을 쓴다는 건 생각해본 적도 없었다. 그냥 책 자체를 보지 않았다. 이 시대의 보통 남자였다.

"나는 돈이 되는 곳이면 어디든 달려가는 사람이었다. 한때는 만난 사람들의 이름과 연락처를 한 줄에 한 명씩 쓰면 대학노트 한 권이 꽉 찰 정도였다. 수천 명의 사람들을 만났다. 이십대에 시작한 사업으로 많은 돈을 벌었다. 그러다 IMF 때 부도가 났고, 오갈 데가 없어 한 달에 삼십만원 하는 여인숙에서 먹고 잔 적도 있다. 몇 년 동안 방황 비슷하게 하다 재기를 했다. 전만큼은 아니지만 비슷한 궤도로 올려놓았다. 김훈? 『칼의 노래』? 그런 거 읽을 시간에 시사주간지를 읽어, 하는 사람이었다, 나는.

서른일곱이 될 때까지."

그의 말대로였다. 그의 외모 역시 말이 아닌 행동에, 생각보다는 삶에 더 가치를 둘 것 같아 보였다. 무엇보다 내가 본 사람 중 가장 입체적인 어깨를 가지고 있었다. 우리가 대화를 나누던 곳이 좁은 스터디룸이라 더 그랬을 것이다. 앉아서 대화를 나눌 게 아니라 당장 나가서 가볍게 한 블록을 따라 달려야 할 것 같았다.

그런 사람에게 어쩌다 재앙이 닥쳤을까.

"언젠가 피터 드러커 책을 주문했다. 배송된 책에 다른 책 한 권이 딸려왔다. 원 플러스 원으로. 뭐야 소설이야? 책상에 두고 커피잔 덮는 뚜껑으로 썼다. 어느 날 접대 술자리가 있었는데 자리를 엎고 나왔다."

왜 엎고 나왔는지 그는 자세히 말하고 싶어하지 않았다.

"신림동에서 회사가 있는 양재까지 걸어왔다. 사무실로 와서 술이,"

그는 팔을 들어 머리 위까지 올려 보였다.

"이렇게 취한 상태로 커피잔 뚜껑으로 쓰던 책을 들춰봤다. 그 자리에서 다 읽었다. 새벽 네신가부터 직원들 출근할 때까지 읽었다. 그냥 내 얘기더라."

아주 가끔은 그런 엄청난 사건이 우리를 찾아오기도 한다. 더할 것도 없고 뺄 것도 없이 딱 내 이야기를 발견할 때가 있다. 말할 수 없이 반갑다. 놀랍다. 세계가 뒤집어지는 경험, 그에게 그와 같은 경험을 하게 만든 그 책은 『호밀밭의 파수꾼』이었다.

"직원 책상에 놓여 있던 『칼의 노래』도 읽었다. 연타를 맞았다. 아들이 죽었다는 소식을 듣고 이순신이 소금창고에서 숨죽여 우는 장면에서였다. 소설이 이런 거였나. 바로 인터넷 서점으로 들어가 소설들을 죽 클릭했다. 종류를 가리지 않고 다 주문해서 읽기 시작했다."

한번 둑이 무너지면 감당이 안 되는 법이다.

"일 년 동안 읽은 책이 이백오십 권, 그중 소설은 이백 권이었다.

일 년이 지나자 소설을 써봐야겠다는 생각이 들었다. 단편소설을 썼다. 가장 마감일이 가까운 공모전에 냈다. 썼다는 것 자체만으로 뿌듯해하고 있는데 본심에 올랐다고 누군가 알려줬다. 장난쳐? 근데 진짜 올라간 거다.

장편을 쓰기 시작했다. 첫 장편을 제외하고 거의 일 년에 한 편씩 썼다. 일 년에 이백오십 권씩 십 년 가까이 읽었다. 꼼꼼하게 리뷰도 썼다. 진짜 웬만한 책은 다 읽었다."

말이 한 편이지, 장편을 일 년에 한 편씩 썼다면 밥 먹고 소설만 썼다는 소리다. 닥치는 대로 쓰고 닥치는 대로 읽은 것이다. 그는 철저하게 단절돼 살았던 만큼 확실하게 이쪽 세계에 몸을 담갔다. 그러나 오너가 그 지경이면 회사가 제대로 돌아갈 리 없다. 나는 그의 저쪽 세계가 걱정됐다.

"꼭 필요한 결정만 하고 내 방에 틀어박혔다. 이삼 년이면 될 줄 알았으니까. 내가 뭘 하는지 아무도 몰랐다.

육 년 차쯤에는 처음 단편소설 본심 올려준 이를 찾아가 때리고 싶더라. (웃음) 만나면 한번 쥐어팰 거라고 생각했다. 일 년에 응모를 한 게 일고여덟 번이고 육 년 차가 되면 사오십 번은 된다. 응모 횟수가 사십 번이 넘으니까 이런 생각이 들더라. 나는 안 되겠다. 이건 어쩌면 공정하지 않은 게임이지 않을까? 왜 그런 생각을 했느냐면, 내가 사는 세계가 공정하지 않았으니까."

그쯤에서 나는 당연하게 해야 할 질문을 했다. 이쪽 세계가 저쪽 세계만큼이나 공정하지 않다고 의심하면서 왜 포기하지 않았을까?

"쓰는 게 재밌으니까. 술자리에서조차 할 수 없는 말을, 누구에게도 하지 못한 말을 맘껏 할 수 있었으니까. 뭘 하든 진짜가 되고 싶은데 사업으로는 그럴 수가 없었다. 아니 돈을 버는 것 자체가 진짜와 거리가 머니까.

소설만 쓰면서 살 수 있을까 싶어 최저생활비만으로 살아보기도 했다. 평생 죽을 때까지 이 생활을 반복하더라도 소설을 쓰겠다는 마음으로. 이십 년은 살 수 있겠다 싶었다. 이대로 살아도 되겠다. 하지만 문학에 아무런 연줄도 없는 내가 이곳에서 당선됐으니까. (웃음) 공정하다고 말할 수 있다."

가족들 반응은 어땠나?

"상을 받았다는 건 가까운 친구 한둘밖에 모른다."

그의 단호함에 놀랐다. 그의 저쪽 세계가 그렇게까지 먼 곳에 있다는 건가. "늘 우리가 알아도 모르는 방식으로 일을 처리"하고 장난처럼 "한 사람의 인생을 완전히 망가뜨려버리는" 일이 그에게 허구만은 아니었을지도 모르겠다.

어쩌면 술자리를 엎고 나와 그가 새벽 거리를 무작정 걸었던 날도 그런 세계에 신물을 느꼈던 날들 중 하루이지 않을까. 원 플러스

원으로 날아온 『호밀밭의 파수꾼』과의 만남은 그의 인생에 우연하게 뛰어든 재앙이 아니라 언젠가 맞닥뜨릴 수밖에 없었던 필연적 사건이었다.

자리를 옮겼고 배를 채웠다. 좁은 냄비 안에 메기 한 마리가 누워 있는 모습을 같이 바라봤다. 식당의 주인 남자는 몇 번씩 테이블 근처를 왔다갔다하더니 수제비를 넣으면 국물맛이 좋다고 알려주었다. 수제비 반죽을 떠서 넣었다. 얇게 뜰수록 맛있다고 그가 한마디 거들었다. 그저 그런 이야기들이 오고갔다. 무슨 얘기 끝에 그런 말이 나왔는지 모르겠다.

"한번은 남대문시장에서 누가 삥을 뜯기고 있는 걸 봤다. 내가 돌아보니까 같이 가던 형이 모른 척 가자고 했다. 그냥 지나칠 수가 없어 다시 돌아갔다. 무슨 일이야? 하고 물었고 시비가 붙었다. 경찰까지 출동했다. 자초지종을 설명했다. 누가 돈을 뜯기는 것 같아 도와주려 했다고. 그런데 웃기는 게 그 자리에서 빠져나간 사람이 한 명도 없는 줄 알았는데……
돈을 뜯긴 사람이 도망가고 없었던 거다."

그래서 어떻게 됐나?

"어떻게 됐겠는가?"

피해자가 없으니 벌받을 가해자도 없었다. 그는 아무 죄 없는 사람들에게 괜한 시비를 건 꼴이 됐다. 나는 어렴풋이 알 것 같았다. 그가 확실하게 선을 긋고 싶어했던 건 이쪽 세계에서 느끼는 불확실함 때문이 아니라 저쪽 세계에서 받은 상처와 절망감 때문이라는 걸.

지금 우리는 역사의 현장에 있다고들 한다. 하염없이 적의 시체가 떠내려가는 걸 보고 있다고.

그런데 밀려오는 이 참담함의 정체는 뭘까. 싸우고 있는 적의 실체를 알지 못했다는 게 참담한지, 적이 있었다는 것조차 몰랐다는 게 참담한지. 확실한 건 내가 이쪽도 저쪽도 아닌 세계에서 헤매고 있었다는 거다.

가해자는 있지만 피해자는 없는 세계, 적이 있지만 더이상 싸움이 무의미해져버린 저쪽 세계에서 그가 지키고 싶은 호밀밭의 세계가 이제 막 탄생했다.

저쪽 세계와 이쪽 세계의 균열 속에서 그는 분열하지 않고 자신을 지켜나갈 수 있을까.

걱정은 나의 쓸데없는 오지랖일 것이다. 단련된 몸만큼이나 그는 내면을 단련시켜 부지런히 여기까지 온 사람이다. 생동감 넘치는 저쪽 세계의 바람을 안고 그가 이제 막 이쪽 세계로 건너왔다. 이쪽 세계를 품은 채 저쪽 세계의 살벌한 풍경을 보여줄 그의 또다른 작품을 기쁘게 기다려본다. 무거운 엉덩이를 들고 슬슬 달려봐도 좋을 시절이다. 잃어버렸던 세계를 다시 찾은 반가운 마음으로.

꿈을 꾸었는지는 기억나지 않습니다. 그러나 눈을 뜨자마자 그가 생각났다는 것만큼은 분명합니다. 왜냐하면 이 이야기가 바로 그 순간으로부터 시작되었거든요. 저는 이불 속에서 몸을 일으키며 생각했습니다.

도대체 왜, 타이슨은 홀리필드의 귀를 물어뜯은 건가.

이러한 의문이 이야기로 이어질 수 있었던 이유는, 눈을 뜬 순간 들었던 그 생각이 그날 오전 내내 머릿속을 떠나지 않았기 때문입니다. 이상한 일이었지만, 이상했으므로 이 의문은 이야기가 될 수 있었습니다. 소설이란 게 어쩌면 이상한 것들을 들여다보는 일일 수도 있으니까요.

그래서 왜 그랬는지 나름대로 조사를 해보았는데 딱히 분명한 이유가 존재하지 않았습니다. 추측만 난무할 따름이었죠. 타이슨 본인도 그것에 대해 어떤 말도 하지 않았어요. 했는데 자료가 없었던 것일 수도 있겠지만 여하간 저는 찾을 수 없었습니다.

그러나 그 과정에서 저는 그의 드라마틱한 인생을 알게 되었습니다. 그것을 알기 이전의 타이슨은 제게 그저 불세출의 복싱 선수에 불과했는데, 그의 인생을 알고 나니 그 삶이 드라마틱할 수밖에 없었던 이유가 있을지도 모른다는 생각이 들었어요.

그 어려운 환경을 딛고 화려하게 성공했음에도 우리가 알 수 없는 어떤 틈 하나로 인해 모든 사람으로부터 손가락질받기까지, 도대체 무엇이 그를 그렇게 만들었을까. 그러한 궁금증이 이 이야기의 단초가 되었습니다.

그래서 저는 그의 인생을 제가 아는 세상 속에 대입해보았습니다. 제가 아는 세상도 그의 삶만큼이나—아니 어쩌면 훨씬 더—이상했으므로 무언가 이상한 것들끼리의 공통점이 있을지도 모른다는 생각이 들었기 때문입니다. 이상한 것에는 분명 이상하게 된 이유가 있을 거라고 저는 평소에도 생각했던 터라, 그것들이 도대체 왜 그렇게까지 이상하게 된 건지를 줄곧 생각하다보니 결국 하나의 이야기가 되었습니다. 그러나 부디 글은 이상하지 않았으면 좋겠습니다.

그러니 헤이, 타이슨 브라더.

땡큐 포 유어 라이프. 당신의 인생 덕에 나의 이야기가 시작되었어. 그래서 주인공의 이름도 당신의 이니셜을 따 미스터 티라고 지었어. 언젠가 당신이 내 글을 읽고 적어도 나에게만은, 왜 홀리필드의 귀를 물어뜯었는지 진실을 말해주는 날이 왔으면 좋겠어.

더불어 이 소설에 관해 몇 가지 해명할 부분이 있습니다.

첫째, 이 소설 속에서 부정적 측면을 부각해 묘사한 직업군은 하나의 상징으로서 그린 것일 뿐, 다른 의도는 없으니 오해 없으시길 바랍니다.

둘째, 이 소설 가운데 우리나라에 현존하는 구조물을 연상케 하는 대목이 있다는 걸 잘 압니다. 그러나 저는 신자유주의를 상징할 만한 거대한 구조물이 필요했을 뿐, 특정 시설이나 조직, 기관을 대상화할 목적이 아니었으므로 오해 없으시길 바랍니다.

셋째, 금니 하신 분들 저 미워하지 마세요. 저는 금니 없지만 금니 사랑해요.

끝으로 고마운 분들에게 인사말을 전하고 싶습니다.

우선 제게 포문을 열어주신 권여선, 류보선, 신수정, 신형철, 임철우, 정미경, 정이현, 일곱 분의 심사위원분들에게 감사의 말씀을 전합니다. 이제 제가 새롭게 걸어가야 할 세계 속에서 보다 가치 있는 존재가 되기 위해, 열심히 포를 쏘아보겠습니다. 꼭 필요한 곳에 제 포탄이 떨어지기를 간절히 기원합니다. 포탄이 떨어져서 화약이 폭발할지 꽃들이 만발할지는 알 수 없으나, 늘 올바른 지점에 떨어졌으면 좋겠습니다.

그리고,

언제 어디서나 제가 무엇을 하든 저를 지지하고 응원해주는 저의 오랜 벗, 만돌군에게 고맙다는 말을 전하고 싶습니다. 어렸을 땐 밥상을 뒤엎으며 싸우기도 하고 안 싸워도 평상시 대화의 절반이 욕이었는데, 나이 먹고 그 욕이 절반으로 줄어 뭔가 시원섭섭하기도 하다만 그래도 나는 내 인생에서 너를 만난 게 가장 큰 행운이라고 생각한다. 포에버 마이 브라더.

그리고,

나의 연인, 쭘에게도 고맙다는 말을 전하고 싶습니다. 그녀는 이 소설에 실질적인 도움을 많이 주었습니다. 바쁜 와중에도 자기 일보다 더 열심히 읽고 조언해준 그녀의 응원은, 무엇과도 비교할 수 없을 만큼 제게 큰 힘이 되어주었습니다. 저의 긴 이야기를 언제나 잘 들어주고 늘 존경을 표해주는 그녀에게 좀더 나은 사람이 되고 싶다고 생각하는 건 어쩌면 당연한 일인지도 모르겠습니다. 나의 뮤즈이자 나의 빨간 펜 선생님이기도 한 그녀에게 사랑을 전합니다. 사랑한다, 쭘.

마지막으로 그동안 보이지 않는 곳에서 저를 소리없이 응원해준 모든 분에게 감사의 말을 전합니다. 여러분에게도 항상 좋은 일만 생기기를 기원합니다. 감사합니다.

문학동네 장편소설
스파링
ⓒ 도선우 2016

1판 1쇄 2016년 12월 21일
1판 3쇄 2017년 12월 4일

지은이 도선우
펴낸이 염현숙
책임편집 정은진 | 편집 김내리 이성근 이상술
디자인 고은이 유현아 | 마케팅 정민호 박보람 우상욱
홍보 김희숙 김상만 이천희
제작 강신은 김동욱 임현식 | 제작처 영신사

펴낸곳 (주)문학동네
출판등록 1993년 10월 22일 제406-2003-000045호
주소 10881 경기도 파주시 회동길 210
전자우편 editor@munhak.com | 대표전화 031) 955-8888 | 팩스 031) 955-8855
문의전화 031) 955-3576(마케팅) 031) 955-8864(편집)
문학동네카페 http://cafe.naver.com/mhdn | 트위터 @munhakdongne

ISBN 978-89-546-4377-1 03810

www.munhak.com

문 학 동 네 작 가 상 수 상 작

제1회 나는 나를 파괴할 권리가 있다 김영하
비범하고 충격적인 신예의 탄생을 알린 문제작. 매혹적인 죽음의 미학을 탁월하게 형상화하여 한국
문학의 새로운 장을 열었다.

제1회 식빵 굽는 시간 조경란
식빵 굽는 냄새와 함께 펼쳐지는 서른을 앞둔 여성의 황량한 내면 엿보기. 미혹으로 가득찬 인간관
계의 부조리함을 탄탄하고 세련된 문체로 드러낸다.

제2회 마요네즈 전혜성
붕괴해가고 있는 우리 시대 가족의 현주소를 적나라하게 파헤친 문제작. 가족과 모성애, 사랑의 이
름으로 희생된 '여자' 어머니에 대한 새로운 발견과 통찰이 빛난다.

제4회 기대어 앉은 오후 이신조
삶의 다의적 진실을 꿰뚫어보는 섬세한 감성. 연민과 관용, 정밀한 심리 묘사 등과 같은 여성적 미학
으로 현대사회에서 훼손된 영혼들 사이의 교신을 형상화한다.

제5회 모던보이—망하거나 죽지 않고 살 수 있겠니 이지민
통념을 깨뜨리는 발상과 거침없고 재치 넘치는 표현으로 삶의 권태를 가로지르는 한바탕 백주의 활극.

제6회 동정 없는 세상 박현욱
야하면서도 건전하고 불순하면서도 순수한 젊은 호흡으로 성장 없는 독특한 성장소설. 동정童貞/同情
없는 우리 시대의 뛰어난 우화를 완성해냈다.

제8회 지구영웅전설 박민규
과연 우리의 상상력은 어디까지가 온전히 우리의 것인가. 되묻게 만드는 엉뚱하고 기발하고 유쾌한
만화적 상상력과 독특한 구성력이 돋보인다.

제9회 어느덧 일주일 전수찬
발랄하고 상쾌한, 연상녀+연하남 커플의 유쾌한 일주일. 생을 쿨하게 바라보는 시선, 물 흐르듯 자
연스러운 경쾌한 입담, 인물들에 대한 야릇한 호기심이 읽기의 충동을 유지시킨다.

제10회 악어떼가 나왔다 안보윤
날카로운 시선으로 인간 본성의 모순, 우리 사회의 병리적 현상을 풍자하고 조롱해나간다.

제11회 내 머릿속의 개들 이상운
희극적인 상황 설정과 풍자적인 어법에서 시대 상황을 관통해 지나가는 힘이 느껴진다. 적당히 과장
된 인물들이 벌이는 한바탕의 소란은 우리 시대의 흥미로운 우화가 되어준다.

제12회 달의 바다 정한아
인물들이 빚어내는 따뜻함이 생에 대한 냉정한 통찰과 어우러져 균형을 이룬다. 아픔을 부드럽게 감
싸는 긍정, 가볍게 뒤통수를 치는 듯한 반전의 경쾌함이 돋보인다.

제14회 아무도 편지하지 않다 장은진
여운을 남기는 압축적 구성과 작품 곳곳에 따뜻하게 배어 있는 명징한 유머가 묘한 아픔을 수반하고
있다.

제15회 사라다 햄버튼의 겨울 김유철
관계의 가능성이란 그 불가능성을 받아들이는 것에서부터 시작된다. 이 역설적 진실은 소박하지
만 잔잔한 울림을 남긴다.

제16회 죽을 만큼 아프진 않아 황현진
삶의 진창을 넘어서고자 애쓰는 한 소년의 고독한 성장기를 과장된 상처 없이, 자기연민 없이, 신선
한 리듬이 살아 있는 위트 있는 문장으로 이야기한다.

제18회 시간 있으면 나 좀 좋아해줘 홍희정
거침없이 살기에는 너무 거친 이 시대를 자기만의 속도로 살아가는 나이든 소년/소녀들의 자화상.
타인의 고통에 민감하게 반응하고 그것을 따스하게 감싸안는 공감력은 이 소설만의 힘이라 하기에
충분하다.

제20회 그믐, 또는 당신이 세계를 기억하는 방식 장강명
고작 패턴으로 존재하는 인간은 어떻게 그 밖으로 나갈 수 있을까? 이 소설은 시간을 한 방향으로,
단 한 번밖에 체험하지 못하는 인간 존재의 한계를 근본적으로 성찰하고 있다.

문 학 동 네   대 학 소 설 상   수 상 작

제1회 코끼리는 안녕, 이종산
말하지 않은 채로 무엇인가를 강조할 줄 아는 소설. 저 매력적인 대화들은 우리가 아직 잘 모르는 새
로운 스타일의 이야기가 시작되고 있는 것이라는 강력한 예감을 갖게 한다.

제1회 아프리카의 뿔 하상훈
탁월한 이야기꾼의 자질이 고스란히 드러난 작품. 치밀하게 자료조사를 하여 소설로 빚기까지의 노
고와 작가의 공력이 고스란히 느껴진다.

제2회 브라더 케빈 김수연
읽는 내내 능청스러운 문장에 속수무책이고, 각 장이 매듭지어질 때마다 작은 감탄이 새어나온다.
매력적인 캐릭터 구축 능력, 자기 세대의 문제를 포착하는 시선 모두 남다르다.

제3회 초록 가죽소파 표류기 정지향
이 시대 대학생이 할 법한 고민 대부분을 정교한 플롯과 다양한 에피소드를 통해 매우 설득력 있게
전개한다. 작가가 서사를 장악하고 있기에 가능한 작품이다.

제4회 최선의 삶 임솔아
강렬하고 파괴적인 사건과, 그것을 바라보는 무감한 시선이 섬뜩한 충격을 안겨주는 소설. 불합리와
모순, 그리고 분노를 느끼며 경험하는 잔인한 성장의 일면을 지독히 사실적으로 그려낸다.

제5회 환상통 이희주
'빠순이'의 시선에서 들려주는 아이돌 팬덤에 대한 생생한 증언과, 그 사랑의 특수성에 대한 섬세한
기록을 만날 수 있게 해준다.